文艺鉴赏学

举凡

魏饴 ◎ 著

中国社会科学出版社

**图书在版编目(CIP)数据**

文艺鉴赏学举凡/魏饴著. —北京：中国社会科学出版社，2019.7
ISBN 978 - 7 - 5203 - 4529 - 3

Ⅰ.①文… Ⅱ.①魏… Ⅲ.①文艺鉴赏学 Ⅳ.①I06

中国版本图书馆 CIP 数据核字(2019)第 104981 号

| | |
|---|---|
| 出 版 人 | 赵剑英 |
| 责任编辑 | 张 潞 李炳青 |
| 责任校对 | 周 昊 |
| 责任印制 | 李寡寡 |

| | |
|---|---|
| 出 版 | 中国社会科学出版社 |
| 社 址 | 北京鼓楼西大街甲 158 号 |
| 邮 编 | 100720 |
| 网 址 | http://www.csspw.cn |
| 发 行 部 | 010 - 84083685 |
| 门 市 部 | 010 - 84029450 |
| 经 销 | 新华书店及其他书店 |

| | |
|---|---|
| 印 刷 | 北京明恒达印务有限公司 |
| 装 订 | 廊坊市广阳区广增装订厂 |
| 版 次 | 2019 年 7 月第 1 版 |
| 印 次 | 2019 年 7 月第 1 次印刷 |

| | |
|---|---|
| 开 本 | 710×1000 1/16 |
| 印 张 | 22 |
| 插 页 | 2 |
| 字 数 | 314 千字 |
| 定 价 | 89.00 元 |

# 自　序

　　人类之所以被认定为高级动物，其文艺创作与鉴赏接受，当是最能为人类引以为豪的才能之一。

　　千百年来，不同文艺类型的名篇佳作汗牛充栋，古今中外不同时期的鉴赏接受者无不各取所需，各好其好，自得其趣，而且也从不认为这里有什么不妥当，但又确实尚可深究。比如说，文艺的鉴赏接受是否存在我们共同遵循的方式方法？又该怎样看待同一部作品在不同时期、不同地区鉴赏者的不同评价？不同的接受者鉴赏同一部作品的水平是否具有高下优劣？诸如此类，如能揭示其要者少许，笔者相信也将不是徒劳无益的。

　　《文艺鉴赏学举凡》这个书名，一者视文艺鉴赏为单列之学派，二者本研究还涵盖了本学科之全部视界，此预期可谓颇为自负。大而言之，文艺鉴赏属于美学范畴，然独立门户有赖于学科确认、范围清晰、对象明确、社会需要，再加上欲整合文艺鉴赏学科研究的方方面面，实为不易。好在笔者对此研究情有独钟并非一时冲动，大约早在20年前，就曾正式提出建立具有中国学派特色的文艺鉴赏美学的构想，且由笔者所主持的国家精品课程"文艺鉴赏学"近年又成功升级为"国家级精品资源共享课程"。其中，应该说积累了笔者较多的感悟和实践体会。为了进一步完善总结笔者在学界第一次提出的"文艺鉴赏学"新学科，现将其学习体会重新梳理并修订成册，也算了却了笔者一个长久的心愿。

　　本著具体研究人类从事文艺鉴赏的活动过程、活动规律及其鉴赏方法，包括文艺鉴赏活动的发生与发展、鉴赏主体的期待视野、鉴赏客体的审美特征、鉴赏过程的审美描述和上品文艺鉴赏的实现等五个部分。人类从必然王国走向自由王国，文艺鉴赏即是为实现这一转变所作的精神洗礼，因而本著任务极其庄重与严肃。书中部分文章曾在《文艺报》《名作欣赏》《求索》《当代戏剧》《散文》《湖南社会科学》等核心期刊发表，收入本著一律都作了修订；另有《文艺鉴赏学发生发展漫笔》《论文艺鉴赏的心理过程及规律》《试论文艺运行系统三环节及其关系》《走向本真——休闲文学及其鉴赏》《中国文艺美学教学发展史略》《文艺鉴赏主体与文化圈简论》《论文艺鉴赏的"钻进去"与"跳出来"》《上品文艺鉴赏如何可能？——中国梦文艺正能量系列思考之一》等多篇文章则是新近完成的作品。附录部分收集了五位学者已经发表的关于对笔者文艺鉴赏学研究的评论，以帮助读者阅读本著有一个新的认识视角。

　　鉴赏有法，却无定法。然而，我们并不都是具有相当水准的文艺鉴赏者，笔者期盼本著对各位仁君能有些许补益即为大欣。

魏　饴

戊戌谷雨前三日于白马湖畔

# 目　　录

# 第一章 文艺鉴赏活动的发生与发展

## 第一节 文艺鉴赏学发生发展漫笔

### 一

当我们站在人类历史长河 21 世纪 20 年代的浪尖上，回过头来用高分辨望远镜对丰盈精粹的艺术世界进行一次扫描，你将看到一个怎样令人眼花缭乱却又惊诧不已的文艺寰宇呢？在这里，各种艺术众流竞进，直接向你奔来，以至常常让人神魂颠倒，如痴如醉。

记得笔者在中学刚开始接触小说的时候，读塞万提斯的《堂·吉诃德》，书中说吉诃德先生因看骑士小说着魔，闹出种种荒唐可笑的事情，最后把一条老命也赔上去了。这在当时简直叫笔者百思不解，但它却促使笔者对文艺产生了一种特殊的情感，总觉得文艺是另一个世界，有一种新奇的诱惑。过去有个传说，讲乡间曾有一伧夫读《封神榜》，读到引人入胜处，不禁搔头抓耳，心花怒放，开窗俯瞩，只见窗下停有一馄饨担，锅中热气腾腾直上，这时伧夫大叫道："吾神驾祥云去也！"于是竟跨窗而出，把馄饨担踹翻了。此等魔力奇事，古今中外，时有耳闻。

刘勰所谓："民生而志，咏歌所含。"① 意即文艺的诞生和人类一样古老，人们对文艺的喜爱好比享受美食佳肴几乎人人皆同。无论是一字不识

---

① 刘勰：《文心雕龙·明诗》。

的世代贫民，还是孤陋寡闻的市井妇媪，或是修养有素的贤哲士人，大家都可汇集在一个剧场里，面对聚光灯打出如梦般的幻景，一同接受着来自舞台各个角度的戏剧美的刺激。人们是怎样地沉溺于这同一种艺术的？以至于一起失神屏息、抽泣、欢笑和惊呼？

唐尧《击壤》之谣，虞舜《卿云》之颂，诗歌作为最悠久的文艺样式最早便在远古人类口头流传。历史发展至今，即以中国来说，从有文字记载的《诗经》算起，就已经有三千六百多年了，谁又能够计算，世界文学艺术宝库中已储存了多少珍品呢？

你见过或听说过这样一个湖吗？

在特立尼达和多巴哥首都西班牙港东南95公里处有一个神秘的沥青湖，面积约47公顷。此湖近看如一片荒地，其中无水，全是漆黑的沥青。自1870年至今，一个多世纪以来，人们已开采了数千万吨沥青。然而，湖面并未因此下降，新冒上来的沥青浆呈乳峰状，不消一天就能填平采掘坑，湖中沥青取之不尽。

世界文艺宝库真有点像这湖中的沥青一样取之不竭呢！

## 二

我曾经有一个非常古怪的设想：人们为何要创作文艺和鉴赏文艺呢？如果人们把花在这方面的精力用在其他方面特别是物质生产上不是更好吗？后来，笔者才发现这里的问题乃是人类艺术哲学上的斯芬克斯之谜。古往今来，它不知诱惑了多少人煞费心血去解决，其结果正如那浩瀚星空叫人可赏可玩却又无法理解它无穷无尽的奥秘。

或许，我们从这样一个有趣而又微妙的事实里可以得到一点什么启示：从穴居人生活时代开始，东西方之间彼此还是全然未知的崭新社会领域，但令人惊诧的是他们却不约而同地从"杭育杭育"这样简单的劝勉之歌中逐渐创作出一系列相同的文艺形态，直至形成诗歌、散文、小说和戏剧等这些均认同的稳定的样式来表达各不相同的内容。这是什么原因？我国先哲毛苌谈到诗歌起源时说："诗者，志之所之也，在心为志，发言为诗。"① 这里说，诗歌是人类情感的一种寄托，而人的情感几乎又是与生俱来的东西，这样诗歌也就伴随着人类的产生而产生了。如果我们把散文、小说、戏剧以及其他种种艺术也看作人类情感的寄托，那么，请注意：从这里可以看到一个十分有意义的问题：艺术乃是人类情感的一种形式！同时，又因为人都具有情感的特性和基本相同的生活方式，这样也就为远隔万里的东西方人类不约而同地寻求到相同的情感形式提供了可信的依据。正如一位西方学者所言："人类的经验所遵循的途径大体上是一致的；在类似的情况下，人类的需要基本上是相同的；……因而心理法则的作用也是一致的。"② 应该说，这是比较令人信服的见解。

在我们这样一个充满新奇的人类世界，每个人都有各不相同的具体需求，但从总体上来看，人类需要不外乎两个方面：物质的和精神的。它犹如飞鸟之双翼，二者缺一不可。物质和精神，始终是人类从愚昧走向文明的基本运动轨迹，它在整个人类前进的过程中总是处于相互依存和相互作用的状态。"人类不仅为生存而斗争，而且为享乐、为增加自己的享乐而斗争。"③ 生存需要，自然是人类生命的前提条件，然而精神的空虚或乌有又会与一般动物毫无区别。我国古人说："食必常饱，然后求美；衣必常暖，然后求丽；居必常安，然后求乐。"④ 这是人类作为一种名副其实的高等级地球动物的天性。

记不得是谁说的了，人类用语言来传递思想，而用艺术来传递情感。前者紧紧依附于人们物质生活的需要，后者才是人们对于精神生活不断追

---

① 北京大学哲学系美学教研室编：《中国美学史资料选编》，中华书局1980年版，第130页。

② ［美］路易斯·亨利·摩尔根：《古代社会》，杨东莼等译，商务印书馆1997年版，第8页。

③ 《马克思恩格斯选集》第4卷，人民出版社2012年版，第518页。

④ 北京大学哲学系美学教研室编：《中国美学史资料选编》，中华书局1980年版，第22页。

求的结果。在日常生活中，人们彼此交谈的内容大多带有功利的性质，艺术则是作为审美的情感形式而存在的。有人说，文艺是一种精致的对话。这就把文艺与一般日常讲话区别开来。

可不可以这样设想一下：一个人出生之后即与外界隔绝起来，只满足他吃、住、穿等这些物质方面的需要，从不让他接触包括诗歌等在内的艺术，哪怕是一个简单的故事或一首浅显的童谣也不让他听，这个人将会成为一个什么样的人呢？如果有人愿意作这种试验，或许他也能够坚持一段时间，但他必定难以长期坚持下去。即使是长期居住在深山老林里的山民，他们也会设法创造出种种艺术品来聊以充实自己的精神空间，诸如充满着神奇色彩的传奇故事，具有鲜明节奏的生活自由小调，或是女人们用针线连缀成的种种简朴大方的绣品等，他们在劳动之余创造和欣赏着属于自己的艺术，从而达到物质与精神的基本平衡，并证实自己作为人而存在的乐趣与骄傲！

无可怀疑，文艺作为人类情感存在的一种主要形式，已受到中外古今人们的普遍喜爱。没有光华璀璨的群星和皎洁柔美的月儿，夜空将是一片漆黑而毫无生气；而人们对于文学艺术的鉴赏，也愈来愈成为追求健全人生不可缺少的一个方面。

随着社会文明程度的提高，根本没有接触过文艺的人恐怕十分少见。而且，诸如小说、戏剧等本身就是一种十分普及的大众化艺术，它来自生活，来自人民，来自目不识丁的山村老大爷的口头故事中。一篇优秀小说问世，人们往往是奔走相告、争相传递，并成为人们生活中谈论的主要话题。丹麦作家安徒生的小说，就曾译成多种语言在世界各国广为流传，因而安徒生成了许多不同国度和不同肤色的小孩子的好朋友。一个在非洲出生的小女孩玛莉曾给他写信说："我非常爱你，亲爱的，亲爱的安徒生。"西班牙作家塞万提斯创作的《堂·吉诃德》，在 1605 年出版后立即引起读者的注意，当年连印了四次仍不能满足需求，直到 1615 年又再次重版，迄今已成为世界文学宝库中的经典。西班牙民间流传有这么一句俗语：即使我们到了一无所有的时候，我们至少还有部《堂·吉诃德》。从这里，可以看出一部成功的文艺作品在人们心目中的崇高地位。

三

也许文艺与人类生活太接近了一些，文艺鉴赏在一般人的心目中也并没有什么特别看重的，加上文艺品种丰富多样，各自选择鉴赏某种文艺来休闲基本都是一时兴趣。这也难怪，文艺作品不论是内容还是形式几乎是无所不包，写日记、读书信、哼小曲、看戏剧等，我们不是每天都在和文艺打交道吗？文艺就好比是对门山上的风景，雍容华贵、嫩绿野果，谁人都可以随手采撷。的确，在很多人看来，文艺鉴赏当然也就更是简单不过了。

然而，文学艺术这门看似轻松却严肃的精神产品，真的往往被人们所忽视。一般人鉴赏文艺，通常只图懂得一个大概的意思，满足某种刺激，以为这就是在鉴赏文艺了，结果难以对作品进行深入感受。犹如隔栏观景一样，理解不透，判断不准。《红楼梦》是一部伟大的现实主义作品，"但是反对者却很多，以为将给青年以不好的影响。这就因为中国人看小说，不能用鉴赏的态度去欣赏它，却自己钻入书中，硬去充一个其中的角色。所以青年看《红楼梦》，便以宝玉、黛玉自居；而年老人去看，又多占据了贾政管束宝玉的身份，满心是利害的打算，别的什么也看不见了。"① 清代有个叫蔡元放的，他读《东周列国志》，即把它当成一部历史书而不是当作一部小说来品赏。所以在他写的评语中，都是对于历史人物或历史事件的议论。例如如何用兵、如何治理国家、如何识别好人坏人等，基本上不懂得小说的审美鉴赏，更谈不上对小说有深刻的理解。

毫无疑问，一个有修养的文艺接受者，他的艺术感觉力和鉴赏力都较

---

① 鲁迅：《中国小说的历史的变迁》，《鲁迅全集》第 9 卷，人民文学出版社 1981 年版，第338 页。

强，必然比缺乏修养的接受者较容易探寻到文艺的奥妙所在。我们研究文艺鉴赏学的发生发展，正是旨在帮助接受者能够系统地了解文艺鉴赏的本质、特点与方法，企图让接受者进入文艺宝库后能够左右逢源，探骊得珠。正如休谟所说："许多人如果只依靠自己，美感就非常薄弱模糊；但一经人指出，不管是怎样的神来之笔，他们也都能欣赏。"①

比较遗憾的是，文艺虽然与人类诞生一样具有悠久历史，但从审美鉴赏的角度探索文艺接受的专门著作至今仍是凤毛麟角。在我国古代，有关这方面的内容散见于历史散文或是诗话词话，以及某部文艺作品的序、跋、评、叙、述、引、题词、凡例、读法、弁语等论述中，它们好像散金碎玉，零零散散，始终未能成其气候。而且，这些论述有个显著特点，都是从接受者的审美鉴赏经验出发，目的却是在总结作者的创作规律，因而对指导我们鉴赏文艺所起的作用就显得十分有限。《水浒传》第三十九回写宋江、戴宗在江州被判死刑，金圣叹在本回中有两段夹批云：

> 偏是急杀人事偏要故意细细写出，以惊吓读者，盖读者惊吓斯作者快活也。
>
> 读者曰：不然，我亦以惊吓为快活，不惊吓处亦便不快活也。

在这里，他显然揭示出了小说鉴赏的美感不是一种平直的心理状态，而是一个对立统一的过程，即从惊吓转化为快活的过程，但目的是在强调小说情节的组织应符合读者的这一美感心理，要有惊险性和传奇性。当然，创作与鉴赏之间并未有绝对的界限，但由于以往学者的确未能把鉴赏接受当作直接的对象，所以，有关文艺鉴赏的理论就始终带有浅层性和随意性，这在以往诗话词话中尤为突出。

---

① ［英］休谟：《论趣味的标准》，《古典文艺理论译丛》第5集，人民文学出版社1963年版，第13页。

新中国成立后的十七年，尤其是"文化大革命"时期，人们"谈美色变"，文艺美学及其教学几乎空白，政治化的"崇高"教化方式替代了文艺美学希冀的"现世关怀"以及"个体生命价值"。新时期开始，文艺美学学科建设才真正进入人们的视野，随后的高等教育文艺美学教学也进入自觉有序的阶段。作为文艺美学的三个方向：创作美学、作品美学和鉴赏美学的建设构架逐渐形成体系。到 20 世纪末期，随着我国对大学生文化素质教育认识的提高，加强高等学校的美育工作得到了前所未有的重视，出版界也陆续推出了一系列有关文艺美学的专著。比较有影响的有：叶朗《中国小说美学》（北京大学出版社 1982 年版）、张德林《现代小说美学》（湖南文艺出版社 1987 年版）、余志刚《音乐的大海——巴赫》（上海人民出版社 1998 年版）、胡经之《文艺美学》（北京大学出版社 1999 年版）、王宁《比较文学与当代文化批评》（人民文学出版社 2000 年版）、李泽厚《美的历程》（天津社会科学院出版社 2001 年版）等，这对文艺创作与鉴赏水平的提高具有很大促进作用。

一般来看，现在我们所讲"文艺美学"主要突出两个方面：一是创作美学（含作品美学），重在揭示作者的审美修养、作品文本的审美特征及其创作规律与技巧，上面所列举著作基本都属此种类型；一是鉴赏美学（或称文艺接受美学），重在揭示鉴赏者的审美修养、文艺接受的心理特征、过程、规律以及接受的途径与方法等。国内学者这方面有影响的专著似乎还未能得见。国外学者已为笔者看到的倒有美国凯伦·马蒂森·赫斯《文学鉴赏辅导》（北京十月文艺出版社 1986 年版）。该著从影响文艺鉴赏的各种因素，诸如读者、主题、情节、人物、叙事角度等方面着手分析，重点探讨了小说鉴赏的基本规律与方法，每章均附有练习与答案，注重应用，但在理论深度上稍显不够。

从文艺鉴赏的角度揭开其中奥秘并不容易，上古以来中外不知有多少最杰出的文艺美学家都曾涉及这个课题。孔子《论语》、亚里士多德《诗学》、古印度《舞论》、顾恺之《论画》、刘勰《文心雕龙》、李渔

《李笠翁曲话》等，无不对文艺美学作了大量有力的探讨，但如上所说，从创作角度揭示文艺之秘者多，而从接受角度专门探索文艺鉴赏的却非常罕见。

## 四

在早期的世界文艺发展史里，诗歌占了主要地位。唐以前的中国文艺史，基本是诗歌史。《论语·泰伯》篇有云："子曰：'兴于诗，立于礼，成于乐'。"这里"兴于诗"是什么意思？包咸注云："兴，起也，言修身当先学诗。"可见，学诗对于我们身心的修养也有着极其深远的影响。

诗歌是文艺之母。我们常说某篇小说富有诗意，某篇散文很有诗的意境，又称一幅好画是"画中有诗"，一曲动听的音乐是"音诗"等；事实上，生活中的诗意也无处不在，甚至我们还管叫建筑艺术为"凝固的音乐"或"立体的诗"。吴乔在《答万季野诗问》中说，如果把"意"比喻成米，那么文章就是将米煮成饭，而诗则是将饭酿造为酒。从这里可以得到这样两层意思：一方面，一切文艺作品都应具有诗的特质，不过是"饭"与"酒"的差别；另一方面，诗是一种最高的语言艺术，我们鉴赏诗歌就好比是和"酒"打交道，这当然是一种高尚的鉴赏活动。据此，如果一个人不喜爱读诗，甚至于对诗歌全然不理解，那么他的文艺鉴赏趣味势必低下。

为什么这样说呢？朱光潜认为："因为一切纯文学都要有诗的特质。一部好小说或是一部好戏剧，都要当作一首诗看。诗比别类文学较谨严，较纯粹，较精微。如果对于诗没有兴趣，对于小说、戏剧、散文等的精妙处，也终觉有些隔膜。不爱好诗而爱好小说、戏剧的人们，大半在小说和戏剧中只能见到最粗浅的一部分，就是故事。所以他们看小说和戏剧，不问它们的艺术技巧，只求它们里面有趣的故事。……阅读小说只见到故事而没有见到它的诗，就像看到花架而忘记架上的花。要养成纯正的文学趣味，我们最好从读诗入手。能欣赏诗，自然能欣赏小说、戏剧及其他种类文学。"① 因而，诗歌鉴赏就是文艺鉴赏的最高形式，要提高文艺鉴赏能力，培养高尚的审美鉴赏趣味，当从诗歌鉴赏开始。

## 五

不论怎么说，人们对文艺的需要是无可怀疑的。它不仅仅是少数文艺作家的事业，同时也属于从事一切职业的人们。

文艺的魅力究竟在何处呢？接受者的审美鉴赏力又从哪里来？我们又该沿着怎样的路径去寻幽访胜呢……

这是一个神奇的彼岸世界！它像一块巨大的磁铁一样牢牢地吸引着我们，召唤着我们放下种种俗务与烦恼，到那神奇的世界里去徜徉。文艺鉴赏，好比就是我们从必然王国（现实世界）走向自由王国（艺术世界）的一座彩桥。它令我们真诚！令我们宽广！令我们澄洁！——人们在这里都将经受一场神圣的洗礼——文艺的世界，是一个丰富、绚烂而自由的美之所在。

人，为什么需要鉴赏文艺？大家从上面的阐述里多少会有所领悟，然而真正要说清它又是何等的困难，总不可能像描述数学方程式那样有一个明确的把握。但不论怎样，一种文艺样式的存在，总是因其接受群体的存在而存在，它不可能因少数人的意志而转移。

《达·芬奇笔记》谈到鉴赏有句名言："欣赏——这就是为着一件事物本身而爱好它，不为旁的理由。"② 这个解释似乎太简单了一些，但仔细一想，又是千真万确的真理。人们之所以要鉴赏文艺，关键也在于这作品本身具有一种可以鉴赏或令人爱好的"客观性"。所谓"客观性"，主要是指作品为接受者提供了一个完美的、自由的艺术想象的世界。鉴赏一部杰出的文艺作品，我们都会有这样的体验，好像自己完全是沉浸在一片富丽堂皇的霞光里，自己与作者之间是如此的相通，达到一种在现实世界里从未

---

① 朱光潜：《朱光潜美学文集》第二卷，上海文艺出版社 1982 年版，第 488—489 页。
② ［意］达·芬奇：《达·芬奇笔记》，张谦、米子译，湖南文艺出版社 2008 年版，第 151 页。

有过的美妙与和谐，开启个人平素紧闭的心扉，自我被压抑的力量便会得到升华。这种享受，应当是滋味无穷的，也应当是人们为什么要鉴赏文艺的真正奥秘。

有学者指出，具备鉴赏文艺的能力在修炼一个有教养的人的性格方面非常必要。这是从作品本身的教育功能而言，它虽然也同属于文艺作品可以鉴赏的"客观性"的一个方面，并与另外两种功能——认识作用和美感作用构成了文艺作品的三大社会功能，这是长期以来人们的传统看法。实际上，文艺的种种功能都是以美感为中心的动力系统，都是统一在审美接受的领域，通过情感的中介实现的。一篇文艺作品，如果首先不能给我们以美的熏陶，接受者与创作者之间达不到一种高度的和谐，那么接受者对它的种种社会功能就将产生一种抗拒之情，文艺接受也就不可能完成。

## 第二节　构建中国学派的文艺鉴赏美学①
### ——21 世纪精神文明建设的一个重要视角

### 一　为什么要构建文艺鉴赏美学

文艺作为人类情感的一种存在形式，几乎是伴随着人类的产生而产生的，而且人类很早就认识到了文艺鉴赏对于自身健康发展乃至兴邦治国的重要价值。《乐记》中说："礼以导其志，乐以和其声，政以一其行，刑以防其奸。礼乐刑政，其极一也，所以同民心而出治道也。"这里即是将"乐"（音乐）、"礼"（道德）、"政"（行政）、"刑"（法）等教育形式一并提出的。孔子在《礼记》中又说："其为人也，温柔敦厚，《诗》教也。"又表明文艺审美对人格塑造的直接作用。在西方，席勒是较早系统研究文艺审美的著名学者，他在《美育书简》中，将人性的发展分为自然的人、审美的人和道德的人三个阶段，同时指出从自然的人发展为道

---

① 本节原载《文艺报》2001 年 1 月 9 日，《新华文摘》2001 年第 4 期全文转载，收入本著有改动。

德的人，必须使他成为审美的人，没有其他途径。这些观点大致都是不错的。

然而，从另一方面而言，文艺之被确认，又只能借助于良好的鉴赏者的反映，不为鉴赏的文艺并不可能存在。问题也正在这里，我们并不都是好的鉴赏者；同时，关于文艺鉴赏美学的研究也相对滞后。这显然不利于提高人们的文艺鉴赏水平。

文艺鉴赏美学研究滞后的原因，大致有二：一是文艺鉴赏美学乃至于更高一层的美学一直就有人否认它作为一门科学的存在，这在黑格尔《美学》全书绪论中就曾列举过种种言论；① 二是过去的资产阶级学者们长期以来把文艺鉴赏看得非常神秘，过于强调以心会心，似乎文艺鉴赏是只可意会不可言传的神的赋予。在这样的背景下，再加上文艺鉴赏这种高层次的精神生活的普及又必须建立在相对的物质文明基础之上，因而在过去漫长的封建社会里，它就难以真正走进平民百姓的生活中。

直至近代，蔡元培作为民国政府第一任教育总长，明确将美育确定为其新式教育方针的内容之一，但它如同席勒的美育观一样，仍然只能落入空想。在那样一个令人诅咒的时代，广大民众的生存权都不能有基本的保障，人性的充分展现，美育包括文艺鉴赏的全面普及就不可能真正实现。

1949 年后十多年，我们也有一段重视文艺鉴赏的历史，可惜很快就被"文化大革命"的狂澜给冲刷掉了。进入新时期以来，百废俱兴，文艺鉴赏也逐渐被人们所重视。20 世纪 80 年代初，上海辞书出版社陆续推出《唐诗鉴赏辞典》等系列鉴赏辞书，更是在全国上下掀起了文艺鉴赏的热潮。随着人类文明的不断发展，特别是在知识和信息经济已逐渐突出的今天，社会物质文明大幅度提升，人们对于高品质精神生活的追求已日益迫切。进而，文艺鉴赏美学必然将成为人们高品质生活的广泛需求。

笔者以为，社会的真正进步应当是物质文明与精神文明的同步发展。

---

① 参见［德］黑格尔《美学》第 1 卷，朱光潜译，商务印书馆 1979 年版，第 6—9 页。

在我们这样的社会主义国家，党中央早就提出物质文明建设与精神文明建设一起抓的宏伟构想，这在世界范围内都应是一个创举。21世纪对人类精神文明建设提出了新的要求，我们切不能用过去的政治思维来思考今天的精神文明，应注意探讨新思路、新办法，把精神文明建设搞活、做实、抓强。

## 二 文艺鉴赏美学的国内外研究现状

文艺鉴赏美学作为文艺美学中的一门相对独立的分支学科至今尚在探索中。在国外，探讨文艺鉴赏美学的虽然不乏其人，而且也出现过一些很有影响的理论流派，如直觉主义、结构主义、格式塔理论、符号理论等，但基本上都仅仅停留在文艺鉴赏的某一方式或途径，对整个文艺鉴赏活动缺乏全面而系统的描述，因而就根本不可能形成文艺鉴赏美学体系。到20世纪60年代后期，德国康士坦茨大学的尧斯、伊瑟尔等人曾提出过接受美学的主张，以重视读者作用、强调读者的能动接受及其文艺接受过程的考察为该主张的理论基石，基本上或客观上形成了以接受者为主体和以作品为客体的理论体系，从而对文艺鉴赏美学的研究在世界范围内产生了广泛影响。不足的是，接受美学仅仅注意从宏观上构建文艺鉴赏美学的理论大厦，而忽视了对文艺鉴赏方式方法的研究，诸如对各门类文艺作品鉴赏的不同方式等几乎没有涉及，因而也不是完整的接受美学。

我国的文艺鉴赏美学研究在历史上未能形成独立的学科，甚至也谈不上什么理论派别，对美学的基本问题与文艺鉴赏的研究都散见于一般的文艺理论著作。然而，我国古代的文艺理论家们都十分重视文艺鉴赏和文艺创作中主体的审美经验，强调主体的直觉感悟与整体把握，因而也提出了很多具有独特意义的文艺鉴赏理论。如兴观群怨、知言养气、以意逆志、知人论世等。直到20世纪后期，我国学者受接受美学启示，才算真正开始了对文艺鉴赏美学的研究，并有朱立元的《接受美学》等著作出版，但作为文艺鉴赏美学均有待深入研究。

### 三　文艺鉴赏美学的学科构建

文艺鉴赏美学研究的任务，从根本上说，它同美学的任务一致，都是关于人的科学，或者说是关于人类审美的科学。文艺鉴赏美学不是要去培养几个文艺家或生产出几幅伟大的艺术品，它的最终目的是帮助人们掌握文艺审美活动的规律，确立健康的文艺审美情趣和崇高的文艺审美理想，从而铸造人们丰富的、完美的个性，促进社会主义精神文明建设，以期整个社会走向稳定、协调和进步。

马克思所说人按美的规律来建造，不仅是指人对客观世界的改造，同时也应包括对人自身主观世界的改造。人类的整个发展史，实际上就是人类自我塑造、自我完善的历史。然而，人类在改造自我的过程中，并不是都能自觉地按照美的规律去进行，人类从必然王国走向自由王国，文艺鉴赏或审美，应当就是为实现这一转变所做的精神洗礼。所以，文艺鉴赏美学所担负的任务极其庄重与严肃，这也就决定了文艺鉴赏美学在哲学人文科学中的重要地位。

文艺鉴赏美学的本质，小而言之是与鉴赏者的人格修养息息相关；大而言之，则是人类物质文明发展的必然产物，而且越是在高度物质文明的社会里，就越是需要高品质的文艺鉴赏活动以求得平衡，就越是需要对文艺鉴赏美学进行深入研究。文艺鉴赏的特征是体验性、审美性和创造性；文艺鉴赏的主体是接受者，客体是作品；文艺鉴赏的过程是作者、作品和接受者三者之间的交互反映，缺一不可，但接受者的反映则是起决定作用的。正因为接受主体的地位与作用，也就决定了本著将重点揭示文艺鉴赏的普遍规律以及从实践层面总结对各门类文艺作品进行深入鉴赏的方式方法。

### 四　文艺鉴赏方法的共性与个性

以前的文艺美学，主要侧重在理论层面，或对文艺美的现象做形而上的探索，如康德、黑格尔等人的研究；或对文艺鉴赏过程作现象描述，如距离说、移情说、愉悦说等；另有一大部分成果则是重在揭示文艺作品的美学规律与法则等。然而，这些都尚未真正进入文艺鉴赏本身。笔者以为，文艺鉴赏美学更应体现在实践层面，属于实践美学范畴，重在揭示文艺鉴赏的方法以及如何运用的问题。

鉴赏文艺还需要什么方式方法吗？这或许为很多文艺鉴赏者所不屑。因为他们从来就没有看过什么鉴赏方法之类的书，但好像仍然可以照样鉴赏。殊不知，因为人的生活阅历、文艺素养和运用的方法不同，其鉴赏的水平高低却大不一样。这好比人们看戏，看热闹与看门道虽都是在看，但看的效果无论如何不能相提并论。

从文艺鉴赏美学的学科构建看，虽可分为一般原理及其鉴赏规律与方法论两个部分，但原理阐述也是立足于后面的方法论。无论是讲本质、讲主体，还是讲过程，其核心都是在讲方法。文艺鉴赏的方法有共性与个性之别。共性是指鉴赏各门类文艺作品所通用或一般的方法，个性是指我们鉴赏不同形态文艺作品所采取的类型方法。

共性方法是文艺鉴赏的基本方法，从总体上说占有较大比重。比如围绕文艺鉴赏三环节的方法论，围绕文艺鉴赏三阶段的方法论等，均为通用方法。

然而，文艺鉴赏毕竟是一种个体性极强的精神活动，我们强调鉴赏的通用方法是否会有碍于鉴赏的这一特性呢？事实上，运用文艺鉴赏的通用方法并不影响鉴赏者的自由向度，而往往会因接受者鉴赏时的切入点不同而表现出不同的鉴赏效果。卞之琳的《断章》："你站在桥上看风景，看风景人在楼上看你；明月装饰了你的窗子，你装饰了别人的梦。"如果是强调以读者为核心的鉴赏，不同的读者完全可以见仁见智得出很多鉴赏结论来。有的说此诗是表现人都在互相看，互相装饰，流露出一种人生虚无的怅然；又有人说此诗表现的是生活中的万事万物都是相互关联的，是一首深入浅出的哲理诗，等等。这种以读者为中心的鉴赏方法，自古以来就受到人们的青睐。所谓断章取义、不求甚解等，无不是在强调为我所用。尧斯等人的接受美学，同样也在肯定读者对作品阐释的决定作用。但是，如果运用以作者为核心的鉴赏方法，对《断章》的理解又大不一样。它则要求鉴赏者尽力探求作者的创作初衷。如美国学者赫施、却尔等人都是作者决定论的积极倡导者，认为唯一正确的一解就是作者的意图。即如《断意》诗，卞之琳自己认为是表达一种相对的、平衡的观念。这当然是最权威的解释了。另外，假如我们再运用以作品为核心的鉴赏方法，如俄国形式主义方法、英美新批评方法等，强调对文本的语言解构，对文本进行客观的、科学的形式分析，同样这也应是别有意义的鉴赏。所以，一样的作品，鉴赏者完全可以运用不同的方法去鉴赏，即使是采取同样的共性方法也能各以其情而自得。

个性方法是对共性方法的补充。因为所有的文艺作品既有鲜明的共性特征，也因文艺的不同形态而表现出不同的类型差别，所以，文艺鉴赏如果仅仅只运用一些通用方法远远不够。多年来，笔者致力于研究、总结不同形态文艺作品的鉴赏，努力探索其鉴赏各类文艺作品的类型方法，深感这对大众的文艺鉴赏修养是一件十分有意义的工作。譬如，对绘画艺术的鉴赏，我们在运用一般鉴赏方法时，就还得注意从读画品韵、重在旨趣；次看笔墨，识得骨法；后观象形，求其真实等方面去进行类型鉴赏。这类鉴赏方法，基本上都是不能通用的个性方法，而且它对文艺作品的深入鉴赏十分重要。

刘勰在《文心雕龙·知音》中，曾提出"观位体"鉴赏观。何谓"观位体"呢？即指对文艺作品要进行类型分析与鉴赏，或对不同类型的文艺作品采取相应的鉴赏态度与方法。遗憾的是，类型鉴赏法至今尚未能引起人们的关注，一般人们谈到文艺鉴赏，往往只是浅层地涉及一些共性的方法，或者顶多再谈一点不同形态文艺作品的体裁知识。显然，这于高品位文艺鉴赏极为不利。

## 五　文艺鉴赏美学的中国学派特色

之所以要高举文艺鉴赏美学中国学派特色这面旗帜，并非是要有意自我标榜，而是有感于本学科研究的无序状况以及影响巨大的尧斯等人所创立的接受美学的不完整性；既不能无限夸大接受者对文艺作品的影响，也不能忽视文艺作品的价值实现在很大程度上仍依赖于有一定水准的接受者。为此，我们将竭尽全力做到融通、借鉴古今中外文艺鉴赏美学的丰富成果，厘清脉络、考衡得失、穷原竟委，从而构建以马克思列宁主义哲学方法为指导，以本质论、主体论、历史论、客体论、过程论、方法论为体系，以注重作者、作品和读者三者间的交互反映为核心，以揭示类型鉴赏方法为特征的具有中国学派特色的文艺鉴赏美学。这种特色包括如下内容。

第一，整合性。虽然，文艺鉴赏美学还是一门较为年轻的学科，但文艺鉴赏与文艺创作一样历史悠久。早期的文艺鉴赏美学研究犹如散金碎玉，内容已涉及文艺鉴赏美学的方方面面，如何将这些丰富的内容纳入现在的这个体系中，是我们着重考虑的。

譬如说，关于文艺鉴赏的共性方法，自古以来人们总结得太多。像孟子的以意逆志、知人论世法；刘勰的"六观法"；周济的见仁见智法；罗曼·英伽登和杜夫海纳的现象学方法；俄国形式主义方法；伽达默尔的哲学解释学；费希等的读者反映批评；苏珊·朗格的符号学方法；荣格等的原型批评，等等。这些方法的最初提出，往往是为了抵制或不满已有鉴赏批评方法的偏颇而另辟蹊径，再强化某一个方面，从而形成一种新的方法。因此，当我们再回头把这些方法进行宏观比较，就会发现它们除了部分方法尚比较公允通行以外，大部分则是互相排斥矛盾的，甚至有一些方法本身就带有明显的片面性。如俄国形式主义方法，它强调对文本的阐释、以期形成较为客观的批评方法，并没有错，但它忽视文艺与社会的联系，反对文艺的社会学鉴赏批评就不对了。那么，我们应如何看待这些方法？是因它们有这样或那样的片面而将其束之高阁？笔者以为，既然文艺鉴赏是一种各以其情而自得的精神活动，人们就有理由对文艺从不同的侧面进行鉴赏，尽管这样的鉴赏结果各不一样，但也正是这种"诗无达诂"的文艺鉴赏倍添了鉴赏的情趣，或许它也正是文艺之所以生生不息的奥秘之处。所以，我们将这些丰富的方式方法，按照文艺鉴赏过程的三个环节和三个阶段尽可能地将其融通，扬其所长，剔其片面，为我所用，从而显示出极大的整合性。

这种整合，也体现在对一般鉴赏理论的吸纳，从本质论、历史论、主体论、客体论到过程论，它不仅是文艺鉴赏美学学科必须要回答的，而且也较为全面地涵盖了文艺鉴赏美学的一般原理。

第二，类型性。文艺鉴赏不是一种泛泛的精神活动，它必须面对具体的文艺作品，采取相应的鉴赏态度和类型鉴赏方法，才有可能深识堂奥，探骊得珠。虽然，在西方学者的美学著作中也曾谈到类型鉴赏问题，正如威尔弗雷德·L. 古尔灵等人所编《文学批评方法手册》说："在过去的两千年中（自古希腊以来，尤其是在新古典主义时期），人们认为，如果一个人知道某部文学作品属于哪一种类型，他对这部作品本身就有了相当的了解。"[1] 这与我国刘勰所提出的"观位体"主张基本一致，但问题是都未指出如何根据不同文艺类型而遵循自身的审美规律去进行有效的鉴赏。更何况，它也未能引起后人注意。直到 20 世纪 80 年代后期，著名学者胡经之先生首倡文艺美学，并指出美学要掌握文学艺术的全部特性和规律，势必要层层剥笋，步步深入，要求人们不仅要掌握文艺的普通审美规律，还要掌握文学艺术的不同样式、种类、体裁之间相互区别的更为特殊的个别规律。[2] 这里面，当然也包括文艺鉴赏的特殊规律。遗憾的是，人们以后在这方面的研究仍然未能投入足够的精力。正因为此，我们在本著中则用

---

① ［美］威尔弗雷德·L. 古尔灵等：《文学批评方法手册》，姚锦清等译，春风文艺出版社 1988 年版，第 348 页。

② 参见胡经之《文艺美学·绪论》，北京大学出版社 1999 年版。

了较多的篇幅着重回答文艺作品的类型鉴赏问题。应该说，这是我们所倡导的中国学派文艺鉴赏美学的另一特色。

第三，实践性。我们将文艺鉴赏美学看成是文艺美学中的一个分支学科，目的也即在于将文艺鉴赏美学定位在实践的层面。它不是作品美学，也不是美的哲学，而过去的文艺鉴赏美学常常都是将它们混为一谈，这自然就迷失了文艺鉴赏美学的相对独立的学科地位。文艺鉴赏美学要研究的基本范畴是各类文艺作品鉴赏的规律、方法与特点，以及从事文艺鉴赏主客体之间的审美效应关系。我们始终认为，不应将文艺鉴赏美学弄得玄而又玄，如同有些现代学者那样热衷于形而上的研究。鉴赏本身就是一种实践，对鉴赏的研究就必须得从实践出发，即使是对鉴赏原理的揭示也不能搞成一种纯理论的东西。另外，既是实践问题，就必须得讲究方式方法；因而，我们所倡导的文学鉴赏美学即用较大篇幅来阐述方法论。虽然，对方法论的研究，常被一些学者视为形而下而不屑一顾，但事实是，它对我们进行深入的文艺鉴赏则是必备的轻舟。

## 第三节　试论文艺运行系统三环节及其关系

整个文艺运行是由作者、作品和接受者三个环节共同组成的一个系统。这三环节相互联系、相互促进；各自既有相对独立性，同时又只能在相互联系中显示其价值。不论是探讨创作美学、作品美学，还是鉴赏接受，均有必要从它们的内在联系中进行认识。

### 一　作者

作者以社会生活——特别是社会的人为审美对象，体验和表现生活的美，同时也肯定自我——人的本质，进而对这种体验、发现与肯定作出创造性的反应和表现。作者是文艺作品的生产者，当然也是文艺运行系统的起点，它是从作者对社会生活的审美体验、审美观照、审美选择和审美超越开始的。

从创作角度来看，作者的主体地位非常明确。作者是文艺作品的生产者，所以他是创作主体。作者又是审美主体，一方面，在他进行文艺创作活动之前，要以一个艺术家的眼光对社会生活进行审美观照，认识和发现生活中的真善美与假丑恶，社会生活则是作者的审美客体；另一方面，作者又是他所创作的作品的第一个接受者，相对文艺作品（客体）而言，作者作为接受者又是审美鉴赏的主体。因而，作者作为社会生活的审美主体、文艺作品的创作主体以及作品的接受主体，显然他在整个文艺系统中的地位较为突出。我们也将由此出发，探寻作者的多重主体性，掌握文艺系统的运动规律。

比较而言，作者的多重主体性，其核心还在作品的创作主体，我们应深入认识作者创作的两重性。

人的存在具有两重性，一是受动性，二是能动性。人作为自然界的产物，是自然界的一部分，相对又是客体，表现出受动性，即受制于一定的自然关系和社会关系；同时，人在社会实践活动中又是按照自己的意志、能力、创造性地在行动，支配着外部世界，进而表现出能动性。人的存在的这种两重性，自然也便决定了作者创作的两重性：一是作者的创作必须以社会生活为源泉，在深入观察、体验生活的基础上，艺术地表现和反映出生活的某些本质，社会生活制约着作者的创作；二是由于作者是一个具有独立个性的人，作者对审美客体的观照，又不是镜子似的，而是积极的、能动的审美观照，必然打上作者的思想观念和情感经历的烙印。

作者是"一定社会关系总和"的人，是社会生活中的一个成员。社会生活具有自己的客观规律，不以作者的意志为转移。任何作者都只能表现他所熟悉的生活领域，而不可能脱离社会生活去凭空虚构。且不说像杜甫的"三吏""三别"，曹雪芹的《红楼梦》这些直接描写一定时期社会生活的作品，就是像《西游记》《聊斋志异》这一类看来只是描写超现实的小说，也同样不能脱离社会生活。鲁迅在《中国小说史略》中说，《西游记》不仅其中"神魔皆有人情，精魅亦通世故，"① 而且"讽刺揶揄则取当时世态，加以铺张描写。"② 纵然是作者在作品中完全抒发自己的主观感情，也因作者本身是社会生活的一员，而使主观感情不可避免地烙上他生活遭遇的印记。

黑格尔说得好："艺术作品是意识内创造出来的，并且是人的双手制造成的。"③ 艺术家会根据自己对生活的独特发现和理解，以自己的富有个性特点的方式，表现他对人生和社会的见解，在对自我的审美建构和对社会生活的审美选择之中，充分地表现他的主体性。这种主体性，集中体现在以下两点。

第一，作者对自我的审美调节和建构。所谓调节和建构，是指这样一种机制，当客体（生活）作用于主体（作者），客体的信息不能被主体接受和传达而又逼人注意、不容忽视时，主体便通过对自我的心理因素（世界观、审美观）和知识结构（知识、艺术表现能力与技巧）的调节，改变旧有结构，建立新的结构，以求得对客体的适应。作者对社会生活的观察、体验、提炼直至表现，无一不渗透着自我的爱憎好恶、伦理观念和审美趣味等心理因素，并受这些心理因素的深刻影响和制约。作者要做到对社会生活观察的敏感性、选择的正确性和表现的完美性，就必须加强自我修养，通过不断地调节与建构，使自己具有良好的心理素质。此外，还可以努力提高、不断丰富作者自己的艺术表现力来建立新的知识结构，以便更好地创作出表现社会生活某些本质的文艺作品。

第二，对生活的审美选择与超越。任何创作都是作者审美个性的表现，是其心灵、人格、感情的客观化和对象化，都反映出作者的审美理想和审美趣味。作者对生活的观察、体验和反映并不是完全被动、机械

---

① 鲁迅：《中国小说史略》，《鲁迅全集》第9卷，人民文学出版社1981年版，第165页。
② 同上书，第162页。
③ ［德］黑格尔：《精神现象学》下册，贺麟、王玖兴译，商务印书馆1979年版，第201页。

的。作为审美和创作主体、作为一个有独立个性和活生生的人，作者在生活的万千景象中必然会作出适合自己实际的审美选择，自觉地、理智地筛选那些典型的、与生活某些本质有必然联系的、拨动作者心弦的东西作为自己的创作素材。作者正是通过自己的审美选择，以一当十，以少胜多；通过描绘局部显示整体，以有限表现无限，以个别展示一般。这种选择体现了作者的主观能动性，也是作者审美理想、审美趣味的必然结果。

作为创作主体，作者在创作过程中驰骋想象，能够超越现实时空的限制，"寂然凝虑，思接千载；悄焉动容，视通万里，"① 在有限的自然时空中，展现无限的审美时空。作者还会表现出巨大的历史透视力和预见性，能够超越历史条件的限制和现实生活的时空界限，充分发现那些与现实生活不一致但预示将来的理想因素，发现各种美的萌芽。总之，作者创造出的艺术世界，是超越现实生活、充分主体化了的自由世界。作者自觉地对它进行矫正、幻想、批判，这是真正的人的精神生活。

## 二 作品

文艺系统运行经历了作者的艺术创作阶段，终于产生了文艺作品，使系统运行有了实质性的进展。作为客观存在的作品，不论对于创作者还是接受者都可称为"客体"，进而成为我们深入认识作品客体的两条基本路径。

1. 从创作主体看作品。

相对创作主体而言，文艺作品在多大程度上具有更强有力的"召唤结构"应系极尽其能。一般而言，客体为适应创作主体和接受主体的精神需求则有审美属性、认识属性和文化属性。

客体作为审美对象必须具有审美属性，它也是文艺的本质属性。何谓客体的审美属性？车尔尼雪夫斯基说过："美的事物在人心中所唤起的感

---

① 刘勰：《文心雕龙·神思》。

觉，是类似我们当着亲爱的人面前时洋溢于我们心中的那种愉悦。我们无私地爱美，我们欣赏它，喜欢它，如同喜欢我们亲爱的人一样。"① 可见，接受者鉴赏文艺作品是一种精神享受，它能给人身心愉悦。客体的这种使人身心愉悦的审美感受就是它的审美属性，具体有三个层次：第一是悦耳悦目，就是使人的耳、目等感官感到愉悦。一切视觉艺术、听觉艺术均有此效果。第二是悦心悦意，就是使人的心意获得一种愉快的享受。语言艺术、时间艺术这个功能较明显。第三是悦志悦神，就是使人的情感、意态、道德得到陶冶、升华。一切文艺鉴赏客体都有这种作用。这三个层次逐步深化，相互渗透，有机统一。

文艺作品的认识属性是指接受者通过鉴赏活动，更加清晰也更加深刻地认识自然、认识社会、认识人生。孔子说："《诗》，可以兴，可以观，可以群，可以怨；迩之事父，远之事君；多识于鸟兽草木之名。"② 马克思评价19世纪英国作家狄更斯、萨克雷等人的作品时说，他们"在自己卓越的、描写生动的书籍中向世界揭示的政治和社会真理，比一切职业政客、政论家和道德家加在一起所揭示的还要多。"③ 列宁对列夫·托尔斯泰、毛泽东对曹雪芹的作品都有过类似的评价。因为文艺作品是反映与创造的统一、再现与表现的统一、主体与客体的统一，往往能够更加深刻地揭示社会、历史以及人生的真谛。不过，文艺作品的认识属性不同于科学著作的认识属性，它是通过生动的形象来揭示规律，是接受者通过文艺鉴赏活动在情感上受到熏陶、在思想上得到启迪来实现的。其特点有三：一是具有"以情动人"的特点。文艺是主情的，它总是灌注着作家强烈的丰富的思想感情，其生动感人的艺术形象使接受者受到启迪。二是具有"潜移默化"的特点。文艺作品对人的启迪与认识总是在宽松自由、甚至是在连自己都不经意时完成。在长期的渐进过程中，人的视野得以开阔，人的

---

① ［苏联］车尔尼雪夫斯基：《生活与美学》，周扬译，人民文学出版社1957年版，第6页。

② 北京大学哲学系美学教研室编：《中国美学史资料选编》上册，中华书局1980年版，第14页。

③ 《马克思恩格斯全集》第10卷，人民出版社1975年版，第686页。

道德得以升华，人的灵魂得以净化。三是具有"寓教于乐"的特点。文艺
的接受没有任何强迫，完全是一种自由自觉的活动。在活动的全过程中，
接受者会沉醉在艺术天地里流连忘返，甚至会处于一种忘我状态。正是在
享受这种"满足"与"快乐"的过程中，情绪上会受到某种感染，思想上
会受到某种启迪，精神上会受到某种激励。

文艺，作为一种独特的文化形态或文化现象，它既是人类整个文化系
统中的一个子系统，又总是处于各种文化的关系之中，其文化属性自不待
言。而且，审美属性、认识属性亦是文化属性的表现形式。也就是说，文
艺作品的文化属性还应包括审美属性、认识属性。至于文艺作品其他文化
属性，如哲学、宗教、科学等因素也比较突出。哲学对文艺的影响，主要
表现在对创作主体和接受者以及促进艺术潮流形成诸方面。而且，文艺也
可以启迪哲学家的思维，甚至于哲学家对文艺的思考，还能成为其哲学体
系的重要组成部分。而文艺与宗教的关系则更为紧密，我们知道原始艺术
和原始宗教是融合在一起的，只是到了后来才逐渐独立。从某种意义上
说，是宗教对文艺的利用。另外，文艺与科学的联系有目共睹。科学发展
到今天，现代新技术革命给人类社会带来深刻影响，极大地改变了现代文
化的面貌，对现代文艺诸如美术、影视等的发展产生了非常复杂的影响，
从而显示出艺术中的科学美。

2. 从接受主体看作品。

相对文艺接受主体而言，文艺作品在多大程度上能否更顺利地被理解
接受并产生浓郁的鉴赏愉悦，同样也会对作品客体提出相应要求。因此，
文艺作品客体美的构成都会表现出以下三个层次。

（1）艺术语言层。

艺术语言层是文艺接受过程中首先呈现在接受者面前的具体语言系
统。例如，绘画语言包括线条、色彩、构图等；音乐语言包括节奏、旋
律、和声等；电影语言包括画面、音响、蒙太奇等；舞蹈语言包括神采、
身势、动作等。这些艺术语言，首先是创造艺术形象的表现手段，其次

是艺术语言本身就具有审美价值。人们在鉴赏接受中，不但接收他们创造出的艺术形象，同时也在欣赏经过精心构思、富有魅力的语言艺术。我们对文学作品的精彩语言——高歌或低吟自不待说，对其他艺术种类语言的欣赏，也是一样深情投入。比如齐白石画的《虾》，主要运用淡墨，层次多变，富有透明感，生动地表现出虾的外坚内柔、透明如玉的质感和在水中自由浮游的动感。这幅画能达到如此高的艺术水平，与齐白石熟练地运用国画语言艺术分不开。他曾经反复地研究过笔墨纸张怎样才能适应画虾的要求，甚至专门试验过利用不同含水量的笔墨点染渗透宣纸的特殊效果。由此可见，艺术语言层的艺术创造对艺术接受有着巨大作用和魅力。

（2）艺术形象层。

毫无疑问，人们在鉴赏文艺时首先接触到的，自然是文字、声音、色彩、线条、画面等艺术语言层，但艺术语言层的作用，在于塑造艺术形象。换句话说，是将艺术家头脑中主客观统一的审美意象物态化，使之成为艺术形象。由此，艺术形象便构成了文艺接受客体的第二层次。

艺术形象能够把千变万化、丰富广泛、多姿多彩的社会生活内容融入其中，不仅具有具体可感的形象性，而且还具备概括性和典型性。艺术形象中融进了艺术家喜恶爱憎的强烈情感及其对生活的思考。由于艺术形象具有具体可感性和情感性，理所当然地具有突出的审美情趣和审美意义。

（3）艺术意蕴层。

黑格尔说，艺术作品"显现出一种内在的生气、情感、灵魂、风骨和精神，这就是我们所说的艺术作品的意蕴。"[1] 所谓艺术意蕴，是指文艺作品通过典型感人的艺术形象，传达出深刻的人生哲理和思想内涵。苏轼脍炙人口的《题西林壁》，它所包含的深刻哲理，是我们体味不尽的。从一定意义上说，文艺作品中的这种意蕴，并不完全是由艺术形象体现出来的

---

[1] ［德］黑格尔：《美学》第 1 卷，朱光潜译，商务印书馆 1979 年版，第 25 页。

主题思想。"比起艺术作品的主题来，艺术意蕴是一种更加形而上的东西，它是一种哲理或诗情，常常只可意会，不可言传……许多情况下，对作品的艺术意蕴的阐释，都只能接近它，而无法穷尽它。"①

## 三　接受者

千姿百态的文艺作品通过各种传播媒介，进入"消费流通"领域，在接受者的鉴赏过程中实现它的审美价值和社会效益，这是文艺系统运行的最终结果。接下来，便是由接受者的"信息反馈"（作品的社会影响和文学评论）传递给作者，从而构成循环往复的运行过程。

文艺作品的鉴赏接受是认识自我、认识世界的一种方式，是"力图亲身再次地体验和思考别人已经体验过的经验和思考过的观念。"② 即为一种"次生文学"，与原生文学（鉴赏对象）平等，接受者通过鉴赏作品来探索和表达自己对世界、对人生的认识和感受。作为接受主体，每一位鉴赏者又都是具有独立个性的人，不仅气质、性格上有自己的特点，而且精神上也自觉地意识到作为独立个人的价值、尊严、自由和权利，在鉴赏接受中发挥自己审美创造的能动性，在审美静观中实现人的自由自觉的本质。

1. 接受者的自我实现。

接受者是具有自身内部感觉能力的，他可以凭借自己的内听觉、内视觉、内嗅觉、内肤觉、内触觉等，去感受、体验和想象文艺作品中潜藏着的生动意象，从而进入作品的艺术世界，达到忘我的境地。

在现实生活中，一方面，人们由于受到各种自然力量和社会力量的束缚，往往不能实现自我，使自身变成非自身，导致人的主体性的丧失；另一方面，人们对自身的失落和主体性的丧失并不自知，这种情况使接受者鉴赏文艺作品时，一旦进入到那个艺术世界和审美情境，就会唤醒自己可能沉睡或麻木了的主体意识，自己重新占有自己的自由自觉的本

---

① 彭吉象：《艺术学概论》，北京大学出版社 1995 年版，第 191 页。
② ［比利时］乔治·布莱：《批评意识》，郭宏安译，百花洲文艺出版社 1993 年版，第 2 页。

质。例如，人们鉴赏"阿Q"在"哀其不幸，怒其不争"的同时，也自然会反躬自省。无怪乎鲁迅当年发表这部作品时，许多人竟以为写的就是自己。

接受者对文艺作品的鉴赏，又可以成为一种超越手段，即通过它实现自己在现实世界中不可能实现的一切。正如席勒所说，只有美才使全世界人都快乐，在美的魔力下，每个人都忘了他的局限。

2. 接受者的自由选择。

在文艺鉴赏中，接受者独立自主的个性和与众不同的审美趣味，自然会表现出审美爱好的自主选择、审美情趣的自由抒发、审美评价的独立思辨，从而显示其文艺接受的个人差异性。即使是鉴赏同一篇作品，也会由于接受者审美趣味的差异而造成不同的选择。南唐中主李王景的《浣溪沙》，王国维所称赏的就与前人不同，他曾感慨地说："南唐中主词：'菡萏香销翠叶残，西风愁起绿波间'，大有众芳芜秽、美人迟暮之感，乃古今独赏其'细雨梦回鸡塞远，小楼吹彻玉笙寒'。故知解人正不易得。"①

3. 接受者的审美确认。

作者创作作品总是为了接受者的审美鉴赏，不为接受者审美鉴赏而创作的作品实际上不存在。从文艺活动的单向运行系统而分析，作者的审美创作是起点，作品是作者创作的结果，同时也是连接接受者的客体中介，接受者则是作品得以最后确认的审美主体。没有接受者的审美确认，作品不能产生任何意义。接受者的审美确认在整个文艺运行过程中占有十分重要的地位。

## 四　系统运行中的"三环节"

全面理解文艺作者、作品和接受者这"三环节"的美学定位，如上仅仅从各自的审美内涵和功能特点进行阐释还远远不够，而重在从整个文艺

---

① 郭绍虞等主编：《蕙风词话·人间词话》，人民文学出版社1984年版，第196页。

系统运行来揭示作者、作品和接受者三者之间的区别和联系，从而才能真正建立起健康高效的文艺系统运行机制。

作者，作为这个运行系统的起点，其直接成果就是作品，但优秀作品的生产又须杜绝闭门造车，作者的创作过程也有其客观规律需要遵循。当代西方著名哲学家波普尔在《无穷的探索》中曾提出"三个世界"的理论命题：事物即物理对象的世界是世界一，人的主观经验（如思维过程）的世界是世界二，自在陈述即人类精神产物的世界是世界三。由此，我们把社会现实称为世界一，把文艺作品称作世界三，那么，作者所进行的文艺创作（主要指艺术思维活动）就属于世界二。正像波普尔所说的，只有通过世界二作为世界一和世界三的中介，世界一和世界三才能相互作用。文艺创作是连接社会现实与文艺作品的中介，只有通过作者的文艺创作活动，社会现实才能成为文艺作品取材的丰富矿藏，文艺作品也才能表现和影响社会现实；也正是通过文艺创作活动，作者才生产出文艺作品，客观世界才转变成似真似幻的艺术世界。

既然文艺创作是连接社会现实与文艺作品的中介，因而作者拥有娴熟的高度创造性的表现能力就尤显重要。择其要者，第一，对世界一的了解愈深入愈好；第二，具备描绘世界三新视野、新魅力的必要的独特的创作本领；第三，注意掌握作者自身"双重性"，全力让世界三成为真正的具有"召唤结构"的审美对象。

文艺作品固然是由作者创造出来的，但自它诞生之日起就成为一个独立客观存在的艺术整体，并且需要接受者赋予其艺术生命，实现其生存意义。接受理论告诉我们，真正有价值的作品应是创作意识与接受意识相互作用的产物，而不是对于每一个时代的接受者都提供同样观念的客体；作品不是显示超时代本质的永久不变的纪念碑，它更多地像一部管弦乐谱，在其演奏中不断获得接受者新的反响，使文本从物质形态中解放出来，成为一种当代的存在。接受者的接受不完结，作品的意义也就不会固定在一个静止不变的范围内。

　　正是因为作品的价值与地位不仅仅是由作者赋予或作品自身已囊括的，只有被接受者印入脑海，经其领悟、解释、融化后再生的艺术形象才是真正的审美对象，才可能获得艺术生命力的"第二文本"。这样，成功文艺作品应具有"召唤结构"的形式载体即成为必然。与实际生活中的情景比较起来，作者所生产出的这个文本就会有意识地留下很多"空白"和"不确定性"，形成所谓的"召唤结构"，召唤读者发挥创造性，进行填补和具体化，参与作品潜在意义的实现和意义的形成，这即是所有中外佳作的根本特点。

　　作品，对于作者而言，作者是主体；但对于接受者而言，接受者又是主体。这两个主体的客体均是作品。在文艺运行的整个系统中，因为最终都是为了鉴赏，为了接受，所以，只有接受者才是这个运行系统的唯一主体。从接受主体来讲，第一个必要因素是具有一定的审美接受能力，第二个必要因素是具有审美价值的接受客体。接受客体是作者对象化的存在物，也是接受主体对象化的对照物。作品——接受客体只有实现了对作者和接受者在审美意义上的双重肯定才能成为真正的接受对象。

　　综上所述，作者、作品和接受者"三环节"在文艺系统运行中，虽然它们相对独立，但均是为了实现文艺作品的社会性审美接受，又总是相互依赖、相互促进。作者之于文艺作品的创造，必须以创造出具有审美价值的对象为目的，并能为广大受众接受为根本；作品作为文艺系统运行的中心环节，作为客观存在，其艺术生命一半是作者所赋予，另一半则是通过接受主体对作品的鉴赏来实现。接受主体与作者、作品的关系略显复杂。一方面，接受者一旦进入审美鉴赏活动，就会与审美对象结合起来，使接受者自身在审美中自觉生成新的构想，也即"艺术对象创造出懂得艺术和能够欣赏美的大众。"[①] 这自然是接受客体的作用。另一方面，接受者在审美活动中所表现出的喜怒哀乐及其价值取向，又无不影响着作者的创作，迫使作者不断深入生活，研究和改进创作。再者，即使是广为流传的名篇

---

① 《马克思恩格斯选集》第 2 卷，人民出版社 1995 年版，第 95 页。

佳作，如果接受者不具备相应的鉴赏水平，必然导致鉴赏的千差万别，甚至影响整个文艺系统的运行。

## 第四节　再论文艺鉴赏学学科构建及其他①

### 一　姚斯等接受美学——文艺鉴赏学诞生之"前奏"

文艺鉴赏学的发展历史，它的直接源头，可以上溯到 20 世纪 60 年代后期所诞生的接受美学。当时，以联邦德国康士坦茨大学汉斯·罗伯特·姚斯和沃尔夫岗·伊瑟尔等几位学者为代表提出了接受美学（Reception-Aesthetics）或接受理论（Receptions Theory）的主张。而且，他们的主张很快构成了一门文艺美学新学科的雏形，并产生了广泛世界影响。正如美国加利福尼亚大学伯克利分校学者 R. C. 霍拉勃在《接受理论》所指出："从马克思主义者到传统批评家，从古典学者、中世纪学者到现代专家，每一种方法论，每一个文学领域，无不响应了接受理论提出的挑战。"②

接受美学促进了我们所谓文艺鉴赏学的诞生，其最大贡献主要表现有以下几点。

首先，是改变了读者（接受者）在文艺鉴赏活动中的作用与地位。传统美学中的接受者只是作品之外的一个被动存在，作品总是第一性的，接受者的鉴赏永远是第二性的。接受美学与之相反，它把接受者看成是作品意义得以生发的第一因素，是文艺鉴赏活动的主体，作品不是由作者独家生产出来，而是由作者与接受者共同创造的结果。

其次，对文艺作品概念的理解与过去大不一样。通常所说的文艺作品是完全独立于接受者而客观存在的认识对象，它的含义与价值是本身所固有的，是超越时间和空间永远不变的；而接受美学把文艺作品视为一个多

---

① 原载《名作欣赏》2000 年第 1 期，原标题《论文艺鉴赏学的构建及其他》，收入本著有改动。

② ［联邦德国］H. R. 姚斯等：《接受美学与接受理论》，周宁、金元浦译，辽宁人民出版社1987 年版，第 282 页。

层面的未完成的图式结构，作品意义具有未定性，而且它必须靠接受者的鉴赏才能产生意义。

最后，接受美学把研究重点转移到了接受者及其鉴赏活动。文艺活动不再只是作者的创造活动，而是包括从作者、作品到接受者的动力学过程，这就从根本上改变了传统美学的研究视野。一部文艺史，不仅是一部关于作家与作品的历史，还应成为作品接受史或效果史；文艺作品的历史生存即在于一代一代接受者的接受长链中。

由于接受美学强调了接受者的突出作用，同时又十分重视对整个鉴赏过程的考察，并形成了以接受者为主体和以作品为客体的理论体系，客观上为我们提出文艺鉴赏学作为文艺美学一个独立分支的构想起到了极大推动作用。然而，姚斯等接受美学违背存在决定意识的马克思主义基本原理，忽视或贬低文艺作品的客观存在，无限夸大接受者的主观能动作用，明显陷入一种绝对相对主义。可喜的是，后来瑙曼等接受美学学者发展了姚斯、伊瑟尔学派正确的一面，认为"'艺术对象创造出懂得艺术和能够欣赏美的大众'，在这种范型中，艺术的效果与接收尽管很重要，而且终于影响生产，但也清楚地处于次级地位。"① 我们以为，接受美学只要从根本上摆正文艺作品与接受者的主客体关系，然后再怎么强调接受者的决定影响都可以理解。

## 二　早期文艺鉴赏学研究扫描

在接受美学之前，人们已很早就开始关注文艺鉴赏活动了。回顾早期人们对文艺鉴赏的研究，这对于我们创建文艺鉴赏学大有益处。早期文艺鉴赏学研究，有以下几个特点值得注意。

1. 文艺鉴赏的审美功用同道德教化紧密结合在一起。

在古代文艺鉴赏理论中，文艺鉴赏往往被视为道德教化的特殊方式。

---

① 　［联邦德国］H. R. 姚斯等：《接受美学与接受理论》，周宁、金元浦译，辽宁人民出版社1987年版，第414页。

孔子所提出的"兴于《诗》、立于礼、成于乐"① 的理论是其典型代表。在孔子看来，要造就一个仁人君子，首先当应学《诗》，继而学礼，后可学乐，乐是造成一个完人的最终关键。据说孔子就是一个极爱音乐的人，但他对音乐的鉴赏，不图为乐之至于斯也，而是因为"子谓《韶》：'尽美矣，又尽善也。'"② 孔子是把对音乐的鉴赏当成是修身的方式来进行的。荀子在他的《乐论》中也说："乐者，圣人之所乐也，而可以善民心；其感人深，其移风易俗，故先王导之以礼乐而民和睦。"③ 认为音乐是人们寓教于乐、以善民心的一种美育形式。

以上我国古代这一文艺审美观，与西方早期的文艺鉴赏理论几乎不谋而合。柏拉图认为如果诗歌"对于真理没有多大价值"，那么，"我们要拒绝他进到一个政治修明的国家里来，因为他培养发育人性中低劣的部分，摧残理性的部分……摹仿诗人对于人心也是如此，他种下恶因，逢迎人心的无理性的部分……并且制造出一些和真理相隔甚远的影像"。④ 这正是从道德的角度来评价文艺、要求文艺。进而，朱光潜指出："柏拉图在西方是第一个人明确地把政治教育效果定作文艺的批评标准。"⑤

事实上，古代人们对文艺道德教化作用的重现，随着时间的推移，愈来愈得到强化，以至于把文艺看成是经国传道的重要工具。这一思想，始终影响着后人的文艺创作与文艺鉴赏活动。

2. 早期文艺鉴赏学研究或依附于美学理论，或散见于一般的文艺理论著作中。

在西方，自 1750 年德国鲍姆伽登出版《美学》，即确立了美学作为一门独立学科的地位。之后，又通过康德、席勒、黑格尔等人的发扬光大，

---

① 《论语·泰伯》。

② 《论语·八佾》。

③ 荀子：《乐论》，《诸子集成（二）》，团结出版社 1999 年版，第 293 页。

④ ［古希腊］柏拉图：《柏拉图文艺对话集》，朱光潜译，人民文学出版社 1963 年版，第 84、85 页。

⑤ 同上书，第 353 页。

便使西方美学研究进入全盛时期，并成为马克思主义美学的直接思想渊源。西方美学研究，自诞生之初就是把文艺作为主要对象的。所以，尽管在姚斯接受美学之前未能形成文艺鉴赏学的理论体系，但在他们的美学著作中几乎占一半的篇幅都是探讨艺术美及其审美鉴赏的，只是对美和艺术作形而上的思考较多，对不同门类文艺作品的鉴赏研究很少。

美学在我国历史上并未能形成自己的学科。然而，我国的文艺理论家们都十分重视文艺鉴赏和文艺创作中主体的审美经验，强调主体的直觉感悟与整体把握，因而也提出了很多具有独特意义的文艺鉴赏理论，这是值得我们注意的。

3. 早期文艺鉴赏研究内容丰富，涉及文艺鉴赏学的方方面面。

早期文艺鉴赏研究对文艺鉴赏的很多理论问题都有涉及，其中有不少观点至今还影响着我们的审美鉴赏以及理论建构。略举数例如次。

（1）经世致用的文艺鉴赏观。

孔子在《论语·子路》中说："诵《诗》三百，授之以政，不达；使于四方，不能专对；虽多，亦奚以为？"在《论语·阳货》中，他又说："小子何莫学夫《诗》？《诗》可以兴，可以观，可以群，可以怨；迩之事父，远之事君；多识于鸟兽草木之名。"以上两段话，最集中地体现了孔子经世致用的文艺鉴赏观，同时也指出了文艺的认识、教育和美感作用，可谓开创了中国古代文艺鉴赏理论的先河。

在西方，与孔子这一观点相似的是亚里士多德在《政治学》中的表述："美是一种善，其所以引起快感正是因为它是善。"[1] 强调善，也正是经世致用观的具体体现。

（2）知言养气、以意逆志、知人论世的文艺鉴赏方法理论。

《孟子·公孙丑章句上》："敢问夫子恶乎长？曰：我知言，我善养吾浩然之气。"将"知言"之果归于"养气"之因，"养气"当指鉴赏主体

---

① ［古希腊］亚里士多德：《政治学》，北京大学哲学系美学教研室编《西方美学家论美和美感》，商务印书馆 1982 年版，第 41 页。

长期的道德与艺术修养。如何"知言"（正确感知语言艺术）？孟子又说："故说诗者，不以文害辞，不以辞害志；以意逆志，是为得之。"① 还说："颂其诗，读其书，不知其人，可乎？是以论其世也，是尚友也。"② 从此，知言养气、以意逆志和知人论世便成为人们文艺鉴赏的重要方法。

（3）审美趣味说。

这是18世纪由西方学者提出的一个十分著名的审美理论。"趣味"一词最初由约翰·德累顿等人提出，后经夏夫兹博里和阿迪逊等学者的专门解释与多次使用，使之成为鉴赏美学中广为流行的词汇。在他们看来，"趣味"是人的本性中天然存在的一种专门鉴赏美的器官。每当我们采取一种非功利的态度去鉴赏美的事物，这种感官即开始工作，它的工作就像味觉器官品尝糖的"甜"和盐的"咸"，是直接地、不假思索地感受和品味。而正是通过以上类比，所以他们将专门负责对美和丑进行鉴赏的器官称为"趣味"。③ 在夏夫兹博里等人之后，又有大卫·休谟发表了他的著名论文《论审美趣味的标准》，继之还有康德所著《判断力批判》问世，对趣味的判断也提出了自己的看法。不过，古代哲人对审美趣味的理解不一定很全面，甚至有的已经陷入唯心主义的泥潭，但它的确是涉及了文艺鉴赏能力中的一个重要命题。

（4）文艺鉴赏的享受性。

古人把文艺鉴赏看成是一种情感教育，它通过情感的交流，作用于人的心灵，使人获得一种审美的享受，这是对的。早期文艺鉴赏理论中所说的"净化"（亚里士多德）、"兴"（孔子）、"寓教于乐"（贺拉斯）等，都是指文艺鉴赏是一种高级的精神鉴赏或精神享受。孔子说，"知之者不如好之者，好之者不如乐之者。"④ 这正是前人从成功的文艺鉴赏实践中总结出来的经验。

---

① 《孟子·万章章句上》。

② 《孟子·万章章句下》。

③ 参见滕守尧《审美心理描述》，中国社会科学出版社1985年版，第14页。

④ 《论语·雍也》。

（5）无为、虚静、旁观等有关文艺鉴赏态度的理论。

"无为"，是中国老子提出的。最初是指一种生活的态度，清心寡欲，甘于恬淡，摆脱日常意识，达到无为境界。即所谓"吾以无为诚乐矣。"①后引申到鉴赏音乐或其他艺术，同样也不能仅仅停留于分辨其中的钟鼓之音或具体的形状色彩，要从艺术的境界中跳出来去领悟其中之道。

老子之后，庄子又发展了他的这个思想，提出了"心斋"、"坐忘"等概念，也即指一种无己、无功、无名的精神状态，让身心进入自由的审美鉴赏境界。再往后，还有荀子的"虚一而静"；②刘勰的"疏瀹五藏，澡雪精神"③ 等，这都是认为只有洗净心灵上的污垢才能从容地玩味对象，获得真正的审美享受。

在古代西方哲人那里，毕达哥拉斯的观点比较接近现代人的审美思想，他说："生活就像是一场体育竞赛，有些人充当角力士，还有些人成为调停者，而最好的位置却是旁观者。"④ 这种旁观者的审美鉴赏态度与老庄的"无为观"大致相似。后来，康德则表述得更为直接，他说："鉴赏是凭借完全无利害观念的快感和不快感对某一对象或其表现方法的一种判断力。"⑤"无利害观念"也即是没有日常物欲的思想。

（6）"知音论"与"六观论"。

刘勰是中国古代比较多地研究文艺鉴赏的第一人，他最著名的文艺鉴赏学说主要体现在"知音论"和"六观论"两大方面。

《文心雕龙》专列《知音》一篇，对知音其难以及知音的基本要求有独到和较为系统的见解。他认为，要想成为知音，首先要端正思想方法，不能"会己则嗟讽，异我则沮丧"。其次是要加强鉴赏主体的修养，提出务先博观，"凡操千曲而后晓声，观千剑而后识器……然后能平理若衡，

---

① 《庄子·至乐》。
② 《荀子·解蔽》。
③ 《文心雕龙·神思》。
④ 滕守尧：《审美心理描述》，中国社会科学出版社1985年版，第7页。
⑤ ［德］康德：《判断力批判》上卷，宗白华译，商务印书馆1964年版，第47页。

照辞如镜矣。"最后则是要全面地分析作品，防止偏见偏爱，具体而言就是要运用"六观"方法。所谓"六观论"，按他的说法即是"将阅文情，先标六观：一观位体，二观置辞，三观通变，四观奇正，五观事义，六观宫商。斯术既形，则优劣见矣"。这"六观"鉴赏方法，对我们全面系统地鉴赏文艺作品具有重要的启示意义。

早期文艺鉴赏理论，除上面提到的以外，还有审美标准、审美范畴、审美方法等方面很多重要观点，它们对于当今文艺鉴赏学的确立奠定了稳固基础。

## 三　文艺鉴赏学学科构建框架

任何一门科学，都有它特定的含义，并以某一类现象的普遍规律当作自身研究对象。文艺鉴赏学所研究的，就是人类从事文艺鉴赏并与之相关的各种现象的普遍规律。所谓文艺鉴赏学，它首先是一门美学，确切地说，它是研究人类文艺鉴赏活动的美的科学。因此，我们亦可将文艺鉴赏学称为文艺鉴赏美学。

文艺是伴随着人类起源而诞生。有人类就有劳动，有劳动就有文艺。刘勰所谓"民生而志，咏歌所含"[①] 正是这个意思。与此同时，有文艺又必然有鉴赏，不为鉴赏而存在的文艺并不存在。可以说，文艺创作与文艺鉴赏是一对孪生姐妹，它们均与人类的起源一样久远。历史上关于文艺创作的研究著作汗牛充栋，却很少有人去系统地研究文艺鉴赏学。是否文艺鉴赏不存在什么科学？或者说不存在一种共同的、普遍的规律？这是极不正常的现象。

尽管如此，从古到今，文艺鉴赏作为人类最基本的活动之一，却始终没有停止过。人类需要文艺，人类需要美，对文艺美的追求应该是人类的一种永恒追求。这一切为文艺鉴赏学的形成、发展便提供了很好的实践基础。大凡一门科学的建立，总是以大量的实践为前提并在此基础上加以抽

---

① 刘勰：《文心雕龙·明诗》。

象、概括的结果。众所周知，文艺是美的最高体现，文艺鉴赏自然也即是发现美、享受美的一种精神活动。要界定文艺鉴赏学范畴，我们先对美学的范畴作如下概括：

$$
美学
\begin{cases}
美的哲学 \\
美的经验（美感与审美心理）\\
美的对象（文艺美学）
\end{cases}
$$

美的哲学，侧重于对美的现象作形而上的探索与揭示，带有极强的抽象性和概括性。康德、黑格尔、马克思等哲人的美学，基本上属于此类；美的经验，主要在于对人类审美过程作现象描述，譬如距离说、移情说、实验美学、格式塔心理学美学等，都是关于美的经验的总结；美的对象（文艺美学），则着重从文艺理论、文艺鉴赏与批评、文学艺术史等方面考察人类的审美现象，历史上又多以揭示文艺作品的美学规律或法则为主，如亚里士多德《诗学》、贺拉斯《诗艺》、丹纳《艺术哲学》、刘勰《文心雕龙》、石涛《画语录》等，都是以文学艺术门类为对象来研究美。

这里，我们把文艺鉴赏学作为美学范畴中的一个突出学科来加以研究，它不仅能够进一步丰富美学内容，而且还能更好地指导人类的文艺鉴赏。总体而言，文艺美学研究的是整个文艺交际系统，它包括文艺创作、文艺作品、文艺鉴赏三个子系统，那么文艺美学即是围绕文艺这个独特系统的三个方面展开：

$$
文艺美学
\begin{cases}
文艺创作（美的创造）\\
作品形式（美的价值）\\
鉴赏实现（美的接受）
\end{cases}
$$

文艺创作，主要探讨艺术家在创作过程中是如何"按照美的规律"创作文艺作品；作品形式——作为人类审美接受的客体存在——重在揭示艺术创作的审美结构、审美特征及其审美价值；鉴赏实现，则是侧重研究文艺作品如何被读者、听众或观众所接受。

文艺鉴赏学直到 20 世纪 60 年代，随着西方国家康斯坦茨学派接受美学诞生也才有相应位置，文艺美学才逐渐开始显现出"作者美学"、"作品美学"和"读者（接受）美学（'文艺鉴赏学'）"三者分庭抗礼的端倪。此前文艺鉴赏学均涵盖在作者美学和作品美学中。在黑格尔那里，艺术本身就是美学研究的主要对象。他说过，美学范围就是艺术，或者说美的艺术的哲学。① 不过，黑格尔的美学体系甚至后来的诸如《拉奥孔》（莱辛）、《艺术哲学》（丹纳）、《艺术论》（托尔斯泰）等艺术美学著作中，几乎都不约而同地只是以对某些艺术品类提出一些具有普遍意义的美学规律或法则为重点，而对不同门类文艺的类型鉴赏则少有探讨。即使在康斯坦茨学派接受美学那里，这方面仍然显得非常薄弱。

在中国，因经世致用思想长期主导美学研究，美学学科的发展比西方国家要滞后得多。直到 1949 年以后，中国美学界才开始对美的对象、范畴和学科形态等进行系统研究，但对文艺鉴赏学的自觉构建顶多也是在 20 世纪 90 年代才开始。一方面，全国第一次美学会议于 1980 年 6 月在昆明召开，随后美学学科研究在中国才逐渐步入健康发展的轨道，学者们对于美学的研究热情前所未有的高涨。另一方面，随着 20 世纪 80 年代西方美学名著译丛在中国的出版等，特别是接受美学奠基人汉斯·罗伯特·姚斯《走向接受美学》和全面介绍该学派的加利福尼亚大学伯克利分校学者 R. C. 霍拉勃《接受理论》在我国发行；再加上 20 世纪 90 年代中期开始中国高校普遍重点实施的文化素质教育，"文艺鉴赏学"作为大学生专业基础必修课程广泛开设，且在近年"文艺鉴赏学"还被列入"国家级精品资源共享课"广泛推荐，② 从鉴赏实践的层面对其进行独立深入的系统研

---

① 参见［德］黑格尔《美学》第 1 卷，朱光潜译，商务印书馆 1979 年版，第 3、4 页。
② 参见《教育部办公厅关于公布第一批"国家级精品资源共享课"名单的通知》（教高厅函〔2016〕第 54 号）。

究即成为必然。虽然，中国的"读者美学"或"文艺鉴赏学"起步较晚，但它一开始就与大学全面发展的高层次人才培养联系起来，再次体现了中国经世致用的传统审美理念和研究特色。

"文艺鉴赏学"要研究的范畴有三：一是文艺鉴赏的一般美学原理；二是文艺鉴赏的规律与方法；三是各门类文艺作品的鉴赏。具体包括：

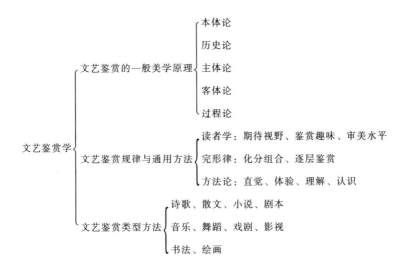

文艺鉴赏学
- 文艺鉴赏的一般美学原理
  - 本体论
  - 历史论
  - 主体论
  - 客体论
  - 过程论
- 文艺鉴赏规律与通用方法
  - 读者学：期待视野、鉴赏趣味、审美水平
  - 完形律：化分组合、逐层鉴赏
  - 方法论：直觉、体验、理解、认识
- 文艺鉴赏类型方法
  - 诗歌、散文、小说、剧本
  - 音乐、舞蹈、戏剧、影视
  - 书法、绘画

## 第五节　观众买票看戏缘由简论

谈到戏剧鉴赏，我们无论如何也不能回避这样一个既浅显又似乎难以说清的问题：我们为何买票上剧场去看戏呢？如果单从表面上理解，也许可以说出五花八门的答案。有的可能是为了消除疲劳，有的可能是为了消磨时光，有的也可能是为了寻求某种刺激，还有可能是为了同情侣有一个谈情说爱的契机，也或可能是为了欣赏艺术、接受教育等。如此之多的缘由，问题也就复杂了。至少，这里有两点值得我们思索。

戏剧究竟是作为一个什么对象而存在？

观看戏剧的缘由究竟是什么？

笔者以为，这两个问题相辅相成，弄清了前一个问题，后一个问题也就好办了。不论我们上剧场看戏的直接缘由有多少，但总不外乎这样两种基本类型：一类是为消遣娱乐；一类是为审美享受；或还有一类则是这两者兼而有之。这样，戏剧的存在也便有了"娱乐说"和"审美说"两种形式，以及由此而引申出来的"娱乐审美说"的可能。

持"娱乐说"者以为，戏剧必须首先供人娱乐，这也是观众看戏的真正目的。因为人们经过一天紧张、辛苦的劳累之后，晚上到剧场来自然是为了娱乐和休息。当代美国戏剧家埃尔玛·赖斯就说过："就大部分观众而言，吸引他们到剧场来的东西中没有比想得到娱乐的欲望更强烈的。"① 布莱希特在《戏剧小工具篇》中也曾指出："'戏剧'就是要生动地反映人与人之间流传的或者想象的事件，其目的是为了娱乐。"② 同样特别强调了戏剧对观众的娱乐意义，尽管布氏不是一个纯娱乐观的主张者。

持"审美说"者以为，戏剧绝不是观众纯娱乐的糕点，如果戏剧只有娱乐，为什么我们都愿意发狂似地沉溺到这同一种娱乐之中去呢？大家到游艺场等消遣场所去不是更好吗？应该说，戏剧首先必须是高尚的、审美的、能陶冶观众情操的。"如果戏剧不能感受社会的脉搏、历史的脉搏，不能感受它的人民的演出，不能把握住它的景物和精神的真实色彩，以及伴随而来的笑声和泪水，它就不配自称为戏剧，就只是一个游乐场，或者是人们去干那种被称为'消磨时光'的可怕事情的场所。"③ 这也即是说，戏剧一旦离开审美的特性，丧失这种尊严，而仅仅去追求娱乐、刺激，那将是戏剧的灭亡。戏剧必须是给观众施加影响，陶冶观众的性情，培养观众的审美情趣。

"审美娱乐说"则以为审美与娱乐并行不悖，既不夸大审美的一面，防止戏剧变成某个政治中心狭隘的宣传工具；同时也不夸大娱乐的意义，以至于使戏剧滑入低级庸俗的泥坑里去。英国著名戏剧家萧伯纳在《怎样

---

① ［美］艾·威尔逊等：《论观众》，李醒等译，文化艺术出版社 1986 年版。
② 转引自谭霈生等《话剧艺术概论》，中国戏剧出版社 1986 年版，第 489 页。
③ ［西］费特列戈·加西亚·洛尔伽：《谈戏剧》，见［美］艾·威尔逊等《论观众》，李醒译，文化艺术出版社 1986 年版，第 86 页。

写通俗剧本》一文中曾明确告诫人们："伟大的剧作家不仅是给自己或观众以娱乐，他还有更多的事要做。他应该解释生活。"① "因为从日常发生的偶然事件的混乱状态中挑出有意义的事件是布里厄的职责所在，把这些事件加以整理，使它们彼此之间的关系具有某种意义，这就能把我们从被极度混乱所造成的迷惑不解的旁观者变为能够理智地、能动地认识这个世界和它的前途的人。"② 这里所说的"解释生活"，也即是使观众能以审美的眼光去认识生活，去评价生活。审美与娱乐，如果稍有偏废都不可能产生最伟大的剧作。

戏剧究竟是作为什么对象而存在的呢？多少年来，这一看似浅显的问题并没有得到很好的解释。以我国而论，在过去极"左"路线的影响下，戏剧自然也成了阶级斗争的工具，戏剧舞台到处充斥的是政治概念的图解，谁讲"娱乐"就是资产阶级思想，就是修正主义。"四人帮"垮台之后，人们的思想从禁锢中解脱出来，观念得到了更新，但也一度有过忽视戏剧审美特性而片面强调戏剧娱乐性的现象。戏剧舞台上出现了一些单纯追求娱乐、喜剧效果的东西，甚至于去一味迎合少数观众的低级趣味。有人说："在长期的革命战争和阶级斗争的环境下，使我们一些同志对戏剧艺术的功能产生了错觉，以为戏剧的任务就是教育人民，仿佛观众到剧场，就是为了受教育，改变世界观；其实，错了。戏剧首先是供人娱乐的"，故"看戏是为了娱乐"。③ 此从一个极端转到另一个极端也不能不令人担心。

到这里，不由得使笔者想起一则往事：有一次笔者住在长沙市一家宾馆，正忙于校对一份文稿，任务很紧。一天，我的一位朋友突然从外面弄来两张戏票，据说是京剧盖派艺术的主要传人演出传统戏《狮子楼》。这个戏我过去看过，但一听说由名角主演，我二话没说，放下手头繁重的工

<hr/>

① ［美］艾·威尔逊等：《论观众》，李醒等译，文化艺术出版社 1986 年版，第 75 页。
② 同上书，第 76 页。
③ 黄心武：《"左"先生，请高抬贵手》，《中外影剧》1985 年第 2 期。

作去看戏了。戏是在下午三点开演，但看戏的人仍然很多，门外还站着不少人等待退票。《狮子楼》主要表现武松的刚正不阿、有仇必报、光明磊落和胆大心细，内容从武松奉差出外归来至除掉恶霸西门庆为止，可谓是一出非常严肃的正剧。这台戏的确演得很精彩，但它既没有靠演员滑稽的动作，也没有什么引人发笑的情节。笔者之所以放下事务赶到剧场来，当然不是想到要去娱乐一下，而更多的是怀着对武松主持公道、疾恶如仇等英雄行为的敬仰，以及想看一看著名演员的精湛表演。这种情形，在广大观众中恐怕不只是一少部分人吧？

好多年前，有人曾在北京大学、清华大学等八所高校就看戏、看电影的目的作过一次调查，结果是：

为欣赏艺术、陶冶性情的占百分之六十；

为消除疲劳、换换脑子的占百分之二十五；

为消磨时光、消遣的占百分之四；

为接受教育、提高觉悟的占百分之八；

为寻求刺激、逃避现实的占百分之三。

从这一统计结果看，观众为审美欣赏者仍占多数。当然，这个数字还只能说明属于大学生文化水准的这一层次；而对于那些普通工人、农民而言，肯定还会发生很大变化，对于他们中的大多数来讲的确主要是为消除疲劳、娱乐消遣的。问题也正在这里。因为"消遣说"和"审美说"都各自代表了一部分人，这便叫戏剧艺术家们犯难了。于是，有人主张将两者折中，推行"审美娱乐说"，看来似乎公允。但是，这种并举式的无中心论又往往可能叫戏剧家莫衷一是。而且，从戏剧艺术实践看，一台戏它总是有所偏重，根本无法将它们两者对半地调和起来；况且不同的观众，对于"娱乐"的要求并不一样。对于那些水平较低的观众来讲，追求的是滑稽、噱头、引人发笑的喜剧情节等；而水平较高的观众则要求戏剧深刻、艺术地反映生活，对那些一般的戏剧噱头等往往不屑一顾。在他们看来，把戏作为一种纯娱乐的事情似乎是不存在的，正如另一部分人从来也不把看戏当成一种纯审美的活动去做一样。如果一台戏能把这样两部分观众很好地统一起来，那简直是一个奇迹。

从理论上讲，"审美娱乐说"并没有错。问题是，我们对于"娱乐"的理解往往有些片面，似乎没有什么引人发笑的东西就没有"乐"了，就不能供人"消遣"了。这样，那些流传千古的悲剧、正剧等都有可能会排斥在外。"娱乐"对于戏剧来说，应该还有更高尚的东西，它是指从戏剧艺术中所获得的一种赏心悦目的审美享受，是一种甘心乐意的灵魂的洗礼与升华，是与那种直接向观众说教、"耳提面命"式的扫兴的宣传相对的一个概念。如果"审美娱乐说"成立的话，那么这里的"娱乐"与人们常说的一般意义的"娱乐"也不一样；它首先得服从于审美，是包含着审美享受的"娱乐"。审美也是一种娱乐，不过是一种高尚的娱乐。

我们指出"娱乐"的不同含义以及"娱乐"服从于审美很重要。它一方面可以避免主张"审美娱乐说"有可能导致在具体实践上的偏差；另一方面也明确指出戏剧鉴赏就是一种高尚的娱乐。同时，戏剧究竟应作为什么对象而存在也便不难解决。在这个问题上，我们同意沿用"寓教于乐"这个古老的理念来说明。早在两千多年以前，古罗马著名戏剧批评家贺拉斯在他的《诗艺》中就曾明确告诫人们："寓教于乐，既劝谕读者，又使他喜爱，才能符合众望。"大众既不欢迎那些"毫无益处的戏剧"，也不爱看那些"毫无趣味"的作品。① 笔者以为，"寓教于乐"较"审美娱乐"要显得科学的理由即在于它明确了戏剧应以"教"为主导，"寓教"是目的，"于乐"是形式，即戏剧的永久存在是以富有魅力的形式把剧作者对生活独到的思想传达给观众为条件的。

纵观中外戏剧发展史，又有哪一位伟大剧作家不是以劝谕人、教育人

---

① 伍蠡甫主编：《西方文论选》上卷，上海文艺出版社 1963 年版，第 113 页。

为神圣使命的呢？从欧里庇得斯和阿里斯托芬到莎士比亚、莫里哀，再从歌德和席勒到易卜生、萧伯纳、布莱希特，再到我国的关汉卿、王实甫、曹禺等，他们的剧作正是以强有力的艺术力量启迪了人们的思想，从而在广大观众中获得殊荣。明白了戏剧应是以此种面貌呈现，那么，当我们花钱买票去剧场，不论我们的直接缘由怎样，消遣娱乐也好，寻求刺激也好，或是审美欣赏也好，你都会自觉不自觉地不同程度地接受剧作家的教导。当然，这种教导是很委婉的、自然的，犹如淅淅沥沥的春雨落入广阔原野那样的不知不觉。剧场的确是一所特殊的学校，在一般情况下因为我们到这里来完全是自觉自愿，即使你是为了一种纯娱乐的愿望而来，但戏剧之美的因素相对客观，它早已深深地隐藏在人们对各种观剧的表面动机中。既然如此，我们也就有理由去积极倡导戏剧观众接受思想启迪，欣赏艺术的观剧缘由，尤其是作为一个真正的戏剧鉴赏者更应这样。

倡导接受思想启迪、欣赏艺术的观剧缘由，主要是由戏剧"寓教于乐"的审美存在所决定；你如果真正想看戏而不是心不在焉的消遣，就或多或少会体现出这一缘由的基本内容。当然，我们也应看到观众水平存在高下之别，但戏剧却不能因此而迁就少部分观众降低其思想和艺术水准。苏联剧作家契诃夫在给符·伊·涅米罗维奇-罗钦科的信中说："不应当把果戈理降到人民的水平上来，而应当把人民提高到果戈理的水平上去。"[①]正因为如此，作为一名优秀的戏剧鉴赏者也就没有道理自甘落后了。庸俗与高尚、低劣与健康、迟钝与敏锐，在这戏剧鉴赏的众流竞进之中，你应当去追求什么呢？

或许有人担心，倡导这种观剧缘由势必会影响观众的鉴赏心情，特别是其中接受思想启迪似乎叫人有些受不了。前面所引关于观剧目的调查，此项仅占百分之八，这足以引起我们注意。美学家王朝闻先生说："我从来没有带着受教育才去看戏的经验……如果我只是或主要是为了受教育才

---

① ［美］艾·威尔逊等：《论观众》，李醒等译，文化艺术出版社1986年版，第72页。

去看戏，老实说，这种意图本身就有点使自己扫兴。"① 这确也是很多人已有的经验。不过，这里需要说明的是，我们把思想与艺术分开来阐述，意在强调和明确观剧目的之具体内容，这样对一个想提高自己戏剧鉴赏力的人有益无害。

事实上，思想与艺术在戏剧鉴赏中是紧密相连，犹如盐与水的化合，观众是在欣赏戏剧艺术中受到启迪，在思想启迪中欣赏艺术。如果我们看戏，还要求像"文化大革命"中那样常常出于某种斗争的需要去正襟危坐地接受政治宣传，也就不能算是正常的戏剧鉴赏了。但是，我们也不能因此而排斥启迪思想的观剧目的，尽管我们上剧场去很少有人明确意识到这一点，而实际上戏剧美的存在已经给我们进行了规定。之所以要反复指出观剧目的中的这项内容，就是为了减少初学鉴赏戏剧的盲目性，以便于在心理上有所准备，充分地去接受戏剧给我们的各种启迪。狄德罗说："当心灵本身舒展着迎受这打击的时候，就更准确有力地打动人心深处。"② 看来，这种心理准备是必要的。

综上所述，不论你具体的看戏动机如何，但接受思想启迪、欣赏戏剧艺术的价值却早已潜藏在你的各种动机背后，而作为一个戏剧鉴赏者也绝不应该排斥它。相反，还需要我们自觉地去遵循戏剧鉴赏的这一审美规定，这才有可能逐步地提高自己的鉴赏水平，充分地享受戏剧之美。

## 第六节　大学审美教育呼唤开设"文艺鉴赏学"

### 一

随着美育理论和文艺实践的深入发展，审美在人类的整个精神生活中已愈来愈占有非常显著的位置，同时还正在成为当今学校教育改革中的一项重要内容。英国赫伯特·里德撰写了一本专著《寓教育于艺术》，专门

---

① 转引自戴平《戏剧——综合的美学工程》，上海人民出版社 1988 年版，第 534 页。
② 伍蠡甫主编：《西方文论选》上卷，上海译文出版社 1979 年版，第 350 页。

探讨学校教育中的美育问题。特别是，在我们这个高度重视精神文明建设的社会主义国家里，将美育列入学校的正式课程和社会文明普及的重要内容的时机已经成熟，这也是物质文明发展到一定阶段之后对教育的特殊要求。人们的物质生活越丰富，就越是需要从高度文明的精神生活中以求得平衡。

实际上，人类很早就看到了美育与普通教育的关系，甚至把它作为一项兴邦治国的重要措施来推进。早在我国先秦时期，人们已意识到礼、乐、刑、政的区别与联系。在《礼记》中，孔子有段话表明了文艺审美教育对人格塑造的重要作用，他说："入其国，其教可知也；其为人也，温柔敦厚，《诗》教也；疏通知远，《书》教也；广博易良，乐教也；洁静精微，《易》教也；恭俭庄敬，礼教也；属辞比事，《春秋》教也。"① 孔子的这些观点，代表了我国古代注重文艺审美教育的传统思想。

我国古代之所以把礼乐之教作为人的教育的重要内容，主要在于它具有寓教于乐的特点，并为其他教育方式所不能替代。正如荀子《乐论》所说："夫声乐之入人也深，其化人也速，故先王谨为之文。"② 先秦时期，人们能够对乐教产生兴趣，而且不论是对它的美育性质，还是它给人的美育影响，都已有比较高的认识，这是不容易的。

在西方，席勒是较早地较为系统地研究美育的著名学者，其代表作是《美育书简》（从1793年开始，他给一位丹麦亲王写的27封书信）。在该著中，席勒吸收并改造了前人的美育研究成果，不仅明确提出了审美教育的概念，而且还系统地阐述了审美教育的理论。尽管席勒的主张也有不周全处，但他的确是突破了古代文明时期那种带有狭隘功利主义性质的美育观念，不能不说有很大进步。

中国近代教育家蔡元培，在他的《美育与人生》一文中指出："人人

---

① 北京大学哲学系美学教研室编：《中国美学史资料选编》上册，中华书局1980年版，第87页。

② 同上书，第54页。

都有感情，而并非都有伟大而高尚的行为，这是由于感情推动力的薄弱。要转弱而为强，转薄而为厚，有待于陶养。陶养的工具，为美的对象；陶养的作用，叫美育。"① 要在全社会实施审美教育，学校是关键。目前，就我国各级各类学校的审美教育看，发展很不平衡。不过，教育部对学校要重点实施审美教育在近 20 多年来却是非常明确的。

原国家教委曾专门印发《关于加强学校艺术教育工作的意见》，文件指出："要从提高民族素质的高度认识艺术教育的重要性，把学校艺术教育工作纳入到教育的各项工作中去，真正确立艺术教育在学校教育中的地位。"② 稍后，教育部又下发了《关于加强大学生文化素质教育的若干意见》，文件指出："我们所进行的加强文化素质教育工作，重点指人文素质教育。主要是通过对大学生加强文学、历史、哲学、艺术等人文社会科学方面的教育，以提高全体大学生的文化品位、审美情趣、人文素养和科学素质。"③ 直至 2002 年，教育部还在三令五申地强调："普通高等学校应当开设艺术类必修课或者选修课"；"职业学校、普通高等学校应当结合实际情况制定艺术类必修课或选修课的教学计划（课程方案）进行教学"。④ 党的十八届三中全会更是对全面改进美育教学作出重要部署，国务院办公厅还下发《关于全面加强和改进学校美育工作的意见》，⑤ 对加强学校美育提出明确要求。近年来，经过各地、各有关部门的共同努力，学校美育的确也取得了一些进展；然而，如何将以上行政条文落到实处，还有大量工作要做。今天，我们的社会正快速地向知识信息经济社会迈进，尤其是在人们普遍认识到应试教育的弊端并向素质教育转向后，如何重新建构新世纪大学审美教育体系已成为我们广大美育工作者的一项重要的艰巨的任务。

---

① 孙常炜编：《蔡元培先生全集》，台湾商务印书馆 1979 年版，第 61 页。
② 见原国家教委文件：教体〔1997〕第 2 号。
③ 见教育部文件：教高〔1998〕第 2 号。
④ 见教育部令〔2002〕第 13 号。
⑤ 见国办发〔2015〕第 71 号。

# 二

实施大学审美教育，关键在课程设置，必修什么？选修什么？有待人们进一步达成共识。其中，开设"文艺鉴赏学"尤为突出。

为什么要开设这门课？主要基于以下三点思考。

首先，"文艺鉴赏学"是对完美人格的追求。

人与其他动物的一个显著区别就是——人是具有人格的。人格包括人的性格、气质、能力、修养等内容。毋庸置疑，人作为高级动物，都有一种追求完美人格的自然倾向。我国古代哲人墨子说："食必常饱，然后求美；衣必常暖，然后求丽；居必常安，然后求乐。"① 这里"求美"、"求丽"、"求乐"，即是人格的发展需求。那么，完美人格的实现，我们又该从哪些方面去追求呢？笔者认为，无非是客观和主观两大方面。

客观方面，主要是指完美人格实现的、一定历史时期的科技文化水平。上面提到的"求美"、"求丽"、"求乐"，其前提是什么？"常饱、常暖、常安"，这就是必要的客观生存水平。毫无疑问，随着社会生产力的迅速发展，实际上也就是人格的普遍提高；反过来，一定历史时期的社会条件又束缚着自我的实现，特别在还不能充分满足人的各种需要的社会里更是如此。古代很多志士仁人讲超脱、喜隐居，倒也不是他不想得益于社会环境，而是忍受不了压抑与反压抑的痛苦，以至于自我很难充分实现，因而影响到完美人格的发展。

主观方面，当然是指个体本身是否具备完美人格的基本素质，诸如生理的、心理的、智力的，等等，这一点应更好理解。一个未上过学的农民和一位接受过大学教育的知识分子，两者的人格追求一定会有差异。

这就是说，一个人所具有的主观和客观条件，都会影响到完美人格的追求。那么，有没有这样一个对象能够使我们暂时逃避来自客观和主观的

---

① 北京大学哲学系美学教研室编：《中国美学史资料选编》上册，中华书局1980年版，第22页。

限制，从而使自我的能量得到充分的释放呢？有！这就是文艺鉴赏。在基本满足生存的前提下，人唯有在文艺鉴赏活动中才可以暂时忘掉周围的实用世界，暂时摆脱客观的某些限制，进入一个独立自主的理想天地。从这个意义上讲，文艺鉴赏具有令人解放的性质。这种解放有两个特点：（1）鉴赏者在审美中会变得更加自由。因为我们一旦进入艺术的世界，就会"思接千载，视通万里"，进入神游的状态；（2）审美中人的灵魂将自觉受到陶冶。据说，孔子在齐国听了韶乐，"竟三月不知肉味"，竟然忘掉了物欲的诱惑而进入至善至美的体验中，这即是灵魂的升华，也就是"读诗使人灵秀"。

其次，"文艺鉴赏学"是大学生文化素质教育的需要。

"文化素质"这个词，在当代中国教育界应是一个极富魅力的概念。从20世纪90年代中期开始，教育部即专门设有普通高校大学生文化素质教育指导委员会，并出台了一系列关于加强大学生文化素质教育的文件。2002年教育部还明确提出："普通高等学校应当开设艺术类必修课或者选修课。"① 因而，开设"文艺鉴赏学"这门课也可以说是政府推动的结果。

加强青年学生的文化素质教育，这在古今中外都非常一致。比如在美国，现在很多大学一、二年级学生都有文艺通识课程。在我国古代，也有所谓"腹有诗书气自华"的说法。我国古代民谣《神童诗》说："天子重英豪，文章教尔曹；万般皆下品，唯有读书高。"这里说"万般皆下品"，显然过头，但强调为人要学会读书写文章是没有错的，此即所谓"文章乃经国之大业"。因而，大学生的文化素质必须要强化，文艺鉴赏素质即是其中的重要组成部分。

最后，文艺还是人们交流思想的工具。

文艺从来就是人们交流思想、传播知识的重要工具。而且，随着国人受教育水平的普遍提高，大家平常说话、交流思想，也可能会经常地来点文学艺术的语言进行交流。早在两千多年前，孔子就曾感叹："不学诗，

---

① 见教育部令〔2002〕第13号。

无以言。"① 这就表明，在当时的上层社会，如果没有文艺修养，平常交流也会感到很困难。

# 三

"文艺鉴赏学"课程应如何开设？

审美教育内容十分丰富，不可能在大学几年里安排很多时间开设美育课程，而应当有所选择，有所取舍。譬如美学中的美的哲学、美的经验，其中很多问题是美学专业学生需要掌握的，而不是一般学生学习的重点。我们同意大学人文素质教育就是要"加强文学、历史、哲学、艺术等人文社会科学方面的教育"的观点。这里，作为美育范畴重要组成部分的"文学"、"艺术"，则应是大学审美教育的主要内容。这里，我们就"文艺鉴赏学"或"文艺鉴赏概论"课程的开设谈几点构想。

1. "文艺鉴赏学"的内容定位。

"文艺鉴赏学"作为大学人文素质教育课程，应具有大学特点，因为中学阶段也有文学艺术课程。两相比较，中学阶段的文学艺术课主要是讲解作品或让学生亲身参加艺术实践，如唱歌、绘画等，以帮助学生增加对文学艺术的感性认识和实际体验；大学阶段的"文艺鉴赏学"，则要突出帮助学生增加对文艺美的理性认识，重在通过对文艺作品的分析总结出鉴赏的规律。

现在中国大学，已普遍开设"中外名著导读"、"大学语文"之类的课程，但这些课程都是以讲作品为主，与中学语文课区别不大；而"文艺鉴赏学"则以努力提高学生鉴赏能力为主要目标，它主要是一门能力课，而不是一门知识课。

2. "文艺鉴赏学"的性质。

"文艺鉴赏学"既然属于大学生的人文素质教育范畴而非专业教育，

---

① 北京大学哲学系美学教研室编：《中国美学史资料选编》上册，中华书局 1980 年版，第 14 页。

它的根本目的就是培养全面发展的"四有"新人而非文艺专业人才。这一性质也就决定了"文艺鉴赏学"应以全体学生为对象，以普及为基础，以全面提高大学生人文素质为己任。

3. "文艺鉴赏学"的讲授。

本课程的讲授必须要处理好三个关系：一是处理好揭示鉴赏规律与作品选讲的关系，前者是主，是目的；后者是次，是手段。二是处理好课内与课外的关系。提高学生的文艺鉴赏水平，不是通过几堂课就能解决好的，要注意课内与课外相结合，积极引导学生开展一些有益的课外活动，如专题讲座、名著导读、名曲名画欣赏、影视评论、文艺会演等，以加强学生的艺术素养。三是处理好本门课程与其他课程的关系。文艺的审美精神，在很多地方都可以体现出来，并非与其他课程毫不相干。我们要把文艺鉴赏中的审美精神渗透到其他课程教学中去，真正做到教书育人。当然，其他课程的教学也要自觉地将知识传授寓于艺术之中。这样，不仅可以避免大学课程本身的枯燥和抽象，同时还可激发和培养学生的文艺审美兴趣。

4. "文艺鉴赏学"如何以能力训练为核心？

首先，要突出理论与实践的紧密结合，着重从方法论的角度交给学生鉴赏各类文艺作品的"钥匙"，或者说注重"授人以渔"，真正提高学生的文艺鉴赏能力与水平。

大学生在文艺鉴赏过程中感到最需要解决的问题是哪些？也许问题很多，但我们将它归纳一下，可能就是一个，即如何才能提高自己的文艺鉴赏水平？简言之，文艺鉴赏水平的提高须得加强文艺鉴赏主体的自我修养。所谓文艺鉴赏主体，就是指文艺鉴赏活动中的读者、听众或观众。我们之所谓"主体"，是相对于文艺鉴赏客体（作品）而言的。文艺鉴赏主体的自我修养又包括哪些内容？概其要者有三：一是相应的生活阅历；二是必须熟悉文艺"门道"；三是应注意掌握必要的鉴赏方法。

主体丰富的生活阅历与高水平的文艺鉴赏成正比。

人不能离开社会而存在，一切文艺作品又都是社会生活的反映。我们要鉴赏文艺就必须尽最大可能积累社会生活经验，主体生活经历的不同情况常常会造成文艺鉴赏的不同效果。请看下面这幅图：

看到了什么？鸭子？兔子？或其他什么？都有可能。它与我们的生活阅历密切相关。试想：如果一个从没有看到过鸭子和兔子的人，他能看到什么？他可能什么也看不到。事实上，这是一幅鸭兔同形图，作者要表达什么，则是另一个问题。这个事例表明鉴赏与生活阅历的紧密关系。当然，生活无处不在，譬如我们在大学上课也是生活，但这是远远不够的。

其次，从"看热闹"到"看门道"，这是衡量我们的文艺鉴赏是外行还是内行的一个基本标准。

有这样一件事，一位外国观众，有一天他随一位中国朋友去看京剧。其中，这位外国观众就对这样一个场景感到莫名其妙：

> 舞台上是空的，一位年轻人腰里扎着一根黄色马鞭跑上前来，做着手势，好像是开门和窗户，然后再用力打扫房间。

这是什么意思呢？他就问他的中国朋友，朋友告诉他：这是一位战士在洗一匹黄色的战马。外国朋友更是疑惑，他进一步告诉他，京剧表演洗马有传统的程式动作，没有马，也没有洗马用的工具，完全凭着抽象的程式表演；而且，京剧中还可用马鞭的颜色来暗示马的颜色。如项羽骑的是乌骓，就用黑色马鞭；关羽骑赤兔，就用红色马鞭等。这里是黄色马鞭，所以洗的是一匹黄马。我们如果不懂得这些"门道"，就只能是看看热闹，只能是京剧鉴赏的门外汉。

文艺创作的"门道"很多，我们将在本著第三章重点探讨，关键是我们能不断地在自身的创作和鉴赏实践中提高修养。

最后，说说鉴赏有法，循曲通幽。

文艺是通过艺术形象来表现生活的。《文艺概论》里说，形象大于思想，意在表明艺术形象的内涵十分丰富。进而，这对文艺鉴赏就提出了更高的要求，需要鉴赏者能综合运用多种方式方法以求深入全面理解。比如，鉴赏古典诗词，我们就不能仅仅停留在疏通字词、查阅典故这个层面。诗词鉴赏的最高层次，在于品尝作品的韵味。而且，诗词韵味光凭一般读读是不行的。美国学者劳·坡林说："读诗的最好方式恰与读报的方式相反，读报越快越好；读诗越慢越好。诗不能朗读时，便用口低吟。"[1]更何况，中国古典诗词讲究音韵之美，鉴赏时就更需要吟诵。

从文艺作品到鉴赏者的接受，其中必须得通过一个中介。何谓中介？文艺鉴赏方法即是联系主客体的这个中介。方法有共性与个性之别，共性方法属于通用方法，适用于所有样式文艺作品的鉴赏；个性方法属于类型方法，是鉴赏不同类型文艺作品所使用的特殊方法。如知人论世的方法、移情与活参的方法、格式塔美学方法等，就是鉴赏一般文艺作品都可以适用的，但像"吟诵"就只能用之于诗歌鉴赏。再比如鉴赏绘画，一般而言，传统的鉴赏方法是采取"三步法"：一看作品"应物象形"如何，即是否逼真；二看"骨法用笔"如何，即是否和谐；三看"气韵生动"如何，即是否传神。显然，这个"三步法"也只能用之于绘画的鉴赏。而且，绘画艺术自毕加索《亚威农的少女》问世，我们如果仍然用这个"三步法"去鉴赏就行不通了。这又是文艺创作自身的创新发展对鉴赏所提出的新要求。

---

① ［美］劳·坡林：《怎样欣赏英美诗歌》，殷宝书编译，北京出版社1985年版，第16页。

# 第七节　中国文艺美学教学发展史略①

## 一　曲折发展的中国文艺美学教学

中国文艺美学自孔子施教以来，就是从教学开始并与之相互促进的。

杜书瀛指出："就 20 世纪以来百年左右的人文学科而言，如果说俄国学者贡献了'俄国形式主义'，英美学者贡献了新批评，法国学者贡献了'结构主义'以及之后的'解构主义'，德国学者贡献了'接受美学'……那么，中国学者呢？我认为，中国学者贡献了'文艺美学'。"② 我们知道，文艺美学最初是由胡经之提出，据他事后回忆，1980 年春中华全国美学学会成立，"在会上，我提出，艺术院校和文学系科，应该开设文艺美学课程，发展文艺美学这一学科，使美学和文艺学结合起来。我这想法，引起了艺术院校从事理论教学的教师的共鸣，也得到了美学前辈王朝闻、朱光潜、伍蠡甫的支持。"③ 此后，北京大学率先招收文艺美学研究生，再经过多年发展，文艺美学在我国高校的学科影响逐渐扩大。

问题是，文艺美学的学科地位是否成立？它又是否起始于 20 世纪 80年代？

1988 年，杜书瀛访苏时，曾与苏联科学院高尔基世界文学研究所高级研究员、著名美学家鲍列夫谈过文艺美学问题，鲍列夫说："我认为'文艺美学'还有什么'音乐美学'，其他什么什么美学，这种提法不科学。苏联也有人提什么什么美学，但我认为并不科学。正像（他指着桌子说）'桌子的哲学'、（指着头上的电灯）'电灯的哲学'等等不科学一样，这样可以有无数种'哲学'。同样，如果有'文艺美学''音乐美学'，那么也可以提出无数种'美学'，这就把美学泛化了、庸俗化了。事实上美学就是美

---

①　本节为全国教育科学"十二五"规划项目"我国高等教育文艺美学教育史的研究"（BAA110011）成果。

②　杜书瀛：《文艺美学诞生在中国》，《求索》2002 年第 3 期。

③　胡经之：《文艺美学论·自序》，华中师范大学出版社 2000 年版，第 5 页。

学。可以有文学理论、音乐理论、绘画理论……它们涉及的都是统一的美学问题。"① 鲍列夫的这个观点，在当时的中国也有不少类似的声音。

在一次有影响的"文艺美学学科建设与发展"研讨会上，学者们对文艺美学学科性质的发言大体上包括以下三派：一派认为文艺美学是一门交叉学科，它处于一般美学和文艺学之间的交叉地带；另一派认为文艺美学是一门分支学科，是一种应用美学，即把美学的一般原理用于对文艺作品的解读和分析；还有一派认为文艺美学作为一门学科是不成熟的，学科成立需要具备两个条件："第一，就是对象问题，文艺美学还不能成为一门学科，就是因为对象的模糊和重叠……第二，这个学科到现在为止，有哪些比较稳定的、固定的术语、概念和概念群呢……这也说明这个学科的不成熟性。"②

以上关于文艺美学从属美学学科说，鲍列夫的观点有其部分合理因素，因为美学本就是从属于哲学的一个二级学科，但学科总是要发展的，再加上鲍列夫把文艺美学与音乐美学等并列论及不妥。至于文艺美学学科尚不成熟说，当然没有问题，因为每一个我们认为已经成熟的学科，都有一个不断发展的过程，成熟总是相对的，但如果用文艺美学还没有自己比较稳定的、固定的术语、概念和概念群来否定它的存在，这并不恰当。关于学科交叉说，笔者以为比较符合学科发展实际，也符合现今《国家中长期教育改革和发展规划纲要（2010—2020 年）》要求根据学科发展需要，建立学科动态调整机制的原则。教育部办公厅颁发《授予博士、硕士学位和培养研究生的二级学科自主设置实施细则》（教研厅〔2010〕第 1 号）明确规定："学位授予单位在具有硕士学位授权的一级学科下，自主设置与调整授予硕士学位的二级学科"；"二级学科的自主设置与调整，应遵循学科发展规律，要有利于人才培养，有利于学科特色的形成，与国家经济建设和社会发展对高层次人才的需求相适应"。这个规定，正是我们应有

---

① 杜书瀛：《文艺美学的教父》，《南方文坛》2002 年第 3 期。
② 李鲁宁：《"文艺美学学科建设与发展"研讨会综述》，《文艺研究》2001 年第 5 期。

的科学态度。不过，文艺美学作为新兴学科，所交叉的学科就不只是美学，因为它所横跨的一级学科就有多个，所属学科交叉自然比较复杂。

文艺美学作为新兴二级学科，因为横跨了哲学、中国语言文学、外国语言文学、艺术学理论、音乐与舞蹈学、戏剧与影视学、美术学等多个一级学科，按照国务院学位委员会和教育部（学位〔2009〕第 10 号）文件相近挂靠原则，那么文艺美学可以归属在一级学科艺术学理论门下。文艺美学所要研究的对象是整个文艺交际系统，它包括文艺创作（作者美学）、文艺作品（作品美学）、文艺鉴赏（读者美学）三个子系统，三者归一，无一不涉及美的标准与美的判断。

文艺美学学科既然存在，那么它又是从何时开始的呢？曾繁仁认为："文艺美学是中国 20 世纪 80 年代改革开放以来，在特有的历史文化背景下产生的一门新兴边缘交叉学科。它来源于美学、文艺学、艺术学，吸取了以上三门学科的重要内容，在一定意义上可以说是以上三门学科在新时期交叉融合的产物。但它又是一门独立的新兴学科，有着自己特有的内涵。"① 这里，我们不同意将文艺美学视为 20 世纪 80 年代以后才有的一门新兴学科。文艺作为人类情感的一种存在形式，几乎是伴随着人类的产生而产生的，而文艺之被确认，又只能借助于良好的接受者的审美反应，不能成为接受者审美对象的文艺不可能存在，所以，从这个意义而言，文艺美学应当是老早就存在了。而且，从孔子诗教以来人们对文艺美学的研究并没有间断，这一点中外相同，只是过去长期以来人们并没有系统地去加以总结。显然，我们如果以提出"文艺美学"这个概念的时间作为本学科的诞生就未免显得幼稚可笑了。另外，按照国家 2011 年公布的学科目录，艺术学已上升为学科门类，② 因而也不能再与美学、文艺学二级学科相提并论。

比较自觉的系统的文艺美学学科研究，实际上，应该从国内公认的美

---

① 曾繁仁：《中国文艺美学学科的产生及其发展》，《文学评论》2001 年第 5 期。
② 参见国务院学位委员会、教育部《关于印发〈学位授予和人才培养学科目录（2011）〉的通知》（学位〔2011〕第 11 号）。

学泰斗朱光潜算起。自 1933 年以来，朱光潜在北京大学讲授爱克曼《歌德谈艺录》、莱辛《拉奥孔》、德拉库瓦《艺术心理学》等，把美学和文艺审美融入教学，极大地影响了当时高校的文艺学教学。其后，艾青、沈从文等也有一些文艺美学论著问世。到 20 世纪 80 年代早期，朱光潜《美学文集》第一卷、第二卷公开出版，便是文艺美学比较成熟的标志。朱氏的文艺美学教学，就是研究文艺的活动过程、活动规律及其审美方法，学科的内涵定位实际上已开始清晰，有没有"文艺美学"这个术语倒不是主要的了。文艺美学学科研究因此自然还可以往前追溯。

中国文艺美学教学的曲折发展，除了上面谈到的学科研究从不自觉到自觉有一个漫长过程以外，再就是不同时代的政治对文艺美学教学的影响。

人类很早就认识到了文艺审美对于自身健康发展乃至兴邦治国的重要价值，孔子在《礼记》中早就说过"其为人也，温柔敦厚，《诗》教也"。也就是说，人的德行端庄在于自身文艺审美修养，且文艺美学教学正是为了人的，旨在提升人的审美素质，但如果统治者没有以人为本的治国理念，没有树立"声音之道，与政通矣"[①] 的思想，文艺美学教学就不可能得到顺利健康的发展。

虽然文艺美学教学自孔子之后也一直在断断续续向前发展，但过去人本治国理念长期并未得到张扬，从而严重影响了文艺美学教学的实施。中华人民共和国成立 17 年，受苏联文艺理论影响，加上 1950—1960 年进行的对朱光潜资产阶级美学思想全面而深入批判的美学大讨论，结果由非常明确的政治目的切断了可能产生的文艺美学"溪流"，政治化的"崇高"教化方式替代了文艺美学希冀的"世俗生活"、"现世关怀"和"个体生命价值"。"文化大革命"十年则把具体的审美和艺术完全割裂开来。进入新时期，文艺美学课程设置逐渐遍及我国高校，随后高等教育文艺美学教学进入到自觉有序阶段。

---

① 郭绍虞主编：《中国历代文论选》第 1 册，上海古籍出版社 1979 年版，第 61 页。

## 二 我们究竟需要怎样的文艺美学教学

文艺美学教学之难与文艺美学学科发展一样，同样充满荆棘，问题很多。比如文艺美学课程应如何设置？教学的重点在哪里？教学效果如何保证？诸如此类，至今仍然莫衷一是。

1. 文艺美学教学之难，首先表现在"教"的方面。

正是因为文艺美学学科属于交叉新兴二级学科，横跨的一级学科较多，因而文艺美学教学长期以来基本上没有自己的课程定位。我们不妨看看南开大学文艺美学教学的目标："把艺术作为美学研究的中心问题，对人们在艺术创作和欣赏中的审美心理进行细致研究。本课程不仅要求学生掌握各艺术门类的基本知识，还应具有一定抽象思辨的能力。"① 实施如此宏大的课程目标，无疑会涉及多学科的一些基本理论，从而往往使文艺美学变成一门纯理论的知识课程。文艺美学这样讲授行吗？

北京师范大学钱中文认为："在文艺现象的阐释中，有纯美学的研究，也有专注于文学理论的研究，同时出于实践的需要，也出现了一种既非纯粹的美学理论研究、也非纯粹的文学理论的形态，而是介于两者之间的一个新的学术领域，这就是文艺美学。"② 这个课程定位比较接近于我们的主张，但文艺美学密切关联人的审美方法、审美效果，以及审美个性之养成，我们认为更多的当在实践层面，说白了，文艺美学就是文艺鉴赏学，属于实践美学。

非常令人遗憾的是，文艺美学教学自 20 世纪 80 年代进入自觉阶段以来，所走的道路却一直是学理的、思辨的。

1989 年，北京大学胡经之在北京大学出版社出版了他的著作《文艺美学》，作为本学科的一部标志性教材，它的出版无疑也是文学艺术界的重大事件。全书包括绪论和 11 个章节：绪论 文艺美学：美学与诗学的融

---

① 参见南开大学教务处 2004 年教学大纲。
② 钱中文：《文学理论流派与民族文化精神》，吉林教育出版社 1993 年版，第 167 页。

合；第一章 审美活动：审美主客体的交流与统一；第二章 审美体验：艺术本质的核心；第三章 审美超越：艺术审美价值的本质；第四章 艺术掌握：人与世界的多维关系；第五章 艺术本体之真：生命之敞亮和体验之升华；第六章 艺术的审美构成：作为深层创构的艺术美；第七章 艺术形象：审美意象及其符号化；第八章 艺术意境：艺术本体的深层结构；第九章 艺术形态：艺术形态学脉动及其审美特性；第十章 艺术阐释接受：文艺审美价值的实现；第十一章 艺术审美教育：人的感性的审美生成。胡经之《文艺美学》，尽管与王朝闻《美学概论》、蔡仪《文学概论》等有了较大不同，各有各的定位，但偏重学理分析的基本价值取向一致，它与强调实践的"文艺美学"或"文艺审美（鉴赏）学"课程设置目的相去甚远。

进入 21 世纪之后，教育部为了规范本课程教学，特委托山东大学曾繁仁主编"普通高等教育'十五'国家级规划教材"《文艺美学教程》，这部教材的问世，最值得肯定的是体现了国家主管部门对文艺美学学科地位的认同，但它仍然只是在胡经之教材等基础上的综合与学理上的拓展，较多地吸收了当代美学、文艺学等的一些最新成果，并没有很多新意。

2. 文艺美学教学之难，其次表现在"学"的方面。

当前，最为尴尬的是，文艺美学教学的价值限度受到了时代发展与人类生活进步的严峻挑战，教学效果令人担忧。时代发展改变了人的生存环境，社会的激烈变化，知识越来越丰富，学生的就业压力越来越大，必然会引起学生在认识社会和理解社会时的浮躁心态。面对艺术的庸俗，学生无法排斥，进而很难进入高雅的艺术审美殿堂。快意和快感，不是在深入的审美中完成，而常常表现为浅显的冲动。

一方面，按照惯常的美学理解，在人类价值体系的内在结构上"真""善""美"虽然有着某种内在的、稳定的统一性，但在发展逻辑上，它们又是有级别、有递进性的；而长期以来文艺在其中始终扮演了一种至上价值的角色，成为人类在自身实践过程中的最高目标。问题是，这种观念在当代以经济文化为中心的语境中，已经呈现出一种风雨飘摇的景象。不仅人的现实生存实践不断质疑了这种内涵先在性的理想，而且，就这一观念把美或文艺当作人类不变的既定实践而言，它也是值得怀疑的；同时，文艺与美的关系的必然性和同一性也正在被文艺活动本身所拆解。于是，在人类生存价值旨归上，文艺审美价值限度问题便凸现出来。我们现在要关注的是：文艺在何种意义上可能是审美的？文艺审美的有效性和有限性是如何通过文艺活动自身的方式呈现出来？文艺作为人的生命理想的审美实现方式，在什么样的范围内可以为人类提供一种具体的价值尺度和客观意义？

另一方面，文艺的"审美封闭性"本来是超越于人的日常生活和普通趣味之上的，但今天也正在不断地被当代社会生活的世俗化、享乐化追求所打破。艺术不仅不再能够必然地超度人的灵魂、提供超越性的精神享受，甚至它自己有时也不得不屈服于人的日常意志的压力及其具体利益。这种改变，甚至不是一般形式意义上的，它更带有本体颠覆的特性。文艺和审美活动在当代生活语境中，逐渐自我消解了自身肩负的沉重历史使命和社会责任，所谓"文章千古事"在今天也似乎并不被人理解，文艺的"创造"本性正在急剧转换中。

面对以上文艺美学教学之难，我们究竟需要怎样的文艺美学教学呢？笔者自 21 世纪初开始，一直在高校主持"文艺鉴赏学"课程，2005 年本课程还被评为国家级精品课程，有一些思考和实践，下面和大家谈谈也许不无益处。

（1）关于"文艺美学"的课程性质与定位。"文艺美学"是挂靠在艺术学理论一级学科门下，属于实践美学范畴，也可称之为"文艺审美学"或者"文艺鉴赏学"。本课程应是面向高等院校文、理、工各专业本科学生开设的一门基础课、公共课、必修课，它是为了贯彻落实大学生文化素质教育现代教育方针而设置的一门具有开创性、现实性和应用性的重要课程。湖南文理学院是在文科专业开设"文艺鉴赏学"，在理工专业开设

"大学语文"兼带"文艺鉴赏学"的部分内容。

（2）关于"文艺美学"的课程任务和基本要求。本课程的根本任务不是培养文学艺术家，而是培养大学生文艺审美能力，增强文艺修养，提高精神品格和人文素质；重在让大学生掌握文艺鉴赏的原理、特性和方法，从而使受教育者获得一枚从事文艺鉴赏的钥匙，以便能自由地进入文学艺术殿堂吸取精神营养。

本课程的基本要求是：第一，体系完整，知识准确，灵活生动，应体现文艺美学课程的特征；第二，注意"四结合"的教学方法，即课外与课内结合，理论与实践结合，讲作品与讲方法结合，文学作品与其他艺术作品结合；第三，坚持用马克思主义美学思想为指导，通过大量的文艺鉴赏实例来理解并掌握文艺鉴赏理论和方法。

（3）关于"文艺美学"课程与其他课程的关系。由于文学艺术本身所具有的丰富性、广泛性、综合性、交叉性、边缘性，也就决定了该门课程与其他课程有着或疏或密的关系。其中，关系较密切的课程有文学概论、艺术概论、哲学、美学、写作以及人类文化学等，但我们又不能因为本课程的综合性而失去其特色，要深刻认识本课程作为本科学生的一门公共基础课、必修课的性质。

（4）关于"文艺美学"／"文艺鉴赏学"课程的内容与学时。湖南文理学院"文艺美学"／"文艺鉴赏学"课程内容与学时见下表。

**湖南文理学院"文艺美学"／"文艺鉴赏学"课程内容与学时**

| 章节 | 教学内容 | 课时 | 课外 |
|------|---------|------|------|
| 第1讲 | 导言 | 2 | 2 |
| 第2讲 | "腹有诗书气自华"——文艺鉴赏的学科理论 | 2 | 2 |
| 第3讲 | "腹有诗书气自华"——文艺鉴赏的通用方法 | 2 | 2 |
| 第4讲 | 从创作者到接受者——文艺鉴赏的"文外功" | 2 | 2 |
| 第5讲 | 从创作者到接受者——"不学诗，无以言" | 2 | 2 |
| 第6讲 | 诗歌鉴赏方法 | 4 | 2 |
| 第7讲 | 小说鉴赏方法 | 2 | 2 |

续表

| 章节 | 教学内容 | 课时 | 课外 |
|------|---------|------|------|
| 第8讲 | 鉴赏实践——讨论颇具影响力的几部中国作品 | 4 | 8 |
| 第9讲 | 中国文艺的现状与未来 | 2 | 4 |
| 第10讲 | 戏剧鉴赏方法 | 2 | 2 |
| 第11讲 | 书法鉴赏方法 | 2 | 2 |
| 第12讲 | 影视鉴赏方法 | 2 | 2 |
| 第13讲 | 诺贝尔奖与中国文学：宏愿与反思 | 2 | 2 |
| 第14讲 | 鉴赏实践——讨论几部世界级当代经典作品 | 4 | 8 |
| 第15讲 | 走向本真——休闲文艺及其鉴赏 | 2 | 4 |
| | 课堂考核 | 2 | |
| | 课时合计 | 38 | 46 |

以上课程设计，与现今其他文艺美学课程设计显然不同，具体包括以下几个方面：第一，突出了本课程与中学课程接轨，剔除了一般文艺美学课程都要讲授的各艺术门类的体裁知识，集中精力与时间讲解中外文艺鉴赏基本规律与人本理想化倾向。第二，突出了文艺鉴赏"授人以渔"的教学目的，紧密结合大学生文艺鉴赏实践，训练学生的审美思维，强化对学生鉴赏能力的培养。第三，突出了人文素质教育，对"大学语文"课进行根本性改造，改变原"大学语文"重在作品和选文单一的状况，坚持作品选与鉴赏方法、文学作品与其他艺术作品并重的原则，努力提高大学生的综合审美素质。第四，突出了教学内容的先进性，紧密跟踪我国与世界文艺教学和鉴赏新趋势，注意文艺作品的前沿性和文艺美学的综合性。

从课程结构看，第1、2、3讲，属鉴赏理论与方法；第4、5讲，是从创作学鉴赏；第6、7、8、9讲，属语言艺术的鉴赏；第10、11、12讲，属造型艺术的鉴赏；最后3讲，是要讨论当前文艺鉴赏中社会大众普遍关注的几个倾向性问题。

## 三　文艺美学教学发展之前瞻

文艺美学教学究竟将如何发展？我们不妨将中外文艺美学教学进行比

较，也许能够看出其中的一些发展路径。

1. 中国："内省"——从道德教化到人格完善。

"内省"当是中国美学审美意识的基调之一，其生成缘由直接受到以讲究"中庸"、"和谐"等中国文化观念的影响。曾子提出"吾日三省吾身"，①并建构了一整套"中庸"原则和"天人合一"观念的文化体系。它们不仅要求人与自然保持和谐一致，同时也要求人与社会、人与人、人与自我保持和谐统一；而"和为贵"命题的提出，就是强调人在协调其（作为主体）与自然、社会、他人和自我的关系的过程中，面对一切不和谐的因素，首先做到自我反省、自我谦让、自我保护和自我调适。通过"内省"、"自省"克服现实人生所带来的种种困难，让一切既在或潜在的对立因素，全都消融在主观心理的平静安宁之中，消融在积极入世和对现实充分肯定的达观愉悦之中。这种内倾性文化观念，直接影响了中国文艺美学的建构，使我们的总体文艺审美风格呈现出优雅、宁静、精致，以及怨而不怒、悲而不伤的审美形态。

中国美学的"内省"，还具有一种偏重伦理情感的审美制约机制。尽管面对现实人生中灵与肉、情与理的种种冲突，内心世界怀有某种愤慨，甚至骚动不安，但受"内省"审美机制制约，最终还是剔除了灵魂中骚动的成分。在恢复内心平静的过程中，把外在的痛苦感全都消融在内心的真切领悟与体验中，并由此开拓出内心新的审美精神境界——以德性化人格情操、德性化艺术境界，达到一种理想化的审美愉悦。《礼记·乐记》中就有"乐者，通伦理者也"，强调"以绳德厚"、"以善民心"。②也正因为此，受"内省"审美意识制约，我们在进行文艺美学教学时，侧重于以抑制"本我"冲动的方式和非凡的忍耐精神来适应外部世界，表现出对温柔敦厚的社会伦理和谐之美的崇尚，显示出从容大度、达观愉悦的审美效应。

---

① 孔子：《论语》，中华书局1980年版。
② 郭绍虞主编：《中国历代文论选》第1册，上海古籍出版社1979年版，第62页。

到近代，中国美学"内省"观念虽然总体上并未改变，但价值取向已有所不同，即从过去的道德教化开始向人格完善转变，其重点由适应社会、美化社会为主转向以美化人自身为主。这一转变有两个原因，一是西方美学思想的影响，二是中国社会变革的推动。这种注重人格完善的审美理论，主要体现在王国维、蔡元培、鲁迅等人的美学思想中。1906 年，王国维在《论教育之宗旨》中指出，教育的目的在于培养"完美之人物"，即"身体能力"和"精神能力"都和谐发展的人，他们具备"三德"：真、善、美。因此，教育必须具有相应的三个部分：智育、德育（意志）、美育（情育）。在王国维看来，美育是构成教育系统的一个不可缺少的组成部分。蔡元培不仅是美育理论的积极倡导者、宣传者，而且也是美育实践的推行者。他在《对于教育方针之意见》、《美学观念》、《以美育代宗教说》等美学论著中，对美育理论作了全面系统的阐释。他提倡以乐育人、以美育人。并认为美育的中心是情感教育："人人都有情感，而并非都有伟大而高尚的行为，这是由于情感推动力的薄弱，要转弱为强，转薄为厚，有待于陶养。陶养的工具，为美的对象，陶养的作用，叫作美育。"① 蔡元培在任国民政府教育总长时，就着手教育改革，把美育列为教育内容的一个重要组成部分。他还创办音乐、美术专门学校，亲自讲授文艺美学课程。蔡元培关于注重人格完善的美育理论与主张，在中国文艺美学史和教育史上产生了深远影响。

2. 西方："忏悔"——从灵魂净化到人性解放。

与中国审美文化不同，西方文化在人与自然、人与社会、人与人、人与自我的基本关系中，不是强调作为主体的人去努力适应外部世界，而是崇尚斗争与抗衡。因此，在他们的文化观念里，人与环境是分裂的，人的感性与理性也是分裂的。为解决这种分裂状态，西方文化找到了上帝，只有上帝才是至高无上的。上帝主宰一切，处在分裂之中的人，必须向上帝忏悔、赎罪。在西方文化中，"原罪"意识是一个重要的审美概念，即自

---

① 　孙常炜编：《蔡元培美学文集》，北京大学出版社 1983 年版，第 220 页。

我在现实中发生了异化，与上帝原本设计的自我（"本我"）有了疏离感，需要通过灵魂的忏悔来消除，实现向"本我"的回归。

西方的忏悔观念，促使西方文艺美学始终以"对立"（崇高）作为最高审美境界，其总体审美风格注重以写实、再现、模拟等方式来对外部世界做出反应；侧重于讲授心灵的冲突、分裂，直面自我，直面人生，通过忏悔而打破平庸麻木的心理和谐，获得对世界、对人生的感知与体悟。同时，在强调对抗的过程中，总将个体置于不断被毁灭，又不断被放置在人生历史链条上的过程中，从中不断获得新的历史内涵。

西方美学的"忏悔"意识，在文艺审美形态上，呈现出"真"与"美"的结合，具有浓厚的对于合规律性的表现倾向和推重崇高的审美趣味。在古希腊的审美理论中，注重文艺对人心灵的净化作用值得特别关注。柏拉图在《理想国》中认为，教育的主要内容是身体教育和心灵教育，即体育和美育。尽管柏拉图对诗和悲剧怀有偏见，认为它们迎合了"人性中低劣的部分"，主张把诗人和悲剧家逐出理想国，但柏拉图对音乐却有极大的偏爱。认为音乐的节奏和乐调"有强烈的力量浸入人心深处。如果教育方式适合，它们就会拿美来浸润心灵，使它也因此而美化。"① 亚里士多德也很重视文艺审美作用。他首先肯定了音乐的美育作用，他在《政治学》中指出："音乐应该学习，并不只是为着某一个目的，而是同时为着几个目的，那就是（1）教育，（2）净化，（3）精神享受，也就是紧张劳动后的安静和休息……要达到教育的目的，就应选用伦理的乐调……"② 与柏拉图不同，亚里士多德并不把美育的内容局限于音乐之内，他认为整个艺术都是美育的内容，都可以净化人的灵魂；被柏拉图视作迎合"人性中低劣的部分"的悲剧，他也认为是美育中不可缺少的组成部分，可以通过"怜悯与恐惧"使人的感情得到"陶冶"，达到净化。古罗马美学家贺

---

① 北京大学哲学系美学教研室编：《西方美学家论美和美感》，商务印书馆 1981 年版，第 44 页。

② 伍蠡甫主编：《西方文论选》上卷，上海译文出版社 1979 年版，第 95 页。

拉斯明确提出了"寓教于乐"的观点:"诗人的愿望应该是给人益处和乐趣,他写的东西应该给人以快感,同时对生活有帮助……寓教于乐,既劝谕读者,又使他喜爱,才能符合众望。"①

席勒的《美育书简》不仅正式提出了"美育"一词,而且标志着西方文艺美学从"灵魂净化说"向"人性解放说"的转变。

席勒认为,人在现实生活中是不自由的,他既受到自然力量和物质力量的压迫,又受到理性法则的束缚。要弥合人与自然、感性与理性的鸿沟,使受自然力支配的"感性的人"变成充分发挥自由意志的"理性的人",只有通过审美教育才能达到。换句话说,审美教育是人性解放的一种重要手段。在席勒眼里,文艺审美不仅可以促使人性完善发展,而且还可以促使人获得政治自由。他说,审美教育"这个题目不仅关系到时代的鉴赏力,而且更关系到这个时代的需求。我们为了在经验中解决政治问题,就必须通过审美教育的途径,因为正是通过审美,人们才可以达到自由……美可以成为一种手段,使人由素材达到形式,由感觉达到规律,由有限存在达到绝对存在。"② 的确,席勒希望通过文艺审美获得人的解放,这在当时的社会中只是一种幻想,但他的美学理论却有着极其重要的意义,它在西方美学史上具有承前启后的性质。"承前",他发展了康德的美学观。康德在《判断力批判》中认为,人类精神活动包括"知、情、意"三个方面。审美判断是沟通"知"和"意"之间的一个必不可少的桥梁。席勒则发展了康德的这一观点,认为审美教育是从"感性的人"向"理性的人"转变的重要途径,并在此基础上提出了一套完整的美育理论。"启后",席勒的美育理论,不仅影响了斯宾塞等人艺术起源问题的游戏说,而且还启发了马克思主义美学理论,只要把马克思的《1844 年经济学哲学手稿》和《美育书简》加以对比,我们就"会发现两者在内容和观点上有

---

① 〔古罗马〕贺拉斯:《诗艺》,《文艺理论译丛》1958 年第 2 辑。
② 〔德〕席勒:《美育书简》,徐恒醇译,中国文联出版公司 1984 年版。

着密切的联系。"① 席勒提出的许多悬而未决的重大问题，在马克思那里开始作出了回答，如马克思的美育理论将人的解放与消灭私有制联系起来，使席勒的美育理论从空想走向了科学，应是成熟的人性解放论。

3. 中西文艺美学之实践比较。

中西文艺美学，一者强调"内省"，一者强调"忏悔"，但目标都是指向人的，或为了人格完善，或为了人性解放。当然，如果落实到文艺审美的实践层面，具体表现又各具特色。

"内省"审美意识，注重文艺审美的理性调控功能、直观把握功能和意境创造功能。

理性调控功能，即要求在处理主客体冲突时，强调通过理性节制，使主客体形成良性互动的和谐关系。如在情与理的关系上，中国文艺美学总体上偏重于情感抒发，但任何情感的抒发都必须受到"理"的制约，如不加理性调控，"情"就可能泛滥成灾。所以，中国美学讲究"发乎情，止乎礼义"，要求"奋至德之光，动四气之和，以著万物之理"。② 情离不开理，情理交融，就是通过内省的审美过程，协调主客体的相互关系。直观把握功能，是"内省"审美意识所显示的一种直观性认识与把握审美对象的方式，其立足点是主体的实践性，即要求从个人的内心感受出发，传达主体对客观外界的直接体会与特殊经验，重视强调主体对客观外界的反映、写实、模拟、再现。通过"内省"审美意识，中国美学创造了一整套独具特色的审美范畴，如意境、风骨、韵味、神韵等，形成了中国美学的模糊性、直观性、领悟性的审美特点。严羽说："禅道惟在妙悟，诗道亦在妙悟。"③ 悟，就是"内省"审美意识包蕴的直观审美认识功能。这种功能使中国美学在整体审美追求上多偏重于智性的情感抒发，具有一种不为单纯的再现、模拟所束缚的艺术想象力，强调审美的最高境界在于"不涉

---

① ［德］席勒：《美育书简》，徐恒醇译，中国文联出版公司 1984 年版。
② 郭绍虞主编：《中国历代文论选》第 1 册，上海古籍出版社 1979 年版。
③ 郭绍虞主编：《中国历代文论选》第 2 册，上海古籍出版社 1979 年版，第 414 页。

理路，不落言筌"或"不著一字，尽得风流"。意境创造功能，则是通过主体感悟方式，构成物与我、情与景、情与理和谐统一的审美意境。它要求以感性的、客观的对象为凭依，在有限的个体形式中展现本质的、必然的、无限丰富深广的内容，从而使文艺审美具有丰富性、多义性和不可穷尽性的特征。

反观"忏悔"审美意识观照下的西方文艺美学教学，则注重于审美的感性沉醉、理性分析和典型塑造等方面的艺术功能。

感性沉醉，是西方美学感性与理性分裂的结果。由于忏悔是要求通过灵魂的冲撞来面向上帝倾诉，以消除来自现实的异化，实现向"本我"的回归。这样，反映在艺术审美过程中，就要求有一种"狂喜"的情绪体验，要求在痛苦的倾诉中获得超凡脱俗的审美愉悦和感性沉醉。注重理性分析，导致西方叙事美学的发达，使之更加注重审美空间结构的建构，结合表现、心理、情感、时间等要素，来进行艺术典型的塑造。在西方文艺美学中，艺术典型作为审美理想的一种形式，具有教化启示与情感净化双重作用。亚里士多德说"写诗这种活动比写历史富于哲学意味"，并认为艺术理应"比实在更美"。塑造艺术典型，真正的目的除了"描绘人的心境"、"表现心理活动"和"精神方面的特质"之外，还在于能够引起人们的审美思考，成为"生活的教科书"，使人们"确信心灵所爱的神圣性和想象的真实性"，从而迈上精神超越之路。①

4. 文艺美学教学发展：中西合璧，以人为本，大有可为的"绿色教育"。

文艺美学教学到底该走向何方？回顾中外文艺美学的教学发展，一个重要的倾向性共识不可忽视，那就是文艺美学教学是人的教育的一部分，以人为本是中西文艺美学教学的共同走向。

不同的经济形态，呼唤不同的文艺美学教学内涵。传统农耕经济时代侧重于以探索真理、追求知识为合理内核的人文善性思想，而现代工业经济则强调以实用主义、服务社会为主要特质的工具理性思想，而知识经济

---

① ［古希腊］亚里士多德：《诗学》，陈中梅注，商务印书馆1996年版。

时代则呼唤善性与工具理性交融的"绿色教育"。

"绿色教育"是中国科学院院士、华中科技大学原校长杨叔子先生在2002年8月于广州全国音乐教师交响乐教师培训班上讲话时提出的。所谓"绿色教育",就是科学教育与人文教育的交融。具体说来,它主要包括:科学求真,立世之基;人文求善,为人之本;科学人文,交融生"绿"。所谓"科学求真,立世之基",指在从事科学教学研究时,必须研究、认识、掌握、尊重研究对象的本来面目和客观规律,不能违背,一切违背客观规律的,必遭失败,这是不以人的意志为转移的。而所谓"人文求善,为人之本"则指必须关心人、关心集体、关心国家、关心民族、关心社会、关心自然界,满足个人与社会需要的终极关怀,这是研究者个体、研究者群体高效工作和整个社会群体和谐运行的精神需要,是人之所以能成为人的精神需要。在阐发科学与人文之间的内在关联时,他提出科学必须以人文为导向,人文必须以科学为奠基。既符合客观实际及其规律,又符合社会利益与终极关怀,既科学,又人文,充分体现人性与灵性的统一,这就是"科学人文,交融生'绿'"的内涵。杨先生的讲话,是针对理工科研究者总体上一味搞自然科学研究而忽略人文素质熏陶的实际情况而提出的,值得细细品味其中精髓。反观古今中外文艺美学研究大家和文艺美学教学名师的练成,我们发现,无不是"科学人文、交融生'绿'"的典型。科学教育与人文教育的交融,的确是文艺美学教学与科研奋进的方向,也是大有作为的一片领地。

之所以说文艺美学教学属"绿色教育",且大有可为,一者科学与人文交融,善性与理性结合,必将充满生机,它应是人类快速发展的必由之路;二者科学教育、人文教育,最后都应归结到人的教育,这当是所有教育的本来意义,所以喻指为"绿色",强调文艺美学教学的根本性内涵功能。

社会的发展势必引起文艺美学的发展,同时也会促进文艺美学的教学。以往的文艺美学教学注重于概念的讲析和知识的传授,教学主体的积极性和创造性没有得到彰显，学习主体的智力因素、审美能力、实践技能和人文素养等没有得到足够的重视。胡经之在《文艺美学》一书中强调：文艺美学关乎人生价值之处在于，通过艺术审美体验和美学理论反思，使人不断认识自己、超越自我。文艺美学始终将目光凝定在人的审美生成上，通过对艺术美的阐释和塑造，去丰富审美主体的人格心灵层次，去充分调动其审美的潜在可能性。① 这里，胡经之的人本思想当是文艺美学教学最具代表性的观点，它就像一条红线贯穿了中国文艺美学的整个过程，或提高学生的审美素养和审美能力，或注重培养学生高尚的人格和健康的情感，或注重全面提升学生的人文素养等。正是因为有了这种人本教学思想，中国文艺美学教学才得到了较好的发展，凸显出"绿色教育"的勃勃生机。

从国外文艺美学教学来看，英国、德国、法国、美国、韩国、日本等有关文艺美学教学的历史比较久远，与这些国家重视人本密切相关。当然，文艺美学学科的建立，在国外是空白；但是，莱辛、德拉库瓦、车尔尼雪夫斯基、鲍列夫、洛奇（英）、詹姆斯（美）以及新批评理论家韦勒克和沃伦等都是文艺美学教学与研究的名师。另外，我们还想以世界大奖之一——诺贝尔文学奖的审美实践为案例，来再次印证文艺美学作为"绿色教育"的人本价值取向所具有的普遍意义。按照艾尔弗雷德·伯哈德·诺贝尔（1833—1896）的遗嘱，该基金的一部分每年"颁给在文学上能创造出具有理想倾向的良好作品的文学家"。这里的"理想倾向"究竟是什么？诺贝尔并没有说，但我们从每年瑞典皇家学院的授奖辞不难看出。1913 年，诺贝尔文学奖颁给印度作家泰戈尔，瑞典皇家学院授奖辞指出：泰戈尔"写出了'具有理想主义倾向'的最精美的诗篇……这种诗歌决不是异国情调的，而是具有真正的普遍人类品格。"② 1971 年，诺贝尔文学奖

---

① 参见胡经之《文艺美学》，《绪论　文艺美学：美学与诗学的融合》、《第一章　审美活动：审美主客体的交流与统一》、《第十一章　艺术审美教育：人的感性的审美生成》等篇章，北京大学出版社 1999 年版。

② 吴岳添主编：《诺贝尔文学奖辞典》，敦煌文艺出版社 1993 年版，第 496 页。

颁给智利作家聂鲁达，瑞典皇家学院的授奖辞又说："如果把诺贝尔所期待的事同他的遗嘱中表达的思想进行比较，我们会更清楚地意识到，获奖作品应该有助于人类的幸福。"① 够了，诺贝尔文学奖从 1901 年开始设立至今已经走过了一个多世纪，已有 100 多位作家获文学奖，遍及世界五大洲 30 多个国家，但其评价标准完全一致，那就是人本主义的文学理想倾向，以及作品应具有世界文学的普遍性（超越国家与政治）。这一价值取向，难道不是作为"绿色教育"的文艺美学应当坚守和倡导的吗？

文艺美学教学尽管尚处在发展中，但不能否认，它的确将是大有可为的"绿色教育"。在科技高速发展与高度发达的今天，科技与人文对人类与个人来说犹如双翼，只有双翼健劲，才能长空竞胜。文艺美学教学，唯有扎根于科技与人文的深土沃壤，汲取其精华，包孕其蜜酿，才能剖析世界文艺进展所面临的新情况、新问题，提出全新的见解，让我们的文艺美学课堂成为"学生诗意的栖息地"，从而把我们的学生培养成既有高尚人性又有非凡灵性，既掌握现代科学与人文科学又具备勇于开拓善于开拓的新视野，为全面建成小康社会做出应有的贡献！我们深信，"绿色教育"大有前途，大有所为！

---

① 吴岳添主编：《诺贝尔文学奖辞典》，敦煌文艺出版社 1993 年版，第 691 页。

# 第二章　鉴赏主体的期待视野

## 第一节　文艺鉴赏主体与文化圈简论①

### 一

文艺鉴赏主体，指文艺鉴赏活动中的读者、听众或观众。概括地讲，是指具有内在审美需要同时又具备文艺鉴赏的期待视野，并和文艺鉴赏对象形成一定审美接受关系的人。我们所谓"主体"，是相对于文艺鉴赏客体而言的。

众所周知，传统文艺美学思想并不把鉴赏者放在重要位置来讨论，只是强调鉴赏活动的受动性，认为文艺鉴赏不过是作品固有质量的"重建"，或者仅仅是作者创造过程的简单重复。此种做法，实际上是把鉴赏者与文艺作品之间的关系对立起来，显然不利于文艺鉴赏活动的深入开展与研究。

为什么要把读者、听众或观众看成是文艺鉴赏主体？因为文艺作品的审美价值不是单方面的一种艺术力量，而是作品与鉴赏者之间的一种审美效应关系。作品的美与不美，只有通过鉴赏者鉴赏才能发挥作用。马克思在《〈政治经济学批判〉导言》中曾经深刻地揭示消费对于产品成为现实

---

① 本节系根据魏饴、刘海涛主编普通高等教育"十五"国家级规划教材《文艺鉴赏概论》第二章第一节改写；该教材为高等教育出版社 2004 年出版。

产品的意义。他说："因为产品只是在消费中才成为现实的产品，例如，一件衣服由于穿的行为才现实地成为衣服；一间房屋无人居住，事实上就不成其为现实的房屋；因此，产品不同于单纯的自然对象，它在消费中才证实自己是产品，才成为产品。"① 可见，文艺鉴赏活动对于作品成为真正有价值的现实的艺术品具有决定性的意义，这与消费之于产品一样，如果没有对文艺的鉴赏，文艺作品就不能成为现实的艺术品，它的艺术价值，就只是一种潜在的可能。那么，读者、听众或观众在文艺鉴赏活动中的能动主体地位，也便成了无可争议的事实。

关于读者、听众或观众的主体性或能动性，在本著第一章《试论文艺运行系统三环节及其关系》一节已有论述，不再赘述。正是因为鉴赏接受者是自由的生命活动的主体，文艺鉴赏活动就有着比其他社会实践活动，例如宗教、伦理和政治等活动具有更大更多的自由灵活性。它是一种摆脱了肉体需要支配的活动，是一种摆脱对"物"的绝对依赖性的活动。正如席勒曾经提示的："……在审美的国度中，人就只须以形象呈现给别人，只作为自由游戏的对象而与人相处。通过自由去给与自由，这就是审美王国的基本法律。"②

## 二

如上所述，文艺作品之被确认，只能借助于一个好的接受者的反映。好的接受者须在我们已有鉴赏经验的基础上形成一定的对文艺作品的欣赏素养和审美期待。这种素养和期待，便在主体从事新的文艺鉴赏前构成主体的思维定式或先结构，海德格尔称之为"前结构"，③ 姚斯称之为"审美经验的期待视野"④。主体之所以成为鉴赏主体，正是由这种"前结构"或

---

① 《马克思恩格斯选集》第2卷，人民出版社1995年版，第9页。

② ［德］席勒：《美育书简》，徐恒醇译，中国文联出版公司1984年版，第145页。

③ 参阅朱立元《接受美学》，上海人民出版社1989年版，第132—147页。

④ 参阅［联邦德国］H. R. 姚斯等《接受美学与接受理论》，周宁、金元浦译，辽宁人民出版社1987年版，第28—31页。

"期待视野"所规定。因为主体对作品的鉴赏并不是白纸写黑字，完全从零开始。譬如要鉴赏一幅画，即使我们从未接触，但在我们以往的经验中已积淀了关于画的一般认识，诸如线条、色彩亮度、构图等，这些审美经验在主体鉴赏开始之前已形成一种期待视野，如果没有这种期待视野，人们便无法鉴赏绘画作品。

鉴赏主体的期待视野是由哪些因素构成的呢？姚斯认为：

> 我们可以通过三个普遍假设的途径来达到：首先通过熟悉的标准或类型的内在诗学；其次，通过文学史背景中熟悉的作品之间的隐秘关系；第三，通过虚构和真实之间、语言的诗歌功能与实践功能之间的对立运动来实现。第三种途径对于那些把阅读作为比较的反思性读者尤为适用，它包含有这种可能性：一部新作品的读者能够在较为狭窄的文学期待视野中感知它，也能在更为广阔的生活的期待视野中感知它。①

在此，姚斯把主体的期待视野分为三个要素：（1）对某一文艺类型审美特征的理解和把握。如对诗歌的精练含蓄、节奏的韵律、意象意境等的一般认识，它对我们鉴赏具体的诗歌作品是必不可少的。（2）从较为广泛的背景中即文艺史上熟悉的作品与新接触的作品的比较中，发现彼此之间的某种区别与联系。（3）将生活经验融入对新作品的理解中，并进行比较和反思，从而在真与假、艺术与非艺术之间做出评判。可见，主体的期待视野涉及其文艺修养和生活阅历两个方面，前者可谓"文艺期待视野"，后者可谓"生活期待视野"。

姚斯上面的看法尽管不太全面，但对于我们研究文艺鉴赏主体必备的内在结构仍有很大启发。期待视野就是主体在鉴赏前所具有的文化心理结

---

① 参阅［联邦德国］H. R. 姚斯等《接受美学与接受理论》，周宁、金元浦译，辽宁人民出版社1987年版，第31页。

构，它是由人们所处的地位、状况，人们的性格、气质、教育水平、生活经历以及道德观、价值观等积淀而成。我们大体上可以把主体的期待视野划分为三个层次，即身心感觉（生理）层次、文化修养（文化）层次和生活阅历（社会）层次。

第一个层次，身心感觉（生理）层次。人作为文艺鉴赏的主体，首先是自然存在物或自然生命体，而且是较高级的自然生命体。说它高级，就是因为它具有审美的需要，具有感受鉴赏文艺作品的器官。《乐记》中说："凡音之起，由人心生也；人心之动，物使之然也。感于物而动，故形于声。"① 讲的就是人具有特殊的生理本能。所以说，五官感觉是主体鉴赏作品并使之成为自身对象的一种直接条件。没有这个起码条件，就谈不上文艺鉴赏。正如马克思所说："对于没有音乐感的耳朵说来，最美的音乐也毫无意义，不是对象，因为我的对象只能是我的一种本质力量的确证，也就是说，它只能像我的本质力量作为一种主体能力自为地存在着那样对我存在，因为任何一个对象对我的意义（它只是对那个与它相适应的感觉说来才有意义）都以我的感觉所及的程度为限。"② 故身心感觉也就成了主体期待视野的必要因素。

第二个层次，文化修养（文化）层次。这个层次包括主体的文化水准、智力水平、知识面（如哲学、自然科学）以及艺术素养等。其中，艺术素养比一般文化视野更为重要，这在姚斯那里已给予了高度重视。道理很简单，要鉴赏文艺，倘若对文艺的知识了解甚少，那是无法想象的。马克思说："如果你想得到艺术的享受，你就必须是一个有艺术修养的人。"③ 这里特别强调了鉴赏实践的条件。正如我国古代著名文艺美学评论家刘勰所说："凡操千曲而后晓声，观千剑而后识器，故圆照之象，务先博观。

---

① 北京大学哲学系美学教研室编：《中国美学史资料选编》上册，商务印书馆 1980 年版，第 58 页。

② ［德］马克思：《1844 年经济学哲学手稿》，《马克思恩格斯全集》第 42 卷，人民出版社 1979 年版，第 126 页。

③ 同上书，第 155 页。

阅乔岳以形培蝼，酌沧波以喻畎浍，无私于轻重，不偏于憎爱，然后能平理若衡，照辞如镜矣。"①

第三个层次，生活阅历（社会）层次。人都不能离开社会而存在。一切文艺作品也都是社会生活的反映，我们要鉴赏文艺作品就必须尽最大可能积累社会生活经验。鲁迅说得好："文学有普遍性，但有界限；也有较为永久的，但因读者的社会体验而生变化。北极的爱斯基摩人和非洲腹地的黑人，我认为是不会懂得'林黛玉型'的。"② 北极人不能欣赏"林黛玉型"，正是北极人在生活经历中未能遇到过像林黛玉这样的病弱美人。这说明，主体的社会生活经历明显地制约着主体对文艺作品的鉴赏，主体的生活经历的不同情况常常会造成文艺鉴赏的不同效果。

以上生理、文化、社会三个层次的有机结合，以经验形式形成主体文艺鉴赏的期待视野，形成鉴赏主体必备的前结构。实践证明，在文艺鉴赏中，主体的期待视野愈宽阔、愈丰富，文艺鉴赏的接受效果就会愈好。

## 三

文艺鉴赏表面上看来似乎是鉴赏主体个人的行为，纯粹是由主体个人的文化教养、兴趣和爱好决定的。其实，只要我们考察一下文艺创作和鉴赏实践，就会发现鉴赏个体总要受到其所属的鉴赏群体和文化圈的影响。

首先，艺术创作不可能孤立地在社会生活之外进行。因为"人是最名副其实的社会动物，不仅是一种合群的动物，而且是只有在社会中才能独立的动物。孤立的个人在社会之外进行生产——这是罕见的事，在已经内在地具有社会力量的文明人偶然落到荒野时，可能会发生这种事情——就像许多个人不在一起生活和彼此交谈而竟有语言发展一样的情况，是不可思议的。"③

① 周振甫：《文心雕龙注释》，人民文学出版社 1980 年版，第 518 页。
② 鲁迅：《看书琐记》，《鲁迅全集》第 5 卷，人民文学出版社 1981 年版，第 531 页。
③ ［德］马克思：《〈政治经济学批判〉导言》，《马克思恩格斯选集》第 2 卷，人民出版社 1995 年版，第 2 页。

由于艺术家不可能与所处的社会隔绝，其作品不可能与现实生活疏离，艺术品作为一种社会的存在物，必然会引起不同时代社会成员的关注。这样，他人对作品的评判影响相关主体对作品的鉴赏也自在情理之中。

其次，不仅艺术家是社会的人，而且任何一个鉴赏个体也都隶属于某一群体或集团，他一定也是某一社会组织中的一员。人的社会性决定了完全脱离鉴赏群体的孤立的鉴赏个体是不存在的。共同的生活条件，类似的文化背景，相近的风俗习惯会形成特定的文化心理结构、期待视野和相差无几的文化价值取向，这些因素对鉴赏个体施加影响。

正是作为社会存在物的文艺作品潜在地存在被每一个社会成员鉴赏的可能性，再加上社会化的个人对某一类型的艺术品完全有可能形成共同的期待视野和审美趣味，因而鉴赏群体得以形成。那些在文化层次、艺术素养、人生态度上相似的人，由于共同的文化心理结构连接在一起，便形成了特定的文化圈。一般说来，同一鉴赏群体中的个体一定属于同一文化圈，而同一文化圈中的鉴赏个体却可以分属于比较接近的若干个鉴赏群体。[①]

文化圈在层次上有高、中、低之分。高层次的文化圈是指那些具有较高文艺鉴赏水平的接受群体，其个体的文化程度高，知识面广，艺术鉴赏能力强。属于这一文化圈中的个体对鉴赏对象有着较高的审美要求和期待视野，在鉴赏中他们能发前人所未发，见常人所未见，他们追求的不单是感官的刺激和愉悦，更为看重的是精神上的乐趣和享受，因而表现出更高雅的审美情趣。中层次的文化圈指的是那些有一定的文化水准和知识水平，有一定的艺术常识和鉴赏能力的鉴赏群体。他们对文艺作品的鉴赏"倒也不完全停留在纯然消遣或寻求刺激上，他们也要求作品有一定的思想性和艺术魅力，能给人以教益，给人以某种审美的愉快"，但他们对文艺作品的审美期待和要求稍低，"对低层次的接受要求也不决然排斥"。[②]

---

① 参阅朱立元《接受美学》，上海人民出版社 1989 年版，第 179—184 页。
② 同上书，第 181 页。

低层次的文化圈是指那些文化程度较低、知识面狭窄、艺术素养欠缺、审美趣味低俗、鉴赏能力较差的鉴赏群体。他们对文艺作品的鉴赏要求和审美期待较低，往往只满足于纯粹的感官愉悦和消遣，并不追问文艺作品的思想意义和艺术价值，不善辨识艺术品的精芜、良莠，他们对艺术品的鉴赏只是为了满足某个简单的需求。上述三种不同的文化圈具有不同的艺术品位和审美期待。其中，高层次的文化圈引导着社会文化的发展方向，代表着某一时代文艺鉴赏的最高水平。

鉴赏群体，除了水平层次上的划分，也可以依据其他不同标准进行划分：一是年龄。不同年龄的鉴赏群体在对艺术品的爱好上会显现出较大的差异，因为不同年龄段的人群心理特点不同，他们对人生、对世界的看法也会不一样。年轻人与他们的长辈相比，对新奇的鉴赏对象比较敏感，也易于接受。中老年人则由于长期的审美经验的积累，形成了较为稳定的艺术爱好，可能对新异事物反应比较迟缓。二是职业。不同职业的人群，他们的工作方式、生活方式、思维方式也会明显不一样，这种差异在他们的性格、兴趣、爱好、视野等方面都会表现出来，体力劳动者与脑力劳动者，工人和农民，不同的工作性质和工作条件，不同的期待视野，造成了不同的鉴赏群体。三是民族。各个民族由于不同的语言和文化传统，积淀了各自较为一致的审美经验和审美理想，体现在文艺鉴赏中，不同的民族判断美与丑、艺术与非艺术的尺度因理想、趣味的差异而显现出区别来，这也促成了不同鉴赏群体的形成。四是地域。人们生活的地理环境往往决定着人们对自然和社会的认识。大漠与水乡，高山与平原，海滨与内陆，不同的经济发展水平与生活环境营造出不同的文化氛围，也打磨出具有不同鉴赏要求和鉴赏习惯的接受群体。

总之，文艺鉴赏主体的建构首先取决于主体期待视野的建构，主体的身心感官、文化修养、生活阅历三大要素一起调和成鉴赏主体的期待视野，共同熔铸成鉴赏主体必备的前结构。同时，文艺鉴赏主体又不是绝对孤立的主体，文艺鉴赏不纯粹是主体个人的行为，他会受到所属鉴赏群体和文化圈审美理想和审美期待的渗透，在鉴赏接受过程中，主体或者引领鉴赏群体的接受模式，或者顺应鉴赏群体的审美要求，更新自己的审美期待，从而使文艺鉴赏呈现出期待的广延性、趣味的丰富性和模式的多样性景观。

将文艺鉴赏主体放在一定的鉴赏文化圈来认识，以及说清楚鉴赏个体和群体的关系，这对构建健康向上的鉴赏主体具有重要意义。或者说，就全社会的文艺鉴赏而言，提升个体，改善群体，相辅相成，不可偏废，而且均应是和谐社会治理目标的基本任务。

# 第二节　作者之用心未必然,读者之用心何必不然

## 一

高尔基说："作家的作品要能够相当强烈地打动读者的心胸，只有作家所描写的一切——情景、形象、状貌、性格等，能历历地浮现在读者眼前，使读者也能够各式各样地去'想象'它们，而以读者自己的经验、印象及知识积蓄去补充和增补。由作者经验和读者经验结合一致，能够产生艺术的真实——言语艺术的特殊说服力。而文学对于人们的影响力，也可以由这点来说明。"[1] 由此也就可以说，没有一定程度的鉴赏创造，不能以"自己的经验、印象及知识的积蓄去补充和增补"艺术形象，就不会有鉴赏的乐趣；反过来还会导致创作的平庸、浅薄，阻碍文学艺术的进步和艺术理论的发展。

打个比方说，现在市场上有一种"方便面"，原来是煮熟了的，为了便于保存和携带，就把它弄干压成一小块，需要时只要用开水一泡，一会儿就泡开了，变成一大碗，再加点浇头什么的，吃起来更是味美可口。文艺的鉴赏接受也就是这样，要把作品所提供给我们的、经过创作者高度概括了的东西"泡"开来，还原到它原先的状态中去，使之呈现出一幅幅生

---

① ［苏联］高尔基：《给青年作者》，以辟译，中国青年出版社1957年版，第71页。

动逼真的生活图景。这其中，还往往是把自己也放进去，身临其境，感觉当会更富有意味。把作者浓缩了的东西完全"泡"开，这是文艺鉴赏首先必须经过的一道"工序"；不"泡"开，自然也就难以知道这包"方便面"是什么味儿。

马克思主义的文学理论强调：文艺作品的倾向性应该从作品的情节或艺术形象中透露出来。作者的观点愈隐蔽愈好。如果说，一切文艺作品都是形象思维的成果，那么文艺鉴赏也就是对于这一艺术成果的形象思维的探源。而且，我们在鉴赏文艺作品时也不能亦步亦趋，只从艺术形象中被动地接受一点信息，而应该主动积极地探索，去努力发现那隐藏在艺术形象深处的作者的初衷，甚至连作者自己也未曾认识到的东西，这便是文艺鉴赏充分"泡开"的过程。

我们以徐志摩的短诗《沙杨娜拉一首——赠日本女郎》为例稍作分析，诗是这样的：

> 最是那一低头的温柔，
> 像一朵水莲花不胜凉风的娇羞，
> 道一声珍重，道一声珍重，
> 那一声珍重里有甜蜜的忧愁——
> 沙杨娜拉！

这首诗初看起来也是很简单的，不过是写诗人与一位日本女郎道别时的情景。诗中着重用了"像一朵水莲花不胜凉风的娇羞"这个比喻来形容对方的情貌，接着是直叙告别的话（"沙杨娜拉"是日语"さようなら"的拟音，意为"再见"、"珍重"）。总之，诗中的形象是比较单纯明晰的。但是，如果我们不再进行积极的鉴赏创造，就不可能得到更多的东西，也就失去了鉴赏的意味。试想：诗人为什么要用"水莲花"来形容那位日本女郎呢？为什么说她"不胜凉风的娇羞"呢？又为什么说"那一声珍重里有甜蜜的忧愁"？等等。我们把诗中形象所隐藏着的这些问题再连起来思索，就会想象出那位女郎的美丽、多情，水莲花似的娇嫩；还会想象出诗人和这位女郎的亲密友谊……这样细细品味，甚至还可以把自己"移入"到那幅动人的离别情景中去，诗人好像就是自己，那位日本女郎好像就是自己的某个女友或爱人，将会更加兴味无穷。这就是鉴赏创造的艺术效果，显然，它是依赖于接受者高度鉴赏创造的过程。

## 二

积极的文艺鉴赏并不只是求得与作者的思想相感通，根本还在从中获得自己对生活的一种认识，咀嚼、玩味那富有魅力的艺术形象或语句来满足自己的美感享受。在文艺鉴赏中，常常不免会带有明显的主观色彩，甚至有时会超出作者创作时的初衷，发掘出作者未曾意识到的东西。我们觉得，这种鉴赏接受现象不仅是普遍的，而且也是应该给予肯定的。那种只是满足于与创作者情感的共鸣，或者停留在为古人作品做注疏的鉴赏，就是消极的、不正常的。

王国维在《人间词话》中有这样一段话：

> 古之成大事业、大学问者，必然经过三种境界。"昨夜西风凋碧树，独上高楼，望尽天涯路"，此第一境也。"衣带渐宽终不悔，为伊消得人憔悴"，此第二境也。"众里寻他千百度，蓦然回首，那人却在灯火阑珊处"，此第三境也。

王氏这里所摘引的句子分别出自晏殊的《蝶恋花·槛菊愁烟兰泣露》、柳永的《凤栖梧·伫立危楼风细细》和辛弃疾的《青玉案·元夕》这三首词。就原作来看，晏殊的词是写闺思；柳永的词是写一位男子的相思；辛弃疾的词是借"那人"与众不同的性格来自况抒怀。就是说，这三首诗词的内容，跟"成大事业、大学问"完全没有联系，但经王氏这样一番鉴赏创造，便十分生动而贴切地描绘出了"成大事业、大学问"的三种境界。

"独上高楼，望尽天涯路"，是指要有远大理想，登得高，望得远，这是第一步；有了理想接着就要矢志追求，坚持不懈，像得了相思病一样，即使"憔悴"了，也在所不惜，这是第二步；经过这样一番努力，所追求的东西最后就会出现在自己面前，豁然贯通，取得成就，终于达到目的。这些与原诗的闺思、相思等有什么相干呢？但王氏的这种鉴赏创造又有什么不好呢？我们不得不称赞王氏这种"移花接木"的鉴赏创造，的确丰富了原作内容，给人以一种"袭故弥新"的感觉。

清末词人谭献在《复堂词录序》中云："作者之用心未必然，读者之用心何必不然。"[①] 意思是说，作者在创作某作品时未必有这个意思，但读者在鉴赏作品时，何尝不可以依照自己的想法、心情去鉴赏创造呢？这话说得很好，也最明确不过，它实在是文艺鉴赏的一个极其重要的特征。

文艺鉴赏中的这种情况，在国外也有人注意到了。T. S. 艾略特在他的《诗歌的音乐》中解释了这种合理性："一首诗对于不同的读者可能显示出多种不同的意义。这些意义可能并不是作者的原意"；"而一个读者的解释，虽不同于作者的原意，有时却同样得当，甚至比作者原意更好。因为一首诗原可能存在有不为作者所自知的更多的意义"。[②] 西谚所谓"有一千个读者就有一千个哈姆雷特"，[③] 这与谭献以上所总结的文艺鉴赏特征或者要求完全吻合。

历史在不断发展，人们的思想也越来越丰富，而文学艺术形象本身又极富有包孕性、暗示性和启示性，同时，鉴赏接受又总是要受到接受者的思想水平、生活经验以及艺术修养等条件的制约，各人的情况不同，往往

---

① 谭献：《复堂词录序》，《中国历代文论选》第四册，上海古籍出版社 1980 年版，第 77 页。
② 引自叶嘉莹《迦陵论词丛稿》，中华书局 1984 年版，第 346 页。
③ 引自王朝闻《以一当十》，人民出版社 1985 年版，第 114 页。

也就表现出不同的鉴赏结果；从不同的角度去进行鉴赏创造，借他人之酒杯浇自己之块垒是经常的，也是自然的。文艺鉴赏完全可以各取所需，各喜其好。尤其是读古人的作品，如果仅仅要求体会作者的用心就当然不够。我们今天的世界观，以及生活、知识结构与古人已经有很大不同，我们既有可能历史地理解、评价古人的作品，也应该甚至必然站在今天的认识高度，去积极地鉴赏古人的作品，举一反三，触类旁通，发掘出前人所未必有的新东西。作为一位被广大文艺鉴赏者所喜爱的作家，不论是古代的还是现当代的，其创作思想都是站在时代前沿的，而我们今天鉴赏他们的作品，总是不敢越雷池一步，甚至还老是向后看，力求与古人的思想保持一致，或者满足于共鸣，这样的鉴赏有什么益处呢？而我们又何苦还要去鉴赏它呢？

三

一切文艺作品都具有形象性，一幅画，一座雕塑，一篇小说，一部电影，它们都表现特定的艺术形象；即便是音乐这样以声音为表现工具的听觉艺术，虽然难以描写具体的生活画面，但也通过有组织的乐音，唤起听众情感，引发人们对某些情景的联想，使人在想象中呈现出某些形象来。民族管弦乐《春江花月夜》，通过委婉质朴的旋律，流畅多变的节奏，巧妙细腻的配器，形象地描绘了月夜春江的迷人景色，尽情歌颂了江南水乡的风姿异态。我们在欣赏接受它时，通过自己对江南春景已有的经验，再创造性地想象，脑海中就会呈现出一幅江天一色、皎月当空的生动画面，从而感受到某些只属于本人的鉴赏意味。但是，由于鉴赏者在理解、认识、经验、修养上的差异，他们在心灵上所呈现的艺术形象也就有所差别，因此就有了"一千个读者就有一千个哈姆雷特"的说法，从而也正好说明"作者之用心未必然，读者之用心何必不然"的合理性。

曹雪芹写《红楼梦》，多多少少带有一种经历人世沧桑之后的忏悔意识和幻灭感，但现代读者却认为他反映了封建社会由盛而衰的必然趋势；曹禺写《雷雨》时并没有想到要匡正什么，讽刺什么，现代观众却认为《雷雨》是暴露了封建社会大家庭的罪恶。有时候，鉴赏者的理解甚至走得更远。

汉儒董仲舒曾把以上鉴赏接受现象总结为"诗无达诂"。[①] "诗无达诂"，诚然是为汉儒解经制造的理论根据，目的完全在方便他们断章取义，以符合儒家正统的解释。但"诗无达诂"的确也客观上揭示出了这样两层意思：一是表明诗的语言不能照字面上去直解，鉴赏接受者需要调动积极的形象思维去进行艺术再创造；二是表明诗的语言具有"弹性"，不同接受者可以在同一诗中发现不同的东西，这其中当然也有与作者之用心不相吻合的，见仁见智，各美其美。总的来说，董仲舒之所谓"诗无达诂"，意即《诗经》里的诗都没有一个固定解释。这句话本身也就肯定了作者未必然，而读者何必不然的文艺鉴赏现象。

其他还有很多著述涉及作者未必然，而读者何必不然的文艺鉴赏问题。王夫之说："作者用一致之思，读者各以其情而自得。"[②]"人情之游也无涯，而各以其情遇，斯所贵于有诗。"[③] 当代，郭沫若对"作者未必然，而读者何必不然"也有更明确阐释："对于诗词，读者在合理的范围内是可以有解释的自由的，读者在诗词中可以创造新的意境，所谓'仁者见之谓之仁，智者见之谓之智'，各人的解释可以不必相同，甚至可以和作者的原意不一定完全若合符契。"[④]

我国传统诗论都主张言近旨远、含蓄蕴藉，这就更是要求我们鉴赏诗歌不要把诗的语言看得太死，太狭窄。作者之用心未必然，而读者之用心未必不然的现象，这在诗歌鉴赏中的确更为突出。

《诗经》中有一篇《蒹葭》的抒情短章，一般人都认为是用来写男女

---

① 董仲舒：《春秋繁露·精华》。
② 王夫之：《姜斋诗话》卷上。
③ 王夫之：《诗绎》。
④ 引见《星星》1958 年第 10 期。

恋情的，下面是其中一章：

> 蒹葭苍苍，白露为霜。
>
> 所谓伊人，在水一方。
>
> 溯洄从之，道阻且长；
>
> 溯游从之，宛在水中央。

对这首诗，香港文学评论家壁华则以为："永远不断地追寻，这就是生活的真谛。用艺术形式来表现这个诗意的生活真谛的作品，不独外国有，中国也不少……诗中的'伊人'并不是仅指心上人，而是象征着想象中的美的事物……这是《诗经》中最具现代情调的诗作之一，诗里象征形象具有十分丰富的内涵。"① 也正因其内涵的丰富，所以鉴赏者也就完全可以各以其情而自得了。

柯勒律治有首很著名的诗，叫《古舟子咏》，但如何理解它呢？却颇有分歧。爱德华·E. 福斯说："有的人认为它极出色，有的则认为极荒诞；一个评论家用《圣经》语句为每行诗句都做了注释，而另一位则不理解为什么要对一只鸟小题大做；现在的批评家（戴维贝尔斯）在诗中发现了对一个口淫同性恋者系统完整的刻画，另一位（艾尔德·奥尔森）声称此诗并非一定有什么深刻含义，它就是一首优美的诗。"② 对此，诗人柯勒律治便为《古舟子咏》第五版亲自作了注释，诗人并不想此诗成为永远没有谜底的谜语。然而，这对于我们鉴赏者来说又有何妨呢？

当代诗人流沙河有一首小诗《枫与银杏》：

> 一个说秋天是红色的，

---

① 壁华：《幻美的追寻》，香港天地图书有限公司 1981 年版，第 117 页。
② ［美］麦吉尔：《世界名著鉴赏大辞典·诗歌》，王志远编译，中国书籍出版社 1990 年版，第 644 页。

> 一个说秋天是金色的,
>
> 画家说秋天是各种色彩,
>
> 秋天说我没有任何颜色。

这首诗概括力极强,我们也难以肯定作者的真正寓意,但我们是可以从各不相同的角度去鉴赏创造的。有的以为是对主观主义的讽刺:枫和银杏都以自己的色彩来推断整个秋天的色彩;画家却以艺术的眼光来观察秋天。这些都是以主观代替客观,犯了以偏概全的错误。有的则以为是对那些阿谀捧场的小人的嘲笑:枫、银杏和画家都各以其赞美之词来讨好"秋天","秋天"是正面形象,它在赞美面前却仍然保持着清醒的头脑,等等。

再者,因为诗歌篇幅短小,格式局限,作者要表达一个意思,也不一定就都如愿地表达出来,而接受者常常直接从形象本身得出自己的理解。卞之琳有一首很著名的诗《断章》:

> 你站在桥上看风景,
>
> 看风景人在楼上看你;
>
> 明月装饰了你的窗子,
>
> 你装饰了别人的梦。

过去,人们一般认为这诗无非是表现人都在互相"看",互相"装饰",人生都好像演戏一样,自己既是被人"看"的,又是"看"人的观众,表现出对人生虚无的怅然。但后来有人求教于卞之琳,诗人却认为此诗是表达一种相对的、平衡的观念。你把"我"当风景,"我"也把"你"当风景,"你""我"的形象互相显现在对方的窗口与梦中。鉴赏者的理解与作者的原意产生了很大距离,但又不能说人们对于《断章》的理解不合诗意。

我们肯定诗歌鉴赏"诗无达诂"的存在，绝不等于说接受者就可以凭着自己的主观臆断去信口雌黄，正如我们肯定文艺鉴赏的主观再创造，绝不意味着可以抛开文学艺术形象的客观存在一样。否则，无异于说文学艺术就成了一个不可知的未知数。须知，这种再创造总是在原作的基础上进行，它必然要受原作的规范与制约。尽管"一千个读者就有一千个哈姆雷特"，但他毕竟是哈姆雷特而不是雷欧提斯，也不是克劳狄斯，更不是莪菲利娅。

我们肯定作者未必然，而读者何必不然的文艺鉴赏，有人担心因此将对文艺评论会带来混乱，这是没有必要的。首先，鉴赏与评论是有区别的。鉴赏主要是满足个人的审美要求，见仁见智，各美其美，无可非议；但评论则不只是涉及评论者一个人的事，关系到作品的社会价值，一定要力求客观，不能有偏爱。其次，我们所肯定的"诗无达诂"，无非是允许诗歌或其他文艺作品鉴赏创造的种种差异的存在，但这种种差异又应该是合乎情理的。这个情理是什么呢？那就是鉴赏的结果与作者的"一致之思"应该有一定联系。比如说，在我们心目中纵有一千个面目各异的哈姆雷特，但终究不能失掉哈姆雷特"这一个"的根本气质和特点，而不是一个与之毫不相干的其他任何人。鉴赏者的种种差异只能从作品的"一致之思"出发，这样的鉴赏创造才会与作者的"一致之思"相互辉映，也正如王夫之所说"斯所贵于有诗"。

## 第三节　从"看热闹"到"看门道"

大约在民国初年，天津东方印书馆出版过一本《中国演剧手册》的书，作者是一个名叫阿兰（B. S. Alen）的外国人，书中记叙了这位外国观众原来因缺乏对京剧的修养而闹出笑话的故事：

> 有一出戏，台上是空的，一个年轻人向前跑来，做着手势，好像

是开门和窗，并且用力打扫房间。回家后，我问当时同去看戏的仆人，这一场是什么意思。他很为难地说："他不是打扫房间，他是在那儿洗一匹黄马，并且喂它食物，替它加鞍。"……第二次我看见一个人在空气中做着打扫的神气，又做着奇怪的样子，我自言自语地说："又在洗另一匹马了。"为了证实我的意见，我又问我的仆人："今天那个人所洗的马是什么颜色的呢？"他弄得莫名其妙，我又加以解释："就是那头上戴白布，跑来跑去，后来跳到椅子上的人。"仆人带着讨厌的神情说："呵，他不是在洗马，他是敲庙里的钟呢。"①

这位外国观众同他的仆人对同样的舞台形象的理解竟是如此大异其趣，不能不令人想到这样一个问题：作为一个戏剧观众，如果对戏剧独特的表现手段毫无所知，显然就不能成为一个好的戏剧鉴赏者。在京剧里，表演洗马是有传统程式动作的，这也是中国戏曲的一个特点，讲究抽象的程式表演，而不像外国戏剧那样追求对生活的逼真"模仿"。舞台上表演洗马既没有马也没有洗马的工具等，这位外国观众很难从几个简单的动作想到是洗马，以至误解为打扫房间；而那位仆人（大约是个普通的中国观众）不仅看出是洗马，而且还看出了马的颜色。原来，京剧中还有一个不成文的规矩，即可用马鞭的颜色来暗示马的颜色。这里表演洗马，大概用的是黄色马鞭，由此仆人判断是匹黄马就不是没有道理了。这一切，对于一个不了解中国戏曲的外国观众而言又有什么意义呢？

中国有句形容杂耍的俗话，即"会看的看门道，不会看的看热闹"。这恰恰也很好地说明了文艺鉴赏中的两种完全不同的境界。所谓"看门道"，就是注意戏剧艺术的审美特性，对戏剧冲突、人物形象、舞台对话以及对各个剧种的特定表现技巧作充分的玩味与鉴赏，直到看出它的门路规律来。所谓"看热闹"，也就是只能看到戏剧表面上的一些东西，往往只注意离奇的故事、低级噱头的卖弄以及那些热闹的打斗场面等，而不能

---

① 引见龚和德《欣赏与创造》，《戏剧艺术》1986 年第 4 期。

看到戏剧真正的美学价值。

毋庸讳言，从"看热闹"到"看门道"，由"不会看"到"会看"，需要经过一段较长的修养过程。这种修养，对于一个想具有一定戏剧鉴赏力的观众来讲完全必要。

谈到戏剧鉴赏的修养，它包括的方面相当广泛。由于戏剧具有综合之美的特点，文学的、舞蹈的、音乐的、美术的，等等，在戏剧艺术里都得到了不同程度的体现，这就对戏剧鉴赏提出了相应的要求，这些不言自明。此外，还有以下几个方面需要重视。

首先，在我们脑子里要建立起一个正确的舞台观念。舞台观念是什么？也就是我们对舞台究竟应该如何看？对这个问题是有不同回答的。有的人将舞台同生活中其他物质存在完全等同，舞台上所发生的一切如同我们周围发生的事情一样，那么平常生活中所采取的种种处置办法与方式在剧场里也同样适用。在戏剧鉴赏史上，我们可毫不费力地收集到观众上台殴打反派演员之类的传闻逸事。这些殴打演员的观众所持的舞台观念显然有问题。作为一个真正的戏剧鉴赏者，舞台对于我们不能仅仅是一种客观的物质存在，它更重要的是作为审美的对象呈现。戏剧艺术有一最能将人引入鉴赏歧途的外表，因为它是当着我们的面表演，一切都像真的一样在我们身边发生，况且又是凭借着有血肉之躯的真人表演出来，所以，观众稍有不慎就会将自己同戏剧的审美关系抹杀。舞台是承载戏剧的场所，好比是绘画艺术的宣纸，音乐艺术的琴弦，是戏剧艺术不可分割的一个有机成分。不知各位是不是有这样的体会，每当我们走进剧场，心里便会顿时升腾起一种肃然静穆的情绪，眼望着前面空空的舞台，那条神奇的氍毹上面就似乎可以幻化出种种莫名其妙的表象来。这种体验，如果我们不是面对舞台而是面对生活中其他类似的东西，我想无论如何都不可能存在。这应是戏剧鉴赏心理积淀在观众头脑中的自然反应，也是我们将舞台看成是表演的场所而非生活的场所的正常心理。

由此说来，我们所提倡的舞台观念已很清楚了——舞台尽管是剧情发生的地点，但它与生活中的物质存在截然不同，它是戏剧艺术的一个重要因素。应当看到，舞台对演出的成功起了不小的作用，戏剧在舞台上表演与不在舞台上表演的效果完全不一样。因为舞台可以运用脚光、共鸣、前后台等这些有利因素来造成一种强有力的演出效果。为何人们将戏剧的魅力又常常称为舞台的魅力？这里便表明戏剧对舞台的某种依赖与肯定。既然如此，舞台在观众头脑里就应带有审美的意义了。即使是西方所谓幻觉主义戏剧，最终同样也不容抹杀舞台与池座之间的这种审美关系。

其次，戏剧艺术的最终实现还须得观众的参与，而观众参与的主要任务是充分运用各种心理机制去进行再创造。其中，戏剧性想象则又是作为一个好观众所必须具备的。

观众能否运用戏剧性想象，能否从艺术的特殊表现方式中引发出丰富的戏剧性理解，这是鉴赏戏剧的基本要则。比如，在观看中国传统戏曲的时候，当我们从演员一个吹须的程式动作就应很快领会剧中人怒不可遏的心情；或者演员在舞台上走圆场，我们就要想象出剧中人正在走一段很长的路程，等等。同样，观赏其他戏剧也不可须臾离开戏剧性想象。一个穿着清朝服装的演员在舞台上说："我们这就准备去给乾隆皇帝祝寿，今天是我们大清王朝无比吉祥的日子啊！"作为21世纪的观众，难道我们还会去怀疑这个演员的话吗？这不也需要一种起码的戏剧性想象吗？还有像戏剧中经常运用的预伏、悬念、巧合、误会、对比等艺术手法，如果我们不借助戏剧性想象的帮助就难以理解。

戏剧性想象还需要观众理解具体戏剧的文化背景。这种文化背景包括如下两个方面：（1）剧情是发生在什么时代和什么地方？当时在该地区又有怎样的风土人情？它与剧情究竟有何联系？——此可称为作品背景。（2）剧本是作于何时？当时的戏剧美学又有哪一些值得我们注意的东西？——此可称为作者背景。这两个方面，在我们鉴赏戏剧的过程中都会直接或间接地影响到戏剧性想象。

　　了解剧情发生和剧本写作的文化背景可以促使我们进行深入的戏剧性想象是显而易见的。戏剧（包括所有的艺术）都是一定时代社会生活的形象反映，是在一种特殊的社会土壤中生长的，同时又与作者所处时代的审美倾向密切相关。不了解这些，我们的戏剧性想象势必就有隔膜的揶揄。20世纪德国著名戏剧家布莱希特的名剧《伽利略传》，取材于三百多年前的伟大科学家伽利略的故事。这是一部纪实性剧作，描写了伽利略与教皇、宗教裁判所在科学与宗教问题上的尖锐冲突，表现了新兴资产阶级追求科学的宇宙观与封建宗教势力维护愚昧的宇宙观之间激烈斗争的社会现实。在第十场里，开头有两节民谣歌手所唱的歌词：

　　　　全能的上帝创造伟大的宇宙，叫太阳遵照他的命令这样做：像一个小婢女，掌着一盏灯，规规矩矩围绕地球走。因为他希望，从今以后，人人围绕比自己强的人旋转着。于是乎团团转便先开始，卑微的围绕着显要的，后面的围绕着前面的，天上是这般，人间亦如此。于是乎，红衣主教围着教皇绕圈圈。主教们围着红衣主教绕圈圈。教会文书围着主教绕圈圈。城市陪审官围绕教会文书转，工匠围绕着城市陪审官。仆役们围着工匠走，围绕仆人的是母鸡、乞丐还有狗。

　　　　伽利略博士站起来（扔掉《圣经》，抽出望远镜望一眼青天），他对太阳说：站住！宇宙间万物旋转，如今得要变一变，现在该叫女主人，叱！围着她的婢女转。

　　显然，这两段歌词就涉及了当时的文化背景，如果我们对"太阳中心说"与"地球中心说"以及各自的现实意义不理解，又何以能引发出戏剧性想象呢？伽利略证实哥白尼的"日心说"，必将推翻当时的宇宙观念，否定《圣经》中的上帝，动摇以教会为精神支柱的封建统治，因而歌手对伽利略给予了赞颂。后来，罗马宗教法庭终于将伽利略打入监狱，判处终身监禁。教会为何如此仇视、害怕伽利略呢？我们的想象也只能在理解以上文化背景的基础上展开。

同时，《伽利略传》也体现了剧作者布莱希特的戏剧观。要看好这个戏剧，充分调动自己的戏剧性想象，对布莱希特的戏剧主张不得不知。比如在结构上用叙述性代替戏剧性，用小说的手法来写戏剧，强调演员与观众用感情间离代替感情共鸣等，这些也会直接影响到我们的戏剧性想象。

当然，纸上谈兵不可能提高我们的戏剧鉴赏力，鉴赏修养还得与鉴赏实践结合起来，实践才是最好的修养。19 世纪 70 年代中期，小仲马的《私生子》重新在法兰西喜剧院上演，一位评论家写了一篇很长的评论，认为这个戏的编剧技巧已达到玲珑剔透、精巧绝伦的地步。可是，这些经他总结的法则放到任何一出戏都适用。大作家左拉也去看了这个戏，他在著名的《自然主义与戏剧舞台》一文引述了那位评论家的见解，最后只是简单地评之曰："观感相当冷淡。"① 这就够了。尽管那位评论家有着很好的理论修养，但缺乏审美感受，脱离或轻视鉴赏实践，只是用一些条条框框去套，这等鉴赏当然不能恭维。

# 第四节　从"看故事"到"看人物"

1937 年，茅盾先生在评论一部小说时，曾经说到小说鉴赏中的两种情形。他说：

> 有这样的作品：文字流利，你读下去不会皱一皱眉头；读完了你也就明白了作者所要告诉你的是什么；你舒舒服服，你放开书，可以做别的事；你愿意让书中的"人""事"在你脑膜上多停留一会儿，可以；你不愿意，也可以。

---

① 转引自余秋雨《戏剧审美心理学》，四川人民出版社 1985 年版，第 38 页。

　　然而又有另一样的作品：你得耐烦一点，方能读下去，……你读
完了，头从书上抬起来，松一口气，放开书，打算做别的事了，可是
书中的"人"和"事"却不肯离开你，它们捕住了你的思想和情绪，
不管你愿意不愿意。①

　　茅盾先生说到的这两种情况，恐怕很多人都碰到过，只是没有人认真
去想它。这里涉及小说创作与鉴赏的一个十分重要的问题，那就是小说艺
术的重点究竟应摆在什么地方？从创作来讲，正如茅盾先生所说，的确有
两种写法截然不同的小说：一种是靠编造曲折离奇的故事来吸引读者的，
读者欣赏着故事如何开端，又如何发展，最后又如何结局，预伏、悬念、
高潮、解扣等故事技巧作者都用上了，也让读者似乎感到很过瘾，但读完
之后小说中的人和事很快就在我们脑中消失了；另一种小说虽然也讲故
事，但并不离奇，甚至就故事本身而言可能还很平常，但作者却为我们塑
造出了一两个活灵活现的人物，这些人物个性鲜明，他们的言行与他们的
命运发展就像磁石一样地抓住读者的心灵，使我们欲罢不能，甚至隔了很
长一段时间，小说中的故事情节在记忆中已变得模糊不清了，然而小说中
的人物仍然清清楚楚地印在我们心上。

　　从传统的理论来解释，小说当然都要讲故事。我国的小说自诞生以来
就看重故事。魏晋小说以怪异闻名，唐宋传奇以传奇吸引人，宋元话本也
以故事见长，后来的《三国演义》、《水浒传》、《聊斋志异》等也少不了
故事这个东西。但是，小说是不是就只是讲故事呢？或者说鉴赏小说是不
是就是看看故事了事？

　　据说，1982 年 7 月，美籍华裔作家董鼎山先生在上海谈美国文学情
况，讲到惊险小说、侦探小说在当时的美国很受普通读者欢迎。有意思的
是，1980 年前后，我国小说界也出现了通俗小说热，书摊小贩到处兜售的
大都是这类小说。看来，这种靠故事取胜的小说还很有市场。然而，董先

---

① 　乐黛云编：《茅盾论中国现代作家作品》，北京大学出版社 1980 年版，第 252 页。

生认为这类小说大部分却不能看成是真正的文学作品，主要原因是这些小说"只注意情节，不注重人物性格的刻画和心理的描写"。[①] 可见，故事与人物在小说中并不是互相排斥，写故事的目的是刻画人物。为写故事而写故事，写出的作品就不可能有永久魅力，甚至还可能是令人不屑一顾的。那些充斥于书市的低级的通俗小说，我想谁也不会像阅读文学作品那样去反复咀嚼吧？

曾经获得全国短篇小说优秀奖的《女大学生宿舍》的作者俞杉谈到她的创作经验时说，在发表《女大学生宿舍》之前，她还写过十多个中短篇小说，但均未成功，为什么呢？原来是她在刚刚开始创作小说时只知道"入迷地编写离奇的故事"，"忽视了写人"。《女大学生宿舍》之所以能受到社会的承认，不过是较好地把握住了现代大学生的时代特色，写出了这一代大学生的内心世界和精神面貌。这个经验值得我们思考。

美国当代一部很有影响的长篇小说《克雷默夫妇》，也并没有什么曲折的故事，写的只是一对青年男女的相识、恋爱、结婚、生孩子、离婚等琐事，都是美国社会中极其常见的生活现象，但此书一上市却受到欧美社会的广泛注意。究其缘由，就在于故事还包含着更有价值的东西。我们可以回想一下，在阅读过的那些中外小说名著中，能够长驻我们心中的难道不是一个个鲜明生动的人物吗？

高尔基曾提出过"文学即人学"的著名论断。小说创作的中心任务是要写好人，反过来写人又总离不开故事，离开故事的赤裸裸的人并不存在。但是，故事在小说中却并不一定都要具有明显的存在形式，甚至我们发现有些作品所写的故事也并不是有头有尾的，而只是人物生活的某些片断或某一特定的侧面，或者只是作者对某些人和事的印象，断续而不衔接，相关而不相连，但作者以这种特异的形式所刻画的，仍然还是具有鲜明个性的人物。鲁迅的《狂人日记》、《孔乙己》、《阿Q正传》等，大都属于这类情况。如果我们只是抱着一个欣赏故事的心理去读鲁迅先生的小

---

① 转引自江曾培《艺术鉴赏漫笔》，浙江人民出版社 1983 年版，第 63 页。

说，那就得不到什么东西。特别是鉴赏现代的所谓意识流小说、哲理小说、文化小说和抒情小说等，更是如此。

既然小说创作是以写人为中心的，那么小说鉴赏的主要兴趣也就要摆在小说人物身上，要看这个作品塑造了怎样的人物，用什么笔墨塑造的，有着怎样的个性，蕴含着一些什么值得人们深思的有价值的东西。有人说："会看小说的看人物，不会看小说的看故事。"这对于小说鉴赏而言的确是非常重要的。

著名女作家聂华苓女士，曾给我们推荐过一本美国很有影响的引导人们鉴赏小说的书籍《小说鉴赏》，该书就多次提到了以上强调的问题。比如读小说不能沉迷到故事情节之中，要设法弄清楚"情节是不是连贯的？它的意义在哪里？如果说它毫无意义的话，那它又是在哪一方面失败的？换句话说，我们一定要经常思考情节同人物和主题的关系问题"。[①] 此书又从创作的角度写道："根据人类某种特殊心理而安排的情节……纵然可以使人为之一惊，但它本身并不具有虚构的意义……小说描写各种各样的人物及其个人经历（其中有普通的、也有特殊的），但它不应该仅仅是一张有关医疗上或心理方面的病情报告单。这一点我们必须牢记在心。从广义上来说，小说应涉及道德问题，它所描写的对象，不应局限于那些奇事怪人，或者是那些悲欢离合的事件。"[②] 然而，在我们实际的小说创作与小说鉴赏中，的确有不少人是把小说的故事（对人物经历的叙述）过于看重，甚至将它与小说的特定意义等同起来，这不能不说是一个非常严重而且是屡见不鲜的错误。

举个例子吧，我认识的一位青年朋友特别爱看《水浒传》，我问他："这部小说最有意思的是什么呢？"他说："读'武十回'（写武松的十回）最过瘾，'景阳冈打虎''斗杀西门庆''醉打蒋门神''大闹飞云浦''血

---

① ［美］克林斯·布鲁克斯等编：《小说鉴赏》，主万等译，中国青年出版社1986年版，第76页。

② 同上书，第128页。

溅鸳鸯楼'等，一环扣一环，惊心动魄。"我接着问他："这些故事表现了武松什么样的性格？"他回答很简单："英雄性格嘛！"我又问："都是写英雄，武松与李逵有什么不同？在故事情节的处理上是否也有作者的考虑？"他无可奈何地说："这些我就没有想过了。"像这样读小说的远不止一两个。

小说鉴赏，从"看故事"到"看人物"这是两种截然不同的境界。创作小说，只想到要编故事，固然错误，而且还造成了一大群低水平的小说鉴赏者；鉴赏小说，只知道去"看故事"，这就更不应该了。过去还有句形容看杂耍的俗话："会看的看门道，不会看的看热闹。"小说鉴赏也是如此。由"看故事"到"看人物"，也就是由"看热闹"到"看门道"，这里需要一个修养过程。

# 第五节　观众要增强自己的主体意识

西方中世纪舞台上，有一种冗长而结构松散的宗教剧，观众根本无法看下去，剧场效果十分糟糕。为了争取观众，据说就有一位剧作家在一出戏中想出了这样的办法：开场时让演员扮演魔鬼向观众宣读一份地狱魔王的来信，称魔王得知这里正在演出宗教剧，很不高兴，希望观众起哄、喧闹，并要求魔鬼认真地记下每一个起哄者的名字，以便按名单请到地狱来做客。结果，谁也不愿意去当魔鬼的"客人"，演出效果意外成功。这个故事清楚地表明了观众在戏剧中的作用，一出戏没有观众的支持是不行的，尽管是一出思想与艺术均好的戏剧，同样也需要观众参与。一出戏是否成功，观众的气氛是它最好的广告，戏剧评论家们再精彩的评论在它面前都会显得逊色。

戏剧对观众的依赖，与戏剧艺术创作与鉴赏接受同步进行有很大关系。戏剧内容一切都以"当前时空进行式"呈现在观众面前，而且又不像电影、电视那样，当我们观看时它们的内容已制成胶片固定下来，戏剧则是当众表演，有极强临场性。

日本著名能乐演员、谣曲作家世阿弥（1363—1443），应当是戏剧史上最早注意到观众对戏剧的重要作用的，他在《花传书》中花了较大篇幅谈观众对戏剧演出的直接影响。他在该著"问答种种"开头就曾说："始演'申乐'之时，须得察看观众席，以预卜凶吉。"① 这种感觉当然很微妙，没有这种体验的人恐怕难以理解。不过，我们可以推而广之，比方在大众面前做一次讲话，甚至在课堂上进行一次演讲，如果台下的听众怀有一种迫切期待的心情，凝神屏息，众目睽睽地注视着前台，此时就会极大地鼓舞你的情绪，喜不自胜，感觉良好，从而使你树立起必胜的信念。反之，如果听众心不在焉，反应冷漠，或者还有的怀有不信任的"敌意"，你便会突然产生一种怯场心理，使你的演讲情绪降低到最低点，甚至于招致整个演讲的失败。这种情形与戏剧演出完全一样。

世阿弥之后，各个时期都有批评家就戏剧观众学作过探讨。比如，16世纪意大利戏剧理论家卡斯特维特罗、17世纪法国剧作家莫里哀、18世纪法国剧作家马蒙泰尔等，但他们一般都从剧作家的角度来强调观众作用，而且语焉不详。把观众的鉴赏放在戏剧活动的首要地位并作为戏剧的一个最基本的要素来加以研究，则是从法国19世纪戏剧理论家弗朗西斯康·萨赛开始，他在《戏剧美学初探》一文中指出："这是一种不容争辩的真理：不管是什么样的戏剧作品，写出来总是为了给聚集成为观众的一些人看的；这就是它的本质，这是它的存在的一个必要条件。不管你在戏剧史上追溯多远，无论在哪个国家、哪个时代，用戏剧形式表现人类生活的人们，总是从聚集观众开始。……没有观众，就没有戏剧。观众是必要、必不可少的条件。戏剧艺术必须使它的各个器官和这个条件相适应。"② 他的这番话，提出了一个重要的戏剧美学原则，即"没有观众，就没有戏剧。"以后它一直受到研究者们的普遍注意，从而开创了戏剧研究"观众、演员

---

① 引自［美］艾·威尔逊等《论观众》，李醒等译，文化艺术出版社1986年版，第294页。
② 引见《古典文艺理论译丛》第十一辑，人民文学出版社1966年版，第254—255页。

中心论"先河。

到了 20 世纪 60 年代，萨赛的这一理论便由波兰著名导演耶日·格罗托夫斯基推到了极致，并创造出一种新型的戏剧——贫困戏剧。贫困戏剧的重要革新就是侧重强调演员与观众的作用，摒弃了所有对戏剧来说并非决定性的传统元素，诸如布景、灯光、美术、音响等这些技术性方面的东西。格罗托夫斯基说："……我们发现没有化妆，没有别出心裁的服装和布景，没有隔离的表演区（舞台），没有灯光和音响效果，戏剧是能够存在的。没有演员与观众之间感性的、直接的'活生生'的交流关系，戏剧是不能存在的。"[1] 据此，他以为戏剧的含义也就是"产生于观众和演员之间的事"。[2] 相对那些利用种种因素与技巧而造成的戏剧（或称"富裕戏剧"）来讲，这自然是"贫困"了。当然，我们没有必要去全面评论贫困戏剧的是非，但格罗托夫斯基把演员与观众看成是戏剧艺术的两项基本要素，这不是没有道理的。

被称为我国戏剧雏形的《踏谣娘》，其实也正是一则发生在演员与观众之间的短小"贫困戏剧"。请看：

　　《踏谱娘》：北齐有人姓苏，鲍鼻。实不仕，而自号为郎中。嗜饮酗酒，每醉辄殴其妻。妻衔悲，诉于邻里，时人弄之。丈夫着妇人衣，徐步入场，行歌，每一迭，旁人齐声和之云："踏谣和来！踏谣娘苦和来！"以其且步且歌，故谓之"踏谣"；以其称冤，故言苦。及其夫至，则作殴斗之状，以为笑乐。[3]

看来，这是根据真人真事演的一段小戏，除了那个扮演妻子的男演员"着妇人衣"这一简单化装外，其他像布景、音响、灯光、舞台，甚至剧

---

①　［波］格罗托夫斯基：《迈向质朴戏剧》，魏时译，中国戏剧出版社 1984 年版，第 9 页。

②　同上书，第 22 页。

③　崔令钦：《教坊记》，见周贻白《中国戏曲发展史纲要》，上海古籍出版社 1979 年版，第 37 页。

本都不存在，只有两个演员与齐声唱和的"旁人"（观众），同时也正是有了这两个因素，我们也才有理由把它看成是一则简单的戏剧。

戏剧倘若失去了观众的要素又将怎样呢？我们可不必再做这种设想，历史上曾经已有这样的记载：德意志巴伐利亚州大公爵德维希二世在观看御用剧团演出时，不许别的观众同自己一起观看演出，总是只身坐在正中的座位上。当时的剧场效果如何呢？据尤里乌斯·巴普在《戏剧社会学》中记载："当时奉命出场的一些优秀演员感到困惑、无精打采。这是确实的。因为演员的创造，不仅在于使观众陶醉，而且在演出过程中由于观众的陶醉而使这种行为得以持续下去。"[①] 明乎此，我们也就不难理解格罗托夫斯基所说戏剧乃是"产生于观众和演员之间的事"这句话的意思了。

可以说，没有一种艺术能像戏剧这样有赖于受众的培养。没有观众的演出，就好比鱼儿离开了水，花朵离开了供养它的土壤一样。美国戏剧家桑顿·怀尔德说过，戏剧需要观众初一看来是"要依赖观众经济上的支持"，是要谋求自己的捧场者，但还有"更深一层的理由：（1）做戏本身如果没有观众支持，一到戏台上就会变得支离破碎，荒诞不经。（2）舞台上扮演的某些生活场景会引起人们巨大的激动，常常带点宗教仪式和节庆的气氛，这就需要有一大群人在场"。[②] 这一点，的确已由中外很多戏剧实例所证明。

谈到这里，有人很可能会举出俄罗斯戏剧导演亚历山大·秦伊洛夫所说的一段话来驳斥上面的观点，他在著名的《导演手记》中指出，"认为戏剧艺术没有观众就会失败，观众对演员是不可或缺的推动力，这也是一种误解。我们都知道有时在工作过程中会出现一次鼓舞人心的排演，后来没有一次演出可以与它相比。而如无观众在场，演出本身仍不失其为一件艺术作品，正如雕刻家的美丽雕像如锁藏保存，它也仍然是一件艺术作品

---

① ［美］艾·威尔逊等：《论观众》，李醒等译，文化艺术出版社 1986 年版，第 296—297 页。
② 同上书，第 105—106 页。

一样。只是由于戏剧艺术的材料特性，人体的不能经久不变的性质，使其具有一定时间的限制，由此而已经排练完成的舞台作品，假使它不想湮没无闻，就必须立刻在观众前演出；而不能拖延年月。"①　实际上，它是作者针对当时剧坛有些无限制地把观众强拉进戏来参与、创造的一种反驳。但在我们看来，作者这里明显矫枉过正了。难道"一次鼓舞人心的排练"能与一次成功的正式演出相比？实在有些怀疑。既然承认"戏剧艺术的材料特性"，就应该承认戏剧需要观众的培养；离开观众，也就无所谓精彩的戏剧。

　　我们花费如此之多的笔墨阐述观众在戏剧活动中的作用与地位，意在强调观众作为一个戏剧鉴赏接受者的主体意识。也就是说，当我们走进剧场就应当意识到不只是一个简单的旁观者了，而是作为第四度创作的身份去履行我们的神圣使命。一方面，我们是去欣赏戏剧，应调整自身的审美心理结构；另一方面，我们也是去实现戏剧的最终意义，并对戏剧进行有权威的评判。一出戏剧，能够引起广大观众的鼓掌、喝彩，能使观众感动得热泪纵横，无疑这是对成功演出的极好奖赏；与此相反，观众就会毫不客气地喝倒彩、吹口哨，甚至向舞台扔乱七八糟的东西，骂声不绝，这会比什么样的批评都难堪。有些剧作家、导演不敢观看自己作品的首场演出，道理也正在这里。有的剧作家和导演又为了使首场演出成功，不惜花钱请人去捧场，把自己的人安插在剧场的各个角落。

　　近几十年来，人们对于观众学的研究表明，观众是戏剧创作活动的一个重要环节已成为普遍共识。当代英国著名戏剧理论家和导演马丁·艾思林，他在那本很有影响的专著《戏剧剖析》中指出，就创作而论，"其实作者和演员只不过是整个过程的一半；另一半是观众和他们的反映。"②　这也就意味着，戏剧鉴赏者的主体意识应着重体现在与演员的同步创作上。观众与演员的这种合作是一个复杂的心理创作过程，不仅要有一

---

① 〔美〕艾·威尔逊等：《论观众》，李醒等译，文化艺术出版社1986年版，第133页。
② 〔英〕马丁·艾思林：《戏剧剖析》，罗婉华译，中国戏剧出版社1981年版，第16页。

种主动参与的意识，还要积极运用自己的各种心理功能，以舞台形象为心理创作的主要依据，不断向戏剧审美的纵深开掘，从而实现戏剧美的全部意义。

# 第六节　文艺鉴赏趣味面面观

## 一　关于文艺鉴赏趣味的几个问题

　　文艺鉴赏的趣味，按普通理解，就是人们在鉴赏文艺作品时为对象所吸引、所激动而表现出来的一种情感倾向，或是一种兴味。如小说《复活》里的聂赫留朵夫过去曾伤害过少女玛丝洛娃，但当他知道对方已经被迫当了妓女而且成了谋杀案的嫌疑犯时，便不顾自己的名誉地位而去为她的安危奔走。我们为这两个人物的故事所吸引、所激动，但聂赫留朵夫究竟是一个怎样的人呢？你就不得不表现出自己的情感倾向，不论这种情感倾向正确与否，我们都可以称之为一种趣味。辨别这种趣味的高下称之为评判，把自己从生活中领略到的趣味表现出来就可称之为创造。

　　趣味本是一个十分广泛的概念，生活中有各种各样的趣味。比如人们吃东西都各有嗜好，这也是一种趣味。俗话说"天下之口有同嗜"，但实际上却很难完全统一起来。困难是在趣味的问题上不可能有一个绝对固定的标准，萝卜青菜，各有所爱。西谚说："趣味无可争辩"（Deguetibusnon Est Disputandun）。这也就表明了趣味具有相对性的特点。同样，文艺鉴赏趣味也往往因人而异、因事而异、因时而异。鲁迅说，读《红楼梦》，"单是命意，就因读者的眼光而有种种"。[1] 这正是趣味的不同。

　　然而，问题还并不在于是否承认文艺鉴赏趣味种种差别的存在，而在于如何衡量这种鉴赏趣味。比方说，你十分赞赏某一首诗，另一个人却并不以为然，你说他趣味低下，不可与之言诗，那么你衡量诗歌鉴赏趣味高

---

[1]　吴子敏等编：《鲁迅论文学和艺术》上册，人民文学出版社 1980 年版，第 231 页。

下的标准又是什么呢？这就是古往今来一直争论不休的问题。

各爱所爱，各美其美，人们的文艺鉴赏趣味真是"无可争辩"吗？类似的论述，我国古代也有种种说法。《周易·系辞上》记载："仁者见之谓之仁，知者见之谓之知。"这大概是我国最早肯定鉴赏趣味相对性的表达。到晋代，葛洪又说："观听殊好，爱憎难同"；① 梁代的刘勰也说"会己则嗟讽，异我则沮弃"。② 这些无疑都揭示出文艺鉴赏趣味难以统一的特征。对这一现象，我们应该怎样认识？

第一，文艺鉴赏趣味的不同，这是一个客观事实，是不可否认的，我们既不能视而不见，更不能只要求一种鉴赏趣味一家独鸣。只要人们的趣味纯正，同时又不排斥他人正当的鉴赏趣味，就不会彼此冲突、互相争执，更不会引起道义上的问题。

第二，人们的鉴赏活动可以反作用于创作活动，如果要求一种鉴赏趣味一家独鸣，那只能给创作带来灾难，同时也会极大地影响人们的精神生活，这在过去文化专制时期是有沉痛教训的。

第三，文艺鉴赏趣味的多样性，总是表现为形式和内容两个方面。你喜欢诗，他喜欢小说，这是就形式而言。从内容来说，同是《龙的传人》，唱者不同也会表现出不同的好恶与取舍。文艺鉴赏的多样性又与文艺鉴赏的主观性相联系，而文艺鉴赏的主观性，又常常为那些肆意曲解作品内容的人提供了可能。这样，问题也就更为复杂。

在中外美学史上，有不少人对于鉴赏趣味的衡量标准进行了许多探讨，如休谟、康德、伏尔泰、安诺德、桑塔耶那等，都在他们的著作中对此问题做过各种各样的论述。在我国古代，荀子、葛洪、钟嵘、刘勰等也曾涉及这一问题。但是，这些人都未能做出很好的回答。

有的认为，鉴赏纯属主观精神范围的事，不可能有什么普遍标准，这可以康德为代表。有的则认为，鉴赏存在客观尺度，鉴赏者所表现出来的

① 葛洪：《抱朴子·广譬》。
② 刘勰：《文心雕龙·知音》。

鉴赏趣味并不是随心所欲，但这个"客观尺度"是什么？休谟认为"趣味的普遍原则是人性皆同的"。① 显然，他是从"人性论"上找标准，这自然不可能得出一个"普遍原则"。安诺德认为最稳当的办法是拿古典名著做"试金石"，但这对鉴赏趣味的衡量还是隔了一层，因为这并不是立足于鉴赏来考虑问题。荀子主张艺术与鉴赏必须"约之以礼"、"由礼则雅"。② "礼"就是衡量趣味高下的客观标准。荀子之所谓"礼"是什么呢？实质上就是合乎封建主义的东西。他曾说："郑卫之音，使人之心淫……故君子耳不听淫声。"③ "郑卫之音"是当时民间所喜爱的乐歌，它不为荀子所鉴赏，这正是他的鉴赏标准所表现出来的阶级局限。刘勰认为，文艺鉴赏必须避免受偏爱的蒙蔽，不然，就会"各执一隅之解，欲拟万端之变，所谓东向而望，不见西墙也"。也就不可能用一个客观标准去衡量了。为了避免偏爱，他提出"圆照之象，务先博观"，然后能"平理若衡，照辞如镜矣"。④ 不过，到底怎样衡量一个人的鉴赏趣味，这个"平理若衡"的标准是什么，刘勰还是未能真正解决。

毋庸讳言，文艺鉴赏的趣味，是存在普遍适用的衡量标准，我们毕竟不能无视这样的文艺鉴赏事实：古代很多优秀作品，不仅在它们问世时就已不胫而走，或给人谱曲弹唱，或给人争相传阅，甚至还影响到邻国外域，使欧洲、美洲的鉴赏者也为之倾倒。由此看来，不管人们是否自觉意识到，他们在文艺鉴赏中的确遵循着一个共同标准，否则就不能表现出共同的鉴赏趣味。

休谟说："尽管趣味仿佛是变化多端，难以捉摸，终归还有些普遍性的褒贬原则。"⑤ 这话说得很好，但鉴赏事实同时也表明，人们的文艺鉴赏

---

① 古典文艺理论译丛编委会：《古典文艺理论译丛》第 5 册，人民文学出版社 1963 年版，第 6 页。

② 荀子：《修身》。

③ 荀子：《乐论》。

④ 刘勰：《文心雕龙·知音》。

⑤ 古典文艺理论译丛编委会：《古典文艺理论译丛》第 5 册，人民文学出版社 1963 年版，第 6 页。

趣味是有很大差异的，对于趣味的多样性，我们同样也不能熟视无睹。要回答文艺鉴赏趣味的客观标准是什么，就该从普遍性的法则与相对性的因素中去寻求统一。

## 二　文艺鉴赏趣味的衡量

肯定文艺鉴赏趣味相对性的一面，我们却不能据此去寻找客观标准，否则，那就好比瞎子摸象或刻舟求剑，自然不会得出正确结果。我们不得不提出这样的问题，除了造成文艺鉴赏趣味多样性相对因素外，是否还存在制约文艺鉴赏趣味的绝对性因素？根据马克思主义哲学的普遍原理，任何事物都是一个矛盾的统一体，有相对就必有绝对。文艺鉴赏所表现出来的审美趣味，其中包含有绝对性因素。

一方面，作品本身的好与坏之于鉴赏者，可直接体现出鉴赏者趣味的高下。马克思主义哲学认为，社会意识是社会存在的反映，作为社会意识活动的文艺鉴赏，相对地说，文艺作品就是社会的客观的艺术存在。既然文艺作品是客观的存在，那么，作品的好与坏就不为鉴赏者主观意识左右，它的好与坏客观地存在于作品中。另一方面，作品的好与坏，又必须通过鉴赏者反映出来。鉴赏者对某一作品所表现出的趣味高下，在很大程度上取决于作品本身的好与坏，这就使文艺鉴赏趣味的衡量标准具有了绝对性的一面。

不过，文艺作品的好与坏，并不能代替主体鉴赏趣味的衡量标准。文艺鉴赏对作品的反映不是机械的、消极的、被动的或直观的，而是一种积极的、能动的反映，具有鉴赏创造的性质。再者，主体之于作品也有选择的自由，这种选择本身也包含着一个人的趣味优劣。这种情形，大半是由于各人文艺鉴赏修养差异等因素所造成，但鉴赏者终究不能离开作品信口雌黄，更不能因相对因素而否定绝对因素的存在。那么，又如何来判别文艺作品本身的好与坏呢？这仍然比较棘手，历来颇有争议。

从鉴赏角度说，我们认为：首先，那些为大多数人所鉴赏，所称赞的作品，一般都是好的。苏轼在《答谢民师书》中转述欧阳修的话说："文章如精金美玉，市有定价。"这就是以广大鉴赏主体的意见来评定作品的优劣。其次，有赖于那些具有高度鉴赏力的鉴赏家的品评与判断。不论是思想水平还是文艺修养，这些鉴赏家一般都要高出我们很多，他们的鉴赏能力与品评水平往往是一定时期的杰出代表。当然，鉴赏家的品评与判断也可能带有一些主观的东西，最终仍要接受社会实践的检验。毛泽东在谈到戏的好坏时曾指出："戏唱得好坏，还是归群众评定的。要改正演员的错误，还是靠看戏的人。群众的高明处就在这个地方。"① 最后，作品愈具有生命力便愈显示其价值，即时间对作品好坏的检验也是不可忽视的重要一面。

以上三个方面，广大鉴赏者的评定和时间的检验是判别作品好坏的根本。如果该作品历久不衰，一直为广大鉴赏主体所喜爱，那无疑是好的；而鉴赏家的意见，则可以作为我们衡量作品好坏的重要参考。

文艺作品本身的好与坏，导致了文艺鉴赏趣味衡量标准具有绝对性的一面；文艺鉴赏的趣味要求具有某些共同的社会意识，这是相对中存在绝对的又一方面。为什么说文艺鉴赏趣味要求有着某些共同的社会意识？就文艺鉴赏形式看，文艺鉴赏似乎也只是为了满足个人的某些需要，带有较明显的主观爱好，个人的情形不同，趣味也便有异。然而，从实质上来分析，文艺鉴赏与社会的思想意识又紧密相关，其趣味无不渗透广大人民在文艺鉴赏活动中所表现出来的一种鉴赏倾向性。一个人所表现出来的文艺鉴赏趣味，既不是他个人头脑中固有，也不是从天上掉下来，而是在人类文艺鉴赏活动的历史积淀中产生出来，是一定的社会审美理想的具体表现。

比如说，戏剧要讲究悬念、冲突、紧凑等，反对那些拖沓、松散的作品，这难道不是人们在长期的戏剧创作与鉴赏过程中形成的人们所共同遵循并经得起社会实践检验的审美倾向性吗？在作品内容方面，同样

---

① 《毛泽东选集》第 5 卷，人民出版社 1977 年版，第 316 页。

也可以找到某些共同趣味。诚然，社会生活一方面因具体的阶级、时代和民族而相区别，但另一方面社会又常常将人们统一起来，使人们的生活发生千丝万缕的联系。人们的趣味要求在不同的具体条件下也会有一些相同的内容。在日本军国主义入侵我国之时，当人们听到"我的家在东北松花江上，那里有森林煤矿，还有那满山遍野的大豆高粱……"的歌唱时，心里怎能不会引起强烈的震颤呢？这些事实既表明了文艺鉴赏趣味对于社会、时代的依赖性，同时又反映出广大人民的某些共同意识和趣味。

斯大林指出："任何一种生活现象都有两种趋势，即肯定的趋势和否定的趋势；我们应当维护前一种趋势，反对后一种趋势。"① 所谓生活的"肯定的趋势"，也就是生活的进步趋势，这种进步趋势便构成了这个趣味标准的客观社会内容。即以追求和平、自由的生活为准则，凡是适应人类社会的进步趋势，符合广大人民的要求和愿望，对自己的精神培养是有裨益的，就应该是纯正的、高尚的文艺鉴赏趣味。它虽然看不见，摸不着，也不为文艺鉴赏者所觉察，但它却像空气一样存在于你的周围，甚至在生活中形成一股风，变成强大的社会风气。庸俗与高尚、腐朽与健康、迟钝与敏锐，在文艺鉴赏的众流竞进中，自然而然地形成一个客观的社会标准。这个标准，既存在于每一个鉴赏主体之外，又反映到每一个人的文艺鉴赏之中。

我们是否可以根据上面的社会标准来衡量各式各样的、千差万别的文艺鉴赏趣味呢？同样不能。因为它毕竟是笼统的、不具体的，正确的衡量标准并不是一个亘古不变的永恒模式，这个标准本身还有其相对性的一面。这种相对性，表现在文艺鉴赏趣味的时代差异和民族差异，它决定了这个标准的历史性和具体性。我们只有承认这个标准的相对性，才不会用格律诗的平仄律来要求现代的白话诗，也不会因白话诗的驰骋洒脱去否定格律诗的整齐严整，当然更不会用我国格律诗的平仄律去要求歌德、拜伦

---

① 《斯大林全集》第 1 卷，人民出版社 1954 年版，第 283 页。

和惠特曼等欧美诗人的作品；同时，也只有尊重民族的文艺鉴赏趣味，才能避免走上民族虚无主义的极端。而我们又只有承认这个标准的绝对性，才不会走上"各执一隅之解"，也不会因追求猎奇趣味而弄得是非不分。我们主张的这个标准，正是相对与绝对的统一。

当然，在造成文艺鉴赏趣味多样性的相对因素中，还有个人修养的差异，个人气质的差异以及偏爱与偏见等，这些不能构成趣味标准的相对性的一面显而易见。因为这都属于主观的范畴。与其说以主观标准为标准，实际是没有标准。至于相对因素中的阶级差异，它不能构成这个标准相对性的一面，也是显而易见。各个阶级的文艺鉴赏趣味，固然有着某些共同美的东西，但毕竟标准不同；我们所主张的标准自然不能同资本主义国家同日而语。

现在看来，文艺鉴赏趣味标准的相对性侧重在艺术美方面，主要由时代差异与民族差异所决定；趣味标准的绝对性则偏重在文艺作品内容方面。因为社会总是螺旋式的上升，总是曲折地向前发展，不同国家、不同民族都会按斯大林所说力求维护生活的进步趋势。总体上讲，关于文艺作品内容的趣味标准不会变。综上所述，既肯定了趣味标准相对的一面，又看到了趣味标准在内容追求上的绝对性，两者和谐统一，也便构成了文艺鉴赏比较辩证和比较科学的趣味标准。

## 三　纯正文艺鉴赏趣味的培养

在文艺鉴赏中，我们随时都要评判优劣、表示好恶，这就自然要显示出趣味的高低。纯正文艺鉴赏趣味并不是上帝的恩赐和天才的固有，对优秀文艺作品的审美趣味就如同对橄榄的爱好一样是后天培养的，同时又好比小孩学习走路，还有一个从牵着走到自己走的过程。

文艺鉴赏者本身思想品德的修养对于纯正趣味的培养至关重要。就创作来讲，自古以来人们都特别强调作者的赤子之心，反过来我们要鉴赏古今中外那些第一流作家作品，就必须把自己的思想水平提高到与他们相应的高度。因为世界观同人们的整个精神面貌——阶级立场、心理状态、道德情操、鉴赏趣味——联系着。立普斯在《论喜剧与幽默感》中说："一切艺术的和一般审美的欣赏就是对于一种具有伦理价值的东西的欣赏。"① 克罗齐在其《美学原理》中说得更清楚："要判断但丁，我们就必须把自己提高到但丁的水平。"② 这里，当然也包括世界观的改造和修养。而且，随着人类社会的不断发展，思想品德的修养始终都应放在首位，要力求用马克思主义的观点、方法去指导我们的文艺鉴赏。也只有这样，才能正确地对待古代的、现代的和外国的一切优秀的文艺作品。

　　文艺鉴赏的趣味与我们的身世阅历也有紧密关系。人生经验越丰富，对文艺的欣赏能力也就越强。人生进程就是不断扩大感性认识和不断深化理性认识的过程。文艺与生活，理性与感性，二者互相促进，矛盾统一。从审美的角度而言，可以说生活像文艺，而文艺也正像生活。如果鉴赏者缺乏相应的生活经验，就不容易体会到个中情味，也更难深入到作品所反映的生活底层去。中篇小说《高山下的花环》，曾经让著名评论家冯牧先生激动不已，泪水常常模糊了他的视线，这是为什么呢？他自己解释说："多半是出于一种巧合：我的一段曾经令我长久激动的经历，为我证实了这部作品当中所描述的壮丽严峻的斗争生活完全是真实的，所塑造的栩栩如生的人物形象是富有典型意义的。"③ 这说明优秀的鉴赏家也需以他的生活经历作基础。

　　要培养纯正的文艺鉴赏趣味，还要注意提高我们对文艺创作技巧的修养。人们常说"看门道"与"看热闹"，前者可谓是内行的鉴赏，后者却是外行的鉴赏。内行的鉴赏才可能看出门道来，看出特点规律来，但要成为内行的鉴赏者就必须懂得文艺创作技巧。张竹坡说："《金瓶梅》必不可使不会做文的人读。"④ 正是这个道理。这一点，在国外也十分讲究。英

---

① 转引自朱光潜《西方美学史》，人民文学出版社 1979 年版，第 613 页。
② ［意］克罗齐：《美学原理》，朱光潜译，作家出版社 1958 年版，第 112 页。
③ 引见李存葆《高山下的花环》，北京出版社 1983 年版，第 167 页。
④ 《金瓶梅》附录，齐鲁书社 1988 年版，第 45 页。

国作家珀西·卢伯克在《小说技巧》中说："在我们关于小说的一切谈论中，我们由于不熟悉那个叫做专门技术方面的情况而受到牵制并阻滞不前，因而那必然是要正视的方面"；只要我们鉴赏小说，"我们就必须为我们自己将它们再创作一番。而为了结结实实地再创作那些作品，这儿有一个明摆着的方法——研究小说技巧，追溯创作过程，以建设性态度阅读作品"。①

　　文艺创作技巧的修养不一定要求特别精深，但一些被普遍运用的方法技巧应当弄清，比如典型化手法、象征手法、白描技巧，以及夸张、通感、比拟等修辞技巧等。在文艺鉴赏中，我们经常碰到的问题是对号入座、硬充角色，甚至有人还振振有词地质问作者丑化了某某，弄得作者哭笑不得，这样的文艺鉴赏趣味行吗？这正是不懂得文艺典型化手法的缘故。

　　文艺总是以表现人为中心，任何文艺作品骨子里离不开情感的渗透。我们为一出戏剧弄得如醉如痴，不是它的故事如何曲折奇巧，而是通过故事所再现出来的具有鲜明个性的人物。人物之所以感人，又在于人物身上跳动着强烈的情感火花，所谓有个性，即是情感的集中而突出地表现。当然，文艺并不以某一个人物的喜怒哀乐来打动读者，也不提倡通过作者直接站出来直抒胸臆，而重在作者在叙述故事、塑造形象的表述过程中浸透情感的汁液，造成强有力的内在情感氛围来感染读者。俗话说："看《三国》掉眼泪——替古人担忧。"为什么会掉眼泪呢？当你读到"关羽之死"、"刘备托孤"，又有谁不为义士的忠勇所感，抛洒同情、忧愤的泪水？这即是小说情感的力量。同样地，鉴赏文艺也就需要读者采取合作的态度，在鉴赏中注入自身情感，从而才能推动感知、想象、联想和体验等一系列鉴赏心理机制的积极运转。

　　俗语云：人非木石，孰能无情？当然，我们每个人都会有自己的喜

　　① ［英］珀西·卢伯克等：《小说美学经典三种》，方土人、罗婉华译，上海文艺出版社1990年版，第195页。

怒哀乐，情感之于鉴赏者似乎并不是什么大不了的事情。实际上，人的情感不仅有丰富程度的不同，而且在情感的诱发与运用上也存在差别。在日常生活中，我们发现有的人看到春来草木繁茂，就会喜上心头；听到秋雨淅沥，也可能坐卧不安；甚至还有人会为一根小草的断折而产生痛惜之情……我想，这些人鉴赏文艺一定要比一般人易感得多。不过，多情并不等于善感，这里还有一个情感运用问题。情感的唤起并移入，一方面取决于鉴赏客体本身的情感魔力，另一方面取决于鉴赏主体各种心理机制的积极运转。情感必须以内容为基础，只有当我们深深地为文艺内容所感动，并唤起记忆中种种类似的表象，这时的情感才可能是最旺盛、最有魅力。

　　一个人文艺鉴赏趣味高下与否，一般都由上述四个因素来决定。品德修养、生活阅历、文艺技巧和情感运用，都自然地无形地控制着我们的文艺鉴赏趣味。因而，文艺鉴赏趣味的培养也就得从这几个方面入手，具体采取什么方法、什么途径，这应根据各人的不同情况而有所不同。不过，前三者的修养似乎比情感运用容易一些，主要在于后天的培养，而情感运用就显得比较难了。朱光潜先生说："文艺趣味的偏向在大体上先天已被决定。"① 他这里强调的就是情感对趣味的决定，当然我们不完全同意这个观点。一个人的情感要素三分在天资（如情感的外倾型与内倾型的性质等），七分还是靠后天的培养。怎样培养？主要还是在日常生活中培养。昔日伯牙学琴，闭门从师三年，此时弹琴的技艺虽到了十分精熟的程度，但仍不解其中奥秘。后来，老师把他送到东海蓬莱山，让他在孤寂和风浪中改造和洗涤自己的情感，结果便像得了灵通似地悟出了琴艺的真谛。艺术是情感的存在形式，情感的培养不是在书本上学得到，也不是单凭他人可以指点，纷繁复杂的生活才是培养情感的真正温床。山舞银蛇，原驰蜡象，海涛怒吼，河流叹息……现实世界中的万事万物，无不包含着某种情感，正如"一叶且或迎意，虫声有足引心"（刘勰语）。作为一个

————————

① 朱光潜：《艺文杂谈》，安徽人民出版社1982年版，第3页。

文艺鉴赏者，我们应当自觉地有意识地去体察生活，把生活中的种种物质形式与人类的种种内在情感一一对应起来去想象、去思索，同时又能怀着极大的热情去关注人生的喜悦、痛苦和自由等，这样就会引起不少特定的感受，从而内化为自己的情感积累起来，成为文艺鉴赏最可宝贵的东西。

当然，我们也不必专为积累和培养情感而去深入生活，情感的积累与培养在一般情况下是无意识的、潜移默化的。应该强调的是，生活的阅历一定要广，生活的酸甜苦辣最好是都要尝一尝，一帆风顺的人生不可能培养起丰富的情感。历史上那些感情丰富的艺术家往往都有一个"苦其心志、劳其筋骨"的过程。经过一番人生的痛苦与磨砺，感情自然炽烈灼人，这样一旦受到文艺美的刺激，原来储存在记忆中的那些情感素材就很快像干柴一样被点燃，与文艺形象融合在一起，放射出奇异的情感光芒！

朱光潜说："趣味很少生来就广博，好比开辟疆土，要不厌弃荒原瘠壤，一分一寸地逐渐向外伸张。"① 的确，对于某一种文艺从不喜爱到逐渐能够鉴赏，是一种莫大的新的收获，同时也只有不断地把本非我所有的变为我所有，才能凭高俯视一切好的作品，并给予正确的评价。在这里，最要紧的是广博的涉猎，各种流派和风格的文艺作品都不要拒绝，鉴赏接受的面愈宽，偏见就会愈少，趣味也就会愈来愈纯正和高尚。

# 第七节　论文艺鉴赏能力的培养

## 一　文艺鉴赏能力的形成与发展

文艺鉴赏是一种艺术认识，文艺鉴赏能力是审美主体对艺术的综合感知能力的体现。通俗点说，就是人们鉴赏艺术作品时所表现出的一种欣赏与鉴别能力，它是由人的思想水平、生活阅历和文艺修养等多种因素所决

---

① 朱光潜：《朱光潜美学文集》第二卷，上海文艺出版社 1980 年版，第 491 页。

定。那么，这种能力又是从何而来的呢？

关于文艺鉴赏能力的形成，曾经有过很多解释。唯心主义者认为它是神的意志，是神赋予；也有人认为它完全是一种主观的东西，是一种天然的禀赋。麦吉尔主编的《世界名著鉴赏大辞典》"诗歌卷"转述诗人亚历山大·蒲柏的话："像诗人的天才一样，判断力或'真正的鉴赏力'也是天生的，每人生来就具有一定的鉴赏力，如若不受不良的教育或其他缺点的影响，这种鉴赏力是可以使批评家进行适当判断的。"[1] 果真是这样吗？"每人生来就具有一定的鉴赏力"，这倒也有一定道理，但是立论倾向先天注定有问题，若按照他的说法，"好作品"只有少数"天才"才能鉴赏，"那么，推论起来，谁也不懂的东西，就是世界上的绝作了。"[2] 这岂不荒唐可笑吗？

其实，文艺鉴赏并不是一件特别神秘的事情。应该说，人人都可以获得文艺鉴赏的能力，它是人们在长期的社会实践中历史地形成和发展的，完全是人们后天实践的结果。

人类最初和动物一样对外在事物混沌不清，是大自然一个自在的部分。这个时候，人除了有动物一样的本能外，不仅根本谈不上文艺鉴赏能力，而且对朝霞彩虹、鸟语花香等自然景物也毫无兴趣。毋庸置言，人类文艺鉴赏力的产生，首先必须要具备两个条件：一是人的感觉器官必须从一般动物的纯生物性的感觉器官分化出来，发展成为一种人类所独有的"文化器官"；二是必须有鉴赏的对象，即文艺作品的存在。怎样使这两个条件变成现实呢？就只能靠人类不断的社会实践来完成。马克思主义认为，劳动改造了人本身的自然，使人的感官同一般动物的器官区别开来。在这个漫长的转变过程中，人渐渐变得聪明灵活起来，感觉器官也愈来愈精细，并从像动物那样对世界做出消极的反映，转变为能够积极能动地去

---

① [美]麦吉尔：《世界名著鉴赏大辞典·诗歌》，王志远主编译，中国书籍出版社1990年版，第529页。

② 鲁迅：《文艺的大众化》，《鲁迅全集》第7卷，人民文学出版社1981年版，第579页。

认识世界，具有了思维、情感、意志、联想等心理活动，也就是说，具备了鉴赏文艺的心理结构。

作为鉴赏主体的心理结构固然是在长期的社会实践中形成，事实上，鉴赏客体——文艺的产生也与社会实践息息相关。而且，人类最初的文艺鉴赏力就是伴随着文艺的产生而产生。如果将艺术史剖面展开，我们会看到人类以其惊人的智慧和创造力纵向推移着的一部精神生活的历史，这部历史包含着艺术创作和艺术鉴赏活动两个方面。《淮南子·道应训》记载："今夫举大木者，前呼邪许，后亦应之。此举重劝力之歌也。"鲁迅也曾说："我们的祖先原始人，原是连话也不会说的，为了共同劳作，必须发表意见，才渐渐地炼出复杂的声音来，假如那时大家抬木头，都觉得吃力了，却想不到发表，其中一个叫道'杭育杭育'，那么，这就是创作；大家也要佩服，应用的，这就等于出版；倘若用什么记号留存了下来，这就是文学……"① 原始人在劳动中所发出的"杭育杭育"这样有节奏的声音，便是人类最早的"举重劝力之歌"，随着劳动过程的节奏和音响而产生。这一事实，使我们懂得，人们通过劳动创造了文艺，同时也创造出了懂得文艺和能够鉴赏文艺之美的人民大众。

同样道理，具体到我们每个人来说也是如此。无论是谁，从娘肚子里生下来的第一声啼哭，不会不同凡响，其文艺鉴赏力也只能在社会实践中逐渐形成。当你还处在褓褓之中，听奶奶唱着"小宝宝，快睡觉，风不吹，树不摇……"的催眠曲时，这就已经开始受到诗与音乐的熏陶了。虽然，你还不曾懂得奶奶唱些什么，但你对催眠曲那和谐的节奏会产生一种舒适的感觉，这就是你对音乐节奏的不自然的鉴赏了。随着你的成长，知识的丰富，文艺修养的提高，你就不仅懂得奶奶的催眠曲是什么意思，慢慢地也就能鉴赏更高层次的文艺作品。这一结果，不是从天而降、突然具有，而是伴随着你的社会实践的过程逐渐形成与发展的。

---

① 鲁迅：《门外文谈》，《鲁迅全集》第 6 卷，人民文学出版社 1981 年版，第 75 页。

## 二　文艺鉴赏能力面面观

文艺鉴赏能力是一种综合的本领，要具备这种本领"单打一"地只注重某个方面显然不够。因此，我们有必要分析一下文艺鉴赏能力的内部诸因素，从而有意识地加强培养。一般来讲，文艺鉴赏能力包括直觉能力、想象能力、移情能力、思索能力和"见异"能力五大方面。

——直觉能力。色美以感目，音美以感耳，意美以感心，这是就美术之美和音乐之美通过视觉、听觉等不同感官的作用直接发生的最原始的心灵感动而言。直觉能力就是鉴赏者在文艺审美中的最初的直接感受能力，它有两个极其显著的特点：一是直觉与人们以往积淀的各种经验紧密相关，它是生活记忆、知识积累、情感体验等各种因素的激发；二是它的"顿悟性"，直觉往往是鉴赏者对其作品的突然领悟与把握，也是鉴赏客体对主体的最初的一种刺激。所以，直觉的获得对于文艺鉴赏来说十分重要。很多人都会有这样的体会，一部作品到手，初读一遍就会很快获得一种审美直觉，美与不美，似乎完全用不着什么联想，完全凭经验来顿悟，而且往往还是较为准确的判断。

——想象能力。文艺鉴赏需要想象，就像飞鸟需要翅膀。鉴赏主体正是根据作者的总体构思对作品进行新的组合，才能在头脑中获得一个整体印象。很清楚，想象在整个鉴赏过程中始终都是伴随着鉴赏者的"宁馨儿"。通过它，便可以跨越时间的限制，预见未来，逆睹古昔；或是冲破地域的阻隔，升天入地，登月潜海；或是移情入境，感同身受地在想象中去体验、享受作品中的一切……使作品的内容充分形象地展现在我们面前。

——移情能力。它是指鉴赏主体对客体能够唤起情感共鸣的一种领悟力。如果鉴赏者对作品的反应淡薄，甚至完全不能深入作品的情感底蕴中去，这显然是移情能力弱的表现；反之，如果鉴赏者对作品的反应强烈，情动于衷，主体完全与客体同化，物我两忘，这正是移情能力强的表现。

现代文艺心理学表明，移情必须具备两个基本条件：一是鉴赏对象首先要有使鉴赏者移情的可能，也就是要能够唤起某种情感体验的类似联想；二是要求鉴赏主体多情善感，并能够凝神敛息地去进行情感体验，从对象中看出它所表现情感的特征和接受它所表现的情感。达到了这两个条件，文艺鉴赏的移情便可能"一拍即合"地实现。

——思索能力。文艺鉴赏重在形象思维，但从根本上说也是一种认识，虽然它与哲学上的认识并不同。完整的文艺鉴赏活动，总要走完从感性到理性的全过程。如果鉴赏主体不具备很好的思索能力，便难以将直觉到的感性经验转化为理性上的认识。苏联生理学家谢切诺夫说："思想由经验领域向非感性领域的转化是靠不断地分析、不断地综合和不断地概括而实现的。"[①] 这正说明了思索在文艺鉴赏中的作用。思索能力的构成比较复杂，它又以许多具体能力为基础。诸如比较与分类的能力、抽象与概括的能力、理解与判断的能力、演绎与归纳的能力等。

——"见异"能力。只有别具慧眼，善于"见异"，才能成为作者的"知音"，这是《文心雕龙》所提出的一条重要的美学观点。所谓"见异"能力，就是发现作品"异彩"或"个性"的能力。作家所致力的，应是如何使作品具有"异彩"，具有风格；鉴赏者所致力的，乃是如何发现作品的"异彩"，能够发现作品的"异彩"就是一种最高的鉴赏。正如刘勰所说，只有见识深远的人才能看到作品的精微之处，才会感受到内心的喜悦，好比春天登台使人愉快，音乐和美味能留住过路的客人。

以上几个方面，在文艺鉴赏中并不是截然分开，它们总是相互依存、相互渗透，共同完成对文艺作品之美的鉴赏。

## 三　文艺鉴赏能力的自我培养

一般来说，文艺鉴赏能力的自我培养可以从如下几方面进行。

---

① ［苏联］谢切诺夫：《谢切诺夫选集》，杨汝菖等译，人民卫生出版社 1957 年版，第 413 页。

1. 文艺鉴赏能力的提高必须以长期的自学为主。

我们知道，文艺鉴赏过程是一个心理活动的过程，直觉、感受、再现、联想、理解与认识等鉴赏心理环节，是难以全部从书本上或从鉴赏大师那里学到。文艺鉴赏的技巧与方法，不可能像少林寺的拳术可以家传，也不像号码锁有个秘密的数码可以告知，它必须以长期的自学为主。

不少年轻人容易患急躁的毛病，往往喜欢与那些鉴赏高手相比，坚持了一段自学后，发现自己收效并不显著就半途而回，这很可惜。自学也需要一个过程，做什么事情都不可能一蹴而就。提高文艺鉴赏力，好比是开辟疆土，需要一锄一镐逐渐地向外一分一寸地伸张。

还有些文艺鉴赏者习惯于"嚼饭喂人"，依赖思想很大，常常满足于别人的理解。殊不知，文艺鉴赏力的提高，却是在自己的点滴体会的基础上起步，然后举一反三，触类旁通，逐渐走向博大精深。

2. 加强对文艺创作规律的了解，不断提高艺术修养。

尽管文艺的样式有种种不同，但其内部构造规律却有相通之处，要提高自己的文艺鉴赏力，就得系统地研究一般的文艺创作规律，提高艺术修养。包括对一般艺术理论和艺术史的初步了解，也包括对各个艺术门类和体裁的美学特征和艺术语言的熟悉。例如，一些关于文艺修养概论的专著，如我国著名艺术家丰子恺所著《艺术修养基础》，对于绘画、雕塑、建筑、工艺美术、书法、金石、音乐、文学、舞蹈、戏剧、电影、摄影等不同的艺术类别均作了介绍，并认为应当根据它们各自不同的美学特征而采取不同的鉴赏方法，强调尤其应当掌握各类艺术鉴赏活动的特殊性。这对初学者很有帮助。

人们常说，"文以载道"、"诗以言志"，但很多人对"文"和"诗"等如何"载道"，如何"言志"却未能真正理解。或以为文艺作品不过就是一种政治宣传品，好像鉴赏文艺只要了解一下它的主题就足够了，无须用文艺的审美眼光去鉴赏，因而闹出很多麻烦，这是不对的。

3. 努力丰富自己的文化知识，扩大鉴赏视野。

文艺鉴赏力的培养与提高，离不开一定的文化知识，掌握广泛的历史、哲学、自然科学等文化知识。如果不了解中国哲学史上的重要流派——魏晋玄学，就无法对这个时期的诗歌、书法等作品作出深层鉴赏；不了解殷商时期奴隶制形成和确立的历史过程，就很难欣赏这个时代青铜器上狰狞可怖的饕餮形象，更无法从中领悟到体现着一种历史必然力量的狞厉之美；不了解西方现代主义哲学的基本知识，就很难欣赏荒诞派戏剧、意识流电影、超现实主义绘画、黑色幽默文学。从一定意义上讲，文化修养广博精深的人，这与他的文艺鉴赏力基本成正比。

4. 注意从日常生活中培养自己的艺术感情。

文艺是主情的，创作主体以表达人类的丰富情感为己任，我们从作品中最希望获得的正是自己的情感有所寄托。文艺鉴赏实际上是一种情感交流。

文艺鉴赏的艺术情感，主要从日常生活中培养。鉴赏主体总是以自己的生活经验去感受、体验和理解文艺作品，鉴赏者的生活经验越丰富、越深刻，越有助于丰富自己的艺术情感，越有助于对艺术作品的审美欣赏。艺术情感的培养不是在书本上能学到的，也不是单凭他人可以指点，纷繁复杂的生活才是产生情感的源泉。作为一个文艺鉴赏者，我们应当自觉地有意识地去体察生活，生活中的种种物质形式与人类的种种内在情感对应并积累起来，便成为文艺鉴赏最宝贵的东西。

5. 取法乎上，从对古今名作的鉴赏实践中去提高。

名作之所以成为名作，就是因为它们比一般作品要更完美、更精粹，是代表一定时代最高水平的作品。认真研究古今名作，探讨它们的各种手法，吸取它们的成功经验，对加强自己的文艺修养、提高自己的文艺鉴赏力都会有帮助。歌德说："鉴赏力不是靠观赏中等作品而是要靠观察最好作品才能培养成的。所以我只让你看最好作品，等你在最好的作品中打下牢固的基础，你就有了用来衡量其他作品的标准，估价不至于过高，而是恰如其分。"① 这对

---

① ［德］爱克曼辑录：《歌德谈话录》，朱光潜译，人民文学出版社 1978 年版，第 32 页。

于初学文艺鉴赏的人来说，的确是很好的忠告。

俗话说："宁吃好苹果一口，不吃烂苹果一筐。"烂苹果虽然价廉，但将败坏胃口，而且有中毒的危险；好苹果虽只吃一口，但于己有益，能培养自己纯正的口味。文艺鉴赏又何尝不是如此？这里，是取法乎上还是取法乎中或下，其效果显然不一样。

在艺术审美能力方面，英国哲学家休谟认为，人与人之间敏感的程度差异很大，他提倡"要想提高或改善这方面的能力的最好的办法无过于在一门特定的艺术领域里不断训练、不断观察和鉴赏一种特定类型的美"。[①] 通过这种不断的反复鉴赏实践，便会逐渐养成敏捷的鉴赏力，这毫无疑问。

---

① ［英］休谟：《论趣味的标准》，《古典文艺理论译丛》第 5 册，人民文学出版社 1963年版。

# 第三章  鉴赏客体的审美特征

## 第一节  诗的抒情美①

歌德曾讲过一个很值得寻味的观点，他认为要测验一篇韵文是否是诗，最好的方法是把它译成另一国文字的散文，若译过去后，原韵文中的情感力量丧失殆尽，那么这篇韵文就不是诗。当然这应把翻译水平这个因素排除。这番话告诉我们，诗必须渗透着情感，具有抒情的美。

诗，是激情的火花。激情的火山爆发了，火柱腾空，火光四射，火花冲天，洒地成诗。郭沫若回忆他写《女神》时的情景时说得好："个人的郁积，民族的郁积，在这时找到了喷火口，也找到了喷火的方法。我那时差不多是狂了，民七民八之交，将近三四个月的时间，差不多每天都有诗兴来猛袭，我抓着也就把它们写在纸上。"② 诗情真好像火一样地喷来，又是"火中取栗"，一把抓住，写在纸上。我们读他的《凤凰涅槃》、《炉中煤》等诗歌，无不感到激情喷洒，字字皆火，洋溢着一种淋漓酣畅的抒情美。

一首优美动人的诗之所以能吸引千百万读者，尽管有些诗所反映的内

---

① 原载《大学文科园地》1987 年第 5 期。
② 郭沫若：《凤凰·序》，王效天等：《新诗创作艺术谈》，江苏人民出版社 1982 年版，第66 页。

容与我们相距十分遥远，不复有与诗同时代的体验，但仍会为其诗所震颤，这就是诗美的力量。其内在的基础，在很大程度上正是感情的饱满真挚。海涅讲："老百姓要求，他们的喜怒哀乐，种种激情，作家也有同感，他们内心的感情，或者能被作家振奋起来，或者会被作家损伤刺痛，总之，老百姓希望受到感动。"[1] 正因为此，我们在诗歌中获得的，不是明确的概念，而常常是一种心灵被感动的满足。当然，一首好诗不能没有思想，却又常常是"思想消灭在感情里，感情又消灭在思想里；从这相互的消灭就产生了高度的艺术性，产生了具有独具魅力的诗歌"[2]。贺敬之1956年重返延安后，曾写过一篇题为《重回延安——母亲的怀抱》的散文，我们且看看其中一个片断：

　　啊，母亲延安！分别了十多年的你的儿子，又扑向你的怀抱中了。

　　一片喧闹的锣鼓唢呐声响起来，在五里铺到南关的河滩上，欢迎的人群涌过来了。陕北的大秧歌在表演，这雪白的羊肚子毛巾，紫红的腰带，这领唱的伞头，合唱的男女队员……这不是一九四四年的"红火"情景吗？

同年，作者还写过一篇同一题材和主题的诗歌，题为《回延安》，我们看其中相应的三个小段：

　　杜甫川唱来柳林铺笑，
　　红旗飘飘把手招。


　　白羊肚子毛巾红腰带，

---

① ［德］海涅：《论浪漫派》，张玉书译，人民文学出版社1979年版，第134页。
② ［俄］别林斯基：《别林斯基选集》第1卷，满涛译，上海译文出版社1979年版，第236—237页。

亲人们迎过延河来。

满心话顿时说不出来，
一头扑在亲人怀。

《回延安》这首诗是我们熟悉的，但《重回延安母亲的怀抱》这篇散文却不为很多人所注意。为什么？我想，或许诗文中所表现的内容最适宜于诗的形式吧，最适宜于抒情吧。散文中对延安群众热烈欢迎的场面叙述详尽、细致，给人的感觉固然周密、亲切，但读起来却不如诗过瘾。诗中舍去了前面散文中的很多内容，只摄取了几个最动人的镜头，形象而集中地表达了诗人在散文里所要表达的情感，诗情浓郁，因而也最容易引起人们共鸣。吟诵之间，如品香茗，可使人久久回味。

谈到诗的抒情美，刘勰《文心雕龙·明诗》中有一句话："民生而志，歌咏所含。"意即人类出现后就会产生情志，这样诗词歌咏也就孕育其中。不过，人类为何首先找到了诗而未能找到其他表现方式？这是因为诗这种形式最适应表现人的情感，它鲜明的语言节奏和人们的劳动节奏，以及和人们的情感律动暗相符契，是自然的，是"不能已"的。朱熹《诗集传》说："或有问于予曰：'诗何为而作也？'予应之曰：'人生而静，天之性也；感于物而动，性之欲也。夫既有欲矣，则不能无思；既有思矣，则不能无言；既有言矣，则言之所不能尽，而发于咨嗟咏叹之余者，又必有自然之音响节奏而不能已焉。此诗之所以作也。"① 这是有见地的。

人写诗的缘由是为了达情的需要，而且诗又是一种最理想、最有意味的方式和手段。所谓"最理想"和"最有意味"，是因为诗歌富有鲜明的节奏，有一种内在的音乐旋律，适宜于人们吟诵歌咏，可以尽情尽兴，可以使诗意久久在人们的脑海里回荡。明白了这一点，我们也就不

---

① 朱熹：《诗集传·序》，上海古籍出版社 2013 年版。

难理解，诗歌自开始产生以来，就是有节奏的，有韵律的，适宜于抒情歌咏的。

我们读一首好诗，往往情不自禁地手舞足蹈，摇头吟哦，沉浸在一种忘我的境界中。在这之间，我们与诗人思想感情的共鸣当然重要，但诗中音乐的美感也无不使我们陶醉。比如说，我们身居外地，远离家乡，在一个寂静的夜晚，天空挂着一轮皎洁的明月。这情景就会使我们想到家乡，想起亲人，还自然会想到李白的《静夜思》。这首诗的内容我们都很熟悉，但我们每每碰上此情此景，总是忘不了这首诗，还要一次一次吟哦，并且每次都是那样的富有兴味。这种反复吟哦的兴味，我们即使是阅读最优秀的小说、散文，恐怕也不可能具有。这是为什么呢？除了内容的醇美，感情的丰富，再就是富有无穷魅力的音乐语言的缘故。

实际上，这种音乐的效果则又更是加强了诗的抒情美，音乐与抒情自古以来就是一对孪生姐妹。音乐可以将感情更大限度地凝聚于诗中，它所传达的感情虽然不是具体的，但它可以多方面地引起人们的快感。帕克说："音乐差不多是单单依靠感官材料的表现力而不依靠任何明确意义的唯一重要艺术。"① 我们都会有这样的体验，当一首诗的内容我们还不甚理解的时候，可那首诗却早有一种内在的情调来打动你、挑逗你，这情调便是一种真正的只可意会不可言传的音乐快感。虽然诗中的内容十分丰富，但对于我们好像是没有任何内容似的（实际上也可能还未全部理解），却像音乐一样用甜美的无形的感觉震撼我们的身心，获得一种美的享受。这种不具体的模糊的情调或音乐快感与诗中较具体的明确的思想内容以及语言结合时，就使诗歌同时不可分辨地在意识上和情绪上影响读者，从而完成别林斯基所说的"相互的消灭"。

诗最擅长抒情，古人很早就揭示了诗的这一美学特征。所谓"诗言志"、"诗缘情而绮靡"、"诗者，吟咏情性也"，这已是公认的至理名言。在这个意义上，诗如果离开了情，就等于失去了诗的"灵魂"。在我国诗

---

① ［意］帕克：《美学原理》，韩邦凯等译，外国文学出版社 1983 年版，第 139 页。

史上，宋代的诗人们曾经尝试"以议论入诗"，通过诗来说理，其结果正如陈子龙在《王介人诗余序》中说："宋人不知诗而强作诗，其为诗也，言理而不言情，故终宋之世无诗焉。"① 这话虽说得有些偏激，但也并不是没有道理。这里，我们试比较两首元代小令看看，曲牌都是《越调·天净沙》，第一首是马致远的《秋思》：

> 枯藤老树昏鸦，
> 小桥流水人家。
> 古道西风瘦马，
> 夕阳西下，断肠人在天涯。

第二首是吴西逸的《闲题》之四：

> 江亭远树残霞，
> 淡烟芳草平沙。
> 绿柳阴中系马，
> 夕阳西下，水村山郭人家。

两首诗的优劣，天渊之别。第二首从头至尾都是意象的铺排，缺乏的正是情感的渗透，不具有抒情的美感。

"诗的本职专在抒情。"② 这句话好就好在这个"专"字。从接受美学的角度来讲，读者鉴赏一首诗，大都也是寻求这种情感的交流，从而获得某种审美认识，得到一种精神上的畅快与愉悦。试想，有谁读诗是为了去寻求有趣的故事呢？又有谁读诗是从纯实用的观点出发，去学知求理呢？

---

① 陈子龙：《王介人诗余序》，《陈子龙文集·安雅堂稿》，华东师范大学出版社 1988 年版。
② 《沫若文集》第十卷，人民文学出版社 1958 年版，第 211 页。

好诗都具有抒情美，"就是叙事诗、讽刺诗也是这样的。叙事诗，假若只是韵文故事，那就是叙事而不是诗了；讽刺诗，任它怎么泼辣、犀利，也总是想抒发想伸张真理之情的。"① 当然，诗也并不排斥对客观事物的叙述，何况诗的类别中还有叙事诗这个种类，但只要我们仔细分析一下诗中的叙述，它也明显带有浓郁的抒情，骨子里所展现的仍在一个"情"字，不过是通过叙述来抒情罢了。杜甫的一组小叙事诗《三吏》《三别》，我们从中所了解到的不仅仅是"石壕村里夜捉人"、"潼关道旁话城堡"这样一些简约的故事，更是看到了诗人对祖国、对人民的那种深沉的热爱之情。吕进说："我们可以在叙事诗或略有情节的抒情诗中发现，凡是叙事的地方，诗里就出现'快镜头'；凡是抒情的地方，诗里就出现'慢镜头'。"② 这就是由诗的抒情美所决定的。

诗的抒情美，靠它内在的情调和音乐，靠它精练警策的语言形式。那些抽象的刻板的冰结的议论与诗的抒情美无缘；诗必须又是灌注着诗人情感的，这是诗的抒情美的一个最基本的要素。

诗的抒情美，并不在于写那些表面的剧烈冲动，也不需要过火的形容、夸饰和装潢，那些口号式的喧嚣、纯理念的说教历来为古今中外的诗人所鄙弃。优秀的诗人总是把被描写的事物在灵魂中激起的感情和印象放在显著位置，充分发挥诗人必不可少的那种带有丰富感情的感受性和敏感性，来抒写内心的冲动。你听，诗人蔡其矫在控诉"四人帮"极"左"路线所造成的恶果、祈求美好生活与精神自由的一首诗中，他这样歌唱：

> 我祈求炎夏有风，冬日少雨；
>
> 我祈求花开有红有紫；
>
> 我祈求爱情不受讥笑，

---

① 周良沛：《灵感的流云》，人民文学出版社 1983 年版，第 5 页。
② 吕进：《新诗的创作与鉴赏》，重庆出版社 1982 年版，第 24 页。

跌倒有人扶持；

我祈求同情心——

当人悲伤

至少给予安慰

而不是冷眼竖眉；

我祈求知识有如泉源，

每一天都涌流不息，

而不是这也禁止，那也禁止；

我祈求歌声发自各人胸中，

没有谁要制造模式，

为所有的音调规定高低；

我祈求

总有一天，再没有人

像我作这样的祈求！①

在这里，既无切齿咬牙的诅咒，也没有热烈的号叫狂呼，但诗中郁勃的情感却强烈地感染读者，和同时代读者的心灵息息相通，艺术地体现了人们共同的心理，仿佛那一声声祈求都是血与泪的结晶，多么深沉，多么痛切，多么有力。

## 第二节　诗词的"藏情"②

刘勰云："隐也者，文外之重旨也。"③ "隐"，即孕储不露的意思。换句话说，也就是作者的思想感情不是直通通地流露出来，而是将它藏了，

---

①　蔡其矫：《祈求》，于舟选编《生活的歌》，人民文学出版社 1982 年版。

②　原载《语文教学与研究》（锦州）1984 年第 6 期。

③　刘勰：《文心雕龙·隐秀》。

通过旁敲侧击、委曲婉转地衬托或暗示本意。刘勰又说："隐以复意为工。"① 所谓"复意"，即两层意思，一是字面的意思，一是言外之意。这一艺术技巧，通俗点讲就是"藏情"。刘氏把"藏情"视为文艺创作的"重旨"，这对于诗歌创作来说更应如此，是值得我们研究。

诗词的"藏情"，历来为我国古代诗家词人所重视。唐司空图说："近而不浮，远而不尽，然后可以言韵外之致耳。"② 又说："不著一字，尽得风流。"③ 北宋梅光臣说："含不尽之意，见于言外。"④ 南宋沈义父说："用字不可太露，露则直突而无深长之味。"⑤ 凡此种种，都说明诗词的写作十分讲究"藏情"，意在言外，伏采潜发，余味曲包。正如清代李重华《贞一斋诗说》所云："诗至入妙，有言下未尝毕露，其情则已跃然者。"反之，作者的思想理念是赤裸裸的，全盘托出，话尽意止，其情则已索然矣！这样的诗词必然失之浅薄，叫人嗤之以鼻。

诗词贵在"藏情"。梁启超说："向来写情感的，多半是以含蓄蕴藉为原则，像那弹琴的弦外之音，像吃橄榄的那点回甘味儿，是我们中国文学家所乐道。"⑥ 的确，阅读我国优秀的古典诗词，无不使人感到如嚼橄榄，回味无穷。而且，作家们"藏情"的方式也多种多样，值得我们学习。比较常用或用得比较成功的，大致有如下五种。

第一，藏情于景。即借助对景物的描写，将作者要表达的情感透露出来。例如曹操的《观沧海》：

　　东临碣石，以观沧海。水何澹澹，山岛竦峙，树木丛生，百草丰茂。秋风萧瑟，洪波涌起，日月之行，若出其中，星汉灿烂，若

① 刘勰：《文心雕龙·隐秀》。
② 司空图：《与李生论诗书》。
③ 司空图：《二十四诗品》。
④ 引见欧阳修《六一诗话》。
⑤ 沈义父：《乐府指迷》。
⑥ 梁启超：《中国韵文里头所表现的情感》，梁启超等《国学大师讲文学》，中国致公出版社2009年版。

出其里。

全诗都是写景，诗人的思想感情始终藏而不露，细细思索，诗人给我们展现出的这幅欣欣向荣，含深孕大的海洋景象，却又无不蕴藏着诗人的情感。那吞吐日月的"沧海"，不正是诗人广阔胸怀的体现吗？那坚不可摧的"山岛"，不正是诗人力扫群雄、威镇北方的象征吗？还有那生意益然的树木百草，又不正是诗人意气风发、生气勃勃的精神状态的反映吗？再如柳宗元的《江雪》：

千山鸟飞绝，万径人踪灭；孤舟蓑笠翁，独钓寒江雪。

表面上，这首诗也只是客观地再现自然景物，但我们从这幅寒江独钓图中，联系作品的背景，就会不难感觉到，诗人参加王叔文政治革新集团失败后的那种孤愤不平之情。

第二，藏情于比。这里的"比"有两层意思，一是比喻的比，一是比较的比。先看藏情于比喻中的例子，这是我们常常碰到的。如李煜《虞美人》："问君能有几多愁，恰似一江春水向东流。"用春水比愁之多，诚挚婉曲。再如王昌龄《芙蓉楼送辛渐》："寒雨连江夜入吴，平明送客楚山孤。"用"楚山孤"来比喻诗人独留吴地的孤独感，以山之"孤"衬托人之孤，更是情意绵绵。以上两例都是在一首诗中局部用比，除此之外，还有整首诗全用比体的。如《小雅·鹤鸣》：

鹤鸣于九皋，声闻于野。鱼潜在渊，或在于渚。乐彼之园，爰有树檀，其下维萚（落叶）。他山之石，可以为错（石器）。

鹤鸣于九皋，声闻于天。鱼在于渚，或潜在渊。乐彼之园，爰有树檀，其下维榖（烂木料）。他山之石，可以攻玉。

这首诗可以说是由四组比喻构成，但诗究竟要表达一种什么感情，它们之间有什么联系，我们都很难断定。诗只是给读者提供了几组形象，让读者从中去体会含意，需要读者凭着各自的生活体验去进行补充和创造。把一、二节连起来看，一、二句为一组，大意是，仙鹤在那沼泽地带叫，声音在极远极高的地方都能听到，用以比喻君子的声音人们是听得到的。三、四句为一组，是说鱼时而潜伏在深渊里，时而游到浅水边，用以比喻君子的生活不定。五、六、七句为一组，大意是，爱好那个园里有贵重的檀树，它的下面都是许多落叶和腐烂了的木料，用以比喻君子的品德高尚，不同流合污。最后两句为一组，大意是说别的山上的石头可以用来制作石错、打磨玉器，用以比喻极平凡的东西也有它的用处。整首诗的寓意大概是讲，极平凡的石头也有它的用场，何况君子能不为世所用吗？以上解释是否对头，可以讨论。总之，此诗的藏情手法是较为特别的。王夫之《姜斋诗话》云："《小雅·鹤鸣》之诗，全用比体，不道破一句，三百篇中创调也。"

再看藏情于比较之中的例子，即通过两种不同事物的对比来表现作者的思想感情。如梅尧臣《陶者》：

陶尽门前土，屋上无片瓦；十指不沾泥，鳞鳞居大厦。

这首诗的主题是表达作者对陶者的同情，以及对地主阶级掠夺劳动人民财富的愤懑。但诗中作者没有半点主观的褒贬，主题思想完全是从代表劳动人民的陶者和"十指不沾泥"的剥削者的对比之中透露出来。

第三，藏情于事。这一式即指只客观地叙述某一件事，不作任何评价，诗人之情蕴藏于叙事之中。例如范成大的《催租行》：

输租得钞官吏催，踉跄里正敲门来。手持文书杂嗔喜："我亦来营醉归尔！"床头悭囊大如拳，扑破正有三百钱；"不堪与君成一醉，聊复偿君草鞋费。"

在这首诗里，诗人给我们描绘出一个里正（村、保长之类）敲诈勒索、借公济私的丑恶形象，同时也写出了善良的人民不得不把节省下来的几个钱奉送给里正的痛苦心情。诗中作者没有公开发表意见，但作者的爱憎感情已融注于"里正催租"这件事情的叙述之中。不直言里正的狡猾、凶残，而其狡猾、凶残之相自见。再如杜甫的《石壕吏》，更是藏情于事的成功例子。

第四，藏情于人。把自己的感情藏了，借他人来透露自己的感情。例如《诗·陟岵》：

　　陟彼岵兮，瞻望父兮。父曰："嗟！予子行役，夙夜无已；上慎旃哉，犹来无止！"

　　陟彼屺兮，瞻望母兮。母曰："嗟！予季行役，夙夜无寐；上慎旃哉，犹来无弃！"

　　陟彼冈兮，瞻望兄兮。兄曰："嗟！予弟行役，夙夜必偕；上慎旃哉，犹来无死！"

这是一首远地服役者怀念亲人的诗，但它没有直接写诗人如何想念爹爹、妈妈和哥哥，却说家里人是怎样地想念服役者，仿佛听到亲人对服役者深情的叮咛和祝颂，从而透露出服役者对亲人的无限怀念。再如杜甫的《月夜》：

　　今夜鄜州月，闺中只独看。遥怜小儿女，未解忆长安。香雾云鬟湿，清辉玉臂寒。何时倚虚幌，双照泪痕干。

天宝十五年（756）七月，杜甫被叛军所执，携往长安，与住在鄜州的家人断绝音信，杜甫便写下了这首诗以寄怀。在这首诗里，诗人撇开自己不谈，却极写妻子是如何思念自己的情景：在一个夜晚，妻子独自在鄜州看月。儿女们年幼，还不晓思念流离在外的父亲，也不懂得母亲的所思所想。因此，家中无人分担妻子的忧愁，她不禁默默地站在月下，独看久望，头发被雾气沾湿了，手臂被清冷的月光映"寒"了都不觉得……诗人就是通过这种从对方设想的写法，藏情于人，比直接写他怎样想念妻子儿女更为深切、曲折。

第五，藏情于典。即通过历史典故来委婉地表达作者的感情，这在怀古伤今，或以古喻今诗中多有运用。例如辛弃疾的《永遇乐·京口北固亭怀古》：

千古江山，英雄无觅，孙仲谋处。舞榭歌台，风流总被，雨打风吹去。斜阳草树，寻常巷陌，人道寄奴曾住。想当年，金戈铁马，气吞万里如虎。

元嘉草草，封狼居胥，赢得仓皇北顾。四十三年，望中犹记，烽火扬州路。可堪回首，佛狸祠下，一片神鸦社鼓。凭谁问：廉颇老矣，尚能饭否？

这首词是辛弃疾晚年所作，表现了他力举北伐，收复祖国失地的强烈爱国主义情感。这首词的藏情手法很高明，基本上是通过怀念古人古事表现出来，前后用了五个典故，也不感到有半点支离破碎之感。词的上片，作者赞扬了三国孙权和南朝宋武帝刘裕的英雄业绩，并以此来批判南宋的投降政策；词的下片，作者又以刘裕之子宋文帝刘义隆草率北伐，导致"仓皇北顾"的历史教训来表现他既坚决主张北伐，又反对轻举妄动的思想认识。最后又以廉颇自喻，透露作者壮志难酬的愤懑之情和老当益壮的抗战斗志。整首词藏情于典，意蕴深刻，耐人咀嚼。

以上关于诗词藏情的五种方式，它们彼此紧密联系，常常交替运用，在一首诗词里，有时是几种方式同时并用，不能把它们看得太死。

# 第三节　中国散文审美传统新论

中国散文，在其漫长的历史发展过程中，与外国散文比较，究竟有哪些中国散文的特质？或我们本民族的审美追求？为了继承这些好的审美传统，细心提取其丰厚的艺术养料，更好地创作与鉴赏散文，有必要对上面问题有一个较为明确的认识。

中国古代、近代和现代散文，虽然其审美追求的重点和程度并不完全一致，但的确存在一些共同的趣味倾向。这种倾向或传统主要表现在尊用、明道、崇真、主情、重象和尚气六个方面。

## 一　尊用

散文尊用观，是指人们对散文社会功用的尊崇与看重，这是中国散文传统审美观之一。历史上曾有"经世致用"、"匡世济时"、"有补于世"种种说法，这些都可以归结到尊用观上来。

当然，凡文都不是"为艺术而艺术"，世界上所有文艺作品都是为一定目的而创作，为人类的自身生存、发展服务，古今中外概莫能外。比较而言，中国散文的尊用自散文诞生之初就表现出来，并具有鲜明独特的实用色彩。《汉书·艺文志》称："古之王者，世有史官，君举必书，所以慎言行，昭法式也。左史记言，右史记事。事为《春秋》，言为《尚书》。"这是关于"记言"、"记事"的记载，实际上也是指广义上的散文，它是为当时的氏族部落首领或君王所专有，其实用目的十分明显。郭预衡先生指出，从中国最早的散文——殷商时代的"甲骨卜辞"看，"就是从巫卜记事开始的"，"殷人非常迷信鬼神，每做一件事都要占卜。这时的记事文字，主要是记录卜辞"。[①] 有感而发，为记事而作，这些卜辞显然是实用型

---

① 郭预衡：《中国散文史》（上），上海古籍出版社 1986 年版，第 13 页。

的极朴拙的远古散文。

中国早期散文的这一尊用特质自然要影响到散文往后的发展，而且随着社会生活的日益丰富，散文记言、记事的社会功用也愈加增强，并形成了一条明晰的审美线索。至汉魏六朝，论述散文尊用的观点便正式提出。东汉王充在《论衡·自纪篇》中说，文章"为世用者，百篇无害，不为世用者，一章无补"。即明确提出了散文要"有补于世"的尊用主张。到后来，刘勰《文心雕龙·序志》也上承传统，认为"唯文章之用，实经典枝条；五礼资之以成，六典因之致用，君臣所以炳焕，军国所以昭明"。再往后，基本上都是反复强调先秦两汉六朝散文家的尊用传统，虽其具体口号不尽相同，但尊用的主要精神一致。

如果再具体分析中国散文尊用的主要内容，则又表现出以下两点特色。

一是以"善"为散文之大用。我们知道，一切文学作品都要讲究真、善、美的统一，但从东西方的审美传统看，西方偏重美与真的结合，中国则更为注意美与善的统一，而且又以善为先。譬如我们仅从造字角度来分析"美"，就不难发现"美"是从属于"善"的。许慎《说文解字》云："美，甘也，从羊从大。羊在六畜主给膳也。美与善同意。"在许慎看来，美与善同义，美的含义包含在善之中。事实上，这种美善相兼的思想早在孔子那里就已有明确体现。在《论语·八佾》中有这样几句记载："子谓《韶》，尽美矣，又尽善也。谓《武》，尽美矣，未尽善也。"据郑玄注，《韶》是颂舜的乐曲，舜以尧禅让而得天下，并以文德致太平，故孔子称赞《韶》美，骨子里头就是推崇舜之德政。而《武》则是歌颂周武王以武功平天下的乐章，其曲虽美，但内容上不符合孔子主张的仁政，故《武》是美而不善。这就是说，文艺作品既要讲美更要讲善，而且善放在第一位。中国散文美学中的尊用传统，实际上也就是这种美善相兼、以善为先思想的反映。

二是强调散文的教化作用。如前所述，中国散文发端于实用，起初是直接用之于占卜或史官的记言记事，散文的这一实用性质到后来则上升到教化功能，政治教化成了散文的最大实用。甚至有人认为散文应"以立意为本，不以解文为宗"。① 把散文看成是"不朽之盛事，经国之大业"。② 散文的政治教化作用已成压倒一切的审美标准，对散文艺术美则降到次要的位置，这倒是值得我们注意的另一问题。

## 二　明道

"文以明道"，几千年来这几乎是被人们极为推崇的又一传统审美观，在中国散文发展史上产生了极其深远的影响。不过，对"文以明道"中的"道"的含义，则是中国古人长期争论的问题。概而言之，主要有两种观点：其一是以刘勰为代表的"自然之道"的观点。他认为文章是自然之物，就像龙凤虎豹、云霞草木一样自有其美，并不是什么别的力量"外饰"上去。所谓明道，就是要明自然之道。③ 其二是以孔子、荀子为代表的"儒家之道"。早在《中庸》中，就有"道之不明也，我知之矣"的话，这里的"道"是指孔子极为推崇的以仁爱治天下的政治理想。"文以明道"，就是要用文章来宣传儒家之道，这也是在中国文坛一直居统治地位的文艺思想。

无论从哪个角度来理解"道"，强调"道"，我们以为都有其积极的一面，也有其消极的一面。刘勰主张文章写作应是人类自身生活的必然产物，是人类发展内在规律的自然体现，这无疑是正确的唯物主义观点，而且给后人以很大启发。不过，刘勰把文章写作与自然界无意识的现象混同，这又陷入了自然主义的泥坑。清代章学诚纠正了刘勰关于"道"的偏颇。他在《原道》中说："道者，万事万物之所以然，而非万事万物之当然也。"在《文史通义·说林》中，他还说："观于孩提呕哑，有声无言，形揣意求，而知文章著述之最初也。"章学诚认为，文章是随着人的变化

---

① 　肖统：《文选·序》。
② 　曹丕：《典论·论文》。
③ 　参见刘勰《文心雕龙·原道》。

而自然产生，是人类社会实践的必然结果，从而更准确地阐明了文章产生的本原。

一般而言，中国古代散文美学中的"明道"，则多从阐明儒家之道的角度来要求。如何评价这一主张，当然还得从儒家之道本身谈起。我们知道，儒学以"文雅"为风貌，以"仁爱"为灵魂，它在维护社会稳定，培养良好仁德精神等方面值得肯定。但是，儒学将社会阶级关系"血亲化"，将"人伦"关系植入政治统治中，则又给社会留下了许多弊病。所以，这里说的"明道"就要做具体分析了。

过去讲"明道"，还往往将"道"与"文"割裂开来，一味强调"道"的作用，这与片面追求尊用所带来的不良后果一样。客观地说，"明道"并没有错，问题是我们需要什么样的"道"？又怎样来"明道"？从散文创作的角度而言，作者应该站在一定时代的前列，在散文中寄寓自己的理想，旗帜鲜明地表明自己的思想倾向。一切优秀的散文不仅有"道"，而且都有正确的"道"，先进的"道"。但是，我们又不能把散文写成政治教科书，应将健康的思想内容与完美的艺术形式巧妙地结合，重"道"亦须重"文"。清人魏禧在《甘健斋轴园稿序》说："文以明道，而繁、简、华、质、洪、纤、夷、险、约、肆之故，则必有其所以然。……文不如是，不可以明道。"这里所强调的正是要"文"、"道"兼顾，好的形式可以使内容得以充分表现，增强文章的感染力，因而我们就要按散文艺术"必有其所以然"的规律进行写作，否则便不能很好地"明道"。

明道，必须要通过好的艺术形式来表现；重文，其终极目的又是明道。在"文"与"道"的关系上，过分强调某一方面都不对。历史上只讲"明道"而阻碍散文健康发展的事例不胜枚举；相反，过于追求艺术形式美也会失去散文的社会审美功能，同样不可取。

## 三　崇真

崇真，是中国散文的另一审美传统，这与中国早期散文源于史官的记言记事有关。因为中国散文从一开始就是属于应用型的，而且当时并没有独立的文学观念，"文学"一词最早指的是整个学术文化。《论语·先进》述及孔门四科，其中提到："文学：子游、子夏。"这是说子游、子夏承传了孔子文化典籍方面的成果，并非专指文学创作。直到两汉时期，随着辞赋盛行，文学与学术方始分化。所以，中国先秦的古典散文，都是文史哲不分的，也无所谓文学的虚构，基本上都是历史散文。这些散文，都是直接用于人类的生存发展，社会功用性很强，而尊用首先又必须得崇真。

从先秦《国语》、《国策》、《左传》等可以看出，这些散文都是当时生活的完全真实的记录。特别是在中国散文发展史中占有一席重要地位的司马迁的《史记》，更是为史学家班固誉为"实录"典范。① 史官写历史，要敢于反映真实情况，这是历史写作的一条基本美学原则。比如在《左传·宣公二年》中，即载有晋国史官坚持书赵盾弑君事，并录孔子语："董狐，古之良史也，书法不隐。"这种良史的"实录"精神，往后就一直作为中国散文的一大审美传统继承下来。

需要特别指出的是，中国散文从先秦的杂文学体制中逐渐分化出来以后，散文便纳入文学范畴，与诗歌、小说、戏剧构成了文学的四大体裁。然而，散文却始终以严格地写真实（并非艺术的真实，而是生活的真实）区别于其他文学体裁。汉代王充就以"疾虚妄"、"求实诚"作为《论衡》一书的中心思想，大力提倡"铨轻重之言，立真伪之平"，"极笔墨之力，定善恶之实"，② 为古代文论中的求实传统奠定了基础。三国时又有曹丕提出"铭诔尚实"；③ 晋代左思论赋反对"虚而无征"，主张"美物者，贵依其本；赞事者，宜本其实"；④ 南朝刘勰则指责"采滥忽真"的流行文风，

---

① 参见班固《汉书·司马迁传赞》。
② 王冲：《论衡·文》。
③ 曹丕：《典论·论文》。
④ 左思：《三都赋序》。

把"事信而不诞"作为评论散文的重要准则,① 如此等等,有关散文写真的论述可谓一脉相承,基本上没有什么异议。

中国散文崇真的审美传统,不仅在理论上有一致认识,而且在散文写作实践上也是基本遵循这一美学标准。譬如柳宗元,他在散文《段太尉逸事状》中这样自述写作经过:"尝出入岐、周、邠、鄠间,过真定,北上马岭,历亭障堡戍。"不仅向有关知情人作了深入的调查访问,而且又从刺史催能处"备得太尉逸事,复校无疑"才执笔成篇。又如方苞写《狱中杂记》,其崇真的态度也很鲜明。他先听了洪洞县令杜某的介绍而生感慨,进而调查核实,故他在该文中说:"余感焉,以杜君言泛讯之,众言同,于是乎书。"像这样的事例,这里用不着多举。

不论怎么说,崇真作为中国散文的美好传统应该予以肯定。不过,在现当代也有人对散文的这一崇真传统提出质疑,主张散文也可以像小说那样虚构。我们认为,如果散文也可以虚构,那实际上是丢掉了散文这一体裁,散文正是以自己严格写真而独立于文学之林。

## 四　主情

中国散文主情,强调作者独特情志的抒写,这也为古今文艺理论家所一致肯定。当我们遍观那些优秀散文,就会鲜明地感受到,它们无不饱含着作者强烈的感情,充满着浓郁的诗意。庄子《逍遥游》、宋玉《风赋》、王粲《登楼赋》、诸葛亮《出师表》、李密《陈情表》、陶渊明《归去来兮辞并序》、江淹《别赋》、韩愈《祭十二郎文》、归有光《项脊轩志》、张岱《西湖七月半》、龚自珍《病梅馆记》等,莫不如此。

中国散文主情导源于诗歌"言志说"。"言志说"在先秦典籍里多有记载,最早见于《尚书》。《虞书·舜典》说:"诗言志,歌咏言,声依永,律和声。"这里说的"志",可能与当时颂神祭祀的内容有关,还不一定就是指我们通常所说的作者内心情志。往后,在《周书·旅》中,对"志"

---

① 参见《文心雕龙》中《情采》《宗经》诸篇。

的理解就接近于一般说法了。"不役耳目，百度惟贞，玩人丧德，玩物丧志。志以道宁，言以道接。"将"德"与"志"并举，并与"耳目"的物质精神享受联系起来，这里的"志"当指人这一主体的道德情志。再从诗歌写作实践来看，《诗经》则又开辟了我们民族文学主情的航向，因而"诗言志"自然也就被后人称为中国诗歌美学的"开山纲领"。① 以后的诗歌创作，基本上沿着这条航道向前发展。

　　最早诗歌总集《诗经》，在表现风格上尽管富于变化，但抒情言志却是所有诗歌创作的宗旨。其实，散文又何尝不是如此？关于散文的主情观，在晋代陆机《文赋》中已初露端倪。该文开篇云："伫中区以玄览，颐情志于典坟。"也就是说，写文章不仅要多观察生活，还要多从古籍中加强情志方面的修养。在陆机看来，写文章不能离开情志。这一观点，到刘勰《文心雕龙》就表达得非常清楚了。他在《文心雕龙·体性》篇中说："夫情动而言形，理发而文见，盖沿隐以至显，因内而符外者也。"诗以言志，文以传情，用词不一，含义都相同。虽也有人将"志"与"情"对立起来，但大多还是持情志统一观。唐代孔颖达说得明白："在己为情，情动为志，情、志一也。"② 这样，散文主情的矩矱也便逐渐深入人心，从而构成散文美的一大特色。

　　如前所述，中国散文是从记言记事的历史散文开始。《汉书·艺文志》所说"左史记言，右史记事"，这虽然还没有足够证据，也未必可靠，但古代历史散文确有记言记事之分。如《尚书》、《国语》即以记言为主，《春秋》、《左传》又以记事为主。但无论是记言还是记事，所记的内容都以政治说教和道德训诫为目的，只是显得比较平实朴拙，与"诗言志"的传统并无二致。到六朝以后兴起的抒情散文和骈文，则彻底地向抒情言志靠拢，以主情为己任，与诗歌一样，完全迈入注重表现主体情志这一符合艺术规律的正途。

---

① 朱自清：《诗言志辨》，《朱自清古典文学论文集》，上海古籍出版社1981年版，第190页。

② 孔颖达：《左传正义》。

中国散文主情表现十分突出。那些以直抒胸臆、陈述怀抱为主的散文自不待说，即使是在以记事、咏物或论说为主的散文中也无不以抒情言志为旨归。或寓情于事，或托物言志，或情理交融，在一字一词之中都倾注着作者的思想感情。特别是随着文学表现方法的丰富，唐宋以后的议论散文更是善于将自身融入论题，做到情真意切，理实思晰，既以理服人，又以情感人。例如苏洵《六国论》，文章旨在论述战国时六国对秦斗争的政治形势，六国灭亡的原因和历史教训，但作者并不是用纯客观的理论推理与分析，而是以情遣词，情理相兼，全篇贯穿着作者对六国破灭的惋惜与沉痛的反省之情。开篇作者即提出"六国破灭，非兵不利，战不善，弊在赂秦"的观点，然后通过两段设问作答的形式进行分析，最后以"呜呼"一词引出作者感叹，总结全文，照应开头。如此论说，一气贯注，入情入理，显示出了议论散文主情性的特征。

散文的主情性，强调的是作者面对生活，从事创作的时候要充分发挥其主体意识，"以我观物"，使作品具有独具特色的情感美。这一审美传统，与我们本民族的文化精神一致。中国文化始终把人们对生活、对社会的伦理观照放在第一位。比如被称作卜筮专用的古代经典《周易》，即把制作卜筮的基本符号"八卦"的目的规定为"以通神明之德，以类万物之情"。① 孔子所提出的"兴观群怨"说更是把诗文的社会功用突显出来，甚至"多识于鸟兽草木之名"也是为了"迩之事父，远之事君。"② 所以，上面谈到的言志、明道、主情等都是从诗文的社会功用出发，要求对于主体意识的高扬。这一点，与西方文化传统却大异其趣。西方文学的发展是沿着亚里士多德倡导的"艺术模仿自然"的道路前行。"模仿说"要求作者必须忠实于客观世界的原貌，以真实地模仿自然（再观生活）为审美追求，而作者对生活的审美判断则降到了非常次要的位置。所谓"艺术家不该在他的作品里面露面，就像上帝不该在自然界里面露

---

① 《周易·系辞下》。
② 孔子：《论语·阳货》。

面一样"① 的提法，正是西方文学，尤其是西方写实主义文学思想的真实写照。西方文学的这一审美传统一直在他们的美学思想里占据着支配地位，至少到 19 世纪都是如此。譬如，别林斯基还对这一传统作了发展性的解释，他认为："艺术是现实的复制。从而，艺术的任务不是修改，不是美化生活，而是显示生活的实际存在的样子。"② 可见，他是明确地将作家对生活的真实模仿当成艺术创作的第一要素。

鉴于以上中西方艺术美学的区别，所以已有不少论者把这一区别概括为"重表现"与"重再现"的差异。中国散文的主情性，即是"重表现"这一美学传统的确切体现。

## 五　重象

一般而言，重象是指注重用意象来表达思想情感，这是我们祖先最早形成的美学观之一。先秦所谓的"象"，原来都是"道"的物化形式。老子在《道德经》二十一章中写道："道之为物，惟恍惟惚；惚兮恍兮，其中有象；恍兮惚兮，其中有物。"这里"道"的含义与前面提到的"明道"的"道"不尽一致。老子之所谓"道"，它是哲学中万物的本体，但"道"的观念高度抽象化，如何把握它呢？在老子看来，道虽超然，却总以恍惚的物象为存在的形式。所以，"象"从诞生起，就是用来表达抽象的思想观念的。

古人把"象"作为表意的形式，最早出现在《周易·系辞》中："圣人有以见天下之颐，而拟诸其形容，象其物宜，是故谓之象。象也者，像也。"即是说，古人拟"象"的用意在于形容幽深抽象的自然事理。该书中还说："子曰：书不尽言，言不尽意，然则圣人之意，其不可见乎？子曰，圣人立象以尽意。"这也是说，圣人的意图是通过形象的方式表达的。

---

① 福楼拜 1875 年 12 月给乔治·桑的信，见《文艺理论译丛》第 3 期，人民文学出版社1958 年版。

② ［苏联］别列金娜选辑：《别林斯基论文学》，梁真译，新文艺出版社 1958 年版，第 106 页。

关于这几句话，王弼在《周易例略·明象》中做过精彩的解释："夫象者出意者也，言者明象也。尽意莫若象，尽象莫若言，言生于象，故可寻言以观象；象生于意，故可寻象以观意。……象生于意而存像焉，则所存者非像也；言生于象而存言焉，则所存者非其言也。然则，忘象者，乃得其意者也；忘言者，乃得其象者也。得意在忘象，得象在忘言。"不论怎样看待王弼的这段话，但有几点比较明确：（1）"象"是表现人的思想情感的形式——象者存意；（2）要能更好地塑造形象，非语言不可——言者明象；（3）要能更好地传达人意，又非得借助形象不可——尽意莫若象。这就把创作中的"意"、"象"、"言"三者关系讲清楚了。它告诉我们，作者有了"意"要表达，就得借助恰当的"象"，寓意于象中，而要把"象"显现出来，最后又得寻求最精确的语言予以表达。在"意"—"象"—"言"这三者中，"象"是绾合"意"与"言"的枢纽。所以，重象也就作为中国诗文创作的审美特征提了出来。《周易》所使用的"意"、"象"就成了后来重象观的渊源。

把重象观最早引入散文美学的，是晋代陆机的《文赋》，其中有云："恒患意不称物，文不逮意。"这里把"物"与"意"对应起来，"物"即包含有物象之意了。再往后，刘勰的《文心雕龙·神思篇》则又第一次提出"意象"概念："是以陶钧文思，贵在虚静，疏瀹五脏，藻雪精神，积学以储宝，酌理以富才，研阅以穷照，驯致以怿辞，然后使玄解之宰，寻声律而定墨，独照之匠，窥意象而运斤，此盖驭文之首术，谋篇之大端。"从此，"意象"一词也就代替了先秦"象"的概念，并在往后的文艺美学中被广泛运用。

"象"也好，"意象"也好，其本质内容就是艺术形象。那么，重象也就是重视艺术的形象思维，不能作呆板理解。譬如，对那些写物、写景的散文，其寓意于象就比较明显。而对那些记事的散文，又如何体现"象"呢？请读苏轼《记承天寺夜游》：

　　元丰六年十月十二日，解衣欲睡，月色入户，欣然起行。念无与
为乐者，遂至承天寺，寻张怀民，怀民亦未寝，相与步于中庭。

　　庭下如积水空明，水中藻荇交横，盖竹柏影也。

　　何夜无月，何处无竹柏，但少闲人如吾两人者耳。

　　对文中所涉及的一些物象，如"月色"、"积水"、"藻荇"、"竹柏"
等，我们就不能从这些物象本身去寻找寓意，而应当从这些物象所构成的
整体氛围上体味作者初受贬谪、闲居黄州时的那种隐隐幽怨之意。

　　所以说，重象就不仅仅是指重视物象，而在更多的时候则可能是指重
视形象思维，应把传统的重象观理解得宽泛一点。不然，对有些全然无
"象"的散文就更不好理解了。

　　散文重象，它常给人带来的美感是化虚为实，使那些看不见、摸不着
的东西成为具象式的存在。所谓"山之精神写不出，以烟霞写之，春之精
神写不出，以草木写之"，[①] 是重象所采用的基本技巧。散文重象还能给人
一种朦胧美。如前所述，本来就是指"道"的本体物化，恍惚中有"象"，
此"象"，如烟如雾，使人回味无穷。散文的重象还多表现出一种画面的
美。因为散文的"象"比较注意内部的组合与联系，它给人的一般不是某
个物象的孤立物，而是一种有立体感的多重组合的艺术图画，具有整体的
美感。

## 六　尚气

　　崇尚散文的气势，这是中国散文美学又一突出审美传统。清人方东树
《昭昧詹言》说："气势之说，如所云'笔所未到气已吞'"。刘大櫆《论
文偶记》也认为："文章最需气势。"如此等等，都是散文尚气的代表性观
点。纵观中国古代文论，"气"这个概念可谓用得最为普遍，譬如上自
《周易》开始，往后又有《淮南子·原道训》、《管子》、《孟子》、刘勰

---

　　① 刘熙载：《艺概》。

《文心雕龙》、曹丕《典论·论文》、王十朋《蔡端明文集序》、刘将孙《谭西村诗文序》、方孝孺《张彦辉文集序》等，直到清代刘大櫆《论文偶记》、姚鼐《答翁学士书》、魏际端《伯子论文》，无不从各个侧面谈到文气。从积极方面说的就有"生气""正气""和气""英气""精气""豪气""浩气""逸气""清气""奇气""异气""刚气""柔气"等；从消极方面说的又有"浮气""昏气""邪气""虚气""矜气""屠气""伧气"等；从中性方面说的还有"静气""血气""元气""体气""景气"等。由此可见，尚气观在中国散文美学中的重要地位。

究竟如何理解这个"气"呢？历来散文美学家们说得颇为玄妙，比较令人费解，但总的说来可分为两个大类。

一类是指自然之元气，包括人的体气在内的"气"。《周易·系辞上》说："精气为物，游魂为变。"意即万事万物皆由自然元气积聚而成。《淮南子·原道训》有云："气者，生之元也。"王念孙疏："元者，本也。言气为生之本"。也是从这个意思上来讲的。既然如此，人也是自然之物，那么元气便包括人的体气了。如《管子·心术下》说："气者，身之充也。"《孟子·公孙丑上》也说："气，体之充也。"刘勰《文心雕龙》更是多处谈到"气"，一般也是从人的体气方面说的，"《卜居》标放言之致，《渔父》寄独往之才。故能气往轹古，辞来切今"；又说："枚乘之《七发》、邹阳之《上书》，毫润于笔，气形于言矣"。

另一类是指文章之气，是文章内容与作者的情感相融合，并借助语言形式表现出来的一种抑扬顿挫、高下合度的气势与气韵。最早明确把"气"与文章写作联系起来的是曹丕，他在《典论·论文》说："文以气为主，气之清浊有体，不可力强而致。"这里的"气"，兼有体气的意思在内。明人方孝孺在《张彦辉文集序》中评韩愈的文章说："退之俊杰善辩说，故其文开阳阖阴，奇绝变化，震动如雷霆，淡泊如韶濩，卓矣为一家言。"苏轼在《文说》一文评价自己的文章也说："吾文如万斛泉源，不择地而出，在平地滔滔汩汩，虽一日千里无难。"据此，后人评韩愈、苏轼散文常用"韩潮苏海"加以赞誉，这是从文气生动、富有气势的角度而言的。

不论是自然之元气还是文章之生气，实际上两者紧密相关，具有必然的内在联系。在作者身心为元气，把这种元气用语言表达出来也就是文章之生气了。散文尚气，一般也从两个方面来讨论：一是主张内养身心的浩然之气，二是主张加强修养。

韩愈在《答李翊书》中说："气，水也；言，浮物也；水大而物之浮者大小毕浮。气之与言犹是也，气盛则言之短长与声之高下者皆宜。"他在这里用水与浮物的比喻，即把作者的身心元气与语言表达的关系讲清了。这样，要写好文章就必须养气。比如苏辙在《上枢密韩太尉书》就说："以为文者，气之所形。然文不可学而能，气可以养而至。"又说孟子的文章"宽厚宏博，充乎天地之间，称其气之小大"，是其"善养吾浩然之气"的结果。刘勰在《文心雕龙》中更列专章《养气》进行论述，详细地阐明了养气与文章写作的重要关系："吐纳文艺，务在节宣，清和其心，调畅其气，烦而即舍，勿使壅滞，意得则舒怀以命笔，理伏则投笔以卷怀，逍遥以针劳，谈笑以药倦，常弄闲于才锋，贾余于文勇，使刃发如新，凑理无滞，虽非胎息之迈术，斯亦卫气之一方也。"认为"吐纳文艺"，必须"元神宜宝，素气资养"。意即要"守气"与"卫气"。

然而，文章毕竟是"气之所形"，因此尚气的另一任务还得要加强作者的文辞修养。刘大櫆《论文偶记》说："音节高，则神气必高，音节下，则神气必下，故音节为神气之迹。"这句话又正好说明了加强作者文辞修养对于文气形成的重要性。谈到文辞修养，这方面论述比较多。如"修辞立其诚""言有序"；① "辞尚体要"；② "辞欲巧"，③ 等等，都说明不能忽

---

① 《周易》。
② 《尚书》。
③ 《礼记》。

视辞章修养。清人张裕钊在《答吴挚甫书》中说："文以意为主，而辞欲能副其意，气欲能举其辞。譬之车然，意为之御，辞为之载，而气则所以行也。"这就是说，"意"（内容）是一篇文章的根本，"辞"（语言）以副之，而"气"（气势）载其辞，形象地表明文章内容、语言和气势三者之间的关系。

对于上述中国散文的六大审美传统，还仅仅是作了一个粗线条的扫描，而且也不一定就只是这些。在漫长的散文发展史上，这些特点也是互为联系、各有消长，但它们毕竟构成了中国散文美学的主流。

# 第四节　从小说接受过程看小说的审美特征

小说自诞生以来，就以它特有的文学魅力吸引着千千万万的读者。然而，对小说艺术审美特征的研究过去一直受作家中心或作品中心观点的影响，往往只是抓住小说创作的一个维度，将小说活动这一动态连续的过程（作家→作品→读者）分割开来，其结果当然不能令人满意。与接受其他文学样式比较，我们以为小说的审美特征主要表现在如下四美。

## 一　逼真之美

文学皆有虚构，但文学又都在讲究逼真之美，这是从艺术真实的要求上来说的；再者，文学又有所谓主情与主事之别，诗歌、散文是主情的，戏剧、小说是主事的，因而在反映生活真实程度上，戏剧、小说这类主事的叙事文学就要比主情的文学占有优势，这已是众所周知的道理。不过，戏剧的逼真美与小说的逼真美并不一致。戏剧以有限的艺术真实反映生活真实，总给人以似真非真的感觉。京剧人物的脸谱，话剧舞台的布景等，此为"非真"；但戏剧人物情感与故事情节的表现又无不合乎生活的自然与艺术的法则，此为"似真"。因而，戏剧接受也总是处在这种似真非真的状况之下进行。不同的是，小说对生活的描摹与仿造，则常常可以充分自由地精细入微地深入到现实生活的各个领域、各个方面，使之惟妙惟肖，活灵活现，无论在宏观和微观上都可达到酷似现实世界的地步。

人们常把小说作品称之为"生活的画卷"或"人类社会生活的镜子"。歌德把艺术看成是"第二自然"，他指出，艺术"既是自然的，又是超自然的"。① 这就说明，尽管艺术（包括小说）是属于第二性的美，现实生活是第一性的，但毕竟小说以及其他艺术首先必须符合现实美，不过它是被审美化了的现实美。

"画卷"也好，"镜子"也好，抑或是"第二自然"也好，无非都是在突出小说艺术的逼真之美。这种逼真之美最为明显的表现是小说反映生活的广阔程度，在表达上不受什么时空物理的局限。我国明代小说评点家叶昼在《水浒传》第二十一回有一段批语最早注意这一问题："此回文字逼真，化工肖物。摹写宋江、阎婆惜并阎婆处，不惟能画眼前，且画心上；不惟能画心上，且并画意外。顾虎头、吴道子安能到此？"② 这里所拈出的"眼前"、"心上"、"意外"，正是小说逼真之美的三个不同层次。这三个层次在戏剧、散文和诗歌中又恰恰各有长短。戏剧长于"眼前"实景的再现，散文长于"心上"活动的抒写，诗歌长于表现言外之意、韵外之旨，而小说则是"眼前"、"心上"和"意外"之长兼而有之。

一方面，小说可以在更广阔的程度上对生活进行如实、具体的描写。古今中外很多著名的小说，在对现实生活的逼真摹写上无不显示出自己的特色，给读者留下许许多多光辉夺目的生活图景。巴尔扎克笔下巴黎的福盖公寓、狄更斯笔下伦敦的贫民窟、哈代笔下维塞司的古老幽深的山谷、

---

① ［德］歌德：《〈希腊神庙的门楼〉的发刊词》，《西方美学史》下卷，人民文学出版社1979年版，第427页。

② 引自叶朗《中国小说美学》，北京大学出版社1982年版，第34页。

鲁迅笔下那"醉醺醺的在空中蹒跚"的鲁镇的一片欢乐气氛，如此等等，我们有谁又不会沉迷在这极富吸引力的情景之中？

另一方面，小说对生活的逼真摹写不是随心所欲，它又必须以刻画小说人物为中心，为塑造人物形象服务，因而，小说人物形象的逼真与否才是小说逼真之美最重要、最具特色的内容。在小说中，生活的场景与人物形象的塑造总是那么息息相关，相辅相成。以至于我们接受转变前的"彻底的悲哀而柔弱的女人"尼洛夫娜时，就会自然为高尔基《母亲》中开头揭示的工厂区的阴郁而骚乱的图画叫好。反过来，我们目睹茅盾《子夜》里响着"雷一样数目字的嚣声"的上海交易所，体验这一场景的描写，又不但可以深刻了解在这一背景下思想、生活着的人物，甚至还可进一步明了小说中的那些人物是如何在这一生活土壤上成长培植起来。

我们强调小说的逼真之美，也并非生活中的所有真实都可以进入小说，即生活的真实不能等同于小说的真实。小说的真实是经过选择的真实，经过创造的真实，是艺术的真实。小说不仅可以在人、事、景、物等方面更广阔的层面上反映生活的真实，更重要的是能够更深刻地反映生活的真实。19世纪波兰现实主义作家奥洛什科娃曾经对小说作过这样一个解说，她说："我们可以把小说比作一种魔镜，不仅能反映出事物的外貌及它为众人所能看到的日常秩序，同样也能表现事物的最深邃的内容，它们的类别和五光十色，以及它们之中所进行的相斥相引，它们产生的原因及其存在的后果。"[①] 明确地指出了优秀小说的逼真之美不仅是广阔的，也是深刻的。我们认为，小说的逼真之美不是以量的多少来衡量，而是看作者所反映的生活真实在多大程度上具有审美内涵的典型性，或是否赋予了作品崇高的审美理想。何士光获奖小说《乡场上》，写的不过是发生在20世纪80年代初期的一个非常平常的生活小故事。泼妇罗二娘借丈夫——仅仅

---

① ［波兰］奥洛什科娃：《论叶什的小说，并泛一般的小说》，《古典文艺理论译丛》第4册，人民文学出版社1962年版。

是区区食品站会计的身份——横行乡场，她的淫威震慑着整个梨花屯，男女老少无不侧目而过。后来，又因为仅仅是发生在孩子间的一场小小的纷争，明明是罗二娘家的孩子错了，她却反咬一口，并有意选中一向委曲求全的冯幺爸来作证。这样的事，我们谁也无法否认它的生活真实性。但如果小说就以冯幺爸的作证来结束，那就只能是生活中的一场平凡的小闹剧了，没有什么大的意义。这篇小说的成功，即在于对冯幺爸作证的处理：他先是顾虑重重，瞻前顾后，钝讷其词，但最后他却在经过苦苦的思想斗争之后，一改软弱怕事的性格，当众顶撞了罗二娘，公正地说明了事实的真相。冯幺爸想到农村新生活的出现，正是新的农业政策使他放下了沉重的包袱，燃起了新的生活希望。这样，小说即从一般的生活真实跳了出来，是作者的时代审美理想在作品里的感应，也使这篇作品具有了深邃的逼真之美。

小说将生活的真实转化为艺术的真实之后，它就能在读者想象的世界里创造出一个远比生活的真实更具特色、更加新鲜的崭新境界。梁启超在《论小说群治的关系》中，谈到小说魅力的缘由时说："凡人之性，常非能以现境界而自满足者也。而此蠢蠢躯壳，其所能触能受之境界，又顽狭短局而至有限也。故常欲于其直接以触以受之外，而间接有所触有所受，所谓身外之身，世界外之世界者也。……小说者，常导人游于他境界，而变换其常触常受之空气者也。此其一。人之恒情，于其所怀抱之想象，所经阅之境界，往往有行之不知，习矣不察者；无论为哀为乐，为怨为怒，为恋为骇，为忧为惭，常若知其然而不知其所以然。欲摹写其状，而心不能自喻，口不能自宣，笔不能自传。有人焉，和盘托出，彻底而发露之，则拍案叫绝曰：'善哉善哉，如是如是。'"① 这里所谓的"他境界"，实际上是存在于读者想象中的小说间接世界，而且这种间接世界的逼真之美比现实世界还常常更具有吸引力，从而便可满足读者对现实世界不断追求的强烈欲望。

---

① 引自黄霖等《中国历代小说论著选》（下），江西人民出版社1985年版，第41、42页。

## 二　丰厚之美

万·梅特尔·阿米斯在他的《小说美学》中有一段名言："一部小说就是一种人生，而最好的小说就是那种能引向最完满人生的小说……一部好的小说不仅为我们带来一段美好的时光，它还体现了各种价值，而它具有吸引力的真正奥秘就在这里。"[①]　的确，一部好的小说就像那种含孕深广的人生，使你置身于富有立体感的真实而广阔的生活里，它总是多侧面地给读者以体验、暗示、劝诫或憧憬。传说过去戏台台口的柱子上，常有这样一副对联：

上联：舞台小天地
下联：天地大舞台
横批：高台教化

这副对联至少可以说明两个问题：第一，文艺是社会生活（"天地大舞台"）的反映；第二，文艺还应是社会生活的高度浓缩（"舞台小天地"）的反映。人世间悲欢离合的演变，忠奸善恶的斗争，无不可以在"舞台小天地"上一一展示出来。正如俗话所说："戏上有，世上有；世上有，戏上有。"同样，小说亦是如此，而且还因小说不受时空的局限，这就比戏剧有过之而无不及之处，能够将广泛的现实生活如实地再现出来，令读者如同咀嚼生活五味一样回味无穷。

小说丰厚之美，不仅体现在它所反映的生活面的广阔上，同时还体现在小说形象的丰腴厚实上。虽然小说可充分地描写生活，但小说作者在表现生活的时候进行了精心选择，作品所呈现出来的东西必然会含纳丰富的生活内容。何士光说："我在写《种包谷的老人》的时候，才想

---

① ［美］万·梅特尔·阿米斯：《小说美学》，傅志强译，北京燕山出版社1987年版，第71、72页。

到要努力使其像生活一样深厚，像真实的生活一样地展开。"① 应当说，这不仅仅是何士光一个作家的追求，同时也是小说艺术的本质特征所决定。

在这里，我们可以王冶秋先生所谈到的反复鉴赏《阿 Q 正传》的经验来加以说明，他在《〈阿 Q 正传〉——读书随笔》② 一文中说：

> 看第一遍：我们会笑得肚子痛；
>
> 第二遍：才咂出一点不是笑的成分；
>
> 第三遍：鄙弃阿 Q 的为人；
>
> 第四遍：鄙弃化为同情；
>
> 第五遍：同情化为深思的眼泪；
>
> 第六遍：阿 Q 还是阿 Q；
>
> 第七遍：阿 Q 向自己身上扑来；
>
> 第八遍：合二为一；
>
> 第九遍：又一次化为你的亲戚故旧；
>
> 第十遍：扩大到你的左邻右舍；
>
> 第十一遍：扩大到全国；
>
> 第十二遍：甚至洋人的国土；
>
> 第十三遍：你觉得它是一个镜；
>
> 第十四遍：也许是警报器。

显然，阿 Q 这个人物形象，确实包容着丰富的思想内涵。王先生读了14 遍之后的种种体会，虽然不一定每个人都是如此依次展开，但它却是充分表明了小说艺术丰厚之美的特点。

小说艺术的丰厚之美，不在所表现的生活面如何广阔，而在本质上的

---

① 杨同生等编：《新时期获奖小说创作经验谈》，湖南人民出版社 1985 年版，第 276 页。

② 引见路沙编《论〈阿 Q 正传〉》，草原书店 1941 年版，第 98—99 页。

凝聚；不在所写人物的多少，而在形象塑造的典型性；不在现象上的热闹，而在思想内涵的深邃；不在篇幅的长短，而要看整体上是否充实，是否有玩味的余地。《红楼梦》、《悲惨世界》、《战争与和平》等这些中外鸿篇巨制是如此，就是像蒲松龄、莫泊桑、契诃夫等人的那些优秀的短篇小说同样含纳有丰满而厚实的思想底蕴。

文学即人学，以叙事为主的小说艺术更是以写人为中心，因而小说的丰厚之美主要还是要看小说中的人物形象具有多大的概括性、广泛性或多义性。小说家运用形象思维来创造形象，而形象总是永远大于思想的。王朝闻说："凡是内容丰富的艺术形象，即使夸张了它那内容的某一方面，但是就其内容的表现来说，多侧面的特征不是一览无余的，所以形象的魅力是有持续性的。"① 这话说得不错。一部《红楼梦》，为何引得人们一次又一次的接受还是难解"红"味呢？这说明它的艺术形象具有无限丰厚之美。

由于小说形象具有概括性、广泛性和多义性，或者说，小说形象总有确定的一面（作者给形象所赋予的含义），也有不确定的一面（读者凭自己的经验与修养对形象的体会与接受），这样，对小说主题的理解也就不是单纯划一了，从而更是体现出小说丰厚之美。作家谌容说："我写《人到中年》时，并不像有些评论家所说的那样，考虑要'揭示一个具有普遍意义的社会问题'。我只是根据生活中的感受，大写我所然悉的那些中年知识分子的理想、志趣、甘苦和追求。"② 看来，小说接受从确定的一面见出不确定的一面，以自己的经验和修养对它那不确定的一面给予种种不同的确定，这就是形象单纯而内容丰复的小说之所以吸引人的奥秘之一。

## 三　铸灵之美

所谓铸灵之美，即指小说能够净化人的心灵，铸造人的灵魂。人性和

---

① 王朝闻：《审美谈》，人民出版社 1984 年版，第 456 页。
② 谌容：《写在〈人到中年〉放映时》，《大众电影》1983 年第 2 期。

人的本质不是消极地由社会所赋予，虽然它的生理基础带有一定的遗传性，但其根本还在后天培养。人的可贵之处，也在于人的大脑具有可塑性、能动性和创造性。

大凡对美的事物的鉴赏接受，都能陶冶人的情操，增进身心健康，并不是唯有小说具有铸灵之美。不过，在小说接受中，由于小说还具有逼真之美和丰厚之美，这为小说的铸灵之美则又提供了更为广阔的天地。鉴赏接受一篇优秀的小说，就像我们感受生活之美那样身心并入、潜移默化，乃至于灵魂受到洗礼。

人的心灵和性格需要美的磨炼，美与人的性灵应该像春风与杨柳那样自然和谐地统一在一起，而小说之美正是培养我们细致入微的性格和纯正高尚趣味的最好途径之一。美国批评家阿米斯说得好："阅读一本小说，那就等于找到一个性格指南，并且找到一个广阔的活动场所。""可以毫不夸张地说，小说读者从小说中获得的性格要比他从相对来说是有限的外部经验中获得的性格还要多。"① 这种体验，在小说接受过程中一切都来得那么自然，那么从容不迫，因而便更加显示了铸灵之美的审美功能。

具体来讲，小说的铸灵之美主要从如下三个方面显示出来。

第一，情感的净化。

小说接受首先是作为精神活动方式满足人类的价值需要，而且一切艺术都反映着一个"情"字。我们鉴赏小说，实际上就是在同作者进行情感交流，小说能够极大地丰富人们的精神生活。久而久之，它就自然成为滋养人类生命的精神之泉。人们在小说接受中面对作品中的人物形象及其命运的变化，会产生多种复杂的情感反应，就在这种情感起伏中接受者获得了情感的熏陶与净化。

再从小说创作角度而言，作家通过作品表现什么，不表现什么，如何表现，又总是寄托着作者的审美理想。孙犁说："文学艺术，需要比较崇高的思想，比较崇高的境界，没有这个，谈艺术很困难。很多伟大作家的

---

① ［美］阿米斯：《小说美学》，傅志强译，北京燕山出版社1987年版，第132、134页。

作品，它的思想境界都是很高的。它的思想，就包含在它所表现的那个生活境界里面。"① 正因为如此，读者从小说接受中所得到的就不是一般的美感享受了，而是在潜移默化之中接受着人类最崇高的精神洗礼。作家杨沫曾经深情地说："读起苏联的革命小说，渐渐的，我的心情变了；我从忧郁、苦恼变得欢快、活泼；我从满目的凄凉、污浊中，看到了高尚和光明；我从诅咒憎恨罪恶的人生，变得热烈并歌颂美好崇高的事业，我终于找到出路了！"② 这就生动地记叙了杨沫在小说接受过程中情感受到净化的情形。

第二，道德的升华。

伴随着读者与作者情感交流的深入，自然地，读者的道德观念与水平也会得到进一步升华。苏联著名作家康·巴乌斯托夫斯基在一篇创作谈中，曾代表众多的文学读者因在文学中受到了良好的道德教育而向全世界的优秀作家表示感谢。他说："……之所以感激他们，是因为他们用自己智慧和天才的力量给我们描绘了丰富多彩的生活，使我们每个人都明白，什么是人的精神威力，什么是正义、幸福、自由、美和爱情；他们让我们听到了孩子们的欢笑声和海浪节奏均匀的哗哗声，让我们了解森林上面夜空的璀璨的产生真理的那种思想的闪光……"③

第三，美感的培育。

文艺是现实生活艺术的集中体现，一个人要能坚持不懈地鉴赏古今中外的小说名著，那么实际上就会使自己长期沐浴在美的阳光下，在对小说作品的感受与理解中，逐渐深化了自己的审美观，培育出自己高尚的、稳固的审美情操。

人类对现实的理解方式多种多样，诸如哲学的、政治的、经济的、科学

① 孙犁：《文学和生活的路——同〈文艺报〉记者谈话》，《孙犁文论集》，人民文学出版社1983年版，第138页。

② 杨沫：《青春是美好的》，《新文学史料》1978年第1期。

③ 〔苏联〕康·巴乌斯托夫斯基：《面向秋野》，张铁夫译，湖南人民出版社1985年版，第4页。

的，等等，而人类通过小说创作与接受的方式来理解观赏世界则显得别具风采。因为小说是从艺术的角度、审美的角度来观察世界，解释世界。对于小说接受这一独特的理解世界的方式来说，获得知识与真理不是主要的，那是科学与哲学的任务，小说接受带给人的是对现实世界的审美感悟。

## 四　认识之美

恩格斯曾经在《致玛·哈克奈斯》（1888 年 4 月初）信中说，他从巴尔扎克《人间喜剧》里认识到了"法国社会的全部历史"，"甚至在经济细节方面（如革命以后动产和不动产的重新分配）所学到的东西，也要比从当时所有职业的历史学家、经济学家和统计学家那里学到的全部东西还要多"。① 这段话正是对小说认识之美的揭示。

凡文学都是现实生活在作家头脑中的反映，而作家要反映它，必然就得带上自己的情感色彩与审美认识，因而我们接受文学，实际上也就是对作家反映的生活的一种再认识与再评价。小说是生活的艺术反映，同时小说的逼真之美又要求读者在接受时认识到更多的东西，使得小说的认识之美显示出更为细腻、更为真实的特色。晚清时代苏曼殊在他的《小说丛话》（1903）中就说："欲觇一国之风俗，及国民之程度，与夫社会风潮之所趋，莫雄于小说。盖小说者，乃民族最精确、最公平之调查录也。"② 可见，小说也是人们认识社会、认识历史的一条有效途径，尽管我们不一定是带着一种认识的目的去读小说。

小说接受的认识之美，常常是在不经意中伴随着艺术形象与艺术情感进行的。我们常说，"文学是生活的教科书"，但不少人把文学这部教科书做了片面的理解，忽视了小说接受是属于审美的范畴，具有形象性与情感性的特点。比如说，陈寿《三国志》和罗贯中《三国演义》，无疑都具有认识意义，但前者主要是通过逻辑思维来表现，后者则是通过形象思维来

---

① 《马克思恩格斯选集》第 4 卷，人民出版社 1972 年版，第 463 页。
② 黄霖等：《中国历代小说论著选》（下），江西人民出版社 1985 年版，第 59 页。

表现，因而阅读接受过程中会有很大的差异。或者可以说，小说的认识之美是通过美的形象实现的，并伴随有强烈的情感运动，这也就决定了小说接受者对生活的认识是在审美中来进行。认识与审美，二者在小说接受中互为表里，相得益彰。

由于小说形象具有概括性、广泛性和多义性的特征，小说接受的认识，带有很强的主观能动性。不同的读者面对相同的小说作品，他们对作品的接受就很可能得出不同的印象，不同的认识。鲁迅先生说，现代的读者看《红楼梦》，对于林黛玉这个人物，"恐怕会想到剪头发，穿印度绸衫，清瘦，寂寞的摩登女郎，或者别的什么模样"，总之，和几十年前读者心目中的林黛玉"是截然两样的"。① 特别是对作品的主题，则更是容易在读者中引起分歧。见仁见智，这在小说接受中是极为普遍的现象。然而，小说接受中的这种见仁见智现象，是否表明小说作品具有不可认识的性质呢？不是的。一方面，任何一部小说，它的内容已通过一定的形式固定下来，具有其确定性；另一方面，读者的审美趣味或审美标准也必有其共通之处。孟子说："口之于味也，有同嗜焉乎？"② 正因为人类有所谓"同嗜"、"同听"和"同美"的共同性，那么对小说接受的认识就有可能表现大致相同的情感倾向。小说作品是可以被理解、被认识的。

我们从小说接受的动态过程分析了小说审美特征的四个侧面，这四个侧面在小说艺术中实际上是整体体现的，它们互相渗透，没有必要把它们截然分开来。一旦我们进入小说接受境界，小说"四美"就会同时作用于我们的大脑，从而受到艺术魅力的感染，获得某种惬意的鉴赏兴味。

## 第五节　小说环境论③

小说既然以写人为中心，就没有理由离开人物赖以生存的自然条件和

---

① 鲁迅：《看书琐记》，《鲁迅全集》第 5 卷，人民文学出版社 1981 年版，第 430 页。
② 《孟子·告子章句上》。
③ 本节原载《华中师范大学学报》（哲学社会科学版）1996 年第 2 期，收入本著有改动。

社会环境作孤立的描写，从某种意义上讲，环境就是人。杰出的小说作品都重视给我们描绘出新鲜而真切的环境，从而使作品中的人物有了性格发展的社会历史背景和具体的生活氛围，由此环境描写便构成小说创作的一项重要内容。

一

　　小说为何要描写环境？或者说它究竟有何美学意义？恩格斯曾经指出："现实主义的意思是，除细节的真实外，还要真实地再现典型环境中的典型人物。"① 这一权威性发言至今仍富有很强的现实意义，因为成功的人物形象只有在真实可信的典型环境的土壤上才可能成长起来。就刻画人物而言，环境是条件，是前提，没有环境就不可能有人。自然，人又可反作用于环境，这种人与环境相互作用，既对立又统一的"对象化"了的环境，即是恩格斯所说"典型环境"。要刻画出具有典型性格的人物，如不将人物置入其成长的"个性化"——"典型环境"加以刻画是不可想象的。离开了具体的"对象化"的环境，人物性格就成了没有时代特色和生活根基的苍白人物，其典型性也就会缺乏生命力和说服力。这正是恩格斯强调现实主义小说要"再现典型环境中的典型人物"的要义所在。

　　小说是社会生活的反映，环境与人物又具有如此密切的关系，因此，环境描写就不能只是作品的装饰物或可有可无的附加物，而是一部作品成功与否的有机组成部分，是塑造人物性格，开掘作品思想深度的重要手段和要素。

　　小说环境可分为两种：一种是自然环境，一种是社会环境。自然环境的描写在作品中的意义一般并不在它本身的价值。从艺术角度讲，自然环境的美与不美在小说里并不完全是一回事。在《水浒传》中，作者描写黄泥冈"顶上万株绿树，根头一派黄沙。嵯峨浑似老龙形，险峻但闻风雨响。山边茅草，乱丝丝攒遍地刀枪；满地石头，磙可可睡两行虎豹。"这

---

① 《马克思恩格斯选集》第 4 卷，人民出版社 1972 年版，第 462 页。

样的自然环境分明是恶劣的，但在梁山好汉们看来却是一个绝好的地方，正可以利用这种环境来智取生辰纲。

　　可以说，小说自然环境的价值完全取决于作品中的人物与情节发展的需要，是小说创作主体审美观念的产物。小说中的自然环境，不仅仅是作为人物活动的空间范围而存在，而常常是与小说人物的思想感情密切相关的审美领域。刘勰说："岁有其物，物有其容；情以物迁，辞以情发。"①自然环境的描写，即是小说家审美观念、审美情感、审美理想在感性的自然形态上的对象化，常常追求达到一种景为情设，景中寓情，情以景迁，情景交融的境界。同样的自然环境在不同的创作主体看来其感受会大不一样；同样，不同的人物在同一环境中或同一人物在不同的情况下也会心情迥异。所谓"感时花溅泪，恨别鸟惊心"，表现的即是与人物心情相感应的景物。人物喜悦时，周围所有的一切都可能十分美好惬意；心里不舒坦，觉得什么都腻烦。这种与人物情感对应起来的自然环境描写可以称之为人物活动的"积极"的背景。

　　用自然环境描写来烘托人物有正衬与反衬区别。环境气氛与人物心理活动和思想感情相一致，叫正衬；环境气氛与人物心理活动和思想感情相反，叫反衬。王夫之说："以乐景写哀，以哀景写乐，一倍增其哀乐。"②这就是指的反衬。《红楼梦》里林黛玉惨死在宝玉与宝钗结婚的喜乐声中，即是"以乐景写哀"。正衬的例子更多，在列夫·托尔斯泰的《安娜·卡列尼娜》中，渥伦斯基应约去会见丰姿绰约的安娜，心中充满了甜蜜之感，他眼前的景物也是一片清新、快乐和美好，与他心情相协调，这即是正衬。

　　成功的自然环境描写，还可以显示人物的性格，暗示作品的主旨。《三国演义》有一段"宴长江曹操赋诗"的描写。先写曹操的大船"于中央上建'帅'字旗号、两傍皆列水寨，船上埋伏弓弩千张"，可见曹操威

---

① 刘勰：《文心雕龙·物色》。
② 王夫之：《姜斋诗话》，《清诗话》上册，上海古籍出版社1978年版，第4页。

风凛凛的气势；接着写自然景色："天气晴朗，平风静浪……东山月上，皎皎如同白日。长江一带，如横素练。"这一片和谐的夜色，衬托了曹操得意扬扬，饮酒作诗的豪兴。随后，曹操"四顾空阔"，这一笔，恰好点出了他征服江南的勃勃雄心。这样的环境描写，与曹操的豪爽洒脱、有气魄的性格是一致的，同时对主题也有一定的暗示作用。

自然环境描写侧重在给人提供空间背景，但恩格斯所提出的"典型环境"的更深刻含义应是侧重在时间背景上，即一定历史时期的社会状态与趋势以及人与人之间的具体关系。恩格斯批评哈克奈斯的《城市姑娘》，正在于小说作者未能反映出当时工人阶级革命运动的全局性内容，没有写出工人运动的历史进程。所以，从这个意义而言，《城市姑娘》的环境是不够典型的。可以看出，恩格斯是以其全面深刻的历史视野概括了典型环境的本质内容。

社会环境，一方面是指小说人物生活、工作和娱乐的社会背景，包括居室场景、风土习俗等，这主要是从社会静态方面而言的。但社会环境的主导方面却在于一定时期人与人之间的多走向、多色块、多内涵的复杂关系，这种社会关系才构成了人为主体的社会环境。这显然是侧重于动态的。小说作为以写人为中心的文学体裁，作为社会生活审美化的艺术载体，就必须要求作者尽可能地展示人物活动的社会环境。《青春之歌》塑造林道静这个人物形象，如果作者不是把她放在那个特定社会背景之下，看不出她逐步地走上与工农群众相结合的道路的环境揭示，也就不可能深刻反映过去时代中国知识分子前进的必然性，林道静作为典型人物的成长就将失去其艺术的说服力。

在很多情况下，小说作家是将静态与动态的社会环境有机地交融在一起来写，而且往往不是集中在一处、一段或几段文字，而是包含在整个小说的很多部分中。这是因为社会环境包含着人们的社会活动和具体的社会关系，它包括的范围很广，远远不像自然环境那样单纯，社会环境的作用往往是从小说的整体倾向上体现的。黑格尔说："作为主体，人固然是从这外在的客观存在分离开来而独立自在，但是纵然在这种自己与自己的主体的统一中，人还是要和外在世界发生关系。人要有现实客观存在，就必须有一个周围的世界，正如神像不能没有一座庙宇来安顿一样。"① 小说环境的全部美学意义，即在于与小说人物的相互作用之上。

## 二

中外小说在环境描写上是否有共同的审美情趣呢？我们发现，彼此是有区别的。亚里士多德的模仿说，展开了西方美学注重再现自然的线索，而中国从先秦开始的表现说，则强调作家主体情感的写意。这一美学差异，也导致中外小说在环境描写上的明显不同。

中国小说尤其是古典小说，很少有外国小说中那种大段的静止写生式的描写文字，一般以故事情节为主体，环境描写往往是夹杂其间处于一种陪衬地位，即使必须对环境进行交代时，也只用白描手法点染几笔。在《三国演义》中，刘备拜谒诸葛亮时有一段自然环境描写："时值隆冬，天气严寒，彤云密布。行无数里，忽然朔风凛凛，瑞雪霏霏，山如玉族，林似银妆。"寥寥几句，疏朗明快，即衬托出刘备冒雪上隆中寻谒诸葛亮的诚意和求贤若渴的心情。

在外国小说特别是批判现实主义小说中，经常有大段的环境描写。如巴尔扎克的小说，非常注意描写环境对人的决定作用。巴尔扎克之所以用详细而逼真的环境描写，一方面是为了再现生活，另一方面也是为了给人物提供真实、具体的活动背景，从而使人物获得真实感、典型性。如小说《高老头》一开头对伏盖公寓内外景物的描写，使人有身临其境的感觉。小说先写故事发生的时代是 1819 年波旁王朝时期，地点是在巴黎的贫民区，公寓的房屋是"死气沉沉的，墙壁全带几分牢狱气息"。然后写内景：客厅、饭堂、地板散发出霉烂和酸腐的气味；家具也因年深月久，处处龟裂、腐烂、虫蛀、摇动、残缺。作者写出这种衰败零落

---

① ［德］黑格尔：《美学》第 1 卷，朱光潜译，商务印书馆 1982 年版，第 312 页。

景象的目的，在于为写居住在里面的穷困潦倒的人物作铺垫，接着再介绍人物的出身、外貌、经历、经济地位和穷困潦倒的原因。最后具体描写每个人为金钱而钩心斗角、互相欺骗、抹杀良心、抛弃道德的行为和性格。这里的环境描写，可以说是作为小说的主体内容而出现的，更多地表现"这一个环境"中的人，环境描写在外国小说中显然已处于一种特别突出的地位。

当然，环境描写的这一差异是导源于东西方不同的美学源流，同时，也与中国小说正式起源于话本有紧密关系。话本是讲给人听的，不可能在讲述中作孤立而详尽的环境交代，那样不仅听起来沉闷，而且也不易上口。所以，在话本小说中要交代环境，往往是以几句有韵的诗句来吟唱的。短篇话本《杨思温燕山逢故人》，写到一日杨思温与故人陈三儿相遇，有一段环境描写：（思温恐下雨，惊而欲回）抬头看时：

> 银汉现一轮明月，天街点万盏华灯。宝烛烧空，香风拂地。
>
> 仔细看时，却见四周人丛，拥着一轮大车，从西而来。车声动地，跟随番官，有数十人。但见：
>
> 呵殿喧天，仪仗塞路。前面列十五对红纱照道，烛焰争辉；两下摆二十柄画杆金枪，宝光交际。香车似箭，侍从如云。

如此来写环境，的确是中国小说的一大特色。不过，由于是用韵文来写，就远远不如外国小说环境描写的细腻与逼真，甚至有时还有可能游离于小说结构之外，流于抽象化和公式化。这一点，即使在《水浒传》、《三国演义》、《金瓶梅词话》和《红楼梦》这些名著中也不免此弊。比如写雪景，话本中常有"朔风凛凛，彤云密布，狂雪飞舞"之类的话。《水浒传》"风雪山神庙"一章也有一段雪景描写："正是严冬天气，彤云密布，朔风渐起，却早纷纷扬扬卷下一天大雪来。"再有如前所引《三国演义》写雪景，几相比较，大同小异，其毛病不言自明。

　　外国小说描写环境重视"这一个环境"对人的影响，多采用细腻的笔法加以描摹，如能做到适可而止当然是可以肯定的。不过，从历史的角度看，外国小说环境描写却不如中国小说成熟得早，比如在被视为小说滥觞的《十日谈》的产生地意大利，当时其他文体已充分展开环境描写，但在小说中却未能引起作者的自觉。左拉指出："17 世纪的小说，完全象悲剧一样，它把纯理智的人物搬上无特色、不明确而又千篇一律的背景上；人物都是由作者赋予情感和欲望的简单机器，他们的行为都是超越时间和空间的；因此，环境无关紧要。自然在作品中没有作用可起。"① 这一论述大致符合实际。到 18 世纪法国华赡文风的出现，小说对环境描写才有新的开拓。特别是此时的英国小说，环境描写更是有了长足的发展，像理查生、斯滕、非尔丁、哥尔斯密斯这些作家，在小说环境描写上均有惊人的表现。19 世纪开始，外国小说作家们对环境描写则进入到非常自觉的时期，这已为我们所熟悉了。

　　中国小说的环境描写，虽然直到清末《老残游记》出现才有大规模描写文字，但对小说环境要素的认识较西方要早。而且从唐人传奇开始就有了很精彩的环境描写，并在不断发展中熔炼了各种手法：白描、工笔、写意、重彩、点染、烘托等，只是环境描写在中国古典小说中的典型性略有欠缺。不过，中国小说描写环境语言简练、写意明朗，这也是富有民族特色的；况且，中国小说的环境描写以突出人物为中心，重在表现，重视人物的情感、内心感受对于环境的反射作用。环境描写往往是通过人物的眼睛去观察、去体验，使环境描写浸染上人物鲜明的情感色彩，从而显示出个性来，而不像外国小说那样多从作者的角度对环境作客观如实的描摹。这一点，应该说是中国小说环境描写的主要优势。

　　在《水浒传》"风雪山神庙"一章中，草料场的内外部环境即是借助于林冲的感觉写出："林冲和差拨两个在路上，又没买酒吃处，早来到草料场外。看时，一周遭有些黄土墙，两扇大门；推开看里面时，七八间草

<hr />

① ［法］左拉：《论小说》，《古典文艺理论译丛》第 8 辑，人民文学出版社 1963 年版。

屋做着仓廒。四下里都是马草堆，中间两座草厅"，"只说林冲就床放了包裹被卧，就坐下生些焰火起来，屋后有一堆柴炭，拿几块来生在地炉里。仰面看那草屋时，四下里崩坏了，又被朔风吹撼，摇振得动。"接着又写了林冲到酒店和到山神庙寄宿的情景，无一不给人以孤寂、凄冷的感受。这一切，一经林冲这个落难英雄的凄苦心境的投射，即刻表现出环境所包含的人物关系的社会内容，使环境描写与林冲被发配时的忧戚心情融为一体。

中国小说强调"这一个人物"眼中的环境，与外国小说强调"这一个环境"中的人物，虽然各自出发点不同，但却是殊途同归，都在于为塑造成功的人物形象服务，两者本身并没有高下之分。外国小说比较重视环境描写，并把它作为与人物塑造和故事叙述一样重要的内容加以叙写，用以增强人物活动环境的逼真性与复杂性，基本是成功的，但弄得不好也容易显得累赘冗余。19 世纪末国外已有作家把环境描写作为小说的主要内容，而到现当代，在一些现代派小说中，甚至压倒了人物与情节的作用。这种反传统的创作取向则值得我们认真思索了。

## 三

小说环境描写的主要技巧，从观察环境的角度看有两种类型，一种是客观讲述法，一种是人物导游法。

客观讲述法，是由作者直接出面对环境进行评述和描写的方法。由于作者是站在"第三者"的角度来观察环境、讲述环境，因而讲述起来就显得特别自由，可以从多方面着笔进行描绘，充分发挥作者的独创性。

人物导游法，是指小说中的自然风貌和社会环境不是由作者之口讲述，而是通过书中人物的口、眼、耳说出、看见和听到的，从而使环境染上了人物鲜明的主观情感色彩；同时，由于小说中的人物又总是活动的，环境也必然随人的活动而变换，这即是人物导游法名称的来由。通过人物导游法来描写环境，不仅能给人以亲切自然之感，更重要的还在于人物与环境融为一体，产生一种人与景会、情景交合的艺术效果。这一点，是客观讲述法所不及。

如果再仔细区分一下，小说家在运用以上两种技法的时候，还常常采用一些具体的方式方法来避免环境描写的板滞感。

1. 定位描写法。

我们在观察环境时，都会有个观察的具体位置，把观察的位置基本固定在一点，并按照一定的顺序来描写周围事物，这叫定位描写法。所谓一定顺序，指或由近及远，或由远发近，或由高到低，或由低到高，或从左至右，或从右至左，但不论按什么顺序写，作者观察的位置是不变的。这种写法大都是写周围的环境，如运用得好，可以把环境写得层次清楚，鲜明逼真，增强读者身临其境的感觉。赵树理的《李有才板话》，写到李有才住的一孔土窑，即用了这种写法。作者依次从南面到西墙、后墙这样转着圈儿地写，就好像一个人走进李有才的土窑以后向周围看，室内环境就自然而然地呈现了出来。

运用此法，作家们都特别注意选择立足点。这正如摄影师拍照，画家作画，立足点的选择往往关系到一张照片或一幅图画的好坏。

2. 多点描写法。

多点描写法是相对定点描写法来说的，即是观察者不固定在一个位置上，而是不断变化立足点，从高低、远近、前后、左右等不同的位置与角度去描写同一对象。在马克·吐温的《镀金时代》中，有一段是描写美国国会大厦及其周围环境的。作者在这段描写里，观察的位置就多次变换。上下、左右、内外都写到了，不变换位置就不可能如此多层次、多角度地进行描写。多点描写法更长于叙写环境的立体层次，而且对环境描写的容量也要比定点描写法大得多，但不如定点描写法的清晰、明朗。

3. 鸟瞰特写法。

这是一种鸟瞰与特写相结合的手法。鸟瞰，喻指对"面"的描写，常用来描写宏大场面的概貌；特写，是指对"点"的刻画，用以突出面中的某一个具体事物。鸟瞰与特写相穿插是描写环境常用的技巧之一。一些比较宏大的群体场面和全场情景，需要通过鸟瞰的方式才能反映出来，但它往往是粗线条的描写，因而又得与特写相结合，既有面，又有点，一大一小，有主有次，便能收到好的效果。

4. 分类描写法。

此种方法是指在描写环境时既不按时间顺序写，也不按空间顺序写，而是抓住描写对象的特点，分门别类地按不同性质依次加以描写。诸如山川、草木、天地、虫鱼等不同类型；或是同一类型事物的不同侧面，比如人又可分为男女老少等不同的侧面。在冯德英的《苦菜花》中，有一段是描写戏开演前的观众场面。作者先点了一下"台子上还没有人，台下人群乱哄哄地在说闹"，然后则是分类描写小伙子、姑娘、老头、妇女、孩子，写得层次清楚，过渡也很自然。

分类描写，当然不是随心所欲的分类。研究那些成功的分类描写，会发现作家总是根据所表现事物的总特征来分类，只有抓住了事物的总特征和各构成因素的关系，才能正确地分类。

# 第六节　小说人物美学探新[①]

小说人物美学的研究已经是比较热门的话题，但热门话题不见得所有问题都已说尽说透，恰恰相反，热门正意味着这里有很多的东西需要大家来研究。

## 一　生活人物与小说人物的审美异同

小说人物作为审美对象已为我们所熟悉，但生活人物的审美价值却还有待人们深入发掘。实际上，我们研究小说人物的美学意义，就不得不从生活人物的美谈起。而且，只有真正弄清了生活人物与小说人物的审美异

---

　① 原载《理论与创作》2000 年第 6 期，收入本著有改动。

同，才能更好地创作和鉴赏小说人物。

先说生活人物与小说人物的审美共同点。

1. 人是现实生活与小说世界的中心审美对象。

人是万物之灵、宇宙精华和社会主体，他本身就是世界上最精巧、最完备、最高级的审美对象。整个社会机器的运转自然是以人为中心，社会上的一切事件，一切活动，同样也离不开作为"一切社会关系的总和"的人。可以说，人是生活中美的核心。同样，小说作为现实生活的真实反映，也不能不把人物摆在小说艺术形象的中心位置去进行创造。文学即人学，这一命题就充分肯定了人在文学作品中的重要地位，离开了人就无所谓文学，对于以叙事见长的小说更是如此。

2. 注重人物的内质美。

显然，人的美不同于自然景物之美，只是客观地单纯地呈现出美的形态，因为人同自然景物一样固然是大自然的产儿，但同时又是社会的产儿，这样，人美就变得复杂化了。古希腊寓言大师伊索，据说是当时"全希腊最难看的奴隶"，别人嘲弄他"大概是动物园里长大的吧"，但后人却不因他貌丑影响他崇高的美誉。上古治水英雄大禹是跛足，形象不佳，却仍然活在人们心中，不失为"英雄"、"君子"。建安七子之一的王粲，长得矮小难看但有异才，受人尊敬。相反，夏桀、商纣外貌"姣美"而且膂力超人，却是受人唾骂的亡国昏君。所以，《荀子·非相》说："形相虽恶而心术善，无害为君子也；形相虽善而心术恶，无害为小人也。"这说明决定人美的根本因素不在外形而在内质，内质之美是具有意识与情感的人所独有的，并成为我们平常衡量人美的重要标尺。这一点，在小说艺术中也是如此。《红楼梦》中的王熙凤，她的外表"恍若神妃仙子"，无疑是漂亮的，但内心十分歹毒，阴险狡猾，"明是一盆火，暗是一把刀"。不论从生活或小说的角度来看，谁会认为这样的人物是值得赞美的？而《巴黎圣母院》中的撞钟人，外表丑陋，但内心善良，并成为人物内质美的典范，表明了人们对人的内质美的追求。

不过，生活人物与小说人物的审美差别也十分明显，二者之间都有不能替代的审美特质。

一方面，生活人物既是现实世界中的中心审美对象，但同时也是世界上唯一的审美主体，而小说人物始终只能是主体的对象。因为只有生活中的人才是一切美之源，一切美也都是为人而存在，人类以自己作为最高的审美标准，离开人也就无所谓美。黑格尔认为，客体的"美"为"其他对象而美……为我们，为审美的意识而美"。① 这些论述揭示了作为审美主体的重要性。

另一方面，小说人物作为审美对象，却又比生活中的人物更趋于复杂化、典型化，往往是以鲜明、独特的人物形象来打动感染读者，其审美效应也要比感受生活中的人物强烈得多，这是小说人物最重要的审美特征。所以，读过小说的人都会有这样的经验，每读完一部好小说，即使过了很长的时间，甚至对书中的故事情节已记忆不清了，但小说中那些有个性特色的人物却仍然活跃在我们的脑海中。

## 二　小说人物内质美的创造

小说人物的内质美应该包括两个不同的审美范畴：一是现实的理解，它与我们常说的"心灵美"基本一致，属于生活范畴的美丑观，是美就是美，是丑就是丑，所以我们认为王熙凤的内质是丑的，撞钟人的内质是美的；二是艺术的理解，艺术的内质美除了具有生活内质美的一般含义之外，更多的则是指人物个性的典型性，而不能用一般的生活美丑观去衡量小说人物的内质美。从这个意义来说，王熙凤是一个具有艺术个性的典型人物，从艺术创造的角度来分析却又是成功的，具有艺术美。

小说人物内质美的创造，重在要刻画出人物丰富的审美个性，而且作家们往往是有意识地不给小说人物以浓重的外形的美丑色彩，而是尽最大的可能扩大小说人物的内涵，并加以典型化。英国的佛斯特把小说人物分

① ［德］黑格尔：《美学》第 1 卷，朱光潜译，商务印书馆 1979 年版，第 160 页。

成扁平和圆形两大类，正是对小说人物复杂性研究的可贵尝试。在佛斯特看来，扁平人物是只有一种特征的人物，好比类型人物或漫画人物一样，是"按照一个简单的意念或特征而被创造出来"，而且"可以用一个句子表达出来"。① 圆形人物是具有多重性格的人物，远比单一结构的扁平人物复杂得多。应当说，这两种人物在小说中的确是普遍存在的，就像莫里哀笔下的那种类型性很强的人物，可以说为性格单一的扁平人物；而像福楼拜笔下的性格复杂的包法利夫人等可以说为圆形人物。值得我们注意的是，这两种人物均可成为生动的艺术典型，就其本身而言它们二者并没有高下之分。在一些喜剧性很强的作品中，扁平人物经常出现，而在那些严肃的或悲剧性的作品中，圆形人物又最为常见。显然，佛斯特的这种分类，使我们对小说人物的内质美的创造有了更进一步的理解。

从如上分析可以看出，如果小说人物与生活人物的内质美有何不同，即在于小说人物的美渗进了更多的艺术美的因素，比生活中的人物内质美更高更强烈，甚至于丑恶的人物也可转化为美的艺术典型供人们欣赏。这正是作家给人物赋予了更多的内质之美，并构成了富有艺术个性的人物。

黑格尔说过，一个人就是一个世界。可以这样说，在实际生活中的每一个人，都是一个性格复杂的"圆形人物"，但他们深广的内心世界却很难被人们所察觉；而小说人物则不同，作家可以把笔伸进人物的内心世界，将视觉难以触及的人物复杂的心灵变化细腻地展示出来，通过人物感情的微波，激起读者心头的涟漪，这应是小说人物内质美的另一种表现。

小说人物内质美的创造，最忌讳的是将人物简单化，要么是十全十美的天使，要么是十恶不赦的魔鬼，缺乏艺术的真实性和典型性，当然也不会为读者所接受。这在过去我们是有教训的。菲尔丁说："例如你喜欢十全十美的标准人物，有能满足你这种嗜好的书，但是在我们一生交际之中从未遇到过这样的人，因此我们就没有决定要在本书里写这种人，说实

---

① ［英］佛斯特：《小说面面观》，苏炳文译，花城出版社1984年版，第59页。

话，我有点怀疑，人不过是个人，怎能达到那样完美的地步呢？"菲尔丁还说："如果人物性格之中有一些善良的成分足以引起好心人的敬仰和爱戴，虽然其中也有一些不留意而犯的缺点，那么这种人物才会引起我们同情，而不至于引起我们厌恶，这一类的榜样是不完美的，但是它的确对提高道德是最有用的，因为读者在好人身上发现缺点，便会感觉惊奇，因而他也就容易影响读者的思想，萦回在读者的脑际，比起恶贯满盈的坏人的过失，其效力要大得多。"① 也正因为如此，作家笔下的人物就更具有典型意义。

### 三　中外作家对小说人物表现的不同美学趣味

小说以写人为中心，但小说写人，归根结底都是抒情，都是通过人物塑造来寄寓作者的审美情趣，表现作者对生活的情感倾向。马克思说："人是按照美的规律进行创造的。"这一点，中外小说都无一例外，但我们仔细比较中外小说在人物塑造的特点，就不难发现，它们所采用的方式方法是不一样的。从大方面看，中国小说重在写意、重在表现，外国小说则重在写实、重在再现。

写意的艺术观，即认为文学艺术反映世界不仅仅是描摹自然，而更重要的在表现自然，往往是抓住对象的特征与本质，加以提炼、想象，创造出非生活幻觉的意象，通过艺术美来折射生活美。从手法上分析，写意偏重以虚带实，以藏胜露，虚实相生，讲究神韵，也就是主体的内在感受。所以，中国小说一般不以工描细雕人物为小说之能事，而是以传达主体的情境为目的，往往是寥寥数笔，人物情貌无遗。同时，中国小说的审美兴趣也不像西方小说家那样追求客观地再现、描摹，讲究"形似"的比例、协调等，而把主要精力放在通过人物来实现主观之意图。比如，就人物的心理描写来看，中国小说就很少有像西方小说那样大段大段的客观描述，

---

① ［英］亨利·菲尔丁：《汤姆·琼斯》第10卷第1章，杨周翰译，《文艺理论译丛》1958年第1期。

而往往是通过人物的行动和对话来表现人物的心理，这在中国古典小说中尤为明显。

在西方小说中，特别是 19 世纪俄国小说，诸如列夫·托尔斯泰和陀思妥耶夫斯基的作品则十分注意对人物心理进行"静态描写"，以描写人物的所谓"心灵辩证法"（车尔尼雪夫斯基语）见长。列夫·托尔斯泰的《安娜·卡列尼娜》几乎所有的主要人物都有大段的心理描写，将人物复杂的心理活动一一直接展示在读者面前，如安娜自杀前那段长达数万字的内心描写，就集中表现了她在特定时期的心理状态。

在外国小说中，的确积累了很多有效的心理描写的技巧与经验，譬如理查生的书信体，歌德的日记体，都是直抒胸臆最方便的手法。柯林斯的《月亮宝石》则立足于几个观察点展开几个第一人称的叙述，不费力地展示了人物的内心。《安娜·卡列尼娜》中写安娜看见情人坠马那一段，更是令人叹为观止的文字，等等，这是值得我们学习的。

同时，中外小说人物注重写意写实的区别，在人物肖像描写上也有鲜明的体现。中国小说对人物的肖像一般也不作精雕细刻、须眉毕现的描写。鲁迅先生说："忘记是谁说的了，总之是，要极省俭地画出一个人的特点，最好是画他的眼睛，我以为这话是极对的，倘若画了全副的头发，即使细得逼真，也毫无意思。我常在学习这一种方法，可惜学不好。"[1] 他这里所说的，实际上是中国小说描写人物的传统技法。以鲁迅小说《阿 Q 正传》为例，作者直接写阿 Q 肖像的笔墨就十分吝惜，我们只知道阿 Q 头上有癞疮疤，还有一条黄辫子，有时戴顶破毡帽，但阿 Q 的形象在读者的心目中却特别鲜明深刻，此即是重在写神写意之故；但在西方小说中，这种情况却很少见，对人物的肖像常常采用的是工笔细描，巴尔扎克在《欧也妮·葛朗台》中写老葛朗台的外形即是毫发不爽，这已为很多人所熟悉。

中国小说不仅喜欢采用白描写意的方法来写人物肖像，而且一般不做

---

[1] 《鲁迅全集》第 4 卷，人民出版社 1957 年版，第 395 页。

一次性集中描写，常常是分次逐步完成，如《红楼梦》对薛宝钗的肖像就是分别陆续交代，这里不再细说。

## 四　诗歌在中国小说人物表现中的美学价值

人物，作为小说艺术形象的主体，如何将它加以强化、突出，使之具有深广而丰富的艺术感召力，中外小说家都曾作过很多有益的探索与实践。这其中，把诗歌纳入到小说人物表现的体系中来，则又是中国小说的另一审美特色。

小说与诗本是两种不同样式的语言艺术，一是主叙事的，一是主抒情的，但在中国小说中诗与小说却结合得异常紧密。或借诗词渲染人物活动的气氛，或借诗词抒写人物的内在心曲，从而更增强人物写意的效果。正如茅盾先生所说，中国小说的特点之一是"抒情和叙事错综融合，抒情之中有叙事，叙事之中有抒情"。① 在这里，笔者感到诗词的抒情作用是不能忽视的。《红楼梦》中那首著名的《葬花吟》，不仅诗如其人有力地表现了黛玉的思想与性格，而且作为小说有机的组成部分还巧妙地对黛玉的命运进行了某种预示。"伤心一首葬花词，似谶成真自不如。安得返魂香一缕，起卿沉痼续红丝？"所谓"似谶成真"，就是《葬花吟》仿佛无意之中预先道出了黛玉自己将来的结局。"质本洁来还洁去，强于污淖陷渠沟"，也正是黛玉后来宁死不愿蒙受垢辱的象征。"侬今葬花人笑痴，他年葬侬知是谁？试看春残花渐落，便是红颜老死时。一朝春尽红颜老，花落人亡两不知！"这些诗都可以看作黛玉命运的生动写照，也很好地衬托出了人物的个性，读来诗情四溢，余味满口。吴功正说得好："就中国小说而言，曹雪芹、吴敬梓、蒲松龄、鲁迅、茅盾、老舍、姚雪垠等的诗文修养很深。这倒不仅仅是作家化用古典诗词融为小说描述意境，也不仅仅是作家用诗词韵语穿插在小说中，形成一种描写手法的传统，更重要的是作家诗一般的情感性因素在小说中的喷溅、流转和渗透，

---

① 茅盾：《文艺大众化》，茅盾《文艺论文集》，重庆群益出版社 1942 年版。

这里又归结到主体的审美情趣、心理结构对于民族风格创造的作用上来了。"① 这是说得不错的。

## 五　中外小说人物表现的审美差别探源

为什么中外小说在人物塑造上有以上差别? 这与东西方不同的历史传统和文化传统紧密相关。就我国而言,从先秦诸子开始,就比较讲究艺术的主观表现。《荀子·乐论》明确指出:"夫乐者,乐也。"即认为音乐在于宣泄情感、怡悦性情。我国传统的画论也是反复地强调"气韵生动",不求"象真",而求"神采",这与西画的所谓"焦点透视"(Focal Per-spective)或"光影素描法"(Chiaroscuro)所追求的东西也明显不同。《淮南子·说山训》中说:"画西施之面,美而不可悦;规孟贲之目,大而不可畏:君形者亡焉。"意即要以形写神。唐代画家张璪"外师造化,中得心源"② 的著名命题,同样也符合传统的艺术表现观或写意观。清人沈宗骞在《芥舟学画编》中也说:"不曰形,曰貌,而曰神者,以天下之人形同者有之,貌类者有之,至于神则有不能相同者矣。作者若但求之形似,则方圆肥瘦,即数十人之中,且有相似者矣,写得谓之传神? 会有一人焉,前肥而后瘦,前白而后苍,前无须髭而后多髯,乍见之或不能相识,即而视之,必恍恍曰,此即某某也,盖形虽变而神不变也。故形或小失,犹小可也;若神有少乖,则竟非其人矣。"写"形"与写"神",重在"传神"。这与我国诗歌艺术强调"诗言志","诗缘情绮靡"和戏剧艺术所表现出的程式化、虚拟化、节奏化特征,以及舞台上的时空审美等,均属民族化的写意艺术观的美学体现。所谓"略貌取神"、"以形写神"、"诗以言志"、"白描"等带有东方艺术特色的美学术语,可以说都在于强调写意。鲁迅先生谈到白描技法时说:"'白描'却没有秘诀,如果

---

① 吴功正:《小说美学》,江苏文艺出版社 1985 年版,第 439 页。

② 北京大学哲学系美学教研室编:《中国美学史资料选编》上册,中华书局 1980 年版,第 281 页。

要说有，也不过是和障眼法反一调：有真意，去粉饰，少做作，勿卖弄而已。"[1] 它所体现的也就是写意的特点。

与中国小说比较，西方小说写人追求的是模仿对象的本来面目，寓神于形，通过"象真"来再现生活美，显示艺术的伟大力量。西方小说人物塑造多客观摹形，又注重展现人物的内心世界，作者对人物的审美评价也不像中国小说那样易于把握。歌德说："中国人在思想、行为和情感方面"，"更明朗，更纯洁，也更合乎道德。"[2] 这位西方艺术大师的认识，应该说是非常精确的。

西方小说写人侧重"象真"的艺术再现，这同样与西方古典美学的传统一脉相承。亚里士多德在《诗学》里早就把一切种类的艺术都说成是"摹仿的艺术"。由此，临摹论一直在欧洲的艺术园地中占有统治地位。写实的再现的艺术观，把艺术看作"自然的科学"和"自然的合法女儿"，认为它的伟大乃在于为了美的理想而精确地临摹自然。在西方绘画史上，这种理论更是成为画家们的艺术圭臬。自15世纪的勃罗奈莱斯契和他的弟子马萨丘依据几何学原理发现了物理透视关系，即应用于绘画艺术，形成了所谓"焦点透视"或"光影素描法"，要求真实地、立体地表现物体与空间。这种写实的技法直到"印象派"之后，塞尚等人起来，才动摇了它的神圣不可侵犯的地位。

## 第七节　戏剧美探踪

当我们坐下来把戏剧当成美的对象来欣赏的时候，我们是否想过，戏剧究竟美在哪里？有人会说，美在真实、美在紧张；也有人会说，美在悬念、美在演技；还有人会说，美在冲突、美在舞蹈、美在声乐……如此说来，戏剧的美还可以数出很多，诸如剧诗美、绘画美、模仿美、变幻美、

---

① 鲁迅：《作文秘诀》，最初发表于《申报月刊》，署名洛文，1933 年第 2 卷第 12 号。

② ［德］爱克曼辑录：《歌德谈话录》，朱光潜译，人民文学出版社 1978 年版，第 112 页。

整体美等。可以说，戏剧是美的荟萃。但是，我们这里要探索的并不是戏剧的这种泛美表现，而着重要回答的是：戏剧作为一种文艺样式的独具特征的美在哪里？

## 一 直观之美

所谓美的东西，有一个最为基本的特点，那就是具有直观性，美的生命在于直观的显现。譬如说，我们欣赏西湖秋月、庐山瀑布的美，正是这些自然景观以即目如绘的形式呈现出来。有人会问，人的心灵美不是不具有直观性吗？事实上，我们觉得某人的心灵美，也并不是凭空产生的理念，而是当我们了解到此人心灵美的种种具体行为之后才有的，它必须表现为可感可触的直观形象。总之，美的理念一旦离开它的具象形式，我们也就无从去解释美、鉴赏美。

作为主要以语言为媒介的文学艺术，它的美又是如何体现这种直观性的呢？这似乎是一个难题，因为语言本身不过是一个抽象的符号，形式上并不具有可感的特点。然而，我们谁都会承认文艺也是美的，它的直观之美即在于文艺主要是用语言符号去绘声绘色地描写历历如绘的生活图景。绘声绘色、形象生动，这是文学艺术的一大要诀，也是我们接受文艺的美感源泉。"漠漠水田飞白鹭，阴阴夏木啭黄鹂。"这短短两句诗，由飞翔的白鹭和鸣啼的黄鹂，构成了一幅多么色彩鲜艳、对照强烈的画面，就给人以浓烈的美感享受。在高晓声的《柳塘镇猪市》中，他这样描写主人公眼里的猪群发出的各种声音："听到猪叫，张炳生就像吃了一碗参汤，精神陡增。他实在太爱听了，在一切禽畜声中，猪叫是很不平凡的：鹅声太单调，鸡鸣太拖拉，鸭话太嘈杂，羊儿只会喊妈妈……唯独这猪叫，另有一种气派，'唔唔'，如飞机行空，'呼呼'，如闲虎巡林，特别是受到压迫的时候，一声长鸣紧接一声长鸣，尖厉昂扬，充满激情；使懦者勇敢，使惰者奋发，真是极其有劲，极提精神的。"作者连用对比、比喻的手法，把猪群的叫声写得极其逼真、动人，同时也表现出主人公张炳生对猪的一种特殊感情。

文艺作品美的形象直观性，并不是像自然形象那样直接作用于人的感官，而须得通过接受者的一番复杂的心理活动才有可能变为活生生的形象。这即告诉我们，文艺形象的直观美与自然形象的直观美，其含义是不一样的，能够鉴赏自然形象的直观美却不一定能鉴赏文艺形象的直观美。比如，我们在杭州西湖的碧波里荡一叶小舟，游"三潭印月"，观"柳浪苏堤"，那种风光如画的湖光山色是都能很快欣赏到的。然而，对苏轼写西湖的诗："水光潋滟晴方好，山色空濛雨亦奇；欲把西湖比西子，淡妆浓抹总相宜。"这里的直观美就不是一般人能够感受得到的了。

至此，直观美便有了这样两种不同的含义：其一是指美的事物的可感可触的具象性特点，现实生活中自然形象的美便是它很好的体现，表现为直接可感的直观美；其二是指通过语言等间接方式展现出来的文艺形象的实在性或具体可感性，是需要通过接受者的配合才能感受到的，表现为间接可感的直观美。

首先，自然形象即目可见的特点在戏剧艺术里是完全实现了，甚至有过之而无不及。舞台上的一切，无论是由演员直接扮演的人物形象，还是各种人物的行动过程以及由人物所构成的各种各样的场面与情景，包括人物行动的场所、背景等，都可以变成众目睽睽之下的直观存在。尤其是人物的心理活动一般是无形而难以触摸可感的，但在戏剧里仍然可以为观众具体地去感受与把握。美国剧作家尤金·奥尼尔的《琼斯皇》，采用贯穿全剧的一种音响——黑人的鼓声来表现主人公内心的惊恐与惶乱，便使人物隐秘的内心外化了；美国另一位剧作家阿瑟·密勒的《推销员之死》，又以主人公威利的"心理时间"为纽带，将他的幻觉、闪念、回忆、思考等心理活动借鉴电影的"闪回法"、"融入法"等手段化为可见的舞台视觉形象，更是值得我们注意。这种将人的眼睛无法看见的内心，赤裸裸地、形象地袒露在观众面前，也就使戏剧的直观美比自然形象的直观美显得更胜一筹。

戏剧对于直观美的重视，早在上古就有人觉察到了，亚里士多德早在戏剧的童年时期，他对"悲剧"（当时的戏剧就是悲剧）的理解"是对于一个严肃、完整、有一定长度的行动的模仿……模仿方式是借人们的动作来表达，而不是采用叙述法"。① 强调对人物行动直观的模仿，而不用像小说那样的叙述的办法，也就是强调戏剧要通过具体可感的动作来表达直观美。观众都愿意亲眼看到舞台上有更多的东西，而不大喜欢听人物的叙述或介绍，这不正是戏剧直观美的表现吗？黑格尔说："我们近代戏剧作品大多数都没有上演，原因很简单，它们根本不是戏剧。"无论上演的原因究竟是什么，在观众看来，"听到动作情节的叙述了，就要想看到剧中人物及其面貌姿态的表情以及周围情况等等。眼睛要求的是一幅完整的图景。"在这种图景中，剧中人"既通过富于表情的台词，又通过身体各部分的绘画式的姿态和反映内心的姿态及运动，把他们的意志和情感变成客观的（可以目睹的）"。② 这就从戏剧审美的心理要求上说明了戏剧直观美的重要意义。

戏剧是要靠人来演的，而要完成对人物的塑造，就须得通过人物的台词和动作去实现。台词与动作，动作又更为重要。有了动作，舞台上才会出现生动形象的直观美；有了台词而没有动作，就如同一个说书人坐在那里叙述一个故事，直观美就逊色多了。在戏剧舞台上，我们看到人物的动作总是一个接着一个，人物很少站在那里作长时间的叙述，更不能像小说那样由作者出面来介绍。这一点，如果我们把它与小说等文艺样式进行比较就更为明显。在小说里，故事常常是由作者站在一个特殊的角度叙述，也可以不受任何客观限制地去描写环境、描写心理等。戏剧则不行，作者的思想都是通过人物自身的动作（包括富有动作性的语言）在舞台上直观地再现。曹禺话剧《家》是根据巴金同名小说改编，小说《家》写到伪君

---

① ［古希腊］亚里士多德、贺拉斯：《〈诗学〉〈诗艺〉》，罗念生译，人民文学出版社1962年版，第19页。

② ［德］黑格尔：《美学》第3卷，朱光潜译，商务印书馆1986年版，第271、274、269页。

子冯乐山欲占有高家丫鬟鸣凤而使鸣凤自杀后，又想占有另一个丫鬟婉儿。有一次，冯乐山有意让婉儿同自己一起回高家以显示自己的慈悲，小说对婉儿这样描写：

> 她穿得比从前漂亮，而且浓妆艳抹，还戴了一副长耳坠。只是面容略有一点憔悴。这时候她正在对倩儿和喜儿谈她在冯家的生活情形，瑞钰和淑英在旁边听得眼睛里包了一汪泪水。

小说长于这种客观叙述，但要把它搬到舞台上来就要让人物自己行动，以行动来表现婉儿受人钳制的情形。于是，曹禺作了这样的改写：同样是婉儿在向高家人诉说，没想到冯乐山已在旁边偷听了几句，便想要婉儿立即离开，回去再整治，表面上又好像很慈悲，这被正在听婉儿诉说的王氏觉察到了：

> 王　氏：……婉姑，你再到我屋里去坐坐。
>
> 冯乐山：（不便拦阻）也好，也好，去谈谈去吧。不过现在又是太太要烧香的时候了吧？
>
> 王　氏：（机警地）别，好容易才来一趟。就多说一会儿话，老太太那么个慈悲人，也不会见罪的。走吧，婉姑！（婉姑一直恐惧地望着他。）
>
> 冯乐山：（一面是峻厉可怖的目光恶狠狠地盯着她，示意叫她留下，一面又——）去吧，去玩玩吧。平日也真是太苦了婉姑了。（非常温和的声音）去吧！
>
> 婉　儿：（不由得止步）太太！
>
> 王　氏：（回头）怎么？
>
> 冯乐山：（和颜悦色）去吧，去吧！
>
> 婉　儿：（怯怯地）那我去了？（与王氏一同转身）

冯乐山：（又是冷峻森森的目光）去吧，去谈谈吧。

婉　儿：（回首望着他，只得又——）太太！

王　氏：（笑着）怎么了，这孩子？

婉　儿：（晓得不能走，对王氏）我不去了。

王　氏：来吧！

婉　儿：您先去，我就来。

冯乐山：（洒脱地）也好，你先给我到楼上研研墨，我索性把那幅长条写了吧？

婉　儿：（点头，哀恳地）太太，您去吧。

王　氏：（叮咛）好，你就来呀。

婉　儿：嗯。

　　戏剧就是这样尽可能让观众有身临其境的直接感觉，尽力造成一种戏剧情境，观众又可透过人物的那些外在的语言、动作等感受到人物内心许多细致复杂的情感。两相比较，小说的思想内涵是靠作者在叙述中暗示或直接说明的，戏剧则主要是靠观众在对人物外在动作的直观中去体会。

　　戏剧的直观美特点，也就决定了戏剧题材不论是反映现代的、古代的，或者是将来的，甚至像荒诞派等现代剧作那样，只是表现一些纯属作者主观虚构的东西，都应该——当着观众的面演出，一切都在观众眼前发生。张君瑞与崔莺莺的爱情故事，取材于唐传奇《莺莺传》，是一个相当古老的题材，但我们在剧场里面对舞台，事情却好像就当着我们的面正在发生一样。从张君瑞赴京应试在普救寺巧遇崔莺莺，两人一见钟情，到最后张生与莺莺终结百年之好，事情原委，观众是真真切切地看着进行。英国戏剧理论家马丁·艾思林谈到戏剧的这个特点时认为："……任何叙述形式都趋向讲述过去已发生而现在结束了的事件，那么戏剧的具体性正是发生在永恒的现在时态中，不是彼时彼地，而是此时此地。"[①] 很明显，这

---

① ［英］马丁·艾思林：《戏剧剖析》，罗婉华译，中国戏剧出版社1981年版，第10页。

些都是为了适应戏剧的直观美要求。

当然，戏剧也不可避免地表现"往事"，但一般都是最忌让人物用台词静止地回叙往事，亚里士多德早就告诫人们戏剧不能用叙述法，也就是说要尽可能地化为直观的动作。在郭沫若《蔡文姬》第三幕中，蔡文姬归汉途中乘夜深一个人来到父亲墓前，内心矛盾重重，痛苦万分，"倦极，倒在墓前，昏厥"了，此时，我们看到舞台上：

（舞台暗转，渐渐转明，狗吠、人声、战鼓声由弱到强。逃难人群从两侧上，后被汉兵冲散，下。又有胡兵、汉兵接连冲过，蔡文姬、赵四娘同在逃难中，为胡兵所获。左贤王至，胡兵惊呼："左贤王来喽！"四散。）

左贤王：（问赵四娘和蔡文姬）你们是什么人？

赵　四：我姓赵，赵四娘，（指文姬）这位是我的姨侄女，蔡文姬，我们是这陈留郡的人。

显然，这个场面作为蔡文姬在梦中对往事的回叙，但仍是当着观众的面再现，体现了戏剧直观美的特点。有时候，即使是必须得用人物台词来交代往事，也常以避免抽象为上。

谈到直观美，我们也不会忘记造型艺术中的绘画、雕塑、建筑等样式，它们塑造的艺术形象也是为欣赏者即目可见的。不过，我们再作一些仔细的比较，同样可以发现戏剧的直观美与绘画等艺术的直观美仍有很大差别。

一方面，戏剧不同于绘画等只再现一个静态的直观形象，而是表现出一个动态的过程，即是对"有一定长度的行动的摹仿"，所以人们说，戏剧既是空间的艺术，也是时间的艺术，从时间上说，它可以把一个个直观的瞬间延续下去，联结成一个生动、和谐、完整的过程。这一点，又为绘画等单纯的造型艺术所不及。

另一方面，戏剧的直观美还吸取了语言文学直观美的一些特点，不仅使观众对舞台形象有像对自然形象那样的直观美感，又能让观众在对人物台词的品味中获得一种间接的直观美感。西方人过去把戏剧称"剧诗"，甚至认为戏剧是诗歌发展的最高形式，也即是告诉我们戏剧也包含有文学作品的韵味。在中国传统戏曲中，人物的宾白也好，唱词也好，实际上很多都可以与诗媲美。在马致远的《汉宫秋》中，当昭君辞别正处于热恋中的汉元帝，元帝悲痛不已，剧作家也花了大量的优美的抒情唱段来表现元帝此时的心情。我们看第四折中的《醉春风》和《尧民歌》两个唱段：

　　烧尽御炉香，再添黄串饼。想娘娘似竹林寺，不见半分形；则留下这个影、影。未死之时，在生之日，我可也一般恭敬。

　　呀呀的飞过蓼花汀，孤雁儿不离了凤凰城。画檐间铁马响丁丁，宝殿中御榻冷清清，寒也波更，萧萧落叶声，烛暗长门静。

显然，这里的直观美感并不是在表面上可以感受到的，必须要有我们品味诗歌的那种积极心理活动的参与，才可能感悟到潜入深层的丰富的间接直观形象。

总的来说，戏剧艺术的直观美是多侧面的，既有自然形象即目可见的特点，并以此区别于文学形象的直观美；又有文学形象提炼塑造的优势，加上以其生动的过程呈现出来，并以此区别于绘画等静态的造型艺术。在这多种因素——可感性、提炼性、过程性、动态性——的综合交融下，便呈现出了富有特色的戏剧直观美。

## 二　表演之美

我们既欣赏生长在田间原野的小草山花，同时也喜爱园林工人精心培育的花卉盆景。从美学上讲，这是两种不同的美感境界，前者纯属"天籁"自然美，后者则是"天籁"与"人籁"结合的修饰美。作为戏剧表演之美。笔者想它与园林工人的盆景同属于一种境界——戏剧表演家们运用种种富有创造性的艺术手段，对生活加以提炼和加工，同时给以节奏化、韵律化、姿态化，而又不失其为生活化，使之成为栩栩如生、优美传神的舞台形象——它既是生活形象，也是舞台形象，因而我们可谓之"天籁"与"人籁"结合的表演之美。

戏剧以演员表演为中心。我们在剧场里常常也可听到这样的议论："这个戏演得不错，演员的做工、唱工都很好。""戏演得很糟糕，某某的动作太不符合角色特点了。"这都是以演员的表演水平来衡量戏剧好坏。事实上，一个剧本能搬上舞台，早已经过很多人的审阅与权衡，最终戏演得如何，其关键就在于演员的表演。

戏剧的当众表演之美，这确乎其他艺术难以替代。中国文艺史家谈到文艺起源，认为可以上溯到"优孟衣冠"的故事。为什么要把"优孟衣冠"看成是戏剧的正式开始呢？不妨看看这个故事的史料记载：

　　优孟，故楚之乐人也。长八尺，多辩，常以谈笑讽谏。……楚相孙叔敖知其人也，善待之。病且死，属其子曰："我死，汝必贫困。若往见优孟，言我孙叔敖之子也。"居数年，其子穷困负薪，优孟与言曰："我，孙叔敖之子也。父且死时，属我贫困往见优孟。"优孟曰："若无远有所之。"即为孙叔敖衣冠，抵掌谈语。岁余，像孙叔敖，楚王及左右不能别也。庄王置酒，优孟前为寿。庄王大惊，以为孙叔敖复生也，欲以为相。优孟曰："请归与妇计之，三日而为相。"庄王许之。三日后，优孟复来。王曰："妇言谓何？"孟曰："妇言慎无为，楚相不足为也。如孙叔敖之为楚相，尽忠为廉以治楚，楚王得以霸。今死，其子无立锥之地，困负薪以自饮食。必如孙叔敖，不如自杀。"因歌曰："山居耕田苦，难以得食。……"于是庄王谢优孟，乃召孙叔敖子，封之寝丘四百户，以奉其祀。后十世不绝。①

　　这个故事集中讲优孟不仅能歌善舞，长于讽谏，而且可以模仿他人，甚至到了真假难辨的地步。可见，优孟的确是一个十分出色的演员。人们之所以把"优孟衣冠"看成是戏剧的起源（事实上戏剧的起源是多渠道的），它就是最早记载了一个善于表演的"乐人"故事，戏剧正是以演员的表演为特征。

　　古往今来，戏剧家对演员的表演技艺极为重视。中国戏剧界有句俗话："台上一分钟，台下三年功。"意即演员们要想在台上哪怕是有一分钟的精湛表演，也需要为此付出艰辛的劳动，甚至是三年苦修才行。当然，演员的这种追求也并不是单方面的，而是与观众观赏戏剧的审美心理密切相关。试想，观众买票到剧场来难道只是为了去听一个紧张曲折的故事吗？况且有些戏剧的故事性并不很强，如歌剧、舞剧等。然而，它们仍能紧紧地抓住观众，观众欣赏着的就是演员的表演。同样一部戏剧，有的人一看再看，百看不厌，对于它的故事内容已经很熟悉，但为什么我们还要去看呢？正是为了表演之美。

　　这一点，英国当代著名戏剧家马丁·艾思林曾作过很好的揭示，他说："在活的戏里，正是一种固定的因素（脚本）同一种流动的因素（演员）相融合的方面，使得甚至用同样的演员、布景和灯光等等演出一部上演了很久的戏时，每一次演出都是独具一格的艺术品。在中国的古典戏剧里，标准的脚本都很长，而且都是观众所熟悉的，往往只演出折子戏，因为观众对戏词都心里有数，他们主要是来看某些演员的表演"；"同样，我们的古典戏剧，特别是莎士比亚戏剧，成了我们评定演员的基础：我们看《哈姆雷特》已无数次了，因为我们都想看看斯科菲尔德的哈姆雷特同吉尔古德、伯顿、奥托尔等等的哈姆雷特有什么不同"。② 看来，他对中国戏

---

① 引见《史记·滑稽传》第十册，中华书局 1959 年版，第 3201—3202 页。
② ［英］马丁·艾思林：《戏剧剖析》，罗婉华译，中国戏剧出版社 1981 年版，第 83—84 页。

曲观众是相当了解的，这与戏剧本身强调抒情、强调歌舞有很大关系；同时，观众对演员表演的欣赏也并不局限于戏曲，表演之美应是戏剧美的一个共同因素，这即在于演员的表演总是"一种流动的因素"，一个剧本只有靠演员表演出来才能完全复活，而每一场表演都将赋予同样剧本以新的生命。比如演员的临场发挥、不同演员的不同处理等都会在这里起作用，因而它们对于观众而言就会产生新的刺激与兴趣。

即便是同一类型的戏剧，表演之美的形式与内容不一样。歌剧主要是以悦耳的歌曲与音乐取胜；舞剧则是以优美的舞姿叙述故事，传达情感，打动观众；戏曲又兼取众长，以精湛的"唱、念、做、打"的表演显示其特色；话剧似乎没有什么表演之美，其实不然。话剧重在强调表演的生活真实，让观众在不知不觉的艺术欣赏中走进戏剧的真实。这对一个话剧演员来说并不容易，他在舞台上的每一个动作既是生活的，又是艺术的，不具有一定的表演基本功显然不行。格罗托夫斯基所倡导的"贫困戏剧"，即是把戏剧艺术的重点放在演员的身体动作上，对演员表演提出了更高要求。早在 18 世纪，法国著名话剧演员克莱隆（1723—1803），她的演技确乎达到令人惊叹的水平。据说她专门研究过人脸解剖学，掌握了表演各种感情时必须牵动哪几块肌肉的纯技巧，她可以坐在那里一句话不说，只用自己的脸就可表达诸如爱、怒、恨、嫉妒、哀怨、痛苦、仁慈等不同的感情和这些感情的种种不同的细微变化。在《谭克莱达》一剧的演出中，人们看到她"在几个刽子手的牵引下，闭着双眼，两腿微曲，两手无力地垂在膝上走过舞台的情景"，听到"她在看到谭克莱达时的惊叫"，连狄德罗也抑制不住内心的激动而向伏尔泰惊呼这种"不说话的表演之激动人心，有时竟能达到雄辩艺术所不能企及的程度"。[①] 这种表演之美，在戏剧诸美因素中的确占有突出地位。

即便是同一类型的戏剧，在表演之美上也是奇葩竞放，各有千秋。就拿中国戏曲——京剧来说吧，它虽同属戏曲表演体系的范畴，但表演风格

---

① 参见《戏剧学习》1980 年第 2 期。

上却是个性鲜明。梅（兰芳）派表演端庄、规范，唱腔自然流转，甜美大方；程（砚秋）派表演如行云流水，讲含蓄，重内心，动静合度，尤以水袖表演艺术的倏忽变化见称于世；苟（慧生）派表演深刻细腻，性格鲜明，出神入化，唱腔柔媚低回，丰韵传情；商（小云）派表演则重豪爽、多英姿，与他那奔放跌宕、刚健婀娜的唱腔艺术交相辉映。此外还有所谓马（连良）派、谭（鑫培）派、麒（周信芳）派、余（叔岩）派、裘（盛戎）派、张（君秋）派、盖（叫天）派、海（袁世海）派等，各派所具有的独特表演之美，的确为中国观众引以为豪。

　　戏剧表演讲究变化，同一个剧本、同一个人物，你演我演就不一样，这也是戏剧表演美的一大特色。李渔说："仍其体质，变其风姿，如同一美人，而稍更衣饰，便足令人改观，不等变形易貌，而始知别一神情也。"[①]他说的"体质"是喻指剧目、角色等不变因素；"丰姿"喻指表演。表演应像美人的衣饰一样，稍有变化就能给人"别一神情"的美感。当然，戏剧表演之美的种种细微变化，这里说不完道不尽。不过，即使从世界范围来看，戏剧表演之美仍是在变化中有统一，统一中有变化。这样，如果有了对戏剧表演之美整体上的把握，那么对于那些在整体统一下的变化，我们就不难掌握了。

　　在当今世界剧坛，人们对戏剧表演之美往往是从整体上划分为三大表演体系，即斯坦尼斯拉夫斯基体系、布莱希特体系与中国戏曲体系。下面，我们便对这些不同体系的表演之美作一个简括介绍。

　　斯坦尼斯拉夫斯基是19世纪下半叶俄罗斯最伟大的戏剧家，由他所创造的话剧表演体系是从体验创作过程到体现创作过程的全面总结，是西方"体验派"表演体系的代表。

　　自然，斯氏表演体系最突出的审美特点便是表演的体验性，即要求演员不是在舞台上表演，而是在那儿生活。舞台就是现实世界，演员和角色合二为一，演员与角色之间要连一根针也放不下。也就是说，要完全"进

---

　　① 李渔：《闲情偶寄》，浙江古籍出版社1985年版，第66页。

入角色"，充分体验角色个性，演员在舞台上只是凭着天性的自然规律，自然而然地去进行创作。同时，不仅要演员与角色合二为一，还要求用各种方法使演员与观众打成一片，没有什么距离，观众似乎不是在看戏，而是观看他们身旁的生活。在斯氏表演体系里，须消灭"剧场性"，唯有活生生的人和活生生的生活，并坚持强调舞台上的"第四堵墙"。"第四墙"理论，虽非斯氏所创，但在斯氏体系里得到了最好发挥与运用。它认为舞台大幕也是一堵不可逾越的"墙"，这堵墙永远关着，对演员不透明，但对观众却是透明的。演员只管在台上生活，完全不必考虑是在给观众做戏，观众则是墙外的窃听者和从"钥匙眼"里偷看这一切的见证人。

在斯氏的表演美学里，精神的美感压倒一切，而艺术的美感则是精神美感所带来的一种不易察觉的享受，正像我们平常直接感受生活美那样感觉到戏剧美。

布莱希特是 20 世纪上半叶德国最伟大的戏剧家，他以废除话剧的"第四堵墙"，充分发挥剧场性，并造成演员与观众、演员与角色一定的"间离效果"——破除生活幻觉的理论与实践，形成了举世瞩目的"表现派"戏剧表演体系。

布氏体系最明显的审美特点是"间离效果"，即是让观众与演员都不要过于感情用事，不要失去理智，而要保持一定距离。演员决不要去创造生活幻觉，演员就是演员，其主要职业就是以清醒的头脑去领会剧作家说的话，认识剧中的生活与现实中的生活，从而艺术地运用自己的身体和技巧，向观众叙述一个角色。布莱希特在他的《表演艺术的新技巧》中说："一切感情的东西都必须表露于外，这就是说，把它变成动作。演员必须为他的人物感情冲动寻找一种感官的外部的表达，这种表达尽可能是一个能够泄露他内心活动的动作。……表情的特殊优雅、有力量和妩媚能够产生令人震惊的效果。"[①]  要达到这种"震惊的效果"（布氏亦谓之"陌生化

---

① 转引自陈幼韩《戏曲表演美学探索》，中国戏剧出版社 1985 年版，第 241 页。

效果"），就得需要演员从斯氏"生活的幻觉"中走出来，突破生活现实的极限，从生活向艺术升华，注重艺术的表现。

因而在布氏的表演美学里，我们首先感受到的是演员对角色主观剖析式的艺术表现。布氏要求演员的"任何一个动作都要在排练过程中经过多方设计、反复推敲、精雕细刻而后确定下来。既经确定，则不许随意改动，即使一个动作，它已经是艺术整体中一颗最合适的珠子，毁坏了它，就要使某一个艺术环节失去光彩。可以说，布莱希特是戏剧艺术的雕刻家"。①

中国戏曲体系是千百年来无数戏剧艺术家长期摸索形成，大约从公元前2世纪起，历经角抵、百戏、歌舞、说唱的发展演变，于14世纪逐渐达到成熟。从表演与生活的关系而言，斯氏体系是极力创造"生活幻觉"，布氏又是极力打破"生活幻觉"，作为中国戏曲体系呢？则是既重视"体验"，又特别强调"表现"的一种特殊的东方歌舞式表演体系。

黄佐临先生曾将我国戏曲特点概括为：

（1）流畅性：它不像话剧那样换幕换景，而是连续不断的，有速度、节奏和蒙太奇。

（2）伸缩性：非常灵活，不受时空限制。

（3）雕塑性：话剧是把人摆在镜框里呈平面感，戏曲却突出人，呈立体感。

（4）规范性：亦程式化，有约定俗成的表演形式。

以上为戏曲艺术的外部特点，其内部特征就是反映生活的写意化，即重神似不重形似。②

从以上概括看，中国戏曲的表演仍是侧重于艺术表现的。事实上，布氏体系也正是从中国戏曲艺术里得到启发。1935年布氏在莫斯科看了梅兰

① 《戏剧学习》1979年第2期。
② 参见黄佐临《梅兰芳斯坦尼斯拉夫斯基布莱希特戏剧比较》，《戏曲美学论文集》，中国戏剧出版社1984年版，第40—56页。

芳的访问演出，于 1936 年写了一篇《论中国戏曲与间离效果》的文章，盛赞梅兰芳和中国戏曲艺术，说他多年追求的境界在梅兰芳那里得到实现。但中国的戏曲，不仅有一整套完整的艺术表现的理论与实践，同时也从未忽视演员对角色的自身体验。中国戏曲的审美理想，既要有生活本色的美，又要有艺术变形的美，正如中国戏曲圈内行话所说："不像不是戏，真像不是艺术。"

## 三　传奇之美

大凡美的事物均富有特征，简单的、粗俗的和雷同的东西从来都不会引起人们的美感。从审美学的角度讲，愈是富有特征的事物，也就愈能满足人们追求新颖奇特的鉴赏心理。此种美感享受，可以称为传奇之美。

"奇"之为何？亦即特异、超常之谓也。人们把"奇"看成是美的一个重要因素，在我国已由来已久。早在先秦时期，庄子在他的《知北游》中就明确地说："是其所美者为神奇，其所恶者为臭腐。"此后，"神奇"之为美一直成为人们的一条重要审美尺度。毫无疑问，传奇之美在艺术领域里同样也普遍存在，并不为戏剧所独具，但我们这里把它作为戏剧美的一个特点提出，在于戏剧传奇之美已不同于其他任何传奇之美，已具备与众不同的鲜明个性。

"传奇"这个词，在我国古代曾作为小说和戏剧的特别称谓甚为流行。唐宋时期，出现了不少情节奇特、神异的文言短篇小说，如《南柯太守传》《李娃传》等，"传奇"便成了小说的代名词。它的最早出现，见于唐代裴铏编撰《传奇小说集》书名。然而，后代的说唱和戏剧又多以唐宋传奇小说的内容为题材，这样宋元戏文，诸宫调，元人杂剧，明清戏曲等也常常称之为"传奇"。看来，传奇在我国古代主要是作为叙事文学情节的一个审美要求提出的。

如果传奇之美在小说中是指情节的奇特与神异，那么它在戏剧艺术里的表现则最为彻底和最为明显，以至于成为戏剧艺术最为基本的审美特征之一，这与戏剧凭借真人表演的特殊媒介分不开。爱尔兰现代作家叶芝说："一切艺术分析到最后显然都是戏剧，这就是我为什么喜爱戏剧的原因。"① 这里所说的"戏剧"，前后的含义自然不一样，后者明显是指通常含义的一种文艺体裁，前者即是指一种新鲜有味的传奇因素。正是这种传奇因素，构成了一切艺术的基本内涵；离开这种内容，那么艺术也就不存在了。同时，叶芝之所以用"戏剧"这个词来说明这一基本内涵，也包含了戏剧这一体裁是集中地、突出地体现了这一特色。

由于戏剧所运用的独特媒介，剧作家在创作剧本的时候就不得不受到舞台演出的局限——根本不可能像小说作家那样无所束缚地叙述故事——但同时也因此使戏剧传奇之美更为集中和更为强烈，表现出极大的审美感召力。

舞台尽管有大有小（据说世界上最大的舞台也不过是 37 米 × 23 米，高 40 米，开口宽度 22 米），其空间毕竟十分有限。而且，演出时间也必须有所控制，拿我们现在的欣赏习惯说，小戏一般在一小时内为宜，大戏则不要超过 3 到 4 小时。戏剧为了适应舞台的演出，就必须把纷纭复杂的人物、事件集中到一个或几个场面中来。人物、线索、场景、道具等都要高度集中，因而也就决定了戏剧在剧情发展上常常表现为急剧变化、起伏跌宕、新颖独特的传奇之美。

英国现代戏剧界权威尼柯尔教授在谈到戏剧情节的特点时指出："……戏剧家经常利用一些可导致情绪上与心理上发生震惊的意外成分，而这些成分确是戏剧家构思情节的基础。……的确，我们几乎愿意说（而在这点上，我们又要接近于亚里士多德的理论了），在任何一出戏里，大小震惊安排得越巧妙，越有力，这出戏就越富于强烈的戏剧性。如果说，一出戏没有观众与演员，可能是不可思议的；但一出戏如果没有以精心设计的许多情境为主要基础，同样也是不可思议的。那些情境（不同于叙事体小说所需要的情境）设计之用意，则是凭借其奇异性、特殊性与不落俗

---

① 《外国现代剧作家论剧作》，中国社会科学出版社 1982 年版，第 43 页。

套进而感染、刺激和震动观众。"① 这里，他特别强调了戏剧情节必须要令观众产生许多的"大小震惊"，这种能引起震惊的东西就是情节的"奇异性、特殊性与不落俗套"。早在尼柯尔之前我国清代著名戏剧理论家李渔也谈到了同样的见解："人惟求旧，物惟求新，新也者，天下事物之美称也。而文章一道，较之他物，尤加倍焉……古人呼剧本为传奇者，因其事甚奇特，未经人见而传之，是以得名，可见非奇不传。新即奇之别名也，若此等情节业已见之戏场，则千人共见，万人共见，绝无奇矣，焉用传之？是以填词之家，务解传奇二字。"② 看来，他们都谈到戏剧情节的"新"与"奇"，而"新即奇之别名"，那么，戏剧的传奇之美也便更为突出。

如果再具体分析，戏剧的传奇之美有如下三项内容：（1）急剧变化；（2）奇巧迭出；（3）新颖独特。

戏剧观众要求剧情始终不断地向前推进，这样才能使观众在嘈杂的剧场中坐下来进入屏息注意的鉴赏状态，品味着剧情的急剧变化将给我们种种不可预期的新奇美感。剧情的急剧变化是靠什么力量来推进的呢？就是强烈的戏剧冲突，冲突双方又是靠什么力量来推进的呢？还是强烈的戏剧冲突，而且冲突的双方又是不断地迫近和撞击，这样剧情的发展就不可能是那样平平稳稳的了。就拿《玩偶之家》来说，如果写成小说，恐怕要从海尔茂如何同一个与他性格很不相同的娜拉结婚写起，然后再一步步展开两人结婚后的种种矛盾纠葛，直至最后决裂。可剧作家在开幕之时就将人物推到了戏剧冲突的激烈旋涡之中——海尔茂即将接任银行经理，娜拉在此之前为治疗丈夫的病曾伪造签名筹借了一笔款，而此时的债主即将失去银行职位，海尔茂却出于自己的名声对娜拉曾伪造签名一事加以要挟——冲突的双方一开始就剑拔弩张，促使观众立即入戏，此后则是悬念迭起，

---

① ［英］阿·尼柯尔：《西欧戏剧理论》，徐士瑚译，中国戏剧出版社 1985 年版，第 39—40 页。

② 李渔：《闲情偶寄》，浙江古籍出版社 1985 年版，第 8—9 页。

异彩纷呈，最后娜拉的出走更是观众并无准备的急剧变化。在短短的三小时内，观众始终都处于高度紧张颠簸中。阿契尔在《剧作法》里，谈到剧情的这个特点时说："戏剧的实质是'激变'，也许是我们所能得到的一个最有用处的定义。一个剧本，在或多或少的程度上总是命运或环境一次急剧发展的激变，而一个戏剧场面，又是明显地推进着整个根本事件向前发展的那个总的激变内部的一次激变。我们可以称戏剧是一种激变的艺术，就像小说是一种渐变的艺术一样。"[1] 把戏剧称作"激变的艺术"，的确是深中肯綮的见解。

翻开中外戏剧史，可以发现剧情的急剧变化往往是那些优秀剧作造成鲜明传奇之美的共同特征之一。无论古希腊戏剧或莎士比亚、莫里哀的作品，或是我国关汉卿、王实甫，以及田汉、曹禺的剧作等都不约而同地遵循了这一法则。

传奇之美与巧合似乎也是一对孪生姐妹。有奇必有巧，有巧必有奇。古人云："无巧不成书"，在戏剧中更是如此。我国的戏曲，最善于利用奇巧的因素来编织剧情。《梁山伯与祝英台》，女扮男装，《乔老爷奇遇》，男扮女装，《秋胡戏妻》，夫妻不识等，尽反其常，焉得不奇？巧合的例子就更多了，《十五贯》里，尤葫芦被盗走的铜钱是十五贯，熊友兰为东家出差，身带铜钱恰恰也是十五贯。两个十五贯碰到一起，遂成冤狱。元杂剧《秋胡戏妻》中，秋胡从军十年，衣锦荣归，路过桑园，巧遇其妻。如果此时双方认了出来，就没有"戏妻"之戏了。于是作者在巧合之后再加误会，双方都以路人目之。这样，一场令人忍俊不禁的"戏妻"讽刺喜剧便得以展现在我们面前。巧中有奇，奇中有巧，再加上误会，更是奇中有奇，奇巧迭起，从而构成了趣味横生的传奇之美。

传奇之美还须具有新颖的品格。李渔说"新即奇之别名"，这是很对的。一件精美的艺术品，我们常以"新奇"谓之。无"新"也便无所谓"奇"，有"奇"又必定是"新"的。即以爱情题材的戏剧为例，古往今

---

[1]　转引自姚桂林《漫谈写戏》，花城出版社1986年版，第11页。

来那些久演不衰的名作，总是同而不同，同中有异，从而表现出新颖独特的风采。一部《西厢记》，以其"白马解围"一事为主线牵引出张君瑞与崔莺莺曲折动人的爱情故事，表达了"愿普天下有情的都成了眷属"的理想追求。白朴《墙头马上》，却是塑造了一位个性异常鲜明的李千金形象。李千金较之《西厢记》中的崔莺莺以及后来的《倩女离魂》中的倩女在反抗封建礼教、追求婚姻自主这一点上，不仅显得更为大胆泼辣，而且与封建礼教的抗争也更直接激烈。剧作家为她设计的情节的确是独具特色的：当李千金与裴少俊邂逅，即主动约请裴幽会后花园，待事发后，毅然拒绝李嬷嬷为她设计的"且教这秀才求官去，再来接你"的解决办法，而是抱着只要达到她那"招得个风流女婿"的心愿，宁可和裴一起私奔。这样的情节，在当时是需要强烈的民主胆识才可能写出的，因而也便显得很难得。莎士比亚的《罗密欧与朱丽叶》，却又是一出异常新颖的爱情悲剧，作者将罗密欧与朱丽叶的爱情放在新与旧、明与暗、善与恶这样一个广阔的背景上来展现，并表现出前者必胜的美好心愿。故事虽是一个悲剧，但又时时充满喜剧气氛，使悲剧因素与喜剧因素交织在一起，这样就进一步增强了剧作的新颖性。如此等等，无法一一列举。

　　总的说来，戏剧的传奇之美与戏剧的特殊媒介有关，并在与其他艺术形式的比较中显示其特征，同时也是观众的特殊要求。戏剧是一种直观艺术，它是一次性的，演员的表演与观众的鉴赏同时进行。观众在看戏过程中，不可能像读小说、散文那样断断续续、反反复复地品读，更不能倒过来看。如果想让戏剧能顺利地根据既定的次序一场场地演下去，就不得不注意传奇之美。

## 四　综合之美

　　没有哪一种艺术能像戏剧这样兼取其他众多艺术之长融为一体，鲜明地表现出博大精深、多样丰富的综合之美。歌德曾给一个青年分析戏剧美感因素时说：在看戏的时候，"一切在你眼前掠过，让心灵和感官都获得享受，心满意足，那里有的是诗，是绘画，是歌唱和音乐，是表演艺术，而且还不止这些哩！这些艺术和青年美貌的魔力都集中在一个夜晚，高度协调合作发挥效力，这就是一餐无与伦比的盛宴呀！"① 歌德的这番话，也便形象地说明了戏剧综合之美的特点。

从广义上讲，所谓"综合之美"，是两种以上美的事物有机融合而构成一种新的美感对象。比如建筑，它融合了绘画、雕塑等艺术门类的特点，因而我们称建筑为综合艺术。我们说戏剧为"第七艺术"，意即戏剧是在诗歌、音乐、绘画、雕刻、建筑、舞蹈等六种艺术基础之上发展起来，至少综合了以上六种艺术美感特长。鉴赏戏剧，难道我们的审美不是一种全方位的立体感受吗？戏剧所塑造的舞台形象，它不像绘画只作为一种视觉艺术而存在，也不像音乐只作为一种听觉艺术而存在，更不像文学主要作用于读者的心理想象；它不仅存在于一定的空间之中，也存在于一定的时间之中，是需要鉴赏者调动视觉、听觉、触觉、味觉等多种官能去感受的一种艺术。

戏剧兼取其他多种艺术的特长，它们在戏剧艺术中究竟又各自发挥怎样的审美效应呢？

戏剧对文学的采撷很明显，这主要体现在剧本上。尽管一出戏剧的演出是否需要剧本，目前还有争议，历史上也的确出现过没有剧本的戏剧演出，如意大利的即兴喜剧，中国早期的"幕表戏"等，但我们必须正视这样的事实：剧本文学作为四种基本的文学体裁之一已经为人们广泛接受了，而且世界各国都有大量优秀的剧本文学流传下来，供人们阅读鉴赏；同时，作为经典性的戏剧演出，几乎都有剧本作为基础。

文学的基本手段是语言，或是口头的，或是文字的，戏剧的文学性既体现在文学剧本上，也体现在演员的口头语言表演上。剧本作为文学的体裁之一，已为戏剧演出提供了文学性的基础。剧本中的语言构成，可以分为舞台提示和人物台词两大部分。舞台提示主要是对人物动作以及舞台布

---

① ［德］爱克曼辑录：《歌德谈话录》，朱光潜译，人民文学出版社 1978 年版，第 86 页。

景等的说明，不通过演员的口头语言表达出来，它的文学性主要体现在剧本中。请看话剧《屈原》第四幕作者对屈原的一段上场说明：

> 屈原由左首登场，冠切云之高冠，佩陆丽之长剑，玄服披发，颜色憔悴，与清晨在橘园时风度，判若两人，颈上套一花环，为各种花草所编织，口中不断讴吟，时高时低。步至桥头略略停脚，欲过桥，但又中止，仍沿着濠堤前进。

这种文学韵味很强的舞台提示，我们在阅读剧本的时候会时常碰到，也能给人们以想象回味的余地。至于人物台词的文学意味更为明显，有的人物台词就是形象精辟的议论，有的甚至是意境优美的诗句。古希腊悲剧和莎士比亚的戏剧被人们看成是诗剧，这与人物台词的诗化不无关系。我国戏曲对诗美的吸收，这里不再细说。

戏剧综合之美的另一重要表现是对造型艺术的广泛融入。造型艺术是指在二维或三维空间塑造有具体形体的视觉形象的艺术样式。在戏剧中，它包括演员的表演以及布景、道具、灯光、服装和化妆等，都含有造型艺术的成分。

演员表演的造型艺术主要体现在舞台雕塑之美上，这就是人们常说的舞台行动里的"亮相"——演员在演出中为追求特殊的舞台效果稍作停顿，形成一个静态的造型画面——它就像雕塑一样，能起到对主旨情感强化凸现的作用。不过，即使在演员的动态表演流程中，仍然带有造型艺术的成分，静态的造型与动态的造型，它们在造型美的追求上应是一致的。

布景、道具、灯光、服装和化妆等成分，我们一般把它们统称为"舞台美术"。焦菊隐先生谈到舞台美术的作用时说："……一切为了表演，为了刻画人。舞台美术家的任务就是服从于这个。"[1] 可见，舞台美

---

① 《焦菊隐戏剧论文集》，上海文艺出版社 1979 年版，第 205 页。

术是从属于演员的表演艺术，是为演员塑造舞台形象服务的。比如，化妆与服装，都是人物外部造型的有机部分，是演员创造舞台形象不可缺少的辅助成分。布景作为戏剧空间的构成因素，主要是为人物展示具体的活动场景，同时也可以烘托人物性格、渲染舞台气氛。道具常用来帮助演员表演动作，或成为环境陈设的一部分，甚至可能作为戏剧内容的一个重要写实物而存在。灯光则是戏剧的命脉，它不仅是创造舞台环境、烘托舞台气氛不可或缺的造型手段，也是表现舞台人物思想性格的方法之一。

戏剧对造型艺术的吸收是广泛的，但种种造型成分都要服从于舞台主体形象——人物形象，这才是戏剧造型美的主要内容。

音乐美在综合之美中同样不可忽视，尤其是在歌剧、舞剧和戏曲中，音乐美便成了这些剧种是否存在的关键，往往是塑造舞台形象直接的和主要的艺术手段。音乐与形象，两者和谐地交融在一起，音乐借助形象更为优美、传神，形象凭借音乐又更为丰满、充实。在戏曲观众中，有一种值得我们注意的说法，他们讲"看戏"往往是讲"听戏"的。另外，人们对京剧艺术流派的区分，也往往是基于唱腔的不同风格来划分。看来，主要作用于听觉的音乐美在戏曲中占据着多么重要的地位。歌剧本身也就是一种音乐存在的形式，舞剧是载歌载舞的，离不开音乐的节奏。这几种戏剧形式，音乐美几乎成了综合之美中的"第一美"。

话剧对音乐美的借用最为常见的是作为背景"伴奏"来出现，借以渲染、烘托某种气氛与情绪。特别是在一些抒情性的剧目中，这就更为普遍了，焦菊隐导演的《蔡文姬》就是突出例子。这出戏，围绕《胡笳十八拍》音乐素材加工成的音乐，一直作为主旋律来贯穿整个戏剧，或是有音乐伴奏的《胡笳诗》的演唱，或是幕后合唱，或是主人公自行弹唱。这种音乐美的加入，渲染烘托的作用十分明显，同时对剧情也有一定的揭示作用。又如在曹禺《王昭君》第二幕中，主人公面对汉元帝和呼韩邪在胡管的伴奏下唱起《长相知》，此时音乐美则成了演员动作的一个部分，并非只是一种普通的音乐伴奏了。

戏剧综合之美，它所包括的内容十分广泛，这里也没有必要一一去说它。我国导演黄佐临先生说，话剧的综合之美有如下七种成分：哲理成分、心理成分，文学成分、绘画成分、演技成分、舞蹈成分和音乐成分。① 事实上，话剧作为一种综合艺术也不止这几种，再诸如雕塑成分、服饰成分、灯光成分等。无可怀疑的是，戏剧的的确确是一种综合的美学工程，在众多的艺术形式中，唯有戏剧容纳了如此之多的各门艺术的特长，并把它们巧妙地组织成一个浑然的整体。马丁·艾思林认为："戏剧是最具有社会性的艺术形式：就它的性质本身来说，是一种集体的创造；因为剧作家、演员、舞美设计师、制作服装以及道具和灯光的技师全都做出了贡献，就是到剧场看戏的观众也有贡献。"② 这应是能为我们所接受的观点。

问题是，我们之所谓"综合之美"，是否就是把其他艺术的一些特点拉来凑合在一起呢？当然不是。戏剧的综合之美，应该是各种艺术成分组成了一种经过有机融合而达到高度统一的内在结构；此时，其他艺术成分尽管还可能保持着它的一些特点，但它们已不再是作为一种独立的美的形态出现了，而是服从于演员表演之美这一中心，从而构成戏剧这门独立的艺术。演员的表演之美在戏剧诸美中应始终处于首要地位，其他都得从属于此；否则，不仅会取消戏剧的综合之美，而且其他艺术本身也不存在了。比如《蔡文姬》第三幕，当蔡文姬昏昏欲睡进入梦境时，全场切光，一片漆黑，再是用微弱的中蓝光与粉光对比的闪光，使文姬入睡的身影隐隐闪现出来。这时舞台上又出现她梦境中逃难人群的场面，灯光则又是八条彩色光柱从舞台地板上向人群交叉横扫，光柱只扫射人们的腿部。显然，灯光在这里的审美效果是很突出的，观众觉得这里的灯光处理之所以美，也即在于前者闪光较好地烘托了主人公迷离恍惚的心境，后者光柱横扫又造成了兵荒

---

① 参见黄佐临《导演的话》，上海文艺出版社 1979 年版。
② ［英］马丁·艾思林：《戏剧剖析》，罗婉华译，中国戏剧出版社 1981 年版，第 27 页。

马乱的战火中的气氛。如果一旦离开演员表演的这一具体情境，闪光也好，光柱也好，只能给人一种支离破碎的感觉，还有什么美的意义呢？

美的对象具有不可分割性，美是一个整体。戏剧综合之美，综合不过是一种方式，美才是它具体存在的形态。黑格尔说过："戏剧无论是在内容上还是形式上都要形成最完美的整体。"① 雨果也曾指出："美不过是一种形式，一种表现在它最简单的关系中，在它最严整的对称中，在与我们结构最为亲近和谐中的一种形式。"② 只有理解了这一点，我们才能正确理解戏剧综合之美。

戏剧综合之美的各因素也不是半斤八两地平均加入，在不同的剧种和不同的剧目中各有侧重。如前所述，在舞剧、歌剧和戏曲中，音乐的成分在众多辅助成分中就占据首要地位，而话剧音乐成分则退居非常次要的位置了。然而，各种艺术成分在戏剧中谁多谁少这都不是主要的，对于我们戏剧接受者来说，关键在于要能从整体上去把握戏剧的综合之美，孤立地欣赏舞台布景的美、演员服饰的美，这是没有意义的。著名哲学家笛卡儿曾这样高度赞扬法国古典主义的艺术美："这种美不在某一特殊部分闪耀，而在所有各部分总起来看，彼此之间有一种恰到好处的协调和适中，没有哪一部分突出压倒其他部分，以致失去恰到好处的比例，损害全体结构的完美。"③ 这一段话，对于我们如何认识戏剧综合之美具有很好的启示意义。

# 第八节　绘画艺术的一次重要革命④

中国绘画艺术和西方一样，过去很长时间都是追求逼真再现。自东晋顾恺之提出"传神论"的主张，中国绘画界便不再以模拟再现自然物像为

---

① ［德］黑格尔：《美学》第 3 卷下册，朱光潜译，商务印书馆 1981 年版，第 240 页。
② ［法］雨果：《克伦威尔·序》，柳鸣九译，《世界文学》1961 年 3 月号。
③ 转引自朱光潜《西方美学史》上卷，人民文学出版社 1979 年版，第 185 页。
④ 本节原载《湖南文理学院学报》（社会科学版）2005 年第 3 期，中国人民大学报刊复印资料《造型艺术》2005 年第 4 期复印转载。

能事，而是"外师造化，中得心源"，朝着写意表现方向发展。然而，不论绘画艺术如何拓新，其改革方式基本上是基于材质和技法方面，因而有水粉、油画、版画、水彩等说法。莫道宏提出"资讯绘画"观及其实践，虽然也涉及材质和技法的改革，但主要则是基于"绘画为何"这个根本性的问题。

绘画为何，这在过去是不容讨论的。不过，随着近些年改革开放的推进，虽然我们不再提文艺为政治服务，但文艺究竟为何却往往又使人显得搔首踟蹰——资讯绘画——则较好地解决了我们的这一疑虑。不论是何一画派或画种，也不论作者属哪一个国度或政党，绘画首先都应该给人以资讯，给人以美感，并能反映出地球村人的希冀。从这个意义上讲，资讯绘画也即人本范畴，这与我们此前提出的人本文学的美学本质是相同的。不过，莫道宏的绘画实践则要比文学作家更为自觉，态度也更为鲜明，它的影响还会与时俱增。

莫道宏把资讯绘画创作归结为四种基本理念，即和谐的目标、自由的思维、兼容的风格和解构的手段。照此看来，这都属人本的诉求。19世纪德国新教育的奠基者福禄培尔认为"人的一切欲求都是三个方面的"，第一是宗教的，第二是自然观察的，第三即是自我表现、自我发展和自我观察的。这三个方面，虽然都是属于人的教育，但第三种则更属于艺术的起点。故福禄培尔又说："这第三种表现，即表现人的内心的一面，表现人本身，便是艺术。"① 而这正是莫道宏绘画所要张扬的东西，它可能是原始的，但却是本质的。譬如，他之题为《灵》的这幅画，给人的资讯不仅多维，而且还可能是作者某种灵感闪烁出的神气星光。乍一看来，它似乎是远古人的化石，风化剥落，面容可认。这人头大脸方，眉骨竖立，额广颔宽，分明透露出一种威严，一种蔑视，一种果敢，一种雄健，一种凶狠；从他的狮子鼻骨，又能察得神志之躁静，应为忠厚贤良。画题之为《灵》，

---

① 参见［德］福禄培尔《人的教育》，孙祖复译，人民教育出版社2001年版，第182—185页。

《靈》者，神巫也；画者不用简写"灵"，应更有寻味之处。王国维释曰："群巫之中必有象神之衣服、形貌、动作者，而视为神。"① 画中人曾经是跳舞降神的楚之巫吗？我们知道，楚人确谓跳舞降神的人为巫，而巫神可通，人神能修，从而表明作者对中华民族的敬仰与礼赞。"灵"，繁体为"靈"，其造字形状和此画又有某种相融之处，因而我们以为人神能修的理想就不是一种随意的猜测了。

阎正说莫道宏的探索"即在于以神奇的色彩及全新观点演绎他心中的神话"，"画种的定位反而不重要了"。② 我们基本同意这个观点。事实上，莫道宏所要倡导的这场革命其意义也正在这里。"他心中的神话"，即在张扬人本。"资讯绘画"画种之所以成为一个问题，又正是作者要努力打破的东西，譬如用什么笔？用不用笔？用什么颜料？如何透视构图？等等，一切都要服从于人本的表达。从本次发表的《梵》、《邈》和《靈》这几幅作品看，③ 作者所要表达的内心世界又是何等深沉幽邈，何等丰厚孕大，故而单一水墨或油彩及其传统的空间透视法等自然捉襟见肘，必须打破。从某种意义上说，莫道宏也即"靠媒介来思索，来感受；媒介是他的审美想象的特殊身体，而他的审美想象则是媒介的惟一的特殊灵魂"。④

20世纪初，毕加索《阿维农的少女》将不同视点所看到的人体的不同侧面同时展示在一个平面上，曾被誉为立体主义的第一幅作品。那么，莫道宏的这些实践，又是否应属于第一次呢？

## 第九节　走向本真

### ——休闲文学及其鉴赏

"休闲文学"这个题目，至今大家应不陌生。它第一次在中国文坛出

---

① 王国维：《宋元戏剧考·上古至五代之戏剧》。
② 阎正：《神奇色彩与神话现实》，《湖南文理学院学报》（社会科学版）2005年第3期。
③ 莫道宏：《梵》、《邈》、《靈》，《湖南文理学院学报》（社会科学版）2005年第3期。
④ 鲍桑葵：《美学三讲》，商务印书馆1983年版。

现，当从近 20 年前公开发表的《悄然勃兴的休闲文学》① 开始，张炯、童庆炳、陆贵山等学者均曾对此发表文章展开讨论，后被全文收入《新华文摘》、《中国人大复印报刊资料》、《2000 年中国文学年鉴》 等重要传媒，得到大家广泛认同。

然而，休闲文学发展与研究还不能完全适应目前我国物质文明、精神文明和政治文明的建设要求，仍需要我们对其进行深入研究。

## 一　休闲文学勃兴之概要

1. 休闲文学发展与勃兴的背景。

休闲文学是如何发展起来的呢？我们先得从生活的变化谈起。

当人类文明发展至 21 世纪初叶，休闲已成为我们日常生活中必不可少的一部分。古人说，"闲居静思则通，闲居可以养志。"也就是说，休闲可以促进我们的学习与工作。这一价值观念，已逐步成为今人广泛的共识。可以预期，随着社会物质文明的日益进步，人类还会迫切需要有更高质量的生活来实现人的全部价值。恩格斯指出："人不仅为生存为斗争，而且为享受，为增加自己的享受而斗争……准备为取得高级的享受而放弃低级的享受。"② 而休闲，正是现代人注重"享受"的重要内容。养花、养鸟、郊游、听歌、品茶、按摩等，莫不是人们特别喜爱的休闲活动。

文学作为生活的真实反映，面对生活的这一变化，当然不能熟视无睹，而应当主动去表现人们的这一生活。于是，侧重以表现人们休闲为题材的作品，即便具备了构成"休闲文学"的前提。这是我们对"休闲文学"的第一层次理解，休闲文学——写休闲。

然而，写休闲还并不是休闲文学发展与勃兴的充分条件。因为，即使在过去，特别是在经济基础极为薄弱的原始社会，人类同样也开展一些简单的休闲活动，相应地也有为数不多的休闲文学作品流传下来，请看《尚

---

① 魏饴：《悄然勃兴的休闲文学》，《文艺报》2000 年 4 月 25 日。
② 《马克思恩格斯选集》第 4 卷，人民出版社 2012 年版，第 518 页。

书》所保留的作品：

卿云歌

卿云烂兮，

礼缦缦兮。

日月光华，

旦复旦兮。


基本是对自然景色的欣赏。又如：

夏人歌

夏人饮酒，醉者持不醉者，不醉者持醉者，相和而歌曰：

盍归乎薄？

盍归乎薄？

薄亦大矣。


写几个以饮酒为乐者还想到汤国首都——薄——再洒脱一回。

休闲文学虽古已有之，但它却一直未能引起人们的广泛注意，处于被冷落位置。原因有三：第一，由于物质水平低下，普通劳动者根本就谈不上休闲；第二，受我国传统文艺思想影响，文学需要突出道德教育功能，甚至把文学创作与治国大业联系起来，休闲文学自然没有地位；第三，在我国漫长的黑暗社会里，统治者一直以"人治"来愚弄人民，"三纲五常"、"三从四德"等封建枷锁紧紧地捆住民众，根本就不能讲什么休闲，唯求生存。

以上第一点属经济基础问题，是休闲文学不能得到充分发展的前提；第二点、第三点属文艺思想与路线方面的问题，与政治制度密切相关，也是休闲文学能否得到发展的一个关键。可知，休闲文学的发展须借助于高度的政治文明与物质文明的"温床"才能得以真正的繁荣，乃是一定物质文明和政治文明共同作用的结果。

基于以上分析，我们再来观察一下中国的现实状况，也就不难理解休闲文学之所以在近些年悄然勃兴的适宜背景。

物质文明——经济保持中高速增长，总量名列世界主要国家前茅。

政治文明——中国共产党明确倡导"以人为本"。

2. 休闲文学的界定与形态特征。

我们给休闲文学的界定是：休闲文学是指以写休闲并以供读者休闲为旨趣的不带有鲜明政治功利性的一类文艺作品。

休闲文学的形态特征，我们用以下三性来概括。

（1）题材特点最明显，即具有休闲性，也即必须写休闲。如上面提到的养花、交友、游览、美食、书画等人生闲情逸致，趣事逸闻。

（2）从审美特征看，休闲文学还具有审美特征的美美性。一般来讲，作家对文艺题材本身的要求无所谓美与不美，即使生活中丑的东西，再通过作家艺术眼光的观察也可以转化为艺术美，也即凡文艺作品都具有审美性。休闲文学则不同，它所写的休闲题材在生活中本身就是一种美，作者再用艺术的眼光去透视，则是对美的题材的再一次审美，也就是我们所说的美美性。

（3）文学价值期盼向"真我"、"本我"之回归，不以政治功利方面的价值论高下，甚至有些作品全然不涉及社会道德问题，具有人本性。长期以来，大学教材《文学概论》都是要求文学应具有道德价值、认识价值和审美价值，三者互为表里，但这对于休闲文学则需要有新的价值尺度来衡量。有学者说得好："就中国文学发展的大趋势而言，'游戏'无疑是当代文学的一个'关键词'。"①　"网络写作是首先自娱，然后才是娱人。"②休闲文学正是以"游戏"的态度来创作的，它的最大价值即在于能给接受

---

① 欧阳友权等：《网络文学论纲》，人民文学出版社 2003 年版，第 376 页。

② 同上书，第 377 页。

者从社会政治生活中跳出来，真正自由地体验人生，既能自娱，又能娱人，从而显示其存在价值。

3. 休闲文学悄然勃兴之简略回顾。

首先，休闲文学不再只是满足过去我国封建社会贵族阶层奢侈生活的需要，也不再像我国过去长期受到革命文学的排挤，而是实实在在地逐渐真正进入寻常百姓家。其次，传播媒介重视对过去或现在休闲文学的收集、整理与出版。早在 1990 年，湖南文艺出版社即出版了彭国梁选编《悠闲生活絮语》，稍后湖南出版社又推出三卷本《人间四景》（风、雪、花、月）、《人生四关》（生、老、病、死）和《消闲四品》（吃、喝、玩、乐），广收"五四"以来休闲文学作品。1995 年，中国青年出版社又出版了《诗趣·趣诗》一书。最后，休闲文学已构成近些年中国文学的一个不可忽视的有机部分。不少文学刊物都相继开辟"新市民小说"、"不亦快哉"、"奇怪的人"、"百草园"等休闲文学栏目。尤其在当下知识经济新时代，数字化新生活更是把我们带入一个后信息时代，网页挤占书页，读屏多于读书，网络文学的游戏功能得到了令人惊奇的展示，这是我们不能回避的。网络文学以及所有休闲文学所表现出的娱乐性、新奇性、人本性等特点，已经普遍为广大受众所认可。对此，我们的态度：第一，切不能简单地以缺乏崇高或不注重典型性而一味否定其存在；第二，应深入研究自娱以娱人的功能模式，进而使得休闲文学同样也能成为人类"诗意栖居"的理想家园。

## 二　主张"言志""载道"与"弘扬主旋律"过时了吗？

我们之所以提出这样的问题，是因为当下文坛的确出现了一些与传统文艺思想相背离的文艺现象。

"诗以言志"、"文以载道"，这是中国文学遵循了几千年的传统观念。后来，这一观点经过发展就是文学一方面要言之有物；另一方面，则是"物"必须符合统治阶级的道德规范。那么，在休闲文学勃兴的今天，这一观点是不是过时了？

文学作品要言之有物，当然没错，而且永远也不会过时；问题在文学作品要符合统治阶级的道德规范，这里，必须要弄清以下几点。

第一，这个"道德规范"是什么？

我们认为，这个"道德规范"具有当代性。在目前全球化进程加快的前提下，中国文学走向世界也将是必然趋势。但是，这个趋势与文学所反映的统治阶级的道德规范应是符合世界发展的进步趋势的，并与广大人民的共同愿望成正比。所以，统治阶级所要求、所主张的道德规范也就需要与时俱进，应不断变化。

第二，不符合、不表现"道德规范"就不行吗？

所谓"道德规范"的当代性，是与一定时期统治阶级的要求主张紧密相关，文以载道实际上也即政治与文学的关系问题，或者说，存在一个文学如何载道的问题。

如上所述，政治是随着社会的发展而不断变化的，社会越是发展到更高一级阶段，相应的政治必然将不断突破偏狭，走向人本之大同。70多年前，毛泽东认为"文学艺术都是属于一定的阶级，属于一定的政治路线"。[①]进入新时期后，邓小平明确指出："不继续提文艺从属于政治这样的口号，因为这个口号容易成为对文艺家横加干涉的理论根据，长期的实践证明它对文艺的发展利少害多。"[②] 此后，党的文艺政策一般不正面回答文艺与政治的关系问题，只强调文艺为人民服务、为社会主义服务。直到习近平在党的十九大报告中进一步明确："社会主义文艺是人民的文艺，必须坚持以人民为中心的创作导向，在深入生活、扎根人民中进行无愧于时代的文艺创造。"[③]

---

① 毛泽东：《在延安文艺座谈会上的讲话》，《毛泽东选集》第三卷，人民出版社1991年版，第865页。

② 邓小平：《目前的形势和任务》，《邓小平文选》第二卷，人民出版社1994年版，第255页。

③ 习近平：《在中国共产党第十九次全国代表大会上的报告》，人民出版社2017年版，第43页。

从以上这个变化，也即告诉我们，休闲文学所表现的"道德规范"必然应符合世界发展的进步趋势，这是大前提；同时不涉及政治、淡化政治或不突出"言志"、"载道"或许正在情理中，应当允许。

第三，如何把握"弘扬主旋律"？

如果明白了以上两点，再谈弘扬主旋律就好办了。

其一，既然文学可以不从属政治，那么我们也就不能用弘扬主旋律的观点来否定其他非主旋律文学；其二，弘扬主旋律这个命题，本身也就肯定了"主"与"次"的存在，正如音乐的旋律一样有主弦、也有和弦，主弦与和弦一同构成了一部美好的音乐；其三，如何弘扬主旋律固然是我党文艺工作的重点（此非本著主题，从略），但"提倡多样化"更是张扬休闲文学的一个不可或缺的方面；其四，人总是具有向真向善向美的一面，休闲文学应自觉服务于人类为"取得高级的享受"而创作，休闲文学不等于低级趣味，应是另一个意义上的"言志"、"载道"。

由上看来，言志、载道之类观点并不是过时不过时的问题，而是如何全面理解、如何在休闲文学中深入发掘美的人生主题问题。

## 三　休闲文学的分类与鉴赏

为便于我们对休闲文学的认识和鉴赏，有必要对休闲文学的类别作进一步的区分。这里有两个问题先要明确：第一，休闲文学这个概念是针对"主旋律文学"或"号角文学"提出来，是就文学从主题意义上所做的一个粗线条的把握；第二，正因为是侧重在主题意义方面的划分，也就不能把"休闲文学"与侧重体裁特征所划分的诗歌、小说、戏剧等相提并论。

根据此前对休闲文学的界定，我们从题材（写休闲）、旨趣（不带政治功利性）即可将休闲文学区分为如下五个类别：山水篇、日常篇、艺趣篇、玩物篇和美食篇。

1. 山水篇：师德自然，山水娱人。

在中国人的种种休闲中，游山玩水最为人们喜爱和推崇。因为人和自然的关系是人生的永恒主题。庄子说："山林与，皋壤与，使我欣欣然而乐与！"① 孔子说："知者乐水，仁者乐山。"② 看来，古人早就懂得了山水可以娱人的道理。

为什么山水可以娱人呢？为什么人们要师法自然呢？因为人本身就是自然界的一部分，人与自然的和谐、协调相处即成为自古以来人类的一个基本理想；另外，也是最关键的，尊重自然，师法自然，可以摆脱社会的功名烦恼。

当今中国，师法自然的文学作品很多，如郁喆隽散文《雨》，从头至尾都在写雨不扰人，自得其趣。请看这一段：

> 雨就是水在空中的舞蹈，有时激越，有时沉静，皆是自然随性。雨本谦逊，不愿当主角，甘心默默地扮布景，做舞台。雨是水的精灵，也占了水的美德。雨点落在哪里，雨就消弭在哪里，却可幻出些别样的情致，点点滴滴，淅淅沥沥。③

作者抓住"雨"谦逊给予的美德，运用拟人的手法，以其极为简练的笔墨勾画，可谓平中见奇，发人深省。

再看张建春写家乡早晨的风景：

> 家乡的树有福，它们遍布自己的根须，在天空枝叶相遇，在地底根须交错，它们日日夜夜里不孤单，不独处，尤其是早晨，各自献出花叶，抖落自己的心得和心声。……醒了的故乡，再没有闭眼睡去……任它们的根长，任它们的花开，故乡伤痕累累，却芬芳扑鼻。④

---

① 庄子：《知北游》，《诸子集成（三）》，团结出版社 1999 年版，第 259 页。
② 《论语·雍也》，北京大学哲学系美学教研室编《中国美学史资料选编》，中华书局 1980 年版，第 16 页。
③ 郁喆隽：《雨》，《书城》2017 年第 5 期。
④ 张建春：《家之四顾》，《北方文学》2016 年第 8 期。

家乡早晨的风景十分美好，但非悠闲专一者不能赏其趣，即所谓"闲居静思则通"。这是一幅孕育丰硕收成的图画，更是对为了人类无私奉献的树木花草的赞歌。

2. 日常篇：清静素雅，崇朴尚真。

崇尚朴素，顺其自然，是我国道家哲学精神的典型体现，也应是人类休闲的灵魂所在。道教鼻祖老子认为："清静为天下正。"① 庄子云："圣人法天贵真，不拘于俗。"② 在老庄看来，心静、自然、朴素、纯真、淡雅，一言以蔽之，即人生须摆脱社会功名的纷争，返璞归真。

日常篇休闲文学，是以人的饮食起居、职业事物为素材，侧重发掘平凡的人和事，以表达一种朴素的本真的审美情趣。譬如张映勤的散文《陈老师》，③ 文章完全回避关于老师教书育人的常用主题，而是为我们非常本真地展示了四十年前小街一所中学教数学的"陈老师"人生的两个方面：第一，"是一个挺不错的人，文质彬彬，温文尔雅"；第二，"是个酒鬼，……只要是兜里有点钱，他一定用来买酒喝"。后者是该文的重点。"陈老师"几乎每天喝酒，"小街的人时常看见他歪歪斜斜晃着身子向小街走来，……眼睛里布满血丝"；他喝酒都是从简从廉，地点是下班路上的"一家小酒铺"，而且是"站在墙边喝酒"，"酒是一两块钱一斤的地瓜烧"；"陈老师家有五个孩子，工资难以满足他又抽烟又喝酒"，只得"见到熟人就借钱买酒"，"街坊邻居只好躲着他"；因他"很难再借到钱了"，竟然"把楼栋的大门偷偷卸了换酒喝"，最后"陈老师一家神不知鬼不觉地搬走了"。"陈老师"的人生是普通的、真实的。他"如果不喝酒，在街上碰到熟人，定会站住脚，面带微笑，点头示意"；他家搬走后，"人们心里好像缺了点什么，时常想起他，说起他"。是的，我们怀念他，他的率真和淡雅不正是真实生活的反映吗？

再看小鹏为我们所描绘的他在异国他乡所看到的：

---

① 老子：《道德经·四十五章》，《诸子集成（三）》，团结出版社1999年版，第104页。
② 庄子：《卷八、渔父第三十一》，《诸子集成（三）》，团结出版社1999年版，第312页。
③ 张映勤：《小街人物四题·陈老师》，《海燕》2017年第6期，本自然段所引均见此文。

　　在贝加尔湖边，我看到几个穿连体衣跳舞的人。她们看上去都已年纪不轻，穿在她们身上的连体衣只有三种颜色，白色是天空，黑色是大地，蓝色是湖水，与自然浑然一体，与她们灵动身体互动的只有清风与潮声。①

　　实际上，全篇文章的高潮处也就在这里，此可谓"法天贵真"。这幅白描画，即在表达作者所向往的"自娱自乐的最高境界"。

　　3. 艺趣篇：闲趣游艺，笔墨怡情。

　　孔子说："志于道，据于德，依于仁，游于艺。"② 这里，他把游心于艺、游玩于艺，同志向于儒道、据靠于品德、依托于仁爱并列，都看作仁人君子人生修养的重要手段。这里"艺"指"六艺"，谓礼、乐、书、数、射、御，也即丰富的知识和做事的本领。"游于艺"与慎执操守、仁厚为人均为一种修养，一种追求。

　　自古以来，琴棋书画、诗书礼乐就是人们休闲的一种普遍方式。例如明代江南"四大才子"唐伯虎、祝枝山、文徵明和周文宾，就曾一起玩拆字联诗取乐。一天，祝、文、周三人应邀到唐府做客。一进门，看到唐伯虎和家人正在影壁墙前种桂树，便一齐上前打招呼。祝枝山开口道："闲种门中木。"唐伯虎听完暗想：门中有木是个"闲"字，随即开口答道："思耕心上田。"文徵明不甘落后，连忙说："秋点禾边火。"周文宾曰："甜生舌后甘。"刚一落音，祝枝山击掌称妙。赞道："我们四人的拆字联连起来正好是一首诗啊！"

　　近几年，中国大陆和台湾逐渐兴起通过微博用一句话讲一个故事，形式新颖，富有诗趣，备受关注。请看署名 Zebra 的《生活》："一件不想穿也脱不下来的衣服。"③ 这是什么衣服？既然"不想穿也脱不下来"，应是

①　小鹏：《背包十年》，中信出版集团股份有限公司 2010 年版，第 212 页。

②　《论语·述而》，北京大学哲学系美学教研室编《中国美学史资料选编》，中华书局 1980 年版，第 15 页。

③　塔儿主编：《一句话讲完一个故事》，北京联合出版公司 2016 年版，第 3 页。

暗比，具体所指不同读者该各有所得。还如 T 子的《无题》："冬日清晨，看穿我的心思的闹钟。"① 的确，闹钟是个忠实勤勉的仆人，"我的心思"只有她最能理解。

以趣诗达意消闲也是文学高手比较喜欢的方式。趣诗，是指那些构思巧妙、技艺高超、趣味性强的奇诗、巧诗。例如：

### 连环念②

#### 李天命

莴萝将女儿嫁给原野，原野将血液输给河流。

河流将命运押给湖海，湖海将拥抱送给沉舟。

沉舟把思念寄给寡妇，寡妇把幽怨遗给高楼。

高楼把青春卖给风雨，风雨把故人许给深秋。

深秋将木叶还给大地，大地将仰望献给太阳。

太阳把余晖交给峻岭，峻岭把暮色推给荒林。

荒林将晚菊开给过客，过客把清芬携到远方。

远方向我展示戈壁的浩瀚，我在浩瀚戈壁上发现江南。

连环念，即每句句尾和下句句首两个字连环，属游艺诗。该作品将自然界人化，用以表达对自然环境的某种期待，读来酣畅淋漓。

4. 玩物篇：玩物隐居，闲逸雅致。

中国文化博大精深，几乎体现在生活的各个方面。其中，收藏、玩古、养花、养鸟、养鱼及隐居等，历来风靡盛行。玩物隐居为何有如此大的魅力？我们的回答是三句话：即文化式的休息；知识性的娱乐；皈依自然的情趣。这也是我们所主张的休闲文学的又一方面。

---

① 塔儿主编：《一句话讲完一个故事》，北京联合出版公司 2016 年版，第 2 页。
② 引见戎子由、梁沛霖《李天命的思考艺术——附〈李天命作品集〉》，中国人民大学出版社 2008 年版。

当代散文家相丽敏，她的作品常以自然为师，以其谦逊的态度和细腻的文字，常常在对物的玩味中发现生活的秉性及人生的品质。例如她的最新作品《薄荷味的生活》，全篇以薄荷的清凉、高洁、自然为灵魂，前半部分写作者对自己木舍的红叶李进入休假期的感悟，以及为居家添置一些必不可少的设施；后半部分重点抒写为木舍新购置一盆小薄荷，由物及人，卒章显志——"我一下就迷上了这种天然的薄荷味"。为什么？文中写道：

　　清凉、洁净，甚至有轻微的洁癖，避世。这是我对薄荷味的感受。……一个身上带着薄荷味的人也是自恋的……一个适度自恋的人，其实也是对自己的要求、不放任自己的人。

　　多余的薄荷叶也被摘下来，三四片，用水洗一遍，和茶叶一起放入杯中。当淡绿的薄荷茶进入口腔，气味贯入脑中，沁入心脾，才知道，以前所食的薄荷味都是赝品，是经过加工的，不纯粹的。①

从对薄荷味神韵的抒写，到对"薄荷味的生活"的向往，以至"用的牙膏、香皂，都是薄荷味"。真正是"彼此接纳，超然忘我"。②

写玩物的作品，再如龚斌散文《禽经》。《禽经》则是较系统地概述了玩物的种种形式，然后再从张华的《禽经》细说开去，详写了养鹤、养鸽的各种技艺与经验，最后点明休闲与学术、艺术融为一体才是休闲的完美境界。从前有玩物丧志的古训，而我们几乎把玩物与丧志完全画等号，实为偏颇。玩物如果玩得好，实则可以获得某种向上的精神力量，有利身心发展；当然，玩物丧志也须提防。

5. 美食篇：品饮品吃，养生保健。

吃喝玩乐，游手好闲，这是我们以前经常批评人的语言。但是，在物

---

① 相丽敏：《薄荷味的生活》，《文苑·经典美文》2018 年第 1 期。
② 同上。

质生活极大丰富的今天，人们一方面对富有特色的美味佳肴的需求已普遍提高，另一方面则又特别关注如何生活得更加科学，品饮品吃已成为人们的常见话题。

读殳俏散文《一碗生猛的浇头面》，① 颇感一碗面看似寻常却非凡。殊不知，江南人吃面的讲究实在太多，重点"是贪念面上的浇头"，真正让人体会到"面痴之意不在面"的诸多妙处。"浇头"，是与面相关的配菜和调料。从该文得知，首先，"浇头"种类繁多："它演化成了数十种小菜，分量均是细巧，做法多为现炒"；其次，面配上相关"浇头"，其称谓不同，如"肉浇头的面叫'带面'，鱼浇头的面叫'本色'，鸡浇头的面叫'壮鸡'"，浇头"埋在碗底的，就是'底烧'，分开放另外一只盘子，那就是'过桥'"等；再次，分类繁细复杂，如"鱼浇头中，则有'肚档''头尾''头爿''甩水''卷菜'，两个浇头的自然是'二鲜'，三个浇头的是'三鲜'"等；最后，不同的浇头面要用不同的碗，如"蹄髈面就要用红花大碗，焖肉面则用青边大碗，虾仁面是金边大碗，一般的面就是普通青花碗"。因此，像外路人来到江南特别是像苏州的面馆里吃面，如不懂以上套路就很可惜。还有，到苏州、上海等地去吃面，要想找一家上好的现炒浇头面小馆，其捷径"就是看那位面店的老板娘是不是够凶狠"。然而，这样的服务谁敢去？须知——

　　　因为饭点的客人多，……客人等得不耐烦了就会催，而老板娘心疼老公，便不分青红皂白破口大骂。这种时候，一般客人都会吓得不敢做声，只怕得罪了老板娘，最后无缘吃上那碗面。越好吃的面馆，客人自然越能忍，老板娘也越是嚣张。②

总之，从这篇《一碗生猛的浇头面》里，我们的确学到了吃面的很多

①　殳俏：《一碗生猛的浇头面》，《文苑·经典美文》2018 年第 1 期，本自然段所引均见此文。
②　同上。

东西，也不难品尝到休闲文学的诱人滋味。

　　说到美食，品茶饮酒自不能少。古人将茶饮视为长寿的手段，早在李时珍《本草纲目》里即将茶列为"药膳"。至于适量饮酒能促进健康也多为人知，尤其是喝酒喝到似醉非醉处，进入到"花看半开、酒饮微醺"的境界，这等感受又无不为人所期待。

# 第四章　鉴赏过程的审美描述

## 第一节　论文艺鉴赏心理过程及规律

文艺鉴赏是人们在满足基本的生物性需要之后向更高更美的精神境界的追求，涉及诸多高级心理功能的积极运转。粗略地描述一下这一活动的心理过程与规律，它对于我们进一步加强文艺鉴赏主体的审美修养十分必要。

在鉴赏美学或接受美学（Reception-Aesthetics）愈来愈普及的今天，人们已开始认识到了文艺鉴赏并不是单一的"刺激—反应"（S—R）的关系，而是带有一系列心理机制的高级精神活动。也就是说，在客体（刺激物）与主体（反应）之间应有一个不可忽视的心理意识的中介过程；没有这个过程，我们的鉴赏就成了一个简单的物理现象了。按照瑞士心理学家皮亚杰的观点，S—R 这个公式应写为 $S \rightleftharpoons AT \rightleftharpoons R$，AT 项则形成了一个动态的中介系统，这是很有见地的看法。下面，我们便对文艺鉴赏的心理机制即中介项"AT"这个动态的心理系统或结构作一些探讨，以期比较具体全面地来描述一下文艺鉴赏这一复杂的精神现象。

文艺是作者对于现实生活的审美评价，文艺鉴赏从本质上讲也就是鉴赏主体对现实生活的一种再认识或再评价。文艺鉴赏和人类一切认识活动一样，它也并不是单向的一次就能完成，而是有一个由浅入深，回环往复的过程。皮亚杰说的 $S \rightleftharpoons AT \rightleftharpoons R$，A 是个体同化，T 是同化图式，即一定的刺激（S）被个体同化（A）于认知结构（T）之中，主体（R）才能对刺激（S）作出反应，达到再认识或再评价。这个过程，从心理活动的大体走向或总体趋势来看，可分为三个阶段，即直觉阶段——再创造阶段——再评价阶段。只有经过了这三个阶段，才算完成对一个文艺作品的鉴赏接受。当然，这三个阶段在具体鉴赏中并不是直线发展的，这里只是为了行文的方便而分开对 AT 这个神秘的变量加以描述。

先说直觉阶段。

所谓直觉，这是指鉴赏主体对文艺表象的突然领悟与再现，它往往可能是感官触及对文艺作品表象的不全面的反映，属于主客体同化的初级形式，但确是我们能够真正进入文艺鉴赏境界的必要预备。心理学上把这个阶段称为感知觉。

在直觉阶段，最典型的心理特征是日常意识状态的中断。也就是说，鉴赏主体的意识完全被那些顿悟到的表象所占住，不但忘去鉴赏对象以外的实用世界，甚至忘记我们自己的存在，把整个心灵寄托在那些孤立绝缘的表象上了。有人说："艺术要摆脱一切然后才能获得一切。"这里所揭示的也正是文艺鉴赏直觉阶段的心理特点，是颇有道理的。正因为如此，首先要导致鉴赏的直觉，这即是我们进入文艺鉴赏的契机。在这里，兴趣与注意又是导致直觉的两个重要心理因素。

要鉴赏文艺，必须对文艺鉴赏活动本身感到是一种需要，从而引起鉴赏的兴趣或爱好，没有兴趣的推动，鉴赏活动的进行几乎是不可能的，犹如一辆发动机出了故障的汽车一样。皮亚杰说："需要，作为需要的结果的兴趣，'是把反应变成真正动作的因素'，因此，兴趣的规律乃是'整个体系随之运转的唯一轴心'。"① 皮氏在这里不仅把"兴趣"看成是文艺鉴赏这一动力过程"随之运转的唯一轴心"，而且还是"整个体系随之运转"

---

① ［瑞士］让·皮亚杰（Jean Piaget）：《教育科学与儿童心理学》，傅统先译，文化教育出版社 1981 年版，第 162 页。

的巨大力量。这是对的。

有了文艺鉴赏的兴趣，我们就会主动、自觉地去鉴赏文艺。这时，就要特别发挥注意的心理功能。只有集中注意力，对文艺作品的表象做一番仔细的体会，彻底打破文艺作品在形式上的疑难，这样才能踏入文艺鉴赏的大门。

从注意的心理机制看，注意即是鉴赏主体对文艺作品的一种定向反射，以保证大脑能够清晰地感受艺术语言表象，并作出适当的反应。注意的中枢机制是由于来自艺术语言表象的影响，在大脑皮层的言语运动区产生优势兴奋中心，同时又由于兴奋与抑制的相互诱导作用，就使在大脑皮层其他区域的神经活动受到抑制。这时就会导致其他日常意识的中断或停止，使你似乎进入另外一个独立自主、别无依赖的艺术世界。俗语说："用志不纷，乃凝于神。"说的正是这种文艺鉴赏凝神注意的境界。据《蕙风词话》卷五所载，说有个叫梁汾的人，一日乘船进城，在船上正注意读诗，欣喜若狂，不慎失足落入水中，幸亏旁人及时把他救起才免于一死。这种忘乎所以，凝神注意的鉴赏态度，我想正是文艺鉴赏要提倡的，不过当然要小心掉到河里。

对文艺表象的注意，往往与兴趣同时自然发生，不知不觉地走入那种境界，好比是"米老鼠与唐老鸭"把小朋友弄得手舞足蹈一样容易。但有时是有目的而又需要一定的努力，比如受到外界干扰的时候，或是为某个目的迫使自己注意时等。据此，注意便又有无意注意和有意注意两种。这两种注意，在文艺鉴赏中都需要，而且可以互相转化。

如果说兴趣是起始于需要，那么注意则是起始于兴趣。注意好比是一只强有力的离合器，把鉴赏者从实用的世界拉入另外一个天地里去；又好比是一根火柴，是它点燃了鉴赏者平素几乎处于熄灭状态的感情之火，唤起一种对美的形象的希冀。这种希冀，我们可以把它称为直觉阶段的最后心理效应，它是伴随着鉴赏者的注意、直觉而随即产生的，它不带一点功利的性质，完全是一种精神上的渴求。这是我们所共有的体验。

在文艺鉴赏的直觉阶段，兴趣与注意始终是两个活跃的心理因素，可谓是直觉阶段乃至整个鉴赏过程的原动力，二者与鉴赏需要结合起来，也就形成了文艺鉴赏应有的一种态度——审美鉴赏态度。为醒目起见，可图示为：

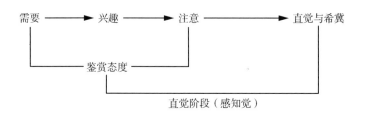

次说再创造阶段。

在这个阶段，有两个突出的心理特征：一是表象的分解与完形；二是与作品中情感的共鸣，即异质同化或同构。特别是，表象的自觉运动在这个阶段又最为活跃，它贯穿于这个阶段，甚至于整个文艺鉴赏过程都是不能离开的。直觉阶段是文艺表象与鉴赏主体记忆表象的突然吻合与沟通；这里强调的是鉴赏主体对直觉表象的分解与完形，即通过直觉表象的自觉运动，使它们相互之间建立起一种联系，构成完美的意境；最后一个阶段也同样得依靠我们对表象的理解去进行再评价。正如歌德所说："我在内心接受印象（按：即指生活中的表象），并且是那类感官的、活生生的、媚人的、丰富多彩的印象，正如同一种活泼的想象力所呈现的那样（按：即指通过作者再造想象改造后的新的表象）。我作为一个诗人，是要把这些景象和印象艺术地加以琢磨与发挥，并且通过一种生动的再现，把它们展露出来，使别人倾听或阅读之后，能得到同样的印象。"① 既然诗人写诗是把生活中的表象加以选择、想象和加工并艺术地再现出来，那么我们鉴赏文艺实际上也就是一种与渗透着作者情感的艺术表象的交流。

由于直觉表象是不完整和不可靠的，所以要完成作品意境的全部再

---

① 伍蠡甫主编：《西方文论选》上卷，上海文艺出版社 1963 年版，第 47 页。

现，就需要我们对那些直觉到的不完整和不可靠的表象加以分解与完形，好比是把拆开的机器零部件加以分类，然后再按设计者的构思意图，遵循生活规律逻辑，进行重新组装，使原来的各种直觉表象构成具有审美意味的知觉完形，从而达到我们对文艺作品的深层把握与理解。

伴随着表象的分解与完形的逐层深入，其心理机制大致依次表现为回忆与再认、想象与联想、移情与共鸣等几个方面。

作品中的表象之所以能历历在目地再现出来，首先是回忆与再认的作用。一旦作品中的表象得以确证，就还要求我们运用想象与联想把直觉到的表象进一步完形，它是我们进行再创造的有力手段。

想象与联想，心理学上说，即是一个以记忆表象为材料，通过分析与组合，创造新形象的过程。这也就告诉我们，想象与联想是我们完形直觉表象或对艺术表象进行再创造的有力手段。这种想象与联想，产生了我们对作品艺术表象的直觉与理解，同时它们又依据我们记忆中的生活表象反过来印证作品表象，从而加深对作品表象的感觉与理解。这样，文艺创作与客观世界的"来复关系"才得以充分显现，整个鉴赏过程的种种心理活动应该说都是在这种"来复关系"中的积极运转与交织。

文艺鉴赏中的想象与联想，按其内容的新颖性、独立性和创造性的不同，还可分为再现想象和再造想象两类。再现想象，我们知道古生物考古学者发现一个兽类的牙齿或脊椎，便能推测出它的头角该有多大，身体躯干该有多长；再现想象与此相似，带有还原的意思。再造想象，则是不受作品中表象的束缚，而把它只当成想象的客观依据，进行独立地创造性地想象出新的表象或图景。这两种想象在文艺鉴赏的再创造阶段同等重要。如果说，鉴赏主体不能根据作品的表象想象出各种表象的逼真的情景，不能复活作品的表象，因而也就不可能有文艺鉴赏活动。但是，如果鉴赏者只是被动地想象出作品中的情景，不能以自己的生活经验、情感、修养去丰富、补充和扩展作品的表象，那这样的鉴赏就如同小孩练字"描红"一样，是低级的鉴赏。所以，积极的鉴赏总是把再现想象与再造想象结合起来运用。

在表象分解与完形的想象活动中，鉴赏主体的情感渗透最不能忽视。文艺是主情的艺术，我们鉴赏文艺不仅使人在理性上有所领悟，更重要的是要引起情感上的反应，这是文艺鉴赏的一个重要特点。心理学上说，情感是人对客观事物的一种态度。那么，作者创作自然要表现出他对生活的褒贬，作品表象必然是浸透着感情的；同样，我们鉴赏文艺或与作者进行表象交流也就不可能抛弃了情感，需要把自己的性格与情趣灌注到作品表象之中去。鉴赏主体的这一心理特点，也就是人们平常所讲的"移情"。我们读陈毅的《青松》："大雪压青松，青松挺且直。要知松高洁，待到雪化时。"如果我们只是不动声色地去再现"青松"、"大雪"等表象，鉴赏就会显得十分干瘪苍白。只有当我们从"青松"在"大雪"的威胁下始终挺直不屈的表象想到做人，觉得做人应像"青松"一样不管在什么险恶的环境下都要挺得住，这才是一个真正的具有共产主义理想的人。显然，这里是渗透了我们浓厚的感情色彩的。也只有如此，我们的情趣与作者的情趣才有可能开始往复回流，进而出现共鸣的心理效应。心理学上还认为，情感具有"感染性"的特征。所谓"感染性"就是以情动情，最明显的表现即是共鸣或同化心态的反映，而且可以超越时空的界限。到这时，文艺鉴赏的再创造阶段也就基本结束了。这个阶段可图示如下：

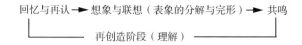

最后说再评价阶段。

由再创造所产生的必然的直接的心理效应——共鸣，这是我们在理解并完形作品表象之后的一种特有的心心相印的心境，当然这还不是整个过程的结束。皮亚杰从"S—R"这个简单的物理反映中看到主客体之间的中间环节（AT），意味着人类主体能动性进入一个蓓蕾绽开的时代，是很有意义的。但是皮氏把主客体之间的这个中介变项"AT"仅仅纳入同化的心理结构之中显然不够；皮氏同化的内涵不过就是鉴赏主体的客体化，共鸣即是同化的最高体现，但它远远不是文艺鉴赏的完结。这时，我们都会很快意识到：作者的情感态度是否合乎美的普遍规律？于是，我们不得不从"共鸣"的心境中跳出来，对作者在作品中已经评价过的生活进行重新审视与扫描，从更高的美学标准做出我们的判断。那么，这时文艺鉴赏便进入到最后的再评价阶段。心理学上把这个阶段称为认识。

特别要指出的是，这里的认识并不同于哲学上的认识。哲学上的认识离不开概念的推理，或从个别事物归纳出一般概念，或从一般概念推衍到个别事物中去。总之，它都与概念联系着。而文艺鉴赏中的认识过程却是与概念无关的，我们鉴赏文艺完全是一种表象的交流，作品所写美与不美，我们头脑里预先并不能也没有一个主观的美的概念去硬套在鉴赏对象上。我们觉得某个作品美，一方面来源于这个作品本身独特的艺术表现，另一方面则依据鉴赏主体在长久的鉴赏情感经验中积淀成的复杂的、由众多稳定的暂时神经联系所构成的组织、强化、调节、改变、判断等情感心理结构。一切归纳与演绎的哲学认识方法在我们具体鉴赏认识某个作品时都无能为力。

作为鉴赏主体的这种心理结构，要了解它我们应把握这样三个特点：（1）它是积淀着鉴赏主体情感经验的一种特殊的认识结构；（2）它是很难诉之于言语或意识的，而仅仅依据着鉴赏主体的情感经验的结果；（3）它的活动过程是在情感活动中不断进行着的"组织"与"强化""同化"与"调节""改变"与"判断"的心理过程。总之，它是鉴赏主体通过鉴赏情感经验去发现和判断对象的艺术价值的一种特殊的心理结构。当然，要发现和判断作品的艺术价值就会涉及标准问题，这个标准也只能以无意识积淀的鉴赏经验为依据，并在理智协调下逐渐完善和趋于稳定的一种无形的鉴赏标准，任何概念的死板的标准，对于文艺来说我们以为都是不合适的。否则，文艺鉴赏也便成了蹩脚的数学说明。

在这个特定的认识阶段或再评价阶段，主要的心理机制仍然是理解，不过它已不同前面两个阶段带着强烈的情感跃动了，而侧重在为主观的理智所管束。这时，鉴赏者会调动自己对生活的一切有关的记忆表象，并按照自己的鉴赏心理结构来发现和判断作品的美与丑，分析作者的情感态度如何等，并作出自己的明确评价。其结果当然是前面两个阶段的深化，或完全接受作者在作品里的情感态度，作品表象与鉴赏者的记忆表象再次拥抱，达到十分融洽的境界，如嚼橄榄，回味无穷；或部分接受作者在作品里的情感态度，有时也可能完全改变前面直观欣赏的印象，愈来愈感觉到作品表象的浅陋或不真实，如吃甘蔗，先甜后淡，最后只剩下一团渣滓，欲吐方快。这就是积极的鉴赏，这也才能算得上我们真正理解了这个作品。同时，我们也只有完成了文艺鉴赏的这一最后过程，也才有可能获得一种真正的称心如意的鉴赏愉悦与快感！

至于具体如何进行再评价，这主要从如下三个方面考虑：一看作品表象是否符合艺术的真实；二看作者渗透在作品表象里的情感态度是否正确；三看作品艺术表现的方法是否独特。实际上，这三个方面在作品中是不可分割的整体，只是我们具体评价的时候可以从这样几个侧面去理解。

诚然，文艺鉴赏的确也是完全可以各取所需，各有其好，因而也有许多人把与作者的情感共鸣作为鉴赏心理的最终效应，殊不知这是误人的，尤其是鉴赏古代作品更为突出。我们今天的世界观，以及生活水平、知识结构与古人已经有很大不同，我们既有可能历史地去理解、评价古人的作品，也应该站在我们今天的认识高度，去积极地鉴赏古人的作品。作为一个真正的作家，不论是古代的还是现当代的，他们的创造思想都是站在那个或这个时代的前面的，而我们鉴赏他们的作品，总是不敢越雷池一步，甚至还老是向后看，力求与古人的思想保持一致，或者满足于共鸣，这样的鉴赏又有什么益处呢？而我们又何苦还要去鉴赏文艺呢？

再评价阶段，其图示是：

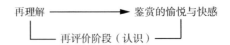

# 第二节 演戏的是疯子,看戏的是傻子①

从一开始我们在剧场里坐定下来,心里就好像预期一场极不平常的事情发生一样,单纯、好奇、敏感、集中。在此之前的种种俗务,也都似乎统统搁在了一边,一个个都小孩似的盯着舞台。明明演员们是在"做戏"而并非生活的真实,但大家都好像鬼迷心窍一样地为之如痴如醉——感情到这个时候也无法控制了,甚至不管周围坐着什么人,眼泪只管扑簌簌地往下掉……这种情形,不仅在平日生活中很难发生,即使是我们在鉴赏其他艺术作品时也极为罕见。

有一个很遥远的故事值得一提:传说古罗马有一位以暴虐著称的皇帝叫尼禄,他杀死了自己的母亲、妻子和老师。在公元 64 年罗马城发生大火时,他非但不派人灭火,反而在山上饮酒作乐,欣赏这火烧全城的"美景"。就是这个全无心肝的暴君,在剧场中观看悲剧时却常常泪流满面,悲痛欲绝。西方不少戏剧理论家曾为这件事发生过很大兴趣,围绕着这个暴君的眼泪是真是假的问题开展过争论。事实上,这也无须争论,中外戏剧鉴赏史上比尼禄的故事更为奇怪的现象难道还少见吗?在欧洲和日本都曾出现过观众杀死反派演员的惨剧;一出《奥赛罗》,不知使多少人沉迷进去,忘乎所以,甚至于断送了好几个有才华的演员;在我国明代中叶,纪君祥《赵氏孤儿》演出时,也曾出现过"千百人哭皆失声"的剧场效果。如此等等,又能说明什么呢?难道我们对那位杀人不眨眼的暴君在剧场能够掉下同情的眼泪还有什么可怀疑的吗?

剧场,简直是一个神奇的场所,它好像使每个人都在这里改变了性格。倔强的也好,严肃的也好,抑郁的也好,大家都一律地变得无所顾忌,易于动情,多情善感。大家一起欢笑,一起惊奇,一起瞠目结舌,好像戏台上的东西有着无穷的魔力一样把每一位观众都紧紧地吸引过来。我

---

① 本节已在《当代戏剧》1990年第3期发表。

国过去有一句俗话，即"演戏的是疯子，看戏的是傻子"。这个比喻听起来虽然有些刺耳，但却道出了戏剧活动的一个根本特征。

所谓"演戏的是疯子，看戏的是傻子"，无非是在强调演戏者与看戏者进入戏剧情境之后的那种忘我境界。实际上，真正杰出的演员，一旦进入戏剧情境，身上便具有了双重的性格与灵魂。我们常说，某个演员把某个人物演活了，或呼之为"活曹操"、"活关公"，但他又确确实实意识到自己是在表演，不然就会招惹出危险的事情来。过去，我国戏曲界有副名联曰"看我非我，我看我，我也非我；装谁像谁，谁装谁，谁就像谁"，即是对演员的双重性格的简明概括。明代李中麓《词谑》载：

> 颜容，字可观，镇江丹徒人……乃良家子，性好为戏，每登场，务备极情态，喉喑响亮，又足以助之。尝与众扮《赵氏孤儿》戏文，容为公孙杵臼。见听者无戚容，归即左手捋须，右手打其两颊尽赤。取一穿衣镜，抱一木雕孤儿，说一番，哭一番，其孤苦感怆，真有可怜之色，难已之情。异日复为此戏，千百人哭皆失声。归又至镜前含笑深揖，曰："颜容，真可观矣！"

上文记载了演员颜容为了扮演好公孙杵臼，在家中如何勤学苦练，终于赢得观众"千百人哭皆失声"的效果。在舞台上，颜容究竟是如何把个公孙杵臼给演活了，我们不得而知，但一想到颜容在家中"取一穿衣镜，抱木雕孤儿，说一番，哭一番"的情形，这又会给你什么样的感觉？从这个意义上讲，说"演戏的是疯子"并非坏事。

同样，作为一个好的观众，在剧场里"傻"点也应当提倡。如果我们看戏时一味以为台上是在做戏，始终处于一种旁观者的态度，甚至对台上的表演不屑一顾，或是转而对台檐上的浮雕或者天花板上的吊灯发生兴趣，那么，这还谈何戏剧鉴赏呢？事实上，对于一个优秀观众来说也有一个"双重性格"问题：一方面要能进入到戏剧角色之中去，与角色同呼吸、共命运；另一方面又要时时提醒自己是在看戏，毕竟是一位观众而不是角色，以防止过火"外模仿"行为出现。这两个方面都不得有所偏颇，一定要把握好二者之间的关系。

现在问题是，我们虽然都知道舞台上的戏剧并非真事，但为什么会使观众产生犹如"傻子"一样的痴情，甚或于出现"千百人哭皆失声"的场面？有的还真地干出一些愚蠢的事情来？这倒是值得我们认真思考的，要回答这个问题，只能从戏剧鉴赏的特殊性上找答案。

戏剧鉴赏与其他艺术鉴赏相比，最大的不同是采用集体性的剧场直接体验的方式。集体直接体验的方式能够给观众带来强烈的震动波不言而喻。我们读小说、散文所获得的是一种间接的审美经验，同时在此之前也没有一种参与的欲望与准备，即使是读到最感人之处，也只能是单方面的情绪反应，这与剧场的整体审美效果截然不同。在剧场，我们与演员的关系完全是一种直接的交流，是一种面对面的对话，演员且辅有形体动作的表演，观众的视觉、听觉都可获得一种直感，甚至有时还要运用触觉去体验。再加上大家都坐在一起来鉴赏，相互之间又有一种无形的东西影响着、促进着，这样也就很容易获得一种高强度的感知。

更何况，戏剧家为观众所提供的内容具有高度凝练与集中的特点，是最强烈的直接刺激物。一方面，戏剧家最擅长表现生活中的矛盾冲突，往往是将它们加以提炼，组织得有声有色，触目惊心。在《罗密欧与朱丽叶》中，罗密欧与朱丽叶两家的世代冤仇本是很深了，甚至街上相遇也要拔刀相见。可是偏偏罗密欧和朱丽叶互相爱慕，拼死追求婚姻的幸福，这样就有"戏"可看了，就会极大地吸引着观众关注着他们命运的发展，在观众心灵里产生爆炸性的震动波。另一方面，戏剧情节的发展由于受到舞台时空的限制，根本不可能同小说那样"慢慢道来"，因此，对内容就不得不加以浓缩。西方古典戏剧的所谓"三一律"原则，更是体现了戏剧内容的浓缩性。《雷雨》的作者巧妙地把三十年来两代人的矛盾纠葛集中在近二十个小时的背景下展开，剧作的场景也凝聚在周家客厅和鲁家两处，使剧中人物在极其有限的时空中度过他们一生中最为动荡、最为颠沛的时刻，悬念、窘境、冲突接踵而来。这样，观众在短短的观剧时间之内要接受大量的信息，犹如狂波巨澜、惊涛骇浪不时地冲击着观众的感官。德国戏剧理论家奥·威·史雷格尔说得好："剧场是多种艺术结合起来的以产生奇妙效果的地方……它把一个民族所拥有的全部社会和艺术的文明、千百年不断努力而获得的成就，在几小时演出中表现出来，它对不同年龄、不同性别、不同地位的人都有一种非常的吸引力……"[①]

再从观众鉴赏戏剧的心理经验来看，也值得我们研究。试想，我们刚走进剧场时是怎样的心情？当我们坐下来接受了舞台上传过来的信息之后心情又发生了什么变化？这些问题我们在平常自然不会去想它，但仔细思索起来，戏剧能给观众的那种轰动审美效应与此也并不是没有关系的。

一般而言，观众买票到剧场里来都会敞开心灵，解除思想感情的警戒，做好了充分的心理准备来接受戏剧情感的刺激。相对而言，观众此时的心境就显得十分轻松、舒展，而在这种开放的心理状态之下，当然也就更为准确、更为容易受到戏剧情感波的冲击，感受的程度也更为剧烈。狄德罗在他的著作《论戏剧艺术》中说过："诗人，小说作家，演员，他们以迂回曲折的方式打动人心，特别是当心灵本身舒展着迎受这打击的时候，就更准确更有力地打动人心深处。"[②] 这对戏剧鉴赏来讲则体现得更为明显。

同时，观剧前轻松、舒展的鉴赏心境又有助于我们很快地进入到戏剧情境之中来，而我们一旦入戏之后，心理上又会表现出鲜明的指向性——即为鉴赏对象所吸引而表现出来的集中的心理活动——这种心理指向性对于提高感性的、理性的鉴赏思维水平又有着不可低估的作用。马丁·艾思林指出："观众的注意力和兴趣一旦被吸引住，他们一旦被诱导而全神贯注地紧盯住演出的戏，他们的理解力就会随之提高……感受力更大，观察

---

① 转引自盛华《剧场审美的守护神》，《春城戏剧》1985 年第 2 期。

② 引见伍蠡甫主编《西方文论选》上卷，上海文艺出版社 1963 年版，第 350 页。

力更强。"① 这是确实的。随着心理指向性的形成，我们对舞台上的一切就会产生一种生活中少有的敏感。甚至于一句在生活中听来非常平常的话，在剧场里竟然好像是情人间的对话那样撩拨人的心灵；人物一个非常细小的动作，在舞台上也竟是有着无穷无尽的意味。

不论怎么说，我们来到剧场就好像到了另外一个世界，这是大家共有的经验。演员的"疯"也好，观众的"傻"也好，似乎我们都可以理解。每一个观众都在戏剧魔力的约束之下很有条理地聚集在一起，乖乖地接受着舞台上的信息。我们在戏剧艺术中各取所需，从四面八方去欣赏、理解、联想、动情；我们都放下平日那种严肃的面具，痛痛快快地接纳戏剧给我们的刺激；我们真犹如"傻子"一样地轻信舞台上的一切，心甘情愿地成为戏剧艺术的俘虏……这即是戏剧特有的审美。

## 第三节　"一次过"艺术与敏锐的鉴赏捕捉

虽然众多观众同在一个剧场里鉴赏同一台戏剧，但对每位观众来说，他们所得到的审美收获却存在明显差异。这种现象，不独戏剧鉴赏是如此，但在戏剧鉴赏中又表现得更为突出。因为戏剧鉴赏的差异不仅主要导源于审美主体的不同水平，同时也因客体的"一次过"特点给审美主体提出了更高要求。

"一次过"即指戏剧在演出过程中的一次性表演。它呈现出一个连续活动的过程，中途不可返场。据说，1922 年 12 月，困守在紫禁城小朝廷的清废帝宣统溥仪在皇宫观看周瑞安的《恶虎村》，当周瑞安在戏台口特设的一根铁棍上表演武功"扒栏杆"时，溥仪感到很新奇。于是，他当即"特赏一百元"，要他返场再演。皇帝的金口玉言无人敢违，周随即又重演了一次。但这种情况，毕竟是十分少见的特例了。鉴赏戏剧，特别需要观众对转瞬而过的舞台表演有一种特殊的敏感，哪怕是一句平凡又平凡的台

---

① ［英］马丁·艾思林：《戏剧剖析》，罗婉华译，中国戏剧出版社 1981 年版，第 47—48 页。

词，简单又简单的动作，都可能包含着丰富的戏剧意义，而这一切却往往稍纵即逝。应当说，它对每一个戏剧观众的敏感捕捉力是一次十分严峻的考验。

在剧场里，我们对这样的情形都不会陌生：有时候，舞台上人物一个传情的眼神，可能会引起观众会心的笑声，但这种笑声总不是每个观众都可能发出。是不是未能发出笑声的这部分观众对人物的这个眼神不能理解呢？当然不是，往往是因为他们缺乏一种鉴赏的敏感，不善于灵敏地"捕捉"住舞台上那极有意义的东西。

"捕捉"这个词，在艺术创作理论里是为人们所乐道的一个字眼儿，它所表述的意思与"发现"差不多，但为什么人们却选择了"捕捉"这个词呢？大概也就是艺术创作的"发现"不同于一般的"发现"吧！在生活中，那些有用的创作素材，也许一般人都能"发现"，但只有艺术家才能将它们捕捉住并提炼、加工成精美的艺术品。这即是艺术创作的"捕捉"功夫！苏州评弹《武大郎娶亲》里的潘金莲，当她双眼被盖头布蒙着跨入武大郎的家门之后，虽然此前她并不完全知道武大郎家的经济情况，但她凭着自己的双脚踏在高低不平的地面上的感受，就猜出了这家人的家境并不宽裕。这个细节也许是我们很多人有过的类似的体验，但一经剧作家将它捕捉住就显得十分精妙。在这里，潘金莲固然是敏感的，但剧作家更为敏感。同样，这种敏感的捕捉力，对于一个戏剧鉴赏者不也是十分重要的吗？

用"捕捉"来形容戏剧鉴赏，无非是提醒我们对戏剧艺术要保持一种高度的注意。一般来讲，舞台上的一切都值得我们注意，但必须防止那种不得要领的注意。有些人看戏，对舞台布景的某些特殊处理很感兴趣，像舞台上的小船是如何装上小轮子在台上滑动的，又是如何用风扇吹动麻布口袋、激起浪花，以及摇橹时又是如何发出冲击的水声等；还有的人只注意那些热闹的打斗场面，以及那些调皮诙谐的一般戏剧噱头等。倘若我们将注意力花在这些与戏剧内容无关紧要的东西上，这就不可能深得戏剧艺术的精髓，只能是一种低级的、消极的和迟钝的戏剧鉴赏。

衡量一个观众的鉴赏捕捉力如何，实际上也就是看他是否能够分清主次，抓住舞台上那最富有意蕴的东西映现在自己的心幕上，并获得某种独到的领悟。心幕就好比是感光度极高的胶片，哪怕舞台形象是一闪即逝的，只要它有着特殊的意义，也便能不失时机地把它捕捉住，并摄下它清晰的姿影，从而产生鉴赏的共鸣与愉悦。

鉴赏捕捉如何才能抓住主要的东西，这就要看一个观众的艺术眼光了。要想具有敏锐的鉴赏捕捉能力，它涉及鉴赏者诸多方面艺术修养，有赖于主体是否形成基本的戏剧审美建构。有了这样的前提，也才有可能进入具体的鉴赏捕捉。捕捉是要讲究程序的，首先必须从整体着眼，把握戏剧的整体情调以及构成戏剧情节的主要矛盾冲突与人物。切记不能动不动就让那些细枝末节的东西牵制了自己的注意力，甚至掉进自然主义的陷阱里。倘若我们对某个戏剧整体方面的情况有了基本的了解，居高临下，这样品味人物的一言一行和一举一动也才会比较准确、深刻，也就不会出现"见木不见林"的错误。

戏剧鉴赏的捕捉，一方面需要从整体着眼，但另一方面又必须得从局部入手。捕捉到的东西往往是具体的、生动的，而这些具体的，生动的东西又只能是戏剧整体情调的最好体现。

明确了捕捉的程序，然后再谈捕捉的主次。在戏剧鉴赏过程中，究竟我们应把眼光盯在什么地方？应该是人物。人物是一切好戏的主要因素。如果真正理解了戏剧中的人物，那么对由人物所决定的行动以及人物行动和相互关系构成的情节等，理解起来也就会容易得多。诸如人物的表情、眼神、手势、对话、唱腔等，这些往往与戏剧的主旨或整体情调有着密切的关系，值得我们细加品味。

概括而言，人物总是我们捕捉的主体，然后才是情节、场面、音乐、布景等。这当是我们鉴赏捕捉的一个总原则。但是，捕捉住的对象常常又是观众特别领悟过的东西，这样捕捉的具体重点又会因观众的兴趣不同而有所不同。比如说，性格内向的观众可能对人物那些思辨性的对话特别敏感，尤其可能善于挖掘人物对话的潜台词；性格外向的观众又可能对那些喜剧性的情节很感兴趣；喜欢传统戏曲的观众又一定善于欣赏、比较各种不同流派的唱腔，对各种程式动作的表演技巧也十分在行。这即是说，在总体原则之下，具体捕捉什么则可以自由，也没有必要分出一个孰优孰劣。否则，戏剧鉴赏也就可能会变成一种格外的负担。

不论怎么说，戏剧艺术"一次过"的特点需要鉴赏者具有敏锐的捕捉力毫无疑问。而且，这一点也引起了戏剧艺术家的充分注意。20 世纪以来，西方戏剧界一些著名的剧作家像契科夫、奥尼尔、布莱希特、尤奈斯库等，在他们的剧作中往往采用一些特殊的戏剧手段来启动观众鉴赏捕捉的心理机制。比如，间离、中断、陌生化等即是常用的手段。目的在于打破常理，改变自然状态，阻止顺坡下滑的惰性审美习惯，以此来克服观众在鉴赏捕捉上的迟钝，引起观众的注意。布莱希特剧作《四川的好人》，女主人公一分为二：既是她自己——沈黛，又是她的堂兄——沈堂。前者是好人的典型，后者是坏人的典型，两者皆集于一身，这就不能不令人注意了。原来，剧作者是以此来告诉人们，在西方现代金钱万能的社会里已经无所谓什么好坏之分了。这种陌生化的处理，就会促使观众将这个特殊的人物捕捉住，用较多的心力去理解，从而达到作品应有的艺术效果。

在我国传统戏曲中，也有所谓"定得住、点得醒"的说法。余秋雨谈到这一戏诀时说："中国戏剧的'定'，与西方现代戏剧家所采用的故意中断并不相同，大多数只以亮相、单锤等一些比较自然的停顿办法来控制和调节表演节奏，但是戏曲艺人又把这种'定'与'点得醒'连在一起，表明此间也明显地包含着刺激观众理解的目的。要害之处猛然'定'住，也就是提醒观众，此处休得轻易放过，并留出些许时间让观众理会。因此，'定'也即是'点'，是一种无声的指点和抉发。观众猛地一愕，理解的机制立即快速地发动起来了。"[1] 看来，在戏剧鉴赏中如何更好地去捕捉，也

---

① 余秋雨：《戏剧审美心理学》，四川人民出版社 1985 年版，第 283 页。

并不是观众单方面的事情，还涉及剧作家、导演和演员诸方面。不过，就鉴赏而言，其他因素毕竟是客观方面的东西。观众积极的配合，敏锐的捕捉，始终应是戏剧鉴赏最重要的特征之一。

## 第四节　论文学魅力价值的时空律及其悖逆①

### 一　引子

文学魅力的价值问题至今尚令我们颇感困惑，诸如进入新时期后不少获奖小说，像《班主任》、《伤痕》、《乔厂长上任记》等，当初影响之大毋庸争论，但今天似乎已失去了原有的魅力。我们究竟如何评价这些作品？每位作家都希望自己作品不朽，但怎样的作品才是不朽的？或者是有价值的？如此等等，归纳起来，其关键都在"魅力"二字。换言之，什么是文学魅力？我们应该怎样创造文学魅力？魅力价值是否有规律可循？这即是我们要重点探讨的问题。

### 二　文学价值与魅力价值

长期以来，我国传统文学思想都是以强调文学价值为正统，而文学价值自古又偏重文学的道德价值。所谓"先王以是（诗）经夫妇，成孝敬，厚人伦，美教化，移风俗"；② 所谓"济文武于将坠，宣风声于不泯"；③ 或"道沿圣以垂文，圣因文而明道"，④ 等等，无不如此；而对文学的魅力价值这一命题却没有涉及，仿佛有文学价值就有魅力价值，故使我们对文学魅力的认识与研究仍极其肤浅。

当下的文学理论教科书，关于文学魅力的问题往往也是放在文学价值

---

① 原载《求索》1997 年第 6 期，收入本著有改动。

② 《毛诗序》，郭绍虞主编《中国历代文论选》（一卷本），上海古籍出版社 1979 年版，第 30 页。

③ 陆机：《文赋》。

④ 刘勰：《文心雕龙·原道》。

中来讨论。我国长期流行的文学价值观是三大作用论，即认识作用、教化作用和审美作用。显然，审美作用离不开魅力价值，这比传统地专门强调文学的道德教化价值要进步得多，只是文学魅力作为一种价值始终还没有自己的位置。

按照普通的理解，文学魅力即是文学作品固有的一种抓人心魄的魔力，是文学的一种客观不变的价值属性，这样，魅力价值便自然成了文学价值的三大作用之一。有趣的是，从中外文学的效果史来看，即使是一部成功的作品，它的魅力价值却不一定永久具备，例如前面提到的即是。试问：随着这些作品魅力价值的消失，是否也同时失去了文学价值？问题并不如此简单。我们以为，这需要将文学价值与魅力价值区别开来，同时还须充分认识魅力价值对于一部作品的重要意义与作用。

要真正理解魅力价值，这里有三个要点应当明确：（1）魅力价值对于作品只是一种可能存在的价值，它的实现必须通过读者鉴赏这一环节。或者说，魅力价值是由这样两极合成的结果，一极是承载魅力价值的客体——文学作品，另一极即是享受魅力价值的主体——读者。如果作品与读者之间产生了一种审美效应关系，这即是文学魅力，其价值的衡量则取决于读者从作品中获得审美期待的满足程度。（2）魅力价值从根本上讲是一种社会群意识现象。通常我们评定一部作品的魅力价值，并不是从某一读者个体或少数读者需求出发的，而是隐含了社会大众对作品的审美指向的判断，如果这种魅力价值仅仅只是少部分人的好恶，并与大众的审美指向悖逆，这就无所谓魅力价值了。（3）魅力价值体现的是读者与作品之间的一种特殊关系，而文学价值则重在作品本身，二者的这一区别，正是有些作品依然存在价值而不被人鉴赏的缘故。

任何事物总是存在于一定的时空之中，在一定的时空中发生关系。显然，作品相对恒定不变，而读者却处在不断变化的时空中，这即构成了魅力价值的重要变数。虽然，魅力价值浮动变化主要受制于读者所处不同时空，这样我们就有可能探讨魅力价值的时空律了。

### 三　时空律

一个时代有一个时代的审美倾向，一定时代的读者对某部作品的审美欲望也不可能始终如一，这就决定了魅力价值总是处于一种流动、变易的状态中。文学史上这样的现象是常见的，有的作品魅力始终不衰、千古流芳，有的则呈现出或由盛而衰，或由冷而热的情形。如果把魅力价值放在时间的长河中考察，它的盛衰冷热完全有规律可循，即现时律、延时律和永时律。

1. 现时律。

一部作品魅力价值的初步实现，莫过于与作品处于同时代读者对它所表现出的热烈需求和礼赞。我们把这种处于同一时空由读者与作品主客体两方面所发生的审美效应关系，认作魅力价值的现时律。

大凡成功的文学作品，其魅力价值一般都符合现时律。这首先是作品内容的规定。文学尚用崇实，首先必然努力征服、改造同时代的读者，这是我国传统的文艺思想。孔子说：“诵诗三百，授之以政，不达；使于四方，不能专对，虽多，亦奚以为？”① 这即是把作品的现实政治效果放在首位的。鲁迅先生还曾多次强调文学价值即“改造国民性”，而且“第一要着”就是改造国民的心灵促其“新生”，做到“国民精神之发扬”。② 从直接的现实功利角度看待文学，在西方文学史上从古罗马诗人贺拉斯的以“教”为中心的诗论开始，也一直占据着主导地位。文学与现实的这一紧密关系，也就自然拉近了作品与同时代读者的审美距离。

其次是读者大众的审美期望。法国博马舍曾嘲笑拟古典主义的悲剧说：“生在 18 世纪的我们，一定要知道雅典和古罗马的事件干什么呢？”“当今的戏剧就是要表现不幸的中产者……可笑的市民和荒唐的贵族。”③

---

① 孔子：《论语·子路》。
② 参见鲁迅《集外集·〈穷人〉小引》《呐喊·自序》《坟·摩罗诗力说》等文。
③ 转引自缪朗山《西方文艺理论史纲》，中国人民大学出版社 1985 年版，第 486 页。

这就充分表明读者希望从作品里看到的是自己身边发生的人和事，而对那些远离现实的作品是不感兴趣的。

如果一部作品能够极大地满足同时代读者的审美期望，即使它的魅力价值不是超越时代而长存，即只要符合现时律，笔者想就该是具有价值的优秀作品。譬如古希腊神话，那些有关开天辟地、神的产生、神的谱系的故事，反映了人类初期的幻想与愿望，曾经产生过极大魅力，但"随着这些自然力之实际上被支配，神话也就消失了。"① 正如黑格尔在《美学》中指出的："这些神话越到后代越使多数人感到枯燥。"② 但古希腊神话的文学价值毋庸置疑。20 世纪 50 年代，我国出现的一些表现农业合作化的著名长篇小说，像赵树理的《三里湾》、周立波的《山乡巨变》、柳青的《创业史》等，这些作品今天对于很多读者同样不再有魅力，但它们仍具有存在价值，至少可以帮助学者们研究那段历史以及文学的发展情况。

2. 延时律。

创新是作品魅力的根本源泉，但作家的这种创新意识如果超越同时代读者的文化视野与审美习惯，那么其作品就很可能对同时代读者不具有魅力价值，只有等到人们的审美意识提高到与作家相应的水准时，才能最终显示出它的艺术魅力。

比如陶渊明，与他同时代的读者对其作品几乎无人称赞，当时问世的《文心雕龙》就根本不提陶渊明，钟嵘的《诗品》也只把他列为"中品"。唐以后，陶渊明却声誉日隆，李白曾感叹："何时到彭泽，狂歌五柳前"；白居易也说："常爱陶彭泽，文思何高玄"；陆游更表示："我诗慕渊明，恨不造其微"。陶渊明作品的魅力之所以会出现这种由无到有，由冷到热的延时现象，即在于当时文坛风靡的仍然是达百年之久的玄言诗，人们对于与玄言诗风格迥异的陶诗的不喜爱理所当然。

---

① ［德］马克思：《〈政治经济学批判〉导言》，《马克思恩格斯选集》第 2 卷，人民出版社 2012 年版，第 113 页。

② ［德］黑格尔：《美学》第 1 卷，朱光潜译，商务印书馆 1981 年版，第 351 页。

　　魅力价值延时律，在西方也有所谓"卡夫卡现象"的典型事例。卡夫卡是奥地利德语作家，生前只有极少部分作品问世，而且毫无反响，直到他死后的第十一年，卡夫卡 6 卷本文集在巴黎出版后才受到广大读者关注，随即形成了一股"卡夫卡热"，并很快扩大到英美，并被奉为现代主义的鼻祖。现在看来，他的确仿佛是一位来自未来的哲人，运用荒诞、寓言、直觉等全新的手法，给人们讲一个个超验的故事，逸闻，而把自己所处的时代远远抛在身后。

　　生前寂寞，死后才拥有殊荣，这不可能是作者的初衷。任何一部作品，首先都是为当代人写的，魅力价值的现时律在文学史上永远都是占主导地位的主客体关系。然而，读者的审美障碍导致魅力价值延时律的产生，这在中外文学史上并不鲜见，难怪一千多年前刘勰就曾发出了"知音其难哉"的感喟。

　　3. 永时律。

　　作品能为不同时代的读者所欣赏，如我国《诗经》、《楚辞》、《红楼梦》等世界杰作，其魅力都亘古长存。这即是魅力价值的永时律现象。

　　莎士比亚曾豪迈地宣称，他的诗歌将比金石、土地、无涯的海洋、帝王镀金的纪念碑要更永远和牢固。事实上，魅力价值的长存并不等于像金石牢固不变，而总是以时间为纵坐标，以空间为横坐标向前不断发展变化着的。即使具有永久魅力的世界杰作，虽然它仍与今天的读者发生着审美关系，但也并不是处于现时律的审美关系的复制。每个时代的读者总是各以其情而自得，那些过去所产生的魅力内容有的可能消失了，有的可能加强或减弱了，有的则可能注入了新的魅力因素。譬如《诗经》，其中歌颂奴隶主"盛德"与"武功"的作品，在今天已毫无魅力可言。同时，我们对那些反映劳动人民生活的清新活泼的作品仍有兴味，但无论如何也不能与过去读者的那种审美感情同日而语。

　　魅力价值的永时律自有它的客观依据：一是人类具备人的共同的情感基因，有着追求真、善、美的共同天性。文学理论中有所谓"永恒主题"

说，爱情、生死、母爱、民族精神、童心等，这些题材的作品古今中外读者无不一致关注，因而构成了魅力价值保持大致稳定的深层根源。二是每个民族的文化精神与审美习惯都有一种传统的承继关系，对文学上的一些基本美学问题同样也会保持相对的稳定性与连续性。如诗歌的重意境、重含蓄，小说追求奇巧、故事等，都一直为我国读者所喜爱。三是文学作品具有较强的暗示性和不确定性，留给读者品味的"空白点"多，这样为不同时代的读者各取所需就提供了可能，这也正是作品生生不息的重要理由。

## 四　空间律

时间与空间是运动着的物质的存在形式。时间律主要体现魅力价值的长久程度，空间律则主要显示魅力价值的区域大小或宽窄。有些魅力大的作品可以很快传得很远，不仅为本民族读者所欣赏，同时又能为国外其他民族所喜爱。根据读者所处的空间范围的不同来分析魅力价值波及的远近，即有魅力价值的民族律和世界律。

1. 民族律。

作品最容易对同时代的读者产生魅力关系，而且也最能得到本民族读者的积极响应。这里的民族，对我们而言即指生活在中国版图的中华民族，故民族律亦可叫本国律。然而提民族律更为准确，因民族共同体与国家共同体的含义并不一样。民族共同体必须有共同的语言，这是产生民族地域文学的基础，而国家却不一定有共同的语言，如奥地利即是。①

探究魅力价值民族律的缘由，语言文字方面的障碍最为明显。文学是语言的艺术，是形象思维的成果，很多东西不能通过翻译来表现，譬如一首七言律诗，它的平上去入的声韵规律，以及双声、叠韵等这些抑扬顿挫的手段，用外语根本无法翻译。同样，我们读汉译的外国诗，即使是顶有

①　参见［苏联］斯大林《马克思主义和民族问题》，《斯大林选集》上卷，人民出版社1979年版，第61—64页。

名的大诗人的作品，仍会感到隔了一层，总不如读本国诗歌有味。魅力价值民族律的再一缘由，是民族文化传统的差异，这种差异必会制约着其他民族读者与作品的魅力关系。另外还在于文学性质决定着这种民族律。文学不是"为艺术而艺术"，而是为人生、为现实的艺术，为本民族的生存发展而奔走呼号的艺术。毛泽东说："一定的文化是一定社会的政治和经济在观念形态上的反映。"① 文学就不可避免地体现出较强的政党意识与民族意识。正如伏尔泰所言："每种艺术都具有某种标志着产生这种艺术的国家的特殊气质。"② 这就使本民族的读者与之最先产生魅力关系成为可能。

2. 世界律。

马克思和恩格斯早在 140 多年前，就曾明确谈到文学的世界性问题："过去那种地方的和民族的自给自足和闭关自守状态，被各民族的各方面的互相往来和各方面的互相依赖所代替了。物质的生产是如此，精神的生产也是如此。各民族的精神产品成了公共的财产。民族片面性和局限性日益成为不可能，于是由许多种民族的和地方的文学形成了一种世界的文学。"③ 从这里，我们可以得出文学为世界人民所共有的两个基本条件：一是民族闭关自守状态的打破，增强了民族文学之间的相互交流与影响；二是"民族的片面性和局限性"在相互交流中日益得到扬弃。只有这样，各国人民所共同追求的真善美的文学才可能成为世界的文学。

诚然，作品能成为世界的财产是每位作家的追求，但当下有一种情况却恰恰适得其反。即有意回避政治，对民族振兴过程中所出现的新思想、新创造、新问题漠不关心，而盲目去寻找那些脱离现实的所谓人类共同美，钟情于表现超民族、越时代的所谓"永恒主题"。殊不知，世界的文学并不是要求作家都按一个方式去思想，甚至都按一个模式去行动。我们

---

① 《毛泽东选集》第 2 卷，人民出版社 1977 年版，第 655 页。

② ［法］伏尔泰：《论史诗》，伍蠡甫主编《西方文论选》上卷，上海文艺出版社 1963 年版，第 320 页。

③ 《马克思恩格斯选集》第 1 卷，人民出版社 2012 年版，第 255 页。

以为，真善美的确是全世界人民的共同向往，"永恒主题"的确也存在，但作为读者，则更喜欢从作品中了解到各国人民各自不同的追求与奋斗历史，看到能体现真善美的各具特色的民族风俗画卷。愈是民族的愈有可能成为世界的，这才是魅力价值世界律的根本要义。

## 五　悖逆问题

作品与读者的魅力关系总是按照一定的时空律浮动变化的，但魅力价值的这种变化规律，也会出现暂时被扭曲的现象，使大众的魅力指向发生偏差，这即是魅力价值的悖逆问题。

魅力价值的悖逆在读者个人方面的体现最常见。读者个人的道德信仰与艺术趣味的不同，就有可能使他的魅力价值偏离大众的魅力指向。莎士比亚是举世公认的文学大师，但与他并驾齐驱的大文豪托尔斯泰却因宗教意识及艺术观与之相左，竟指出莎士比亚的东西是"很糟的粗制滥造之作"，"与艺术和诗歌毫无共同之处"。[①] 这种现象在普通读者中也时有发生。

不过，读者个人的悖逆现象并非我们关注的重点，它毕竟对大众的魅力指向不会产生很大的影响。问题是，当这种个人悖逆现象成为一种倾向或潮流，那就是整个文学事业十分不幸的事情了。

大众魅力价值的悖逆主要受那些所谓文学权威们的评价，操纵和扭曲了大众的审美趣味。比如在我国梁、陈时代，把持文坛的士大夫们大都出身豪门贵族，生活奢侈，使得文学成了描写腐朽享乐生活的工具。尤其是萧纲所提倡的"宫体诗"更是推波助澜，从而将靡丽颓败的贵族形式主义文学强加给读者大众。再就是反动统治者文艺专制政策的控制，破坏了大众审美趣味的正常发展。明初统治者就是采取这种政策，当时规定国内"士大夫不为君用者罪该抄杀"，因而文士往往因一字一句之误而得祸，使

---

① ［苏联］列夫·托尔斯泰：《论莎士比亚及其戏剧》，杨周瀚编选《莎士比亚评论汇编》（上），中国社会科学出版社 1981 年版，第 501 页。

作家们不得不尽量回避现实，文坛流行的只能是文风极为羸弱的"台阁体"之类的东西。

当然，文学魅力价值的时空律始终是一种不可抗拒的审美趋势，历史上的种种悖逆现象总是暂时的，而且它总是以强加的特点来干预、操纵大众的魅力指向，但最后都会以遭到人民的唾弃而告终。

## 六　结论

1. 魅力价值不是作品单方面的、客观存在的一种艺术力量，而是作品与读者之间的一种审美效应关系。在这一关系中，读者是魅力价值的主导。从而，也就打破了文学研究"作品中心论"的传统观点，由过去封闭的文学研究走向开放，真正弄清了魅力价值的控制因素。

2. 魅力价值变动不居的原理，也即表明那种所谓毫无变化的永久魅力并不存在，作品生生不息主要是由于不同时代、不同地域的读者不断地注入新的审美情感。

3. 区别作品的魅力价值与文学价值，其积极意义是强化文学作为艺术的基本特点，纠正传统文学价值观中忽视读者的错误认识。同时，有了这两种价值尺度，也就从根本上肯定了过去那些为人们所欣赏，但艺术生命力可能又并不太长的作品的存在价值。

4. 作品的成功与否不在于魅力的长短，也不在于作品传播得远近与否，好作品的首要标志是能成为时代前进的鼓点与号角，能为本土民族的奋斗歌唱与呼喊。也就是说，作品如能符合现时律、民族律，就是出色的。我们承认文学的"永恒主题"，但更强调文学的现实题材。事实上，文学题材的永恒与现实并不矛盾，目前的现实也即是将来的永恒，关键要看作家如何艺术地去反映这个现实。

5. 魅力价值的悖逆问题，应该引起作家、评论家特别是每个时代掌管文艺政策的人们高度重视。

# 第五节　论文艺鉴赏的"钻进去"与"跳出来"

## 一

记得还是在笔者十几岁的时候，有一回随父亲到常德市京剧院观看包公戏，据说扮演包公的是一位很有名气的演员，但我现在记不清了，其中，有一个场面至今却使笔者记忆犹新：当那演员演到包公不顾皇亲国戚的说情与高压，怒不可遏，决心要秉公办案，只见他先是把腰带稍稍一拧，再顺势把大带踢上左肩，又非常顺当地用右手把大带撩在手里，接着又不知怎么一下归到左手，动作干净利索，唰唰有声，然后又见他的头颈向上一挺，啪的一下，头上的帽子突然竟竖起一尺多高。这一表演简直叫笔者惊讶不已！这不是太虚假了吗？生活中怎么有这样的事呢？父亲过后告诉我："这就是演戏嘛，但看戏的人却要假戏真看，仔细体会它的精神，不要老抠形式上的真假。"父亲是位"票友"，他的话自然是对的，不过当时笔者仍不甚明了，现在想起来，我才真正感到这倒是一条重要的看戏原则或方法。

不论是鉴赏还是创作，首先都得将自己摆进去，钻入其中，越深入越好；直至主客体融为一体，与作品中的人物同呼吸、共命运，这即是中外文艺作品创作和鉴赏非常有益的成功经验。不妨看看，作家们是怎样进行创作的？有一次，有人去看望著名作家《包法利夫人》作者福楼拜，敲门没人答应，推门一看，只见福楼拜泪如泉涌，放声痛哭。来客大吃一惊，连忙问他出了什么事。他抽搐了好一阵子，才哽咽着回答说："包法利夫人死了！""谁？哪位包法利夫人？怎么没听说过？""就是我正在写的那位包法利夫人呀！"我们不难感到，作者创作的深度钻入不正是世界名著问世的前提吗？同时，作者作为第一个鉴赏者，也是他能够真切体会人物命运，从而获得鉴赏美感的一种真切的情感体验。

梅兰芳先生曾讲过这样一个故事：有一次，他请一位老太太看川剧

《秋江》，回来后问她："《秋江》好不好？"老太太说："很好，就是看了有点头晕。因为我有晕船的毛病，我看出了神，仿佛自己也坐在船上了，不知不觉地头晕起来。"小舟行于秋江上的情景毕竟是通过舞台布景与动作表演的，但这位老太太为什么也像在生活中一样晕船了呢？她说是"看出了神"。这句话说得很直接也很朴素，实际上，这里所谈也就是我们所强调的一条文艺鉴赏法则——必先钻入作品中，"吾性灵与相浃而俱化，乃真实为吾有而外物不能夺。"①

　　文艺鉴赏，正需要老太太的这种"出神"，需要设身处地、调动自己的生活经验和知识去想象、去补充，尽可能达到一种忘我境界，自由自在地在文艺世界里神游。鉴赏契诃夫小说《万卡》，除非你也能调动所有的相关记忆，重新抓住激动过契诃夫写这一作品时的情感，或者认为你也有这种体验与感受，这样你才有权利说鉴赏它。你已经钻进了作品的内部，你的想象已经重新组合了它的感人的情景。正是从这个意义上，英国作家珀西·卢伯克指出："读者本人必须成为小说家，决不能自认为创作只是作者的事情。"② 看来，创作者和鉴赏者的审美目标一致，其情感投入的要求也一样。福楼拜自述写《包法利夫人》的经历时，他还曾说："写这部书时把自己忘去，创造什么人物就过什么人物的生活"，例如写到她和情人在树林里骑马游行时，"我就同时是她和她的情人……我觉得自己就是马，就是风，就是他们的甜言蜜语，就是使他们的填满情波的双眼眯着的太阳。"③ 如同作者创作一样，鉴赏也是一种再创作。这样，"你在阅读一篇短篇小说的时候，就在扮演一个角色，也许还要扮演几个角色呢。"④ 不然的话，浮光掠影，走马观花，如此即使是再好的作品摆在我们面前也可能是不可理解的、奇怪的，甚至一点也不美。

―――――――――

　　① 郭绍虞等主编：《〈惠风词话〉〈人间词话〉》，人民文学出版社 1960 年版，第 9 页。

　　② ［英］卢伯克等：《小说美学经典三种》，方士人等译，上海文艺出版社 1990 年版，第 13 页。

　　③ ［法］福楼拜：《通信集》，《西方美学史》，人民文学出版社 1979 年版，第 627 页。

　　④ ［美］布鲁克斯等编：《小说鉴赏》，主万等译，中国青年出版社 1986 年版，第 761 页。

试举一例，这是张德林先生十分欣赏的《小鲍庄》中的一个片断：

> 路，向前蜿蜒，看不到头，难得遇见个人。远远的，看见个小黑点。走着走着，渐渐大了，大了，显出人形了，辨清男女了，认出眉眼了。到了跟前，过去了，前边只有一条白生生的路，蜿蜒到看不见的远处去了。太阳到了头顶，踩着自己的影子走。

这段描写好在哪里呢？张先生回忆自己的鉴赏经验时说："作者不是客观地介绍这个人，而是把叙述角度设置在正在行动着的这个人身上，用人物的眼光观察外界，感觉对方……我在30多年前参加过土改，常常一个人背着背包从村上到县里去开会，一天要走60里路，路上行人很少，偶尔远远看到一两个人从远处迎面走来，人由小变大，面目由模糊变清晰……几乎就是这种感觉。"[1] 这里鉴赏的关键就是把自己摆进去了，由此也才体会出这段描写的神韵。

## 二

谈到文艺鉴赏首先自己要钻入到作品中去，要与作者以及与作品中的意境息息相通，从而才能获得一种感情的"净化"和审美的愉悦。如何达到这种境界？或者如何才能让自己"钻进去"？

文艺是现实生活的"镜子"，但这面"镜子"是经过创作者精心打磨过的。它源于生活，又高于生活。遗憾的是，正是这个区别，却又把部分文艺接受者拒之门外。传说有这样一个故事，过去有个叫易大胆的戏班子，一日在某镇演出《帝王珠》，戏刚吆喝，会首就跑到后台来质问易大胆："二王登殿，文武百官上朝庆贺，为啥才看见八个文臣武将呢？太少了！"就这样，会首不但不给当晚的钱，还说要罚一天戏。第二天晚上，戏班按约演出《八十三万人马下江南》，并说好今晚的戏如演好了就两晚

---

[1] 张德林：《现代小说美学》，湖南文艺出版社1987年版，第17—18页。

的钱一起给。三遍闹台锣鼓响过之后，接着台上出现了四个跑龙套的演员，手持长矛，身跨骏马，在紧锣密鼓中跑来跑去，马不停蹄，人不下鞍。十分钟过去了，会首感到纳闷；二十分钟过去了，会首感到愕然；半个钟头过去了，会首再也坐不住了，忙叫人把易大胆找来，厉声问道："你们这是干啥！"易大胆不慌不忙地说："会首，八十三万人马下江南，才走了点零头，还早着哩！"会首哭笑不得，只好乖乖给钱认输。很明显，这个故事是有意嘲讽那些不懂文艺真实的鉴赏者，并非真有这样的演法。

不理解戏剧艺术真实的鉴赏者，在中外文艺鉴赏接受史上并不少见。因为戏剧是由真人表演，但它作为一种艺术形式，同样也不能刻板地模仿生活，照搬生活，况且又受到舞台时空的限制，这样就会难免处处有假。这与中国绘画的艺术精神是一致的。画面上所画的东西，自然也不可能与生活中的东西在大小、形状上完全一致。甚至有时还需要作某种艺术夸张，追求的是"神似"而不是"形似"，所谓"气韵生动"的绘画要诀也就是讲的这个。总之，一切艺术和生活的关系，都不能是亦步亦趋地作照相似的反映，而应运用各自的特殊手法去表现生活的本质，这即是艺术与生活关系问题上的一条颠扑不破的真理。比如说，舞台上的孙悟空、猪八戒这两个形象，生活中不可想象，但观众仍然为之津津乐道，觉得他们真实，也就是因为我们在这两个舞台形象上的确看到了两种不同的真实人物性格或精神。

中国戏剧界有句很流行的行话，即"假戏真做"。"假戏真做"，相对于观众接受来讲那就是要"假戏真看"。如果我们在剧场看戏，时时处处都认为是在演戏，当爱不爱，当恨不恨，觉得都是假的，逗不起一点点鉴赏情感来，这就不可能"入戏"了。

要做到"假戏真看"、真正"钻进去"理解作品也并非难事。一方面，它是不由自主地因"艺术的真实"引起，作品对现实生活的真实反映使鉴赏接受者的情感自然融合在一块。正如斯坦尼斯拉夫斯基所说：

"观众只要感觉到演员的敞开的心灵，窥视它，认识到他的情感的精神真实及其表露的形体真实，他们马上就会倾心于这种情感的真实，无法控制地相信在舞台上所看到的一切。"① 另一方面，当然还需要接受者的配合，需要利用自己类似于作品中的人生经历去感觉，甚至不妨充其角色，感同身受地去想象、去品味。例如，有位美籍华人女同胞，由美国的匹兹堡回到离别 30 年的祖国后，观看《蔡文姬》的演出时情感不禁完全卷入，她在一篇文中说："尤其是《胡笳十八拍》，一唱三叹，凄凉委婉。我呆在那儿静听，我默念：'无日无夜兮不思我乡土，禀气含生兮莫过我苦'，'雁南征兮欲寄边心，雁北归兮为得汉音'……这些都使我回肠千转，悲不自胜。然而，正当这位女同胞在剧场里哭得抬不起头来时，邻座的一对年轻恋人却由于茫然于这些哀婉的歌词而起身离去。"② 这位女同胞确实是在"真看"了，这与她特殊的经历分不开，否则也就难得有这种兴味。

## 三

文艺鉴赏需要我们先"钻进去"，并尽可能用自己的经历去感受作品中的生活，这倒又使我想起鲁迅先生的一段名言来。他说："小说乃是写的人生，非真的人生。故看小说，第一，不应自己跑入小说里面，……看小说犹之看铁槛中的狮虎，有槛才可以细细地看，由细看推知其在山中生活情况。故文艺者，乃借小说——槛——以理会人生也。槛中的狮虎，非其全部状貌，但乃狮虎状貌之一片段。小说中的人生，亦一片断，故看小说看人生都应站在槛外地位，切不可钻入，一钻入就要生病了。"③ 这段话看来与我们上面说的"假戏真看"很有矛盾，实际上它所涉及的则是问题的另一方面。"假戏真看"并没有错，不过这里还有一个程度问题。看戏

---

① 《斯坦尼斯拉夫斯基论文演讲谈话书信集》，中国电影出版社 1981 年版，第 527 页。
② 引见鲁枢元《创作心理研究》，黄河文艺出版社 1985 年版，第 36、37 页。
③ 《鲁迅论文艺》，湖北人民出版社 1979 年版，第 399 页。

也好，或接受其他文艺作品也好，一方面必须要强调进入到审美对象中，如果你从审美对象那里获得了某种快感，不妨问问这种快感的主要内容是什么。我想一个重要的方面即是从审美对象那里发现了自我，使自我的情感经验对象化到作品中去的一种愉悦。如果没有这种对象化，没有这种感同身受地"钻入"，文艺鉴赏就会显得非常枯燥。然而，文艺鉴赏也不可一味地只顾"钻入"，将艺术生活与现实生活完全等同，这样真的"就要生病"了。

清代道光年间，在乐钧《痴女子》一文里，记述了这样一个故事：

> 昔有读汤临川《牡丹亭》死者，近时闻一痴女子读《红楼梦》而死。初，女子从其兄案头搜得《红楼梦》，废寝食读之。读至佳处，往往辍卷冥想，继之以泪。复自前读之，反复数十百遍，卒未尝终卷，乃病矣。父母觉之，急取书付火。女子乃呼曰："奈何焚宝玉、黛玉？"自是笑啼失常，言语无伦次，梦寐之间未尝不呼宝玉也。延巫医杂治，百弗效。一夕瞪视床头灯，连语曰："宝玉宝玉在此耶！"遂饮泣而瞑。①

这位女子酷嗜《红楼梦》，完全钻了进去，竟变成了一位神经病患者，最后连自己的性命也丢了，这怎么要得呢？据说在西欧也有一些青年男女，读了歌德的名著《少年维特之烦恼》，就模仿维特自杀。类似这样的例子，中外文艺鉴赏史上并不少见。

文艺鉴赏不能只是停留在"钻进去"的阶段，还要注意从作品中"跳出来"。我们设身处地运用形象思维感受作品，这是"钻进去"了，但"钻进去"是为了真正理解作品而凭借的轻舟，并不是我们接受文艺的最后彼岸。特别是对那些艺术性较高而思想内容不好的作品，就更要注意"跳出来"，站在一个比较高的思想水准上，以我们的政治观点和美学观点

---

① 《古典文学研究资料汇编》第 2 册，中华书局 1963 年版，第 347 页。

来独立思考，这对我们才会真正有益。美国作家利昂·塞米利安说："在一个真正作家的气质中，总有一种近于痴狂的激情⋯⋯在文学创作过程中，不受节制的激情只是激情而已，而有所节制的激情则是天才。"① 从文艺创作而言，作家的确需要有一种"近于痴狂的激情"（此为"钻进去"），但这种激情又必须"有所节制"（此为"跳出来"），切不能让那种"痴狂的激情"完全左右了作家的头脑，那就近乎危险。文艺鉴赏也是同理，创作与鉴赏本就是一种逆向的创作。

　　曹禺的《雷雨》，原本中另有一个序幕和一个尾声，这样全剧就有四幕，第四幕是写周公馆惨剧发生后，周朴园到疯人院去看望繁漪和侍萍，以此来平缓一下观众紧张而十分贴近于舞台生活的情绪。作者自己曾说：

　　　　《雷雨》诚如有一位朋友说，有些太紧张（这并不是一句恭维的话），而我想以第四幕为最。我不愿这样戛然而止，我愿流荡在人们中间还有诗样的情怀。"序幕"与"尾声"在这种用意下，仿佛有希腊悲剧一部分的功能，导引观众的情绪入于更宽阔的沉思的海⋯⋯我把《雷雨》作一篇诗看，一部故事读，用"序幕"和"尾声"把一件错综复杂的罪恶推到时间上非常辽远的处所。因为事理变动太吓人，里面那些隐秘不可知的东西对于现在一般聪明的观众情感上也仿佛不易明了，我乃罩上一层纱，那"序幕"和"尾声"的纱幕便给了所谓的"欣赏的距离"。②

　　剧作者有意通过序幕与尾声"把一件错综复杂的罪恶推到时间非常辽远的处所"，以此来给观众造成一种时间上的"欣赏距离"，这一做法是否必要我们且不说它（后来因演出时间过长删了序幕与尾声），但观众必须要有一种"欣赏距离"是对的。

----

① ［美］塞米利安：《现代小说美学》，宋协立译，陕西人民出版社 1987 年版，第 4 页。
② 曹禺：《雷雨·自序》，文化生活出版社 1936 年版，第 3 页。

与其他文艺样式比较，戏剧与直接人生最为接近，因为它主要是通过真人的表演来完成言情之目的，兼有诗与画的延续性与直观性，直接作用于观众的感官，所以它所造成的艺术效果比诗、散文等要强烈得多，也最容易使审美主体进入到对象中去或者说从审美世界退到现实人生中去。据说，中国过去有人看演曹操老奸巨猾的戏，不禁义愤填膺，竟然提刀上台要把那位演曹操的角色杀掉；又听说我国解放初期某地演《白毛女》，有农民向台上扔砖头打"黄世仁"，又有民兵竟开枪打伤了饰演黄世仁的演员。类似的情况在国外也如此。1822 年 8 月，在法国一家剧院执行警卫任务的士兵观看《奥赛罗》的演出，当看到第五幕奥赛罗将要杀死苔丝德梦娜时，他在台下不禁喊道："我决不许一个该死的黑人，当着我的面，杀死一个白女人！"并同时开枪打伤了"奥赛罗"的胳膊。这种开枪式的鉴赏实在是不能效法的，显然是一种缺乏理智的行动，问题即在于只有"入戏"而没有"出戏"。

我们之所以又同时强调"出戏"，除了避免上面类似的悲剧之外，还在于只有"跳出来"，才能冷静地回味和思索。你如果完全沉浸于作品之中，你与对象之间就是一种纯功利关系了，也便难以发现美的奥秘。正如别林斯基所说："在美文学方面，只有理智和感情完全融洽一致的时候，判断才可能是正确的。"[1]

"钻进去"与"跳出来"总是一对矛盾，在实际的文艺鉴赏中，很多情况下也就是未能处理好这一矛盾。太钻进去了不行，但完全跳出来游离作品也不行，在这二者之间是否有一个程度的标准呢？或者两者之间究竟保持一个多大"距离"？把这些说清楚不容易。美国学者爱德华·布洛说："……最受欢迎的境界乃是把距离最大限度的缩小，而又不至于使其消失的境界。"[2] 朱光潜说："……'距离'太远了，结果是不可了解；'距离'太近了，结果又不免让实用的动机压倒美感，'不即不离'是艺术的一个

① 《别林斯基选集》第 1 卷，上海译文出版社 1979 年版，第 224 页
② 《美学译文》第 2 辑，中国社会科学出版社 1980 年版，第 100 页。

最好的理想。"① 事实上，这仍然只是对现象的一个较为形象的描绘，接受者还是难以把握这个分寸。我们认为，要想获得"不即不离"的鉴赏境界，不论怎样都得把握这样一个原则：那就是"钻进去"切不能走到庸俗的自然主义路道上去，"跳出来"又要注意防止闹出"瞎子断匾"似的笑话。在这样一个总体原则下再追求那种"不即不离"的鉴赏，从而使"钻进去"和"跳出来"这一矛盾较好地统一起来。

## 第六节　谈谈集体性剧场直接体验

戏剧的审美特征决定了观众与舞台演员是一种直接交流的关系。在剧场，演员以其自己生动的、直观的精彩表演与观众进行直接的对话，观众也即在这种对话之中不自觉地成为剧中被动的角色，甚至直接参与进去。这就使戏剧鉴赏赢得了一种独具特色的感受方式——完全是以自己的身心去进行直接体验。

日本剧作家水上勉编剧的《饥饿海峡》第五场末尾，女主角杉户八重（妓女）叙说着："没完没了的战争总算结束了。如今一切全变样了。在战争时期，我当水兵的慰劳者去赚钱，可战争一结束，世道变了，我也得变呀。永远要出卖肉体，那是不会幸福的。"紧接着，剧作家又让她突然面对观众来直剖心曲："我的客人，您说对吗？我可是没瞎说，我内心里就是这么想的。那么，我的客人，我可要到东京去啦。"杉户八重在这里是将观众当成她熟悉的"客人"（嫖客）来说话，一下子把全体观众都拉进了戏，如此直面相向的对话，不能不在观众心里造成震撼。

戏剧鉴赏的这种直接体验的方式，有时还可能使我们忘乎所以，不知道是在看戏还是在生活中，常常是以舞台角色的身份去聆听，去感受，去参与，从而产生出一种非常特别的审美享受。

这种特殊的剧场直接体验，就戏剧鉴赏而言，或可叫作观众与戏剧特

---

① 《朱光潜美学文集》第 1 卷，上海文艺出版社 1982 年版，第 25 页。

殊的审美关系。这种审美关系的实质是什么呢？弄清这一问题，可以进一步帮助我们理解戏剧鉴赏的根本特性。其实质，就是演员亲自登场，与观众所形成的一种当堂反馈的集体形式。这句话包含三个要点：（1）亲自登场；（2）当堂反馈；（3）集体形式。

戏剧是以活生生的人物登台表演并借助视觉、听觉和感觉来达到心灵感染的能动艺术；舞台上一切都允许有假（在戏曲中更为明显），但演员的亲自登场这一点不能有假；电影则完全相反，画面上的形象都可以是真实的，唯独演员不能亲自登场。明白这一区别很重要，为什么同一出戏，我们在剧场里观赏实际演出和在电影院观看该戏的录像，其审美经验与效果会迥然不同呢？这是因为剧场演员的亲自登场又可造成一种当堂反馈的氛围——剧场集体间不断地传递与反馈，形成强有力的情绪感染场，使每个人都可获得无穷无尽的快感。戏剧评论家华尔特·凯尔谈到戏剧这种当堂反馈时指出：

> 它是一条往返巡回的线路，是一条流动的、不可预测的线路，它的冲动，它的爆裂和它的内部随时都在变化着。我们的在场，我们的反应又飞回到表演者那里，每个夜晚都会改变他的表演到某种程度，有时竟达到惊人的地步……这在电影里是永远不会发生的，因为影片已经拍摄完毕，已经结束了，盖章验收了，不可能再接受我们的反应了。演员不能听到我们的反应，不能感觉到我们的存在；我们的看法，我们的争论不起任何作用。我们可能死气沉沉毫无反应，但影片却会照样无可指责地放完指定的长度。①

同时，剧场的当堂反馈又不是单方面进行，犹如读小说、诗歌是与作者的一种单向交流，而是有着鲜明特色的集体体验形式。演员的当众表演，观众的集体体验，创造出一种炽热的戏剧氛围，造成一种亲切的临场

---

① 转引自林克欢《演员与观众》，《文艺研究》1985 年第 2 期。

感,这就是戏剧鉴赏独特的审美关系。

剧场直接体验的这种集体性,具体来说,又可以从如下几个方面来分析。

首先是众心归一的集体意识。不论怎样说,戏剧总是为聚集成为观众的一些人看的,这些人尽管又是来自各方,互不相识,但一旦来到剧场,面对着同一审美对象,很快便会不仅在空间上而且也在心理上形成一种集体,与舞台上的角色和剧情打成一片,获得相当一致的审美效应。明代文学家张岱在《陶庵梦忆·冰山记》中有这样一段记载:

> 魏珰败,好事者作传奇十数本,多失实。余为删改之,仍名《冰山》。城隍庙扬台,观者数万人。台址鳞比,挤至大门外。一人上白日:"某杨涟",口口诤说曰:"杨涟!杨涟!"声达外,如潮涌,人人皆如之。杖范元白、逼死裕妃,怒气忿涌,噤断嗌哄。至颜佩韦击杀缇骑,枭呼跳蹦,汹汹崩屋……

《冰山》是一出以人民深恶痛绝的魏忠贤垮台为题材的戏,文中提到的杨涟,是一位勇敢无畏的忠臣,曾冒死上疏弹劾魏忠贤,终遭魏逆诬害致死。因而,杨涟一上场,立即得到观众的齐声呼唤,竟如"潮涌"。这种众心归一的集体意识不仅在其他艺术鉴赏中不可能发生,即使在生活中也很难碰到,要把众多的各种人组合成一个声息与共的集体,的确不容易。而且,此种众心归一的集体意识相当神圣,一旦有人破坏,就会引起观众的不满。有一次,我带着学生观看曹禺的《雷雨》,当戏演到四凤的妈妈来到周公馆,知道自己的女儿与周家少爷有暧昧关系时,内心痛苦万分,观众的情绪也处于一种非常抑制的状态之中,可有一个学生却在此时发出了一种极不谐和的嬉笑声,大家顿时扭过头来,都用十分憎恨、蔑视的目光盯着他,使这个学生感到羞愧不已,无地自容。这不正是强烈的众心归一的集体意识的力量体现吗?

　　观众强烈的集体意识，诚然是与他们面对同一审美对象有关，但也并不是所有的面对同一审美对象的鉴赏都能获得这种效果，这只要我们将看戏与看电影比较一下就清楚了。在影院，观众心理上总有一种独处之感，再动人的银幕形象也只能引起某种"认同"，根本不可能引起像看戏这样的强烈的振动波。法国著名电影理论家巴赞说得好："电影使观众平心静气，戏剧使观众心猿意马。"① 银幕上所再现的总是"永久的过去"，是一种"过去进行时态"，与观众虽然隔了一层；而舞台上所再现的又总是"永久的现在"，是"现在进行时态"。因而，我们一旦走进剧场，面对活生生的感性世界，普遍都有一种身临其境之感；同时，似乎大家也都做了一切准备去亲自参与，去接受舞台生活给我们相当一致的信息。彼此尽管原来素不相识，但剧场中那种神奇的集体意识一下子使我们都好像变成莫逆之交了。西方戏剧家称观众为"只有一颗心的多头巨人。"② 这正是我们所说的众心归一的集体意识。

　　其次是社会意识的集体宣泄。什么是社会意识呢？即为现实世界若干社会问题所决定的社会上绝大多数人所拥有的思想倾向。任何一个历史时期，人们所关心的社会问题都可能有某种大体一致的趋势，这种趋势或许在平常的生活中难以触摸到，而在剧场中却往往使人从集体意识中容易感受到社会的某种普遍情绪、某种公认的社会准则以及种种肯定或否定的社会思潮。据说在 1979 年的时候，某地上演《铡美案》，演到包公毅然摘下乌纱帽，下令铡杀陈世美时，台下群情激奋，有的观众当场高呼："共产党员要向包公学习！"为什么一部反映历史题材的戏，还能产生如此强烈的效果呢？显然是在于包公这一理想化了的形象，表达了观众对掌权者必须铁面无私、执法如山的呼声，呼应了广大观众的普遍情绪。像这样的事例，在中外戏剧演出历史上并不少见。从这个意义上说，剧场实际上就成了一个国家的民众集体宣泄社会意识的场所。

---

① 转引自王永敬《戏剧观众学刍议》，《剧艺百家》1985 年第 1 期。
② ［英］马丁·艾思林：《戏剧剖析》，罗婉华译，中国戏剧出版社 1981 年版，第 18 页。

　　西班牙戏剧家费特列戈·加西亚·洛尔伽说得好："戏剧是提高国家水平最富有表现力和最有效的工具之一，是衡量一个国家的伟大或衰落的温度计。"[①] 既然剧场就是一个国家的民众集体宣泄社会意识的场所，那么，戏剧就应正确引导观众去宣泄，观众也会在舞台形象的引导下以及从邻座的反应中了解到彼此心中埋藏着的社会意识，并适时地心照不宣地爆发出来。所谓"工具"和"温度计"之喻，这是不错的。

　　实际上，戏剧一开始产生的时候，并未截然分割为台上台下两部分，或只是演员演、观众看。不少文化史家都描述过古希腊早期戏剧与宗教仪式的密切关系；伊丽莎白时代的莎士比亚戏剧演出，不但池座和包厢式的楼座坐满并站满了人，而且舞台上两侧也站满了观众；中国旧时代的戏班子常与某种喜庆、纪念活动配合演出，同样具有一定的仪式意义，直至今天仍然保留下来，等等。这说明，戏剧演出一开始就有一种集体仪式的性质，戏剧鉴赏成了一种社会意识的集体心理体验或宣泄。

　　最后是剧场集体间的多向反馈。剧场集体应该包括演员集体与观众集体，我们所说集体性剧场体验，其具体形式即是由剧场集体之间许多对应的反馈关系组合而成。马丁·艾思林在他的《戏剧剖析》一书中，曾提出过一个著名的戏剧三角形反馈关系。

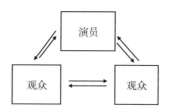

　　在这里，最为明显的当然要数演员与观众的反馈关系了。一方面，观众的鉴赏心理会因演员不同水平的表演能动地发出或激动或冷漠的变化；另一方面，演员从观众那里接受到反馈信息后又会自动调整自己的演出。在戏剧鉴赏中，主体与客体之间总是存在某种渗透，彼此都在不断地进行

　　① ［美］艾·威尔逊等：《论观众》，李醒等译，文化艺术出版社 1986 年版，第 85 页。

着或大或小，或主动或被动的互相调整。马丁·艾思林还曾说过这样的话："来自观众的积极反应，对演员有强大的影响，消极的反应也是一样。如果开玩笑时观众不笑，演员就会本能地着重加以表演，强调这些玩笑，最清楚地示意他们说的笑话。如果观众有反应，演员就会为这种反应所鼓舞，而这转过来又会引起观众越来越强烈的反应。这就是舞台和观众之间的著名的'反馈作用'。"①

在剧场集体中，另有一组反馈关系是存在于观众之间的。观众的喝彩、鼓掌、喜形于色的赞叹、夺眶而出的泪水，既可以极大地鼓舞演员的表演，在观众之间又可产生某种横向交流，彼此互相感染，互相影响。事实上，戏剧中很多动人之处，并不是剧场中全部观众都能很好地同时领悟到的，而且最先往往是那些高水平的鉴赏者的笑声与喟叹提醒了邻座，随之使更多人获得理解。戏剧活动有了这种观众间的横向反馈或交流，反过来又会进一步增强观众的集体意识，使戏剧鉴赏——这一活生生的交流更加充满诱人的魅力。

关于剧场中的多向反馈，还有一组关系是被马丁·艾思林忽视了的，那就是发生在演员与演员之间的反馈。一台戏剧的成功与否，还需要演员之间的高度合作，这一点已成为戏剧家职业道德的重要修养。试想，演员在舞台上的任何一个行动，何尝又只是一种孤立的行为？又何尝不能在合作的对象身上找到行动的依据与归向？很明显，这其中也存在演员间的信息反馈，而且是十分和谐、完整地呈现在观众面前。

演员间的反馈情况，一方面需要剧作者精心构思，尊重导演、表演、作曲与舞美各方面的合作者，使之人尽其用，妙合无间；另一方面则需要演员的临场发挥，需要有良好的心理素质与应变能力，等等。

总之，剧场反馈是多渠道的、多层次的，并往往表现出由小到大、由点到面、由浅入深的复杂过程。各种反馈关系互相错杂，互相影响，又使得整个剧场变成一个水乳交融的集体，这便是我们通常而言的剧场

---

① ［英］马丁·艾思林：《戏剧剖析》，罗婉华译，中国戏剧出版社 1981 年版，第 18 页。

效果。

剧场直接体验的集体性，最后还有一点是画框式舞台彻底冲破后的集体参与。

过去很长一段时间，由于人们过分强调演员的表演而忽视观众的因素，台上与台下截然分成两半，尤其是西方"第四堵墙"理论的出现，更是把舞台与观众完全对立起来。观众虽然与演员同处于一个现实空间，但彼此却没有联系，观众只是处在一个被动的地位去观赏；演员则把自己锁闭在画框后面，采取"当众孤独"式的表演，对观众视而不见。在他们之间，既有物质的间隔（如帷幕、乐池等），又有心理的隔阂（演员的"目中无人"与观众的冷漠旁观）。这样，就使画框式舞台本来对演员与观众的直接交流有所限制的情形更加突出。事实上，此时的舞台与银幕或屏幕已没有什么区别了，同时，所谓剧场的集体意识与直接体验的优势也将难以显示出来。

近代以来，中外戏剧家们已充分注意到了这一问题，开始努力使戏剧恢复到像观众逛庙会、看野台子戏或观看街头剧、活报剧那样的炽热的戏剧情境之中去，改变观众在剧场中的被动状况，推倒画框前无形的"第四堵墙"。其实质，即是画框式舞台的彻底冲破，演员与观众互相交融、集体参与，从而充分发挥戏剧的优势。

江苏省话剧团曾上演过《路，在你我之间》的话剧，主要写社会青年创办茶馆、自强不息的故事。这台戏的艺术处理十分引人注目，演出者将前厅、观众席、舞台连成一个整体的开放型空间，画框式舞台的限制没有了，演员可以随便上上下下，整个剧场也就是演出的一个巨大背景。剧场前厅就是"金陵湖茶社"的一部分，四周是印象派大师的绘画，大厅里有现代音乐回荡着，演员在观众中叫卖着冰棒、汽水、酸梅汤等。演员与观众完全浑然一体，呈现出一种浓郁的集体参与的气氛。

还有一些戏剧，不仅仅是让演员走出画框式舞台与观众面对面相遇，甚至试图把观众吸引到剧情中来充当角色即兴表演。例如南斯拉夫的一个剧团上演布莱希特的《小资产阶级的婚礼》时，戏不仅是在一家旅馆的餐厅里演出，而且还邀请了散坐在旁边的观众一同上来跳舞，观众既是参加婚礼的宾客，又是确确实实的旁观者。

无疑，演员与观众的集体参与，使得戏剧鉴赏的集体性表现得更为显著。不过，这里还必须要指出的是，戏剧作为一种艺术表现形式，无论如何还得注意不能将戏剧与生活等同，无限制地缩小演员与观众之间的距离也不明智。美国的"生活剧院"、英国的"边缘戏剧"、法国的"咖啡戏剧"等之所以缺乏生命力，原因恐怕就在这里。戏剧，当然也应是生活的艺术反映，艺术与生活之间是有距离的，这即是我们常说的一个是艺术的真实，一个是生活的真实；只有这样，也才能够在演员与观众之间建立起一种审美的关系。

# 第七节　浅论戏剧活动的第四度创作

戏剧艺术的最终实现不能离开观众的创造，这是在 20 世纪下半叶之后，逐渐形成和发展的接受美学给我们的重要启示。接受美学的最大功绩即在于把读者或观众摆在与创作者同等重要的地位上，认为艺术品的价值恰恰是两种因素——创作意识和接受意识——共同作用的结果，创作者体现在作品中的创作意识只是一种主观的意图，能否得到认可，还有待接受意识，即读者或观众能动的理解活动，并且还会随着时代的推移而发生变化。这样，作品就成了一个开放的系统，成为必须由读者或观众不断破译的信码。显然，接受美学突出审美接受的主张与此前的审美鉴赏理论不同。过去，审美鉴赏理论很少注意到审美主体问题，或侧重在作者方面（本人论），或侧重在作品本身（本文论），以上观点的病症都在于割断了创作、作品和鉴赏之间的内在联系。当然，接受美学也不能将自己孤立起来，脱离审美鉴赏的全部环节；否则，同样也容易产生片面性，甚至使审美鉴赏的结果成为无源之水、无本之木的信口雌黄。

　　事实上，审美鉴赏的接受意识也是一种创作意识，这是由艺术以形象反映生活的特征所决定的。凡艺术作品，都是创作者对生活形象的一种审美把握，并通过艺术形象含蓄地呈现出来——即创作者的审美认识只能渗透在艺术形象之中——这也就是说，作者创作活动的主要任务是将生活形象转化为含有意味的艺术形象，以艺术形象完美的表现为终结；相反，读者或观众的鉴赏活动则以艺术形象为起点，并通过一系列心理活动，诸如感觉、想象、体验、理解等去探索艺术形象所包含的思想内容。然而，艺术形象的根本特征就在于其含义的包孕性和多义性。同样一个艺术形象，同样一个艺术作品，不同的鉴赏者，甚至同一个鉴赏者在不同的历史时期去鉴赏，都有可能产生完全不同的兴味。

　　美国作家费迪曼说："莎士比亚不是由 37 篇戏剧构成，而是由 370 篇戏剧构成的。……只是这一次的莎士比亚的欣赏者不是上一次的欣赏者了。"[①] 哈姆雷特这个形象，在歌德看来是"一个美丽、纯洁、高贵而道德高尚的人，他没有坚强的精力使他成为英雄，却在一个重担下毁灭了"，变成了一个悲剧人物；但在赫尔岑看来，哈姆雷特是莎士比亚全部作品中的典型，他说看完这个戏的演出，"我不但两眼流泪，而且号啕大哭"；托尔斯泰则持冷漠的态度，觉得这是一个"没有任何性格的人物，是作者的传声筒而已。"[②] 同时，毫无疑问，不论是歌德、赫尔岑还是托尔斯泰，随着他们的审美建构的不断调整与更新，对哈姆雷特的审美认识自然也不可能一成不变。以上种种，即是著名的所谓"一千个读者，便有一千个哈姆雷特"的鉴赏现象。这种现象，正说明文艺鉴赏也常常带有鲜明的创作性质。所不同者，创作者是依据生活形象来进行创作，鉴赏者则是依据作者创作出的艺术形象来进行再创作。这是戏剧鉴赏包括其他艺术鉴赏的一条基本美学原理。

　　戏剧艺术对于观众创作意识的依赖比其他艺术形式更加突出。戏剧艺

---

① 　转引自陈传才《艺术本质特征新论》，中国人民大学出版社 1986 年版，第 285 页。
② 　同上。

术的存在，既不能脱离创作主体——演员，又不能脱离审美主体——观众。剧作家约翰·道尔丁说："从观众席最后一排向你怒吼的人，对于你才是最有价值的批评家。"① 日本戏剧评论家加藤卫把观众参与创作的"气氛"称为"观众的表演"，他说："看不见身段的观众的'表演'和看得见身段的演员的表演相一致时，方产生戏剧。"② 这里所谓"看不见身段的观众的'表演'"，当然是指观众的各种心理参与和创作。

戏剧艺术的创作过程也并不像其他艺术那样简单，只是涉及作者与读者两个方面，而是有一个复杂的创作系统。这个系统可图示如下：

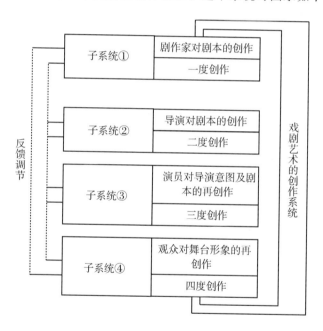

首先当然是剧作家的创作，但从剧本到观众的鉴赏，还得经过两个中介——导演和演员的再创作——相对于剧作家的创作而言，观众的创作便是戏剧活动的第四度创作了。

剧作家的创作（剧本）是一切再创作的基础或前提，有了剧作家的一

---

① 转引自［日］河竹登志夫《剧场与观众》，陈秋峰、杨国华译，《外国戏剧》1984 年第 4 期。
② 同上。

度创作，才使戏剧成为一门独立的艺术形式走向成熟，也为以后的种种再创作规定了范围、方向与内容。但不论是多么伟大的剧作家，他们在整个戏剧活动中都只能占据四分之一强的席位，戏剧活动的重点应让给导演、演员以及观众的再创作。

导演的再创作主要体现在如何运用戏剧艺术使剧本转化为完整、统一与和谐的舞台形象，侧重在戏剧演出的整体创作；演员的再创作又表现为在剧本与导演的制约下对某个戏剧角色的独到领悟，并把它栩栩如生地表演出来，侧重在戏剧演出的个体创作；观众的再创作则显得比较复杂，它可能重在对戏剧的整体感受，也可能重在对某个人物的深切体会，还可以是对戏剧某一场面的特别生发……总之，观众再创作的重点往往因人而异，因时而异。就上面创作过程的四个子系统来看，它们之间的关系并不是单向的直线式的因果链条，而是双向的或多向的反馈调节系统。这就是说，剧本的问世并不等于剧本的完全定稿，导演的再创作通过演员的表演体现出来之后也并没有大功告成，演员也不是只把戏演出来给观众看就完了，同样，观众的鉴赏也不是创作系统的终结。四个子系统之间总是相互影响，不断地接受着各方面传来的正负信息，然后又不断地创作，不断地更新，如此也便使得戏剧艺术生生不息地向前发展。

剧作家、导演和演员创作的具体情形，我们这里不作过多研究，下面着重谈谈观众再创作的几个主要特征。

观众的再创作不像小说或诗歌的读者那样只是一个单方面的行动，或者说创作者与鉴赏者是分开进行的。我们鉴赏小说或诗歌时，作为审美对象的作品呈现在我们面前已是一个完成了的固定的艺术品；而戏剧鉴赏则不同，作为审美对象的戏剧艺术是属于一种"未定稿"。《俄狄浦斯王》自古演到今，已经演了两千多年，但每场演出都是一种重新创作，观众在每一场中的感受也并不完全一样。这就是说，不论是戏剧演出还是戏剧鉴赏，都包含有一种极强的剧场气氛的临场因素。演员的演出有赖于观众的参与才能很好地完成舞台形象的创作，而观众的再创作又只能在演员的表演中充分实现。张庚说得好："演员艺术却不同，它不能在房子里创作完成以后再让人来欣赏，同时又不能在被人欣赏之时而自己置身事外，不去从事创作（表演）。相反地，他一面创作一面被人欣赏，他一开始创作，人家就开始欣赏，当他创作完毕，欣赏也就完毕。我们可以说，演员艺术，它的创作过程和欣赏过程是统一的，简单点说，创作过程就是欣赏过程。"① 这种舞台艺术创作与观众再创作的多重结合，就是戏剧活动第四度创作最为显著的特征。

再者，凡创作活动都不能离开想象，观众的再创作自然也不能例外。莎士比亚曾在历史剧《亨利五世》的序词中，要求观众须得插上想象的翅膀，超脱舞台上时间和空间限制，扩大演员的表演领域。演员提到马，观众就得凭借想象，仿佛见到舞台上万马奔腾。特别是，随着社会科学文化水平以及人类创造能力包括审美能力的提高，戏剧艺术的发展愈来愈要求观众充分运用想象去进行再创作，这已是 20 世纪以来的一个总体趋势。比如，鉴赏古希腊悲剧与鉴赏 20 世纪欧美现代派戏剧，两相比较，后者对观众想象的需要就更为迫切。曾风行欧美剧坛的荒诞派戏剧《等待戈多》，其象征意义十分玄妙，也十分抽象，如果没有观众积极的、丰富的想象来配合，这个戏简直就无法欣赏。

总而言之，观众再创作中的想象除了遵循一般艺术鉴赏中的想象规律之外，它还有一些特殊的要求，归纳起来就是要特别注意化实为虚，化假为真，化有限为无限，这即是戏剧鉴赏想象的主要特点。我们知道，舞台艺术与语言艺术的最大区别就在于，以活生生的舞台形象来表现丰富的意识，以虚拟的舞台动作来代表生活中的真实，以有限的舞台时空去概括无限的现实时空。戏剧艺术的这个特点，显然就必须得依靠观众通过想象将它转化。这一点，在中国戏曲鉴赏中更为突出。

观众再创作的另一特征是常常还带有外部动作的性质，即观众充当一定的角色与演员共同创作。近些年来，戏剧改革者们不仅敞开大幕，把演

① 张庚：《戏剧艺术引论》，中国戏剧出版社 1983 年版，第 5 页。

区前移，突破画框式舞台的限制，甚至将演区扩展到观众席和休息厅……使演员与观众一同来创作。当然，观众的这种带有外部动作的再创作，如果是观众抑制不住自己的情绪而适度地参与，是戏剧发展到高潮极其强烈的感染力所造成，那么我们认为这种再创作是允许的。但是，倘是戏剧艺术本身没有魅力，采取生拉硬拽的办法企图把观众拉进戏里去，这只能算是在同观众开玩笑，其结果很可能会落得不欢而散。日本著名戏剧理论家河竹登志夫说："观众参加创造，不管其形式如何，关键是要出自观众本人的自发自愿，方不失其真正的意义。"① 同时，我们认为在这里还有一个适度的问题。任何鉴赏创作，不论怎样带有外部动作的性质，但主体与客体之间总该是一种审美的关系，如果离开这个"度"而一味地强调观众的再创作，那可能将是十分危险的事情。

观众的再创作还是一种伴随强烈情感跃动的再评价活动。一个成功的戏剧，既不在于只是给观众一个消极接受的印象，也不在于使观众产生某种情感的共鸣，而是竭力使观众达到这样的艺术效果：一方面是观众在强烈的情感跃动中接受印象，人物的痛苦和命运以及整个世界都一一在观众的心灵里活现；另一方面又对舞台生活进行着最为敏捷和冷静的审视与评估，对戏剧蕴含的多义性及其审美意义做出自己的结论。这两个方面几乎是并行不悖、相互影响地制约着观众的再创作，两者都不可偏废。有一些戏剧鉴赏者，由于个人的性格、心境、遭际和作品人物颇为一致，而在再创作中又未能从强烈的情感跃动中跳将出来，以致酿成悲剧，这已不是个别例子了。有一些戏剧鉴赏者，又总喜好将自己置身于戏外，动不动就运用理性的尺子来衡量，这当然也失去了戏剧鉴赏的真正意义。

观众再创作时所表现出的强烈情感跃动，与戏剧这种活生生的交流有关系，而且一旦我们走进剧场就很容易达到这种境界，是不用花费很多心力的。观众再创作时所表现出的再评价则显得比较困难一点，它往往带有审美主体的个体性。别林斯基在谈到鉴赏《哈姆雷特》时指出，其实，哈

---

① ［日］河竹登志夫：《剧场与观众》，陈秋峰、杨国华译，《外国戏剧》1984 年第 4 期。

姆雷特"整个看得见的个性"必须由接受者自己规定，而"不依赖莎士比亚"；"根据你的主观性去想象他"，"你到处感觉到他的存在，但却看不到他本人；你读到他的语言，但却听不到他的声音，你得用自己的幻想去补足这个缺点，这幻想虽然完全依存于作者，但同时也是不受他拘束的。"①这段话鲜明地指出了鉴赏者再创作时所表现出的个体性质。

有时，观众再创作的个体性，不仅与其他观众不同，甚至也可能不同于作者的认识与评价。比如，对曹禺《雷雨》女主人公繁漪形象的理解，许多观众认为是对旧中国的罪恶家庭和社会的暴露，但作者本人却说他写剧本时，只是写耳濡目染的旧家庭的人物，"并没有显明地意识着我是要匡正、讽刺或攻击什么"。这种差距所反映的正是欣赏主体再创造、再评价的积极反馈，以致作者表示：对读者或观众的意见"我可以追认。"②

---

① 《别林斯基选集》第 1 卷，上海文艺出版社 1963 年版，第 448—449 页。
② 参见曹禺《论戏剧》，四川文艺出版社 1985 年版，第 354 页。

# 第五章　上品文艺鉴赏的实现

## 第一节　上品文艺鉴赏如何可能？
### ——中国梦文艺正能量系列思考之一

一

文艺作品以一定的物质材料和手段为媒介，创造出生动丰富的艺术形象，接受者在品鉴文艺作品时，通过由浅入深、融情入理的理解把握，在思想感情上产生强烈共鸣，从而得到赏心悦目的审美享受，这就是我们通常所说的文艺鉴赏。文艺鉴赏是一种审美活动，它以文艺作品为对象，这使它有别于自然美和社会美的鉴赏；文艺鉴赏从审美的角度感受艺术美，这使它又有别于科学认知以及一般游艺活动。

同样一个文艺作品，不同的人鉴赏所获得的效果并不一样。我们将文艺鉴赏划分为上品文艺鉴赏、中品文艺鉴赏和下品文艺鉴赏三个层次。划分依据重在两维：一看鉴赏心理活动过程是否完整；二看鉴赏理解是否合情合理，富有再创造。

文艺鉴赏的完整心理过程包括"直觉→体验→认识"三个阶段。"直觉"就是不假思索地感知作品；"体验"则是对作品获得初步美感之后的再理解、再确认；"认识"就是艺术享受与艺术判断融为一体后再反观作品的最高审美把握。与此相关，歌德也曾将"文艺鉴赏分成三个境界：一是不假思索地享受美；二是只作判断不享受；三是在享受的同时作判断，在判断的同时进行享受，并认为只有这样才能再现作品的精髓"。① 此所谓三种不同境界，它们的关系是由浅入深、逐层递进的，实际上这与我们上面所说文艺鉴赏完整的心理过程基本一致，不过"享受"应该贯穿鉴赏活动的全过程。

文艺通过艺术形象表现生活。《文艺概论》里说，形象大于思想，意在表明艺术形象的内涵十分丰富。中国古文论中经常强调文艺作品要有"象外之象，景外之景"；② 要有"画意不画形，咏物不隐情，忘形得意知者寡，不若见诗如见画"；③ 要"状难写之景如在目前，含不尽之意见于言外"④ 等，这对文艺鉴赏就提出了更高的要求。要想成为作者的知音，就得仔细领会作品的"象外象"、"物外情"、"言外意"，对艺术形象进行多层理解与创造。这种创造，既表现在鉴赏者头脑里还原、丰富文艺作品的意境，也表现在鉴赏者对文艺作品深层内涵的探求。

所谓文艺鉴赏上、中、下三品，它是指鉴赏心理过程和鉴赏理解的综合体现，犹如人们游泳，你的体能素质与采取蝶泳等方式方法的不同，表现在一定时空即可区分为健将级以及一级、二级等，但人们天生就具有追求健将级运动水平的愿望。上品鉴赏，其鉴赏心理过程必然完整，同时还能与作者作品保持一致之思，或是还原似的共鸣，并在此基础上又能由此及彼、由表及里，深识堂奥。如果鉴赏心理过程不完整，对作品内容基本不理解、不准确，或者对一些低级趣味的作品也津津乐道，当然就是下品鉴赏；介于上品与下品之间则是中品鉴赏。

## 二

上品文艺鉴赏总是文艺活动"四要素"的有机统一。"四要素"指世

---

① ［苏联］鲍列夫：《美学》，乔修业等译，中国文联出版公司1986年版，第322页。
② 北京大学哲学系美学教研室编：《中国美学史资料选编》上册，中华书局1980年版，第316页。
③ 同上书，第26页。
④ 欧阳修等：《六一诗话·白石诗说·溥南诗话》，人民文学出版社1983年版，第9页。

界、作家、作品和鉴赏接受者。"世界"是自然和社会一切事物之和，它是作家和鉴赏者的依托，作家和鉴赏者对"世界"了解掌握得越深，就会越有利于自身对生活的准确评价；"作品"是世界的反映，是人类发展历史的确证，也是作家和鉴赏者对话交流的主要中介；作家和鉴赏者通过作品进行交流，鉴赏者是主体，与客体作品形成思想交流，作者则是客体隐含的另一主体。

上品文艺鉴赏究竟在什么条件下可以实现？如仅仅关注以上"四要素"的相互关系显然不够，如果再深入探索，择其要者，只有主体和客体条件充分，从而双向交流，上品文艺鉴赏才有可能实现。这种交流彼此互为对象，它是有前提的，前提的好坏直接决定着主客体审美交流关系的密切和创新程度。

先说鉴赏接受主体。这里的主体，是指文艺鉴赏活动中的读者、听众或观众。主体之所以能够与鉴赏客体形成一定的审美交流关系，在于主体必须具备一定的文艺鉴赏期待视野。期待视野，包括一有鉴赏需求；二有鉴赏能力。鉴赏需求是在主体满足基本生活需要的条件下才有可能的；鉴赏能力是指主体要具备一定的鉴赏修养，主体对作品的鉴赏并不是新生婴儿睁眼看世界，完全从零开始。正如马克思所说："对于没有音乐感的耳朵说来，最美的音乐也毫无意义。"[①] 以上二者，基本生活需要是鉴赏需求的前提、保障和基础，越是在高度物质文明的社会里，主体就越是需要高品质的文艺鉴赏活动以求得精神生活的平衡。主体的鉴赏能力表现在对作品的还原、探求和再创造上，这种积极地创造正是文艺鉴赏生生不息的重要根源，具体体现在以下三点：第一，大凡优秀的文艺作品都回避倾箱倒箧地去表现，往往会留给鉴赏主体一些"不确定点"或"空白"，这就更需要主体去补充和创造；第二，主体总是根据自身的修养、阅历与立场去鉴赏客体，这样也难免会对不同种类的文艺形式，或同一种类同一作品表现出不同的鉴赏需要和鉴赏评价；第

---

[①] 《马克思恩格斯全集》第 42 卷，人民出版社 1979 年版，第 126 页。

三，因为主体具有自由生命活动的特征，这就决定了文艺鉴赏活动比其他实践活动诸如宗教、政治等具有更大更多的自由灵活性，它是一种摆脱了肉体需要支配的活动，是一种摆脱了对"物"的绝对依赖性的活动。

再说鉴赏客体。这里的客体又称鉴赏对象，是文艺家创作出来的可供人们鉴赏的文艺作品。显然，没有它就没有创作者与鉴赏者二者之间的双向交流，文艺的效用也就无从实现。鉴赏客体之所以能够为主体所鉴赏，它的前提条件又是什么？或者说，文艺作品应当具备怎样的功能？我们以为，这个问题虽不新鲜，但它在当下却显得特别严峻和突出。过去，我国文艺政策长期坚持政治标准第一，艺术标准第二，结果全国只剩下几个样板戏，这固然有问题。目前，全国上下主抓经济、以 GDP 高低排座次，而文艺如何发展、有何问题，大家却并不那么关心。在很多情况下，文艺好像是一个摆设，某某部级领导获得茅盾文学奖并不是新闻；或者仅仅是一个娱乐手段，还振振有词地要用西方惯用的市场调节方式予以约束，但往往弄得文艺界很多公共价值观都受到了前所未有的挑战。郭敬明导演的《小时代》2013 年 6 月 27 日首映，上映半个月票房超过 5 亿元；2013 年 7 月 16 日美国《大西洋》月刊网站发文说："人们完全猝不及防，就被这部明目张胆地炫耀财富、魅力和男权，表现'女性就想要这些'的电影惊呆了。"该文还指出《小时代》存在三宗罪，主题混乱、故事松散、思想低俗。国内不少重要媒体也都发文予以批评，而且 2013 年 7 月 15 日《人民日报》还曾发表了一篇题为《不能无条件纵容小时代 2、小时代 3 出现》的文章，但影片续集《小时代 2》后来居然也已经上映！这就好比医生通知你已患糖尿病，但你仍出于一时舒服，还是放开饮酒，这种为所欲为、不辨是非的无序状态难道不值得我们担忧吗？

上品文艺鉴赏须以上品文艺作品为前提。马克思说："艺术对象创造出懂得艺术和能够欣赏美的大众……因此，生产不仅为主体生产对象，而且也为对象生产主体。"① 然而，我们有些创作者并没有意识到自己的崇高责任，甚至还可能有意识放弃！鲁迅先生对此早有告诫："若文艺设法俯就，那就很容易流为迎合大众，媚悦大众。迎合和媚悦，是不会于大众有益的。"②

三

大家知道，文艺作品应具有审美功能、认识功能和文化功能，因此我们才会乐此不疲地去鉴赏它。问题也正在这里，《小时代》及其类似作品，当下几乎都不再追求文艺作品的这三大功能，而是把"迎合和媚悦"及其经济利益摆在首位；更为严重的是，当下我们对这些有问题的作品却还往往采取一种放任的态度。王蒙做客湖南卫视，谈到《小时代》说："它不是一个非常艺术性的文学作品，相反的，它是考虑到某种文化消费的需要。那么，在文化消费作品中，各式各样的多了，你不能都有一个模子。"王蒙不仅肯定了《小时代》的存在价值，他还在湖南卫视的那次采访中居然避免谈文艺作品、文化消费的价值判断问题，避免谈社会大众文艺消费质量的高低问题，用他自己的话说就是"我不想做价值判断，好和坏。"③在我们看来，这是一个非常危险的信号。前些年，中国文艺政策主流意识淡薄，近年虽有较大反拨，但文艺界紧跟不够，实则就是我们自己不敢坚持，不敢"亮剑"。

在上品文艺鉴赏"四要素"中，主体与客体自人类诞生文艺以来就总是保持着一种相互利用、相互促进的关系；而且，主体的"再创造"和"被创造"之于上品文艺鉴赏同等重要。

主体"再创造"的水平是上品文艺鉴赏的"试金石"。西谚所谓"一

---

① ［德］马克思：《政治经济学批判·导言》，《马克思恩格斯选集》第 2 卷，人民出版社 1972 年版，第 95 页。

② 鲁迅：《文艺的大众化》，《鲁迅全集》第 7 卷，人民文学出版社 1958 年版，第 579 页。

③ 李大超：《王蒙力赞郭敬明吗？》，《新京报》2013 年 8 月 1 日。

千个读者就有一千个哈姆莱特。"① 以及我国古人所总结的"诗无达诂"等均强调"再创造"的重要。特别是自 30 多年前西方"接受美学"理论译介到我国以来，学界比较流行文艺作品不仅仅是作家所创作的，也不是一个自足的体系，而是由鉴赏主体"再创造"并共同完成，把主体的"再创造"抬到了一个无以复加地步。不过，这又带来新的问题：如果离开作品的客观性而一味强调主体的再创造，就会进入到绝对主观主义的情景中，并不合适。

具体说来，主体"再创造"可分为三种。比较常见的两种是还原再创造与拓展再创造。还原再创造就是主体和作者心心相印，主体通过想象再现出作者创作该作品时的意境，与作者感同身受、产生共鸣。拓展再创造则是鉴赏主体用自己的新的视觉观赏作品。譬如大家读《红楼梦》："经学家看见《易》，道学家看见淫，才子看见缠绵，革命家看见排满，流言家看见宫闱秘事。"② 这即是拓展再创造的结果。另有一种并不常见，即比况再创造，也就是鉴赏主体取其作品精髓，再以其作为比体喻指主体另要说明的一个事物。例如，我们都特别熟悉的王国维为描述"成大事业、大学问"的三种境界，即是用晏殊、柳永和辛弃疾各自作品中的一句诗来比况的，③ 生动形象，非常贴切。

一方面，优秀的鉴赏再创造与主体鉴赏水平密切相关，但不论哪种"再创造"，它们彼此并没有高下，都是主客体积极的鉴赏交流，都可以出现上品文艺鉴赏；另一方面，鉴赏主体的"被创造"现象却长期以来被我们所忽视，这并不利于上品文艺鉴赏，甚至出现中品、下品文艺鉴赏都有可能。

首先，因上品文艺鉴赏的目标就在于不断提升鉴赏主体，而客体本身的好坏则直接决定着我们的鉴赏质量。《红楼梦》所写的爱情会引起读者

---

① 王朝闻：《以一当十》，人民出版社 1985 年版，第 114 页。
② 鲁迅：《〈绛洞花主〉小引》，《鲁迅全集》第 8 卷，人民文学出版社 1981 年版，第 145 页。
③ 参见王国维《人间词话》，岳麓书社 1999 年版，第 15 页。

的低俗情欲吗？蒙娜丽莎的微笑只能唤起我们的纯洁和率真！应该说，创作者给我们奉献怎样的作品至关重要！如果作品有问题，就会败坏人的胃口，影响人的审美趣味，甚至会混淆我们的公共价值观。现今文艺界普遍忽视作品本身的审美认识功能而特别关注文艺的娱乐功能或市场效果，从而主体在这种不良的"被创造"氛围中就很可能会出现慢性中毒甚至如吸鸦片不仅中毒还会上瘾，值得我们高度警惕。2013 年 7 月 17 日凤凰网"娱乐频道"为呼应《人民日报》对《小时代》的否定，特别推出"如何鉴别毒草电影"专题，对我国改革开放以来国内译介上映的若干部毒草影片诸如少儿毒草《四百击》（法国）、励志毒草《肖申克的救赎》（美国）、抗战毒草《桂河大桥》（美国、英国）、英雄毒草《钢铁侠》（美国）、科幻毒草《星球大战》（美国）等进行一一剖析，读后不禁令人拍案叫绝！笔者认为这个提醒正当其时，但这毕竟不是解决问题的关键，"被创造"的问题必须坚持并真正落实我们前些年提出的"弘扬主旋律，提倡多样化"。近年来，似乎前者我们往往无暇顾及，而后者又恰恰放得太宽。实事求是地讲，在当下计划与市场交融的中国特色社会主义国度里，仅靠亚当·斯密的"看不见的手"来梳理和修复不健康的审美鉴赏并不现实。

其次，解决文艺鉴赏"被创造"的负面问题，人民大众自身的努力固然重要，但文艺导向、文化氛围、社会风气等亦不容忽视。文艺鉴赏表面上看是鉴赏主体个人行为，它纯粹是由主体个人的知识、兴趣和爱好决定的。其实，任何一个鉴赏个体也都隶属于某一群体或集团，共同的生活条件，类似的文化背景，相近的风俗习惯等会形成特定的文化心理结构和期待视野，这些因素也对鉴赏个体施加着影响。有人撰文指出："不可否认，《小时代》内容空洞，情节拼凑，有些地方不知所云，有拜金炫富倾向，但也不必那么'上纲上线'。一部电影作品还不至于会非常负面地影响青少年的价值观。"[①] 笔者认为持这种意见的人并不太少，实际上它已形成一个不良的鉴赏氛围。《小时代》中的林萧等追求奢华、物质主义、理想模

---

① 孟黎：《何必终结〈小时代〉》，《金融时报》2013 年 7 月 19 日。

糊等已成为当代青年的时代病，他们甚至觉得就该这样去争取、去发展！青年人看好《小时代》也正是这种不良社会风气的反映，我们不能一味责怪年轻人，或者只责怪学校教育没有尽到责任。令人欣慰的是，以习近平同志为核心的党中央正大刀阔斧地反腐倡廉，狠抓领导干部队伍建设，"老虎""苍蝇"一起打，极大地提振了广大人民群众对我们能够沿着中国特色社会主义道路不断前进的信心，同时我们对中国梦文艺正能量也充满期待。习近平总书记在一次文艺工作座谈会上还谆谆告诫："一部好的作品，应该是经得起人民评价、专家评价、市场检验的作品，应该是把社会效益放在首位……经济效益要服从社会效益，市场价值要服从社会价值。文艺不能当市场的奴隶，不要沾满了铜臭气。……不能被市场牵着鼻子走。"[1] 而且，他还进一步明确指出："好的文艺作品就应该像蓝天上的阳光、春季里的清风一样，能够启迪思想、温润心灵、陶冶人生，能够扫除颓废萎靡之风。……广大文艺工作者要高扬社会主义核心价值观的旗帜，充分认识肩上的责任。"[2]

不能否认，我们的文艺应当面向市场，面向大众，市场成功就是文艺成功的起点。我国过去的文艺政策太专制，文艺创作根本不顾人民群众的喜怒哀乐，这个教训我们当然不会忘记。然而文艺作品仅靠市场评定、群众评定就可以了吗？2014 年央视春晚邀请冯小刚任总导演，这又是一个什么样的信号？我想它就是中国文艺走向市场的一个重大举措！因为冯小刚本就是经市场大潮淘洗出的超级明星代表，是能够特别"接地气"的人民艺术家，广大受众肯定会欢迎！然而，央视春晚同时跨着市场和正统文艺的门槛，它是我国最大的文艺平台，如何把群众喜好和社会价值有机结合起来，值得我们好好思考。可以肯定，习近平总书记上面的讲话也表达得非常清楚，起用冯小刚等并不意味着今后我们的文艺政策会放弃文艺的政治

---

①　《习近平在文艺工作座谈会上的讲话》（2014 年 10 月 15 日），载《人民日报》2015 年 10 月 15 日第 2 版。

②　同上。

教化与引导功能，或者注意迎合大众而不要社会效益。

# 第二节　读者学:文艺鉴赏三环节方法论

整个文艺活动是作者、作品和接受者三环节共同组成的一个运动系统。作者以社会生活为对象，将自己的体验和发现通过一定作品形式表现出来，其创造性活动便构成这个系统运动的起点；作品——作为作者所赋予的一个独立客观存在的艺术整体，它所具有的"召唤结构"就始终成为这个系统说不清道不完的中心话题；接受者则是作品艺术生命的激活主体，作品如果没有接受者的鉴赏就没有生存意义。本节即围绕以上三环节谈谈审美接受的通用方法问题。

## 一　以作者为核心的审美鉴赏

一切文艺作品均是作者创作的产物和人生的投影。俗话说"文如其人"，即表明了作品与作者的密切关系。以作者为核心的审美鉴赏，也就是要求鉴赏者以追寻、重建文艺作品的作者原意为根本目标，以此形成的种种鉴赏方法，即统称为原型理论。我们强调原型，重在指出作品与作者及其创作用意之间的对应联系。

1. "逆志"、"知人"与原型理论。

我国文艺鉴赏方法的自觉当从孟子开始，他先后提出的"以意逆志"与"知人论世"法可谓开创了审美鉴赏原型理论的先河。

"以意逆志"是孟子在与弟子咸丘蒙讨论《诗经·小雅·北山》时提出的，他说："故说诗者，不以文害辞。不以辞害志，以意逆志，是为得之。"① 即鉴赏诗歌不要只抓住个别字眼的意思而曲解了一句话，也不要只断章取义地抓住某一句诗的意思而弄错整篇作品的作者原意。正确的鉴赏方法是：不胶柱鼓瑟，拘泥不化，而要设身处地去意会和感受作者在作品

---

① 《孟子·万章上》。

中所表现的真谛。

对于"以意逆志"法的理解，孟子强调的应是以整个作品的文辞之意去领会诗人之志。孟子之所以提出"以意逆志"，目的即在于规范解诗行为，并力求符合儒家的思想，这里的"意"只能是作者之意，如果将它解释为读者之"意"，应不符合孟子原意。

当然，如何从作者的文辞之"意"去领会诗人之"志"，实际上并不容易。意逆在我，志在他人，要求读者的鉴赏完全与作者吻合是很难的。对此，孟子又提出了"知人论世"说，指出："颂其诗，读其书，不知其人可乎？是以论其世也，是尚友也。"① 以世知人，由人知诗，或从诗知人，进而推想作者原意十分必要。

2. 赫施、却尔等的作者理论。

作者是文艺作品意义的创造者、赋予者，对文艺作品的种种不同理解最终只能统一到作者原意上来，这种作者决定论的文艺鉴赏是西方自古希腊以来的传统解释学的基本观点。

解释学的作者决定论，在西方文艺鉴赏史上有起有伏，到 20 世纪六七十年代，美国学者赫施、却尔等人将这一理论推向顶峰。

赫施在他的《解释的有效性》和《解释的目标》等著作中，进一步明确了以作者为中心的观点。他说："阐释者的基本任务是在自己的内心对作者的'逻辑'，他的态度，他的文化素养，总而言之，他的世界进行再造。因为尽管这个核实过程是极端复杂和困难的，其基本核实原则却是非常简单的，是对演讲题材的想象再造。"② 我们该如何准确地"想象再造"作者的原意呢？赫施则提出了按照作品的"含义类型"去追寻的办法。即某一作品首先必须属于一定类型，其次它又从属于一定的流派和风格，然后再确定是作者何时创作的，又是怎样创作的。通过这样一层层"含义类

---

① 《孟子·万章下》。

② 胡经之等主编：《西方二十世纪文论选》卷 3，中国社会科学出版社 1989 年版，第 444—445 页。

型"的限定，对作者原意的"想象再造"就会比较容易。

赫施之后，美国的另一学者却尔又提出了"唯一正确"一解的著名论断，认为文艺作品"只有一个唯一正确的解释"，那就是"作者的意图"。① 要确定"作者的意图"，却尔的方法是求助于所谓"外部证据"和"内部证据"。前者是指作者的日记、笔记、信件及谈话等，后者是指作品特点，即作品的语言、结构和表现手段等。

赫施、却尔作者决定论给我们的启示是，文艺作品的意义是可以解释的，有它的客观性，从而提醒人们不要使文艺鉴赏陷入相对主义泥潭。事实上，"作者的意图"一旦通过一定的艺术形式呈现出来，我们的鉴赏也就不可能脱离这个艺术形式而想入非非，都将与"作者的意图"或远或近地保持联系。叶圣陶先生在《语文教学廿韵》中说："作者思有路，遵路识斯真，作者胸有境，入境始与亲。"② 即表明了文艺鉴赏只有"遵路"、"入境"才有可能达到"识斯真"和"始与亲"的境界。至于文艺鉴赏的最后结果是否都要统一到"作者的意图"上来，也便无关紧要了。

3. 弗洛伊德的精神分析法。

弗洛伊德的精神分析法开启了文艺鉴赏与批评的另一领域，其实质是对作者意蕴的深层次探原，即认为作者原意潜藏在连作者自己也察觉不到的无意识底层，是对西方原型理论的进一步发展。

弗洛伊德（1852—1939）是奥地利著名的心理医生，他不仅从一种精神病学理论拓展为普通心理学，而且还将它扩展为一种世界观或一种哲学方法，并广泛应用于宗教、伦理、政治、语言学、人类学，尤其是文学艺术等广袤的领域，从而构成当代最具影响力的精神分析文艺学方法流派。

精神分析法的理论基础是：（1）无意识理论。弗洛伊德认为，人类精神活动的大部分是无意识的，人的心理结构主要的重量和密度隐没在表面

---

① 参见却尔《解释：文学批评的哲学》，文化艺术出版社1988年版，第9、39页。
② 《叶圣陶语文教育论集》，教育科学出版社1980年版，第7页。

以下（即意识层下面）。（2）性本能理论。认为人的一切行动根本上都是性欲的本能促动，弗洛伊德把这种根本的精神力量称作"力比多"（libido），即性能量。（3）梦的理论。界定梦是无意识活动的真实区域，梦通过凝聚、移位、畸变等过程完成对潜意识本能欲望的改装。

如同整个精神分析学说一样，精神分析文艺鉴赏与批评自它问世以来也一直受到多方面的严厉指责。譬如它过分夸大无意识的作用，甚至把文艺与梦合二为一；另外，文艺活动的"泛性欲化"，也是我们无法接受的，实际上是把历史的东西自然化、社会的东西本能化、人的东西生物化，是对文艺活动的狭隘理解。然而，精神分析法作为一种独具特色的文艺学方法，其重要贡献任何人也无法抹杀。

贡献之一：拓展了一种心理学文艺学方法。过去人们习惯的是宏观历史学和道德学的传统解释法，而精神分析法则是一种微观心理学解释，倡导从个体的心理结构、心理经验去鉴赏文艺，这正是别的鉴赏方法模式所不能替代的。

贡献之二：无意识理论为我们深入理解文艺作品提供了一种全新角度。例如，弗洛伊德在对古希腊悲剧《俄狄浦斯王》的分析中，认为国君的儿子俄狄浦斯杀父娶母，表面上写的虽是人类意志和命运的冲突，但实际上它所表现的是人们童年时代所产生的杀父娶母的无意识欲望。后来，弗洛伊德还把这种"俄狄浦斯情结"扩展到了莎士比亚的《哈姆雷特》和陀思妥耶夫斯基的《卡拉玛卓夫兄弟》对同一主题的不同处理，正是精神变态性压抑的"俄狄浦斯情结"的反映。这种分析虽不尽然，但无疑是开拓了文艺鉴赏的新视界。

贡献之三：还在于为进行深层心理学研究提供了某些值得借鉴的方法和手段。如弗洛伊德提出的"症候法"和"象征破译法"。他认为作者的无意识往往在文艺作品中会表现出各种症候：省略、歪曲、空白、朦胧、回避、夸张、悖逆、失常等，通过这些症候的分析即可探求无意识深处的真实本质。

4. 荣格的原型方法。

荣格（1875—1961）的原型方法理论是西方精神分析学说的重要组成部分。他一度曾是弗洛伊德的高足。后来因为感到老师的精神分析法路子太窄而与之分道扬镳。荣格原型方法的核心内容主要体现在如下两点：（1）发展了弗洛伊德的个人无意识理论，宣称这种无意识具有表层与深层两个层面。表层为个体无意识，深层则是由于精神遗传而为人类大家庭全体成员所共有的原始"集体无意识"。（2）对"原型"术语的重新界定，是在对康德"把原型还原为有限的几个知性范畴"的扬弃上逐步完善的。①荣格强调的原型是人类远古祖先生活的经验类型复现的"心理残迹"、"原始心象"，并表现在神话、宗教、梦、个人隐秘幻想和文艺作品中。

原型作为文艺鉴赏与批评的一种方法，其重要贡献在于使我们认识到了作者与原型的深层联系，以便于将文艺作品放到整个人类文化领域去理解。从而，我们也才有可能解开远古神话因历史岁月的尘封而形成的"密码"。

荣格对文艺问题的确是倾注了极大热情，他总是苦苦思索和探索艺术创作的原型奥秘。不过，我们在实际运用原型方法时，切不能照搬这些原型理论方法，只是简单地将鲜活的文艺作品还原为种种原型，而应当将整个作品放在具体的情境中并合乎逻辑地予以证明，需要采用原型方法时，才把作品中的那些特殊的意象解释为原型。

## 二 以作品为核心的审美鉴赏

即把作品视为独立的客体对象，其意义完全凭借一定的符号与结构自然生成。由此总结出的各种鉴赏方法，人们常常统称为文本重构理论。与西方国家相比，我国基本上没有形成自己的文本重构理论方法流派。

1. 俄国形式主义方法（流派）。

该流派发源于20世纪初的莫斯科和彼得堡。主要是把鉴赏重点放在文

---

① 参见朱立元等主编《文艺新科学新方法手册》，上海文艺出版社1987年版，第477—481页。

艺作品的形式类型上，而关于作品以外的东西，如作者的生平、时代以及作品的内容意义，则无关紧要。俄国形式主义派别活动的时间不是很长，但它的文艺观、方法论却总在不断地被当代文艺鉴赏与批评的新流派重新阐释而得到新的拓展和扩充。比如后起的结构主义，以及语言学批评、符号学、类型学等，大多源出于俄国形式主义方法。

俄国形式主义派别的基本特征大致有三：一是强调文艺的独立性，并构成了形式派别的理论基础；二是对文艺形式的高度肯定与对内容的否定，认为艺术内容与形式的传统二元论不摧毁，就会阻碍文艺科学的真正建立；三是注重从现代语言学的角度去研究文学，从而推动了语言学和文学的双向发展。

俄国形式主义流派的诞生是文艺鉴赏与批评从作者原型向作品中心转移的第一个突出标志，它对文艺作品艺术美的创造与魅力的探寻的促进作用不可低估。但是，将文艺与生活完全割裂开来必然是此路不通。我国文艺界在 20 世纪 30 年代前后也曾出现过形式主义的倾向，比如以李金发为代表的象征诗派，就是一个沉醉于纯艺术的诗群。另外，俄国形式主义将文学与语言学等同，尽管文学是语言艺术，但它们毕竟不是一回事，不应成为语言学研究的工具。

2. 英美新批评。

此是继俄国形式主义之后又一以研究作品形式为主的文本理论流派。于 20 世纪 20 年代诞生于英国，形成于 20 世纪 30 年代的美国，其代表人物有英国的瑞恰兹，美国的艾略特、兰色姆和韦勒克等。

英美新批评理论家们在许多方面的见解不尽相同，但大致的理论倾向还是可以把握的，即坚持作品为本体原则，以探究赏析作品的内在构成为主要目标，并力求寻找、建立科学语言与文艺语言的区别，以便能从语义学角度更好地理解文学语言的审美特征。

与俄国形式主义方法相比，英美新批评的最大贡献在于进一步发展了作品本体论方法。一方面，在形式与内容的问题上，英美新批评放弃了形式一元论的观点，提出了形式与内容平行的二元论，形式有自己的美，与内容无关，但内容毕竟又是文艺少不了的一个要素。另一方面，对于作品内部构成的分析更趋于精细，并形成了所谓的"细读法"。韦勒克、沃伦在《文学理论》中指出："我们必须首先尽力探讨用以描述和分析艺术品不同层面的方法。这些层面是：（1）声音层面，谐音、节奏和格律；（2）意义单元，它决定文学作品形式上的语言结构、风格与文体的规则，并对之作系统的研讨；（3）意象和隐喻，即所有文体风格中可表现诗的最核心的部分，需要特别探讨，因为它们还几乎难以觉察地转换成；（4）存在于象征和象征系统中的诗的特殊'世界'，我们称这些象征和象征系统为诗的'神话'，由叙述性的小说投射出的世界所提出的；（5）有关形式与技巧的特殊问题。"[1] 按照这个路子赏析，探索作品深层的艺术奥秘也就不是很难了。

当然，英美新批评也同样过于看重作品形式问题，特别是弃绝文艺鉴赏与批评的社会的、心理的、道德的、历史的方向，明显地走入了文艺研究的歧途。尽管如此，英美新批评所倡导的方法大大加强了对文艺作品作为自在的存在的认识。

3. 结构主义方法（流派）。

此是在俄国形式主义派别的影响下于 20 世纪 60 年代初从法国开始兴起的又一个文本理论流派，以德国索绪尔为代表的现代语言学所建立的明确模型来对艺术作品进行结构分析而著称。

该流派强调文艺作品的鉴赏与批评不仅要排除作者意图和读者感受，而且和其他很多作品理论一样认为作品与社会生活、历史时代等毫无联系。同时，结构主义者们还宣称"人的统治结束了"，文艺接受者也必须泯灭自我，排除外因干扰，将文艺作品的结构真正看成是第一性的。结构主义者认为，作品不是现实生活的真实反映，当然也不是作品的经验世

---

[1] ［美］韦勒克、沃伦：《文学理论》，刘象愚等译，生活·读书·新知三联书店 1984 年版，第 165 页。

界，而是一个在内部关系上所表现出的自足的、自我决定的结构。只要揭示出这种结构，作品意义不言自明。

结构主义方法与"细读法"相反，致力于从宏观上探寻各类艺术作品的结构模式。当然，结构主义者们对这些模式的探寻与总结可能各不相同，但注重结构分析、注重揭示深层结构模式却是一致的。如艾丹·苏瑞奥的《戏剧场景二十万例》，总结出戏剧情节"六种功能的五种组合方式"，指出它们可以演化出二十一万种场景。托多罗夫将薄伽丘小说《十日谈》"逃脱惩罚"一类故事图解为如下公式：

X 犯了法→Y 要惩罚 X→Y 力图逃脱惩罚→Y 犯了法，Y 相信 X 没有犯法→Y 没有惩罚 X。①

显然，这里的所谓"语法"，同样也是在探寻作品所普遍存在的结构模式。

结构主义方法流派从它的滥觞到正式兴起及其发展，前后持续的时间较长，至 20 世纪 60 年代后期还出现了以德里达为代表的所谓后结构主义，主要代表作有《创作与差别》、《声音与现象》、《文学语言学》等。后结构主义者把文艺作品不再当作一个稳定的客体或者界线分明的结构来看待，而是将它视为一个开放的活动的"结构"，并要求接受者去参与作品的创造。从结构主义向后结构主义的过渡，实际上是从作品理论向读者理论转变的前期标志。

毫无疑问，结构主义方法对当代文艺鉴赏与批评的影响意义深远，给了我们许多启示，但也不可避免地存在许多文本理论流派的通病。另外，结构主义方法将语言学分析凌驾于艺术分析之上，也是极为片面的。

---

① ［法］茨维坦·托多罗夫：《叙事体的结构分析》，田佳友、蒋瑞华译，《文学研究参考》1987 年第 3 期。

### 三　以接受者为核心的审美鉴赏

与文本理论提出的单向转输、读者被动接受的传输方式不同，以接受者为核心的审美鉴赏强调双向交流，强调自适或为我所用，而且对作品意义的理解也是由接受者来决定的。由于接受者趣味的差别，以及鉴赏目的与切入角度不同，所以也便有种种不同的方法论。

1. "断章取义"与"不求甚解"。

断章取义是中国春秋时期普遍流行的一种鉴赏方法。它要求接受者不顾及全篇的意义或作品的本意，各取所需，自由取义，以明己志。《礼记·中庸》载："《诗》云：'相在尔室，尚不愧于屋漏。'"孔颖达疏："记者引之，断章取义。"即是说《中庸》截取《诗·大雅·抑》篇中的两句诗，只用来表达自己的意思，并非原意。朱自清在《诗言志辨》中也曾举过一例，《诗经·野有蔓草》"原是男女私情之作，子太叔却堂皇的赋出来，他只是取得其中'邂逅相遇，适我愿兮'两句，表示欢迎赵孟的意思"。如此等等，都是引诗解诗者的自我发挥，与原作原意已相去甚远。

"赋诗断章"，自由取义，为我所用，这大约是所有文艺鉴赏的基本取向，而且也是有别于文艺批评的明显不同之处。如果文艺鉴赏不能为我所用，或者不能借他人之酒杯浇自己之块垒，那文艺鉴赏也就难以成为普通大众的一种赏心悦目的必要精神活动了。

与断章取义法类似的且影响较大的还有陶渊明在《五柳先生传》中提出的"不求甚解"法，文中说："好读书，不求甚解；每有会意，便欣然忘食。"所谓"不求甚解"，同样也是强调不顾原作原意，唯求适己自娱；但陶渊明的不求甚解法往往被后人曲解，以为读书可以随便马虎，囫囵吞枣，求个大概即可。其实，陶氏是位十分严肃认真的学者，他的"不求甚解"是以"会意"、"忘食"为目标的。

我国文艺创作历来强调"诗以言志"、"文以载道"，从而也就培养了一代又一代以接受者为主体的注重修身养性的文艺鉴赏者，这正是创作与鉴赏互动的结果。所以，中国的接受者理论相对也较为突出，自"断章取义"法之后，又有"见仁见智"、"诗无达诂"等相继问世。特别是清代学者谭献在《复堂词话》中提出"作者之用心未必然，而读者之用心何必不然"，更是对接受者权益大胆而明确的肯定。随着"五四"新文化运动对"民主"的高扬，接受者意识得到进一步确立。

作为一种鉴赏创造，充分发挥接受者的主动性去积极参与，即使其鉴赏结果有背原作原意也不必大惊小怪。王国维著名的治学"三境界"说，正是运用断言取义法从古诗词中摘取了几句来比况的，其用意与原诗已风马牛不相及，但这种鉴赏创造却无不为后人所赞赏。

2. 伽达默尔的解释学方法。

该法在西方思想史上源远流长，它可追溯至古希腊时代。然而，它作为一种文艺鉴赏与批评的方法论流派，是在 20 世纪 60 年代初在联邦德国形成的，它的创造人即是著名哲学家 H. G. 伽达默尔，其代表作为《真理与方法》。

伽达默尔的解释学方法，对当代文艺鉴赏方法的启示是多方面的，并直接开启了接受美学的创立。要掌握解释学方法，关键是把握解释学三维：理解—解释—应用，它正是解释学方法的本真意义所在。

"理解"在伽达默尔那里至少表现为以下几个特点：一是理解的普遍性。人总是生存于一个意义的世界，理解现象遍及人与世界的所有关系，离开理解就谈不上存在。二是理解的历史性。历史性是一切理解的根本性质，它必然带有某种主观的色彩，甚至构成了我们的偏见。具有偏见的理解活动，会使艺术作品产生新的意义，显露艺术的真理。三是理解的创造性。理解就是作品意义生成的过程，也是一个不断创新或推翻过去的理解过程。因此，对艺术本义的理解和解释也是一个开放性的，具有无限多样性和创造性。

"解释"，就文艺鉴赏而言一般表现为两极：一极为作品本体解释学，以客观主义态度注重追求本文的原意；一极为本体存在解释学，不注重作品原意，讲求理解的主体创见。在以上两极解释学之间，还可能有若干中间状态的解释学观点，而伽达默尔对鉴赏主体的积极参与，要求鉴赏主体注重探索艺术本文的意义的倾向则十分鲜明。

伽达默尔认为，理解、解释和应用的联系是相互依存的辩证关系，应用是一切理解的组成部分。正因为解释学方法强调鉴赏主体理解与解释的主观能动作用，所以其理解与解释就绝不会单纯重复别人已有的阐释，是为了今天的应用。

解释学方法通过展开理解、解释与应用这三维，明显地拓展了当代文艺美学的思维空间。特别是，解释学方法突破传统文艺学价值观，揭示出艺术作品具有永恒魅力和价值的奥秘，将文艺作品不再视为一个封闭的纯客观的意义系统，为文艺作品的审美欣赏与艺术价值评价提供了一个全新的角度。但该方法过于强调主体理解的重要，又无可避免地具有极浓的主观色彩。

3. 尧斯、伊塞尔的接受美学。

接受美学作为文艺鉴赏与批评领域的一种全新的方法论，在当代文艺研究中，起到了革故鼎新、拓展视界的作用。它是由 20 世纪 60 年代初联邦德国康士坦茨大学教授汉斯·罗伯特·尧斯和沃尔夫冈·伊塞尔等五名文艺理论家创立。1967 年，尧斯发表的《文学史作为文艺科学的挑战》是接受美学形成一个独立学派的理论纲领。接受美学方法，其主要特点与贡献已在本著第一章谈到。

4. 费希等人的读者—反应批评。

此是 20 世纪 60 年代以后在西方出现的又一文艺批评理论思潮。读者反映理论主张把文艺批评的注意力从一部作品（作为一种已完成的含意结构）转到读者的反应（读者视读书页文本）。读者—反应批评的代表人物是美国的费希，其代表著作《罪过引起的惊奇："失乐园"里的读者》、《自我消受的制品》，即是对美国先前流行的新批评派所主张的作品理论的反拨，从而确定了读者—反应批评流派的重要位置。

读者—反应批评作为一种新的方法论，与其他读者理论，诸如接受美学方法等，既有联系，又有自己的不同。同样是强调读者在文艺交流活动中的决定作用，但读者反应批评侧重研究的是读者在鉴赏时的反应差异，费希还干脆把他的理论称为"感受文体学"。主张作品文本的意义在读者的经验结构里，或者说是读者个人的"产品"与"创造"，而不在文本结构中；读者是意义的生产者，文本自身不提供意义。所以，不论是从语言学角度还是从艺术学角度来研究作品整体，都不可能存在某种"唯一正确一解。"

费希提出的"感受文体学"认为，阅读活动将书页上印刷词语的空间序列转变为"获得信息的"读者的暂时经验流动。读者的眼睛随着印刷文本走，"读者将文字一个个摄入眼帘时有一个'点'"。在读者选择停顿的每一个点上，无论是一个单词或一个更大的单位，他都会用预见下文的方式对自己迄此已读的内容生出意义来。总之，读者反应批评主要研究：（1）形成读者反应的主要因素是什么；（2）文本客观地提供的东西与读者个人的主观反应之间，从什么地方可以得出正确的结论；（3）作品意义由读者决定，但因读者心理上沉淀着一套人所共有的语言规则体系，它又使鉴赏有了某种共同性。

读者—反应批评的主要著作还有斯蒂文·梅罗《什么是读者—反应批评?》、沃尔特·斯拉托夫《关于读者：论文学反应的多维方向》、诺尔曼·霍兰德《文学反应的活力》等。他们的主张不尽相同，但都在强调鉴赏接受和批评活动的读者自适思想。

## 第三节　完形律:从化分组合到逐层递进

按照西方完形心理学观点，大脑视觉皮层区有一种天生的组织作用，对刺激物进行诸如抽象、选择、简化、补足、排列、整合等一系列组织建构活动，同时呈现于视觉中的"图式"或"形"便是一种直接的、共时性的组织活动的产物，且其整体大于部分之和。这种观点也适用于语言艺术，适用于视觉艺术的解码，同样也属于文艺鉴赏通用方法范畴。

歌德曾将文艺鉴赏分成三个境界，这在本著本章第一节已谈到，歌德所谓的三种不同境界，它们是由浅入深、逐层递进的，正好与文艺鉴赏过程的三个阶段：直觉→体验→认识的思维走向大致相符，也是这里所谓完形律应有之义。

## 一　对艺术生命的直觉

文艺鉴赏从直觉开始。英国美学家夏夫兹博里曾指出："我们一睁开眼去看一个形象或一张开耳朵去听声音，我们就马上见出美，认出秀雅与和谐。我们一看到一些行动、觉察到一些情感，我们的内在的眼睛马上就辨别出美好的形状，完善的和可欣羡的。"① 这个"内在的眼睛"正是直觉的作用。

1. 中国古代的"兴"、"悟"与"直寻"。

中国古代没有直觉一词，即使在中国现当代的文艺理论著作中也不是经常使用的概念，然而这并非说中国人不重视艺术的直觉思维，不善于运用直觉的方法去进行艺术交流，只是中国人有自己的表达方式，如"兴"、"悟"、"妙悟"、"直寻"等，无不都属西方直觉的范畴。

兴，在中国古代文艺理论中有两层意思：一是指诗的一种创作方法，即"六义"：风、雅、颂、赋、比、兴中的兴；二是指诗的一种审美功能，也就是孔子说的"兴观群怨"之兴，是讲读者从诗歌中受到感发启迪。以上两种"兴"都有直觉意思在里头。兴既是一种技巧或手法，也是作者因物起情的艺术直觉过程，即古人常说的"兴会"、"神会"、"感物"等；同时诗之能兴也是必然的，而这种兴，常常只有凭鉴赏者的直接感悟（直觉）来获得。

---

① 转引自北京大学哲学系美学教研室编《西方美学家论美和美感》，商务印书馆 1980 年版，第 93 页。

悟，本是佛教用语，意指禅师大彻大悟、与道冥一的境界及达到这一境界的方法。在中国，最早借禅喻诗的是严羽，他在《沧浪诗话·诗辩》中说："大抵禅道惟在妙悟，诗道亦在妙悟。且孟襄阳学力比韩退之远甚，而其诗独出退之之上者，一味妙悟而已。惟悟乃为当行，乃为本色。"严羽所提倡的悟，明显地具有直接性、顿悟性和综合性等直觉思维的特点，是侧重于诗的创作提出的；但诗以及其他艺术鉴赏又何尝能离开悟？严羽之外，以禅喻诗，将妙悟这种艺术直觉能力看作最重要最基本的艺术表现与艺术鉴赏手段的人不计其数。如范温说："识文章者，当如禅宗有悟门。夫法门百千差别，要须自一转语悟入。如古人文章，直须先悟得一处，乃可通其他妙处。"① 宋代吴可曾说自己："少从荣天和学，尝不解其诗云：'多谢喧喧雀，时来破寂寥。'一日于竹亭中坐，忽有群雀飞鸣而下，顿悟前语。自尔看诗，无不通者。"② 等等。这些论述都在强调艺术直觉的重要。

直寻，最初见于钟嵘的《诗品序》，他认为古今很多胜语佳句，如"思君如流水"、"高台多悲风"等，"多非补假，皆由直寻"。陈延杰《诗品注》释"直寻"云："钟意盖谓诗重在兴趣，直由作者得之于内，而不贵用事。"钟嵘的所谓"直寻"也即是艺术直觉。

总之，中国古代文艺理论中的兴、兴会、悟、直寻、神会、感物等都是对艺术直觉的不同表述。然而，这里的问题还不在于阐明中国古代对直觉的种种不同表述，重在理解直寻作为一种艺术鉴赏的方法，我们究竟该如何去把握与运用它。表面看来，悟、直寻等似乎都没有必然的道理，全在偶然的机缘，故有"顿悟"之说。实际上，文艺鉴赏的"顿悟"并非无源之水、无根之木，它是有条件的。《五灯会元》记载慧棱禅师"顿悟成佛"，"二十年间坐破七个蒲团"，可知慧棱禅师为悟创造条件、为达到悟境而专注于斯的刻苦追求。同理，文艺鉴赏也需要我们长期不懈地培养自

---

① 胡仔编撰：《苕溪渔隐丛话》前集，卷十九，廖德明校点，人民文学出版社1962年版。
② 《藏海诗话》，《历代诗话续编》，中华书局1983年版，第340页。

己的感悟能力，不断提高自己的艺术素养，从而才可能常有对艺术直觉的
机缘。

2. 西方的直觉理论。

西方直觉理论的直接创始人是 20 世纪上半叶法国哲学家昂利·柏格森，
其代表著作有《论意识的直接材料》（1889）、《形而上学引论》（1903）、
《绵延与同时》（1922）、《思想和运动》（1935）等，这些著作一般被称为
直觉主义美学。

柏格森本是位哲学家，他的关于艺术直觉的研究是在哲学的背景下进
行的，其核心概念称之为"生命的冲动"，因而他的哲学又叫"生命哲
学"。生命哲学的基本观点：第一，生命是一种最直接、最真实的存在，
是有机物；第二，生命是一种永不停息、延续不断的过程，否则就是死亡
和虚无；第三，经验或理性只能把握凝固的、静止的东西，而对运动中的
生命的认识唯一正确的是用直觉的方法。

直觉作为一种艺术创造与鉴赏方法，有助于清除我们和"实在"之
间的障碍。生命的意向，是通过若干线条表现的简单运动，这种运动会
逃避我们的视线，艺术家则希望再现这一运动，并通过艺术共鸣将自
己投入到这个运动中去。在柏格森看来，直觉是人类感知世界的能力
和方式，文艺鉴赏也不例外，其成功与否都取决于对直觉的运用得当
与否。

在柏格森之前，西方古代的直觉理论与中国一样，也没有一个明确固
定的概念来表现。虽然在普洛丁、狄德罗、康德、谢林、叔本华等人的著
作中，也经常谈到艺术直觉的某些特征与作用，但将这种非理性的直觉主
义理论推向顶峰的还是柏格森。在柏格森之后，意大利学者克罗齐则是西
方近代哲学史和美学史上另一个很有影响的人物。他的美学和艺术理论大
谈其直觉与形式，故也被称为直觉主义美学。

西方直觉主义理论有明显非理性主义倾向，荒谬之处必然存在，但其
中也有不少值得我们重视的真知灼见。

3. 格式塔美学。

该美学方法流派，它的正式创立是由德国心理学家韦特墨、柯勒和考夫卡完成的。格式塔之名，来自奥地利心理学家埃伦菲尔斯的一篇论文：《论格式塔性质》。所谓"格式塔"，是德文"Gestalt"一词的音译，中文则把它译为"完形"，因而又叫完形美学方法。

其基本思想是：文艺鉴赏的知觉不是诸感觉的相加总和，而是对整体的感知。整体先于部分并决定部分，这样才显出结构性和整体性。事实上，文艺鉴赏中的直觉也正是鉴赏主体对作品作出的整体性反应，它所获得的顿悟和美感具有格式塔性质。所以，格式塔美学方法，对于深刻认识与掌握文艺鉴赏的直觉颇具启示意义。

其重要主张有二：首先，是"知觉完形"。埃伦菲尔斯《论格式塔性质》第一次提出音乐的"格式塔性质"，意指音乐乐曲的音响总和具有音响原本不具有的新性质。类似的情况，在绘画、舞蹈、影视以及文学等的鉴赏中的确普遍存在。如对一幅画的鉴赏，并非是欣赏它的线条和色彩，而是欣赏这些线条和色彩等组合而成的艺术有机体，它绝妙的意境与神韵是氤氲于整个画面中的。一件优秀的艺术作品就是一个生气灌注的格式塔。其次，该方法还总结出"异质同构"的审美特征。他们从物理"场"概念出发，认为人也有心理"场"，这两个"场"相互作用，形成"心理—物理场"。物理现象有动力结构，人的意识经验也有相似的动力结构，从而也就决定了精神现象与物质均有"异质同构"关系。文艺作品作为现实世界的反映，人们对它产生美感，感受到某种"活力"、"生命"、"运动"等性质，这些性质主要并不在于想象和推理，而是一种直接感知的结果，或者说是"异质同构"的反映。同时，又从另一个全新的视角，揭示出在艺术作品、自然现象与人的知觉活动之间一致的力的作用模式，说明艺术品和自然物都与人一样，是有机生命体，具有一种同构关系。

## 二 对艺术情感的体验

文艺鉴赏过程的第二个阶段是对艺术情感的体验，体验是主体（人）带有强烈情感色彩的、活生生的、对生命之价值与意义的感情把握。能不能体验、如何体验，它关涉文艺鉴赏的质量与水平，并一直受到中外文艺鉴赏学家的密切关注。

1. 中国古代的"活参"与西方的移情理论。

对文艺的鉴赏不能从逻辑推理的角度去掌握，这是很显然的。在中国，很早就有人将艺术视为一种精神产物，严羽说过："诗有别材，非关书也，诗有别趣，非关理也；而古人未尝不读书，不穷理。所谓不涉理路，不落言筌者，上也。"① 然而，其他艺术又何尝不是另一套路，"不涉理路，不落言筌"，正是文艺与非文艺的根本区别。根据文艺的这一特性，中国古人便总结出"活参"文艺鉴赏方法。曾季狸《艇斋诗话》云："后山（陈师道）论诗，说'换骨'；东湖（徐俯）论诗，说'中的'；东莱（吕本中）论诗，说'活法'；子苍（韩驹）论诗，说'饱参'。"这里已涉及对诗艺要有特别理解，"活参"亦随即得到后人普遍认同。

"活参"，即是要求鉴赏者对艺术情感作深入的体验，让自己的心灵完全沉浸到作品的艺术境界里，并调动主体情感的动力作用，化分组合，融会贯通，从而达到对作品的真切体验。

如何才能"活参"呢？"活参"这里实际上是对生命的体验，海德格尔曾通过"领会"、"透视"等概念来揭示体验与生命的关系，还认为存在的展开就是领会，人就是在领会中并通过领会把握存在的意蕴的。要领会艺术生命的意义，情感乃是"活参"的核心，它既是出发点，也是鉴赏"活参"的归宿。

西方不讲"活参"，但对"活参"中的核心问题——主体情感的渗

① 严羽：《沧浪诗话》。

入——却特别关注，并产生了影响深远的"移情"理论。

其代表人物是法国美学家立普斯。何谓"移情"？他在《空间美学和几何学·视觉的错觉》一书以希腊建筑中道芮式（Doric）石柱的观赏为例来说明：一方面仅从力量、运动、倾向等来观照对象所引起的主体"耸立上腾"（从纵直方向看）和"凝成整体"（从横平方向看）的感觉，这可谓"机械的解释"或物理的解释；另一方面是以人度物、化物成人的"人格化解释"，造成一种身外物的自身类比，将自己心中的意象和感受移入到石柱上面去了。"在我的眼前，石柱仿佛自己在凝成整体和耸立上腾，就象我自己在镇定自持和昂然挺立，或是抗拒自己身体重量压力而继续维持这种镇定挺立姿态时所做的一样。"① 据此，颜色可以获得它的性格和人格，音乐亦可获得它全部的表现力，人的肉体外貌成了他们内心生命的表征。

应当说，文艺鉴赏中的"活参"、"移情"等都是我们必须具备的心理功能与方法，它是沟通主体与客体之间的桥梁。然而，我们也没有必要夸大主体情感移入的作用，或者仅从"移情"去解释文艺美的根源和本质，显然不符合辩证唯物主义的思想。

2. "距离说"与"出入法"。

文艺鉴赏不可一味仅注意情感的移入，将作品中的生活与现实生活完全等同。为了摆正鉴赏主客体间的这个关系，英国心理学家布洛提出"心理距离说"，并成为现代美学中最有影响的审美学说之一。

"距离说"的基本要点，认为审美鉴赏需和现实生活、实际目的保持一种距离，即美感是"超脱"实际人生，忘掉实用功利，用"纯客观"的态度去观赏孤立绝缘的客体对象的。在布洛之前，康德、叔本华等也曾有过类似的观点。康德认为美感不涉及实际利害关系，主张以"纯然淡漠"的态度去鉴赏。叔本华认为美感的心理状态是暂时摆脱现实世界的羁绊，以"静观"态度去审美。可见，布洛的"距离说"是对康德、叔本华上述

---

① 转引自《古典文艺理论译丛》第 8 册，人民文学出版社 1963 年版，第 41 页。

思想的发展。

　　文艺鉴赏如没有一定的鉴赏心理距离显然不对。据说在西欧，曾有青年男女读了歌德名著《少年维特之烦恼》，竟至模仿维特自杀的过激事例，这样的鉴赏就更是危险了。在中国，南宋学者陈善也曾注意到了审美鉴赏的距离问题。他说："读书须知出入法。始当求所以入，终当求所以出。见得亲切，此是入书法；用得透脱，此是出书法。盖不能入得书，则不知古人用心处；不能出得书，则又死在言下。惟知出知入，乃尽读书之法也。"① 陈善所谓"求所以入"而"见得亲切"，近似于"移情说"；"求所以出"而"用得透脱"，又近似于"距离说"。但"移情说"只讲"入"而不讲"出"，"距离说"，只讲"出"而忘掉"入"，二者都只抓住了真理的一面，不如"出入法"说得辩证。

　　3. 苏珊·朗格的符号学方法。

　　符号学方法的直接来源是德国学者卡西尔（1874—1945）的文化哲学。他的代表著作《符号形式哲学》、《语言与神话》和《人论·人类文化哲学导引》等，为符号学方法理论奠定了坚实的基础。美国当代著名学者苏珊·朗格（1895—1985）继承和发展了卡西尔的符号学理论，她不仅翻译了他的《符号形式哲学》，而且还撰写了《哲学新解》、《情感与形式》和《艺术问题》等著作，将符号学道理集中地、全面地应用于艺术研究，从而完成了符号学的美学理论框架。

　　该方法理论的核心，可用她本人的一段话说明，即"整个作品的情感就是符号的'含义'，就是艺术家在世界中发现的实在，艺术家打算把它的清晰概念展示给自己的同代人的实在。"② 实际上，其体系核心是一个三位一体的思想，它亦可用如下等式表示：

---

① 陈善：《扪虱诗话》。
② ［美］苏珊·朗格：《情感与形式》，刘大基等译，中国社会科学出版社1986年版，第267页。

作品的情感 = 符号的含义 = 世界的实在

在以上这个等式里，最重要的东西又是情感与符号（或形式）这两个基本概念，这也是她为何把自己最有代表性的符号学理论著作定名《情感与形式》的原因。在朗格看来，文学艺术是如此恰到好处地将情感与形式这两个互相联系的不可分割的方面统一在一起：一方面是使情感意义得到显示的符号形式；另一方面是符号形式所表现的情感意义。

朗格把文艺的表象符号看作"特殊符号形式"。第一，文艺的表象符号和它所表现的情感意义（或意味）这两者是直接融为一体的，具有生命特有的情感、情绪、感受、意识等，而其他符号诸如语言符号则不同。词语本身仅仅是一个工具，它的意义存在于它自身之外的地方，一旦我们把握了它的内涵或识别出某种属于它的外延的东西，我们即不再需要这个词了。第二，文艺的表象符号不是诉诸像语言符号那样的"推理性形式"，而是诉诸另一种形式——"表现性形式"。或者说，表象符号的作用不是再现，而是表现。这种表现，即在于使主观经验得到供人观照的形式，它所表现的东西就是人类的情感。

苏珊·朗格符号学方法对文艺鉴赏的重要启示在于：文艺鉴赏必须从"特殊的符号形式"入手，认识这种符号的艺术特性十分重要。不理解这种"特殊的符号形式"，也就不理解由它所构成的艺术"幻象"，或一种纯粹的直观物、一种意象，同时也更不能理解与"幻象"交融在一起的艺术情感，那么，对艺术情感的体验就是一句空话。

## 三 对艺术形象的多层认识

中国自古以来的文艺理论就特别强调作品要"状难写之景如在目前，含不尽之意见于言外"，追求"韵外之致，味外之味"，等等，这对文艺鉴赏也就必然提出了更高的要求。要想成为作者的"知音"，就得仔细领会作品的"言外意"、"味外味"，并对艺术形象进行多层认识。

1. 刘勰的"六观法"。

刘勰的"六观法"是中国最早论述如何全面鉴赏文学作品的方法论，见于《文心雕龙·知音》篇，文中说："将阅文情，先标六观：一观位体，二观置辞，三观通变，四观奇正，五观事义，六观宫商。斯求既形，则优劣见矣。"① 可见，"六观"就是从六个方面对作品进行鉴赏分析，评价作品的优劣。

"一观位体"：位是安排的意思，体指体裁。"一观位体"也就是首先要观察作品是按什么体裁特点安排的，先要识体，然后才能对作品作出进一步的分析与判断。"二观置辞"：置辞，就是遣词造句，运用语言。考察研究作品的语言技巧与艺术，是鉴赏的第二步。"三观通变"：通变，指作品对前人优秀作品的继承以及作者自己的创新两个方面。有继承，谓之"通"；有创新，则谓之"变"。"变则可久，通则不乏。"了解作品继承了什么，又有什么革新，便可以对作品作出中肯的评价。"四观奇正"：奇正是通变的深化。奇与正，是指作品在风格与手法上的特点。文（语文文采）为"奇"，情（思想内容）为"正"；新颖的思想和瑰丽的辞采为"奇"，纯正的思想与典雅的风格为"正"，等等。逐奇不能失正，必须"执正以驭奇"，这即是好作品的要求之一。"五观事义"：即看作品引用的事义是否贴切，是否能说明问题。事义，一般指作品的材料。"六观宫商"：宫商，本是古代五音中的两种乐调名称，这里指音律，即作品语言的音乐美。刘勰在《文心雕龙·声律》篇中还说："古之佩玉，左宫右征，以节其步，声不失序。音以律文，其可忘哉！"②

2. 社会历史研究法。

社会历史研究法是一种按照社会、文化、历史背景去解释文艺作品的鉴赏批评方法，也是中西文艺学的一大传统方法。

中国自古以来就特别看重艺术家的修身、作品的教化作用以及接受者

---

① 周振甫：《文心雕龙注释》，人民文学出版社1981年版，第519页。
② 同上书，第365页。

鉴赏作品时的功利倾向，因而也就决定了研究方法的性质，决定了社会历史研究法的存在。中华人民共和国成立以后的文艺鉴赏与研究，社会历史方法更是长期居于主导地位，具有很深的现实土壤。其中，毛泽东的文艺思想可以说是当代中国社会历史方法论的典型代表。

西方自 19 世纪以来，随着文艺的社会历史功能的日益重要，社会历史研究法也逐渐为人重视并得到突出的发展。社会历史研究法理论上渊源于孟德斯鸠的地理说、斯达尔夫人的文艺与社会关系研究、黑格尔的理念演化论以及文化人类学的实证研究等，到法国历史学家泰纳（1828—1893）《英国文学史》等著作问世，他即被公认近代第一个文艺社会学家，他所提出的种族、环境、时代三元素说对后世影响巨大。然而，在西方的文艺鉴赏与研究中，运用社会历史方法最著名最有影响的则是马克思主义文艺批评，马克思和恩格斯的文艺思想普遍成为中外社会历史方法论者的指导思想。

其主要内容表现在：第一，从作品所由产生的种族、环境、时代、宗教、风俗等一般文化状况研究作品。每一件文艺作品都是与上述一般文化状况交互影响的结果，只有将作品置身于这一状况中去考察，才能真正发掘出作品的内在意义。第二，从作品所由产生的社会结构（以生产力、经济基础为根本）研究作品，马克思对巴尔扎克《人间喜剧》的鉴赏分析即是运用这一方法的典型范例。第三，从作品所包含的道德意义研究作品。这在中国文艺美学中十分突出，它要求文艺具有教育感化功能，即《诗经·关雎·序》所谓的"经夫妇、成孝敬、厚人伦、美教化、移风俗，"① 其道德原则显然高于审美的尺度。

社会历史研究法的优势很明显，它善于通过作品而深入理解所得以产生的宏大的历史背景，并根据这一背景去鉴赏作品，发掘作品的社会历史美学价值，这无疑是其他方法无法比拟的。值得注意的是，运用这一方法

---

① 《毛诗序》，郭绍虞主编《中国历代文论选》（一卷本），上海古籍出版社 1979 年版，第 30 页。

还要看具体作品来确定，因为有些文艺作品并不一定具有明显的社会历史或道德价值，另外，还得注意将社会历史方法与美学方法结合起来使用，如果不顾作品的艺术特点而一味地满足于空洞的政治分析，这种社会历史研究则必须反对。

3. 现象学研究方法。

现象学研究方法在 20 世纪 30 年代前后兴起，主要代表人物是波兰美学家罗曼·茵加登和法国美学家米盖尔·杜弗莱纳，他们最有声誉的经典性著作有茵加登的《文学艺术作品》和姊妹篇《文学艺术作品之认识》，以及杜弗莱纳的《审美经验现象学》。

茵加登的现象学方法主要包括本体论、认识论和价值论三个方面。在本体论部分，他考察了文学作品的结构特点，把作品分为四个互为条件、层层递进的基本层次：（1）"语词——声音"层；（2）"意群"层；（3）"系统方法"层（图式化方面）；（4）意向性客体所体现的世界。这四个层次中的每一个层次都在整体中起作用，在最理想的情况下，这一整体达到一种所谓的"多音的和谐"。在认识论部分，茵加登强调了文艺鉴赏中主体的再创造作用，认为鉴赏者参与艺术创造活动，艺术创造中的许多不确定的区域有待鉴赏者在鉴赏活动中加以充实与完成。至于价值论，茵加登的重点是试图建立艺术价值的结构系统，把艺术品与鉴赏对象、艺术价值与审美价值作了区分，认为艺术品只有在被主体审美时，才转化为鉴赏对象，艺术价值是由艺术作品内在属性所决定的，而审美价值则在主体进入审美状态时才具有。

杜弗莱纳的《审美经验现象学》，是对茵加登建立的现象学方法美学的进一步拓展，将研究的重点由创作主体的"意向性"转向了鉴赏主体的"审美经验"，并详细从主体和客体有机统一的角度上分析了审美对象与审美知觉的关系。

现象学研究方法的重要贡献是对文艺作品的内在结构作出了独创的分析，强化了文艺作品的本体论结构的审美特征，但现象学方法美学又不是纯粹的"作品理论"。现象学方法不仅重视对文艺作品结构的剖析，同时也十分看重鉴赏主体的再创造，强调艺术作品只有通过被鉴赏才能得到最后完成。这种观点，与后来诞生的"读者理论"——接受美学的观点又是一致的。总之，现象学方法美学对文艺作品本体论结构特点精细而深入的分析，将有助于我们对艺术形象的多层认识。

## 第四节　诗歌鉴赏方法略讲①

诗之于读者，能给人以丰富的美的享受：读之可以利目，吟之可以利耳，味之可以娱心。娱目，即指诗的语言具有形象性，"诗中有画"。像"大漠孤烟直，长河落日圆"（王维）；"两个黄鹂鸣翠柳，一行白鹭上青天"（杜甫）……这些诗句，色彩绚丽，情景逼真，无不给人以视觉上的快感。利耳，是指诗的语言具有音乐美，尤其是我国古代诗歌更是如此。两字一顿，平仄互换，一句之内，音韵悉异，两句之内，平仄不同，念起来好似八音合奏，铿锵明朗。娱心，是指诗的抒情美、意境美和含蓄美等，足以陶冶人的情性，给人以身心的康宁。

诗歌鉴赏是文艺鉴赏的最高形式，那么，相对地说诗歌鉴赏就要显得难一些。第一，诗歌语言具有跳跃性，它不像一般文章在行文上意连辞贯，而是常常省略那些没有必要交代和说明性的文字，读起来就会感到前后不连贯，叫人有些摸不着头脑。第二，诗歌讲究余味曲包，弦外有音，所以古人认为诗歌鉴赏有两个层次："晓得文义是一重，识得意思好处是一重。"② 这就是讲，弄懂了诗歌的字面意思，不一定就读懂了这首诗，看到了这首诗命意的妙处。第三，赏诗要懂"诗家语"，"诗家语"的特点，除上面讲到的以外，更重要的是精练警策，具有弹性。古人所谓"诗无达

---

① 原载高中语文实验课本《教学指导书》第三册，人民教育出版社 1998 年版，本著收录有改动。

② 魏庆之：《诗人玉屑》卷六。

诂"，实则指明"诗家语"的多义性，可以对诗歌进行多方面的解释，因而也就决定了我们鉴赏诗歌不要把"诗家语"看得太死，太狭窄。这些便为诗歌鉴赏提出了特殊的审美要求。

下面，我们侧重讲讲诗歌鉴赏的方法问题。

## 一　诗歌鉴赏的开始

1. 知人论世，洞察本事。

了解作者其人其世以及作品的写作本事，是我们具体进行诗歌鉴赏之前必须要做的准备工作。古人所谓"诗如其人，不可不慎，"① 正是强调诗与作者的紧密关系。

"知人"与"论世"，"知人"既是关键也是目的。可以说，诗歌鉴赏的过程，归根到底也就是"知人"的过程。而人又不可能生活在真空中，都要受到时代和环境的影响，何况一切文学艺术都是以社会生活为表现对象，经过作家的头脑加工出来。天安门1976年"四五运动"革命诗歌，如果若干年后过着很民主生活的人们，不了解"四人帮"统治时期的文网之密，就很难了解社会主义时期的作品还要用曲笔来表现。所以，只有知其人，论其世，才能在更大程度上鉴赏好作品。

要知其人，最简便的办法是尽可能掌握诗歌本事。所谓本事，是指诗歌主题所根据的故事或情景原委，包括作者思想生平、写作缘起以及一些有关的逸事和民间传说。洞察这些本事，对于正确把握诗人的用意有着直接的作用。有很多诗歌选本，在每个作家名下都附有作者简介和创作某诗的一些情况，这对我们鉴赏他的作品是有帮助的。但有些人不注意这个，似乎它与作品没有什么关系，可看可不看，这是不对的。有时候，如果碰到一些用意特别隐蔽含蓄的诗，从作品本身去分析很可能不得要领，就必须要洞察本事，知人论世，不仅要看作者简介，而且还要翻阅其他一些有关资料，然后才有可能读懂他的诗。特别是，洞察本

---

① 施闰章：《蠖斋诗话》。

事不仅有助于我们把握诗人的作意，而且有时还可以增强我们鉴赏的情趣。古代有很多诗歌还伴随着一些生动有趣的逸闻与传说，与作品配合起来常常有相得益彰之妙。

2. 考析词意，疏通章句。

诗歌语言千锤百炼。有时候为了适应平仄、韵律和篇幅限制，因而在选词造句等方面不得不作一些特殊处理。尤其是鉴赏古代诗歌，还会发现许多费解的古代用语。这样，也就给我们鉴赏诗歌带来了一定困难，要求我们首先必须弄懂诗歌的字词，努力打破语言的理解障碍，疏通章句。

疏通章句的办法大致有：（1）通过查找工具书弄清词意；（2）通过辨明音读理解词语（如陈毅《梅岭三章》中的"投身革命即为家，血雨腥风应有涯"，"为"应读阳平，当"作为"讲，如读去声，意思就完全变了）；（3）通过阅读注解了解词意。

新诗比古诗的鉴赏在字词理解上的困难要少一些，但也需要细加考析：

　　除夜的两枝摇摇白烛光里
　　我眼睁睁瞅着，
　　一九二一年轻轻地踅过去了。①

这里的"踅"原指人来回地走，朱先生用来形容时间的冬去春来，周而复始，时光的流逝于恍惚不觉之间，就非常好。但如不了解"踅"的本意就难以体会到诗的精微处了。

此外，诗歌语言在句法、修辞上也有它特别的地方，归纳而言有如下几个突出特点。

第一，省略谓语。如严阵《江南春歌》："十里桃花，十里杨柳，／十里红旗风里抖……"前两句就各自省略了谓语"开遍"、"拂动"。

第二，以词组代句。在诗歌里，一个句子就是一两个或几个词组，这

---

① 朱自清：《除夜》。

种情况较多。这类句子，所省略的不一定是主语或谓语，也可能是其他成分，鉴赏时要紧扣题意，联系前后诗句仔细考析。

第三，谓语前置。这种情况在散文中很少见，但在诗歌中却时常碰到。如"竹喧归浣女，莲动下渔舟。"① "归"、"下"均前置于主语"浣女"、"渔舟"之前。此外，还有动宾（或动补）倒置，修饰语和中心词倒置等情况。

第四，错举互现，亦称互文。即在前句里包孕着后句未出现的词，在后句里又蕴含着前句里应出现的词，相互体现，互为补充。鉴赏时要领会前后意思，补充完足。如乐府《木兰辞》中的"雄兔脚扑朔，雌兔眼迷离"。前句省略了"眼迷离"，后句省略了"脚扑朔"，意思是说，雄兔与雌兔都是"脚扑朔"、"眼迷离"，难以辨别。

要打通诗歌语言的难关，牵涉的问题较多，这里只能择要讲，其他只有自己在诗歌鉴赏实践中逐步加以体会、总结。

## 二　诗歌鉴赏的发展

1. 草蛇灰线，意脉可寻。

大凡好诗都是一篇文章。尽管它的意象变化无端，似无伦次，但总有一个"一以贯之"的东西。我国历代诗论，强调诗歌创作以意为主，这个"意"（主题思想）就是我们要寻找的"一"，也即诗歌意脉之所在。意脉乃是诗歌鉴赏的一道"铁门限"，跨过这道"铁门限"，便可进入一片新的艺术天地，从而获得一个完整的艺术生命。

如何把握诗歌意脉呢？方东树在《昭昧詹言》中说："汉魏人（指他们的诗歌作品）大抵皆草蛇灰线，神化不测，不令人见，苟寻绎而通之，无不血脉贯注生气，天成如铸，不存分毫移动。"这里之所谓"草蛇灰线"，即说明意脉难寻，但又正因为"草蛇灰线"，却给人"寻绎而通之"提供了可能。就好比点燃一根草绳，拖着它走，草灰会一路留下隐隐约约

---

① 王维：《山居秋暝》。

的痕迹，像一条蜿蜒前行的蛇，一路引导你走向目的地。诗之意脉，就是这"草蛇灰线"，断而不断，忽现忽伏，若导若追，把我们带进作品的意境中去。

当然，诗之意脉往往又通过一定形式来表现"灰线"的存在，主要有：（1）诗的意脉往往通过"诗眼"表现出来。所谓"诗眼"就是指作品中那些最能表现主旨，显得特别精彩警策的字词或句子。（2）通过"卒章显其志"的方式表现出来。白居易在《新乐府》自序中说："首句标其目，卒章显其志，《诗三百》之意也。"实际上，这是很多诗歌普遍采用的手法。（3）有一类作品，大致是按时间顺序来贯穿意脉，诗句之间没有很大的跳跃，这在叙事诗和带有叙事成分的抒情诗中经常采用。（4）将那些关键的语句通过重叠复沓的形式在诗中出现，反复咏唱，以引起读者的注意，这些句子，一般都是"意脉句"。（5）有的意脉虽没有明显的外表形式，但读者通过一句一句地跟踪分析，看句与句子之间究竟省略了什么，它们有什么联系，仍然可以从整体上把握作品意脉。

总的说来，任何一首好诗，都是有联系有照应的统一整体，它总是通过明与暗、隐与现、断与续的各种"草蛇灰线"，体现出完整而联贯的意脉，无不可以"寻绎而通之"。

2. 以意逆志，进入意境。

意境，是诗歌美学的重要范畴。如何进入意境，孟子在《孟子·万章上》中提出了"以意逆志"的鉴赏方法。综合孟子"以意逆志"法的主要内容，至少对我们有两点启示：

其一，感受诗的意境必须从整体上去把握，不以文害辞，不以辞害志。诗歌篇幅短小，讲究炼字炼句，跳跃性很大，但就每一句来说又有一定的独立性。诗的这一特点，往往使得一些读者不是从整体上去把握诗的意境，而热衷于挑章摘句地欣赏。古代有些诗话词话，常常挑出一两个字或一两句诗大加称赞，有时也难免给人以支离破碎的感觉。元好问《论诗三十首》说："池塘春草谢家春，万古千秋五字新。"所谓"万古千秋五字新"，即指谢灵运《登池上楼》中的"池塘生春草"五个字。其实，单就这五个字来看，并没有什么意味。张戒《岁寒堂诗话》认为此句不"可观"，它的好处只不过是"稍免雕镂"而已。就全诗来看，此句更不值得如此过高评价。当然，我们也并不一概反对那些佳字佳句的欣赏，正如孟子所说，关键要做到绝不"以文害辞，以辞害志"。

其二，"以意逆志"的意，是作者之意和读者之意的统一，鉴赏时偏向任何一面都不正确。

对于"以意逆志"的"意"应如何理解，历史上颇有争议。有的认为是作品文辞之意，"以意逆志"就是以整个作品的文辞之意去理解诗人之志，也即是就诗论诗。但实际上就诗论诗很难做到，因为诗歌鉴赏是一种高度的再创作活动，不可能不带鉴赏者的主观感情。如果真是就诗论诗，那就只能是亦步亦趋的消极的鉴赏。也有人提出相反的意见，认为此"意"是指读者之意，"以意逆志"即是读者根据自己的想法去理解作品。显然，这种意见又只强调了主观的一面，人们就会认为可以根据读者的"意"去随心所欲地理解作品，结果它必将产生很大的流弊。

我们认为，意逆在我，志在他人，"以意逆志"的"意"应是作者之意与读者之意的统一。也只有这样，才能以这个具有双重意义的"意"去"逆"（迎受、领会）作品中的诗人之志，求得对作品的准确理解。因为唯其诗人之意在，才有可能避免将己意强加给诗人，而又唯其有读者之意在，我们的鉴赏才有可能是积极的、有意义的，获得赏心悦目的美的感受。

## 三　诗歌鉴赏的深入

1. 注意寄托，言外求意。

有一些诗歌，表面上的意思很明了，或是写景咏物，或是写史怀古，但实际上都有另外一种深意，或是有感于时事，或是有感于作者自己的身世遭遇等，这就是我们常说的诗的寄托。

寄托源于传统的比兴。比是打比方，兴是起兴，即先写某一事物，然后引出与之相关的另一事物的描写。比兴之法，古人说得很玄乎，实质上都是打比方的方法，不过是"比"直接一些，"兴"曲折一些罢了。古诗云："桃之夭夭，灼灼其华。之子于归，宜其室家。"① 诗人从生机勃勃的桃花触景生情，想到这位新娘的美满婚姻，并引出了诗人的良好祝愿："之子于归，宜其室家。"这里，前两句是起兴之词，但实际上这两句又包含有比方的意思，即用艳丽的桃花来暗比这位新娘的年轻貌美。我们所谓的寄托，与这里的"兴"就很相似，都是通过艺术形象来暗比；不同的是，"兴"中所比的内容一般都可通过后面的话体会出来，并不难理解，而寄托很多则是全不道破一句。

如何辨别有寄托的诗呢？又如何发掘作者在诗中的寄托？

（1）凡是以古人古事为题材的咏史诗、怀古诗都是有寄托的。不论是咏史还是怀古，其意图都是要借古喻今，或以史鉴今，有更深一层的寄托。

（2）咏物诗大都有寄托。好的咏物诗，总是一方面抓住所咏之物的特色仔细描摹，另一方面还要在曲尽物象的基础上来寄托人的情思，这样的咏物才有意义，意境也就深远。特别是，作者用拟人的手法来咏物（注意从整体上去把握），借物抒怀，这样的诗肯定寓有其深意。

（3）通过写景来寄托，但这种情况最易引起误会。有些写景诗，虽然只是赞美风光的美，而有时又好像有寄托。如美国诗人威廉·卡洛斯·威廉姆斯的《诗的画图》，诗人以朴素、自然的画笔给我们描绘了一幅欢快明朗又充满生机的"诗的画图"，以表现诗人对大自然的热爱。然而，也有人将此诗赠给自己心爱的人，用诗中"水生的鸟儿"来象征姑娘的青春常在，这是不是诗人的寄托呢？不是！这里的主要问题是混淆了作品本来的意思和鉴赏者的再创造。也就是说，寄托是指作品本身所包含的意思，再创造则是从作品中的艺术形象所引起的触发与联想。我们谈寄托，是要

---

① 《诗经·桃夭》。

求正确理解诗人的原作，不能凭主观的想象去解释诗人用意。同时，也只有把诗中的寄托真正搞清了，也才能更好地去鉴赏创造，从而达到鉴赏的目的。

如何从写景诗中看出诗人是否有寄托？一看在写景中是否插进了一二句有关寄托的话，暗示写景是另有深意的；二看标题是否透露或点明作品内容有寄托；三看写景是否用典，从所用的典故中常常会透露出寄托。总之，有寄托的写景诗，总会从某个方面给我们以启示，引导我们作更深一层理解。还有些写景诗，虽然没有明确透露什么寄托，但我们可以从一些关键字词以及诗人感慨里看出来。有没有对寄托无任何透露的写景诗呢？很少有，但不能排除。如柳宗元的《江雪》即是。碰到此一情况，要认真分析，关键看写景是不是集中突出某种人格化的精神。

2. 密咏恬吟，品赏韵味。

鉴赏诗歌，自然不能只是凭着内心的理解，还需要反反复复地体验，回味吟咏，才有可能逐渐浸润到诗中深微的情致，嚼出其中的滋味。而诗中的情致又和它的富有音乐性的语言紧密相连，要领略到它的情致，如果忽视诗歌语言音乐性的特点，那是十分错误的。怎样从富有音乐性的诗歌语言去体会诗中的情致？这就只有在缓歌慢唱，密咏恬吟中获得。语言的音乐性在默看中见不出来，必须放声地读，有时低声吟哦，有时高声歌唱，而且要拖着嗓子唱出它的调子来，在缓慢地吟咏中去充分地玩索每个字的含义，领略诗中的情致。

诗的读法有两种，一是朗诵，二是吟咏。朗诵我们都熟悉，吟咏则是一种传统的读法，亦叫"唱读"、"吟诵"、"美读"等。就诗歌鉴赏来说，采取吟咏的方法较好，尤其是旧体诗词；如果一字一板，平平正正的朗诵，就不能将作品的内涵借助疾徐抗坠的音节在相当宽广的限度里表现出来，更谈不上充分玩味古人造句用字之苦心。

吟咏是有一定调子的，并不是说可以随心所欲地吟咏，而吟咏的调子各地方都有不同。比方说江浙一带有浙江一带的调子，西南一带有西南一带的调子，在历史上传为美谈的"洛生咏"区域的洛阳人同样也有自己的调子，等等。这样一来，恐怕有些读者就有些望而生畏了，觉得诗词吟咏是一件很难的事儿。其实不然，既然调子各地方有各地方的特点，那么各人之间所掌握的调子也是不尽相同的。可以说，吟咏诗歌，根本没有必要囿于过去那些旧式的调子，吟咏时的高下节度主要是从自己对文字内容的领会来决定，我们如果担心不懂诗词吟咏的调子而废弃吟咏鉴赏，那实在是遗憾。《诗大序》说得好："情动于中而形于言；言之不足，故嗟叹之；嗟叹之不足，故咏歌之；咏歌之不足，不知手之舞之足之蹈之也。"同样，吟咏鉴赏的过程，也是鉴赏创造的过程，一旦鉴赏者进入作品意境，体会到作者情致，也就不知不觉会高下合度，以至舞之蹈之，自然地产生出自己的腔调来。

当然，诗的吟咏也并非毫无规律可循，它的停顿、高低、语调等往往与诗的内容与形式（主要指平仄韵律与每句的字数等）紧密相关，这里不再细谈。

## 四　诗歌鉴赏的升华

1. 比较鉴别，品第高下。

在诗的海洋里，同类型的诗作很多，或同一主题，或同一标题，或同是歌咏一事一物等，而诗的篇幅一般较小，这给我们比较鉴赏带来极大方便。不过，对于一般读者来说，运用比较鉴赏法最大的困难是斤两不准，高下难分，心中没有一个正确的衡量标准。怎么办？我们以为可从如下几方面努力。

首先，可以把诗人的定稿与未定稿放在一起比较，以定稿为标准，仔细体味诗人为什么要这样写而不那样写的好处，从而提高我们的鉴赏能力。只是诗人的未定稿很难找到，但在古代诗话词话中以及现当代诗人的创作谈中，还是保存了一些诗人炼字炼句的资料，这些资料大可值得我们拿来进行比较鉴赏。

其次，是将同类型的作品放在一起比较，可以是不同诗人的，也可以是同一诗人的，但最好是找一首有定评的佳作作为标准，仔细研读它们的异同，这对一般读者而言很有必要。如能坚持一段时间，反复比较鉴赏，日积月累，在我们心目中逐渐也就会形成一条无形的鉴赏标准。到那时，当我们拿到任何一首诗，即使没有同类型佳品作比较，我们也会凭着已形成的鉴赏标准说出自己不同的感受。诗歌艺术贵在独创，这不仅表现在各个作家对不同题材的不同处理上，更重要的还表现为不同作家对同一题材的不同处理上，因而把一些同类诗作放在一起比较鉴赏就显得更有意义了。

再次，也可以把诗与其他艺术形式相比较。比如读艾青诗《蛇》，就可以把此诗同《聊斋志异》中凶残的蛇妖，同陈爱连在《鱼美人》里表现的形象妩媚、具有情欲诱惑的蛇，以及《白蛇传》中的蛇精白素贞，还有冯至的爱情诗《蛇》，等等，放在一起比较，有了这些丰富的比较，自然就会感受到艾青《蛇》的艺术特点。这样的鉴赏也才是具体的、有意味的。

2. 别具慧眼，善于见异。

诗歌鉴赏，就一般的阅读欣赏来说并不是很难的，难就难在鉴赏者是否能够成为作者的"知音"。古人有所谓"逢其知音，千载其一乎"的感叹。这说明要真正鉴赏好诗歌，成为作者的"知音"，并不是一件容易的事情。

怎样才能成为作者的"知音"呢？刘勰曾借屈平之言感叹："文质疏内，众不知余之异采。"① 可知，这其中最根本的一条即在于鉴赏者能不能"见异"。所谓"见异"，就是发现作品的"异采"，看到作者的个性在作品中独特的表现，即独创性。不能发现作品"异采"的人，便不可能成为作者的"知音"，同样也就不可能进行深入的诗歌鉴赏。

一切成功的诗歌作品都要显示诗人的性情特征，这种性情特征之展

---

① 刘勰:《文心雕龙·知音》。

现，我们一般谓之"风格"。诗人的风格表现在立意上、构思上和语言上等，往往也就是作品"异采"之所在。作品有了"异采"，就有艺术魅力，能感动人；反之，作品缺乏"异采"，立意构思与人雷同，艺术手法落入别人窠臼，人云亦云，必定使人读了昏昏欲睡。由此说来，诗人所致力的就是如何使作品具有"异采"，具有风格；诗歌鉴赏者所致力的，乃是如何发现作品的"异采"。

要具备"见异"的本领，概其要可从三个方面努力。

一是要具备一定的诗歌素养，以艺术的眼光去鉴赏诗歌，这是"见异"的基本条件。马克思说："对于非音乐的耳朵，最美的音乐也没有意义，对于它，音乐并不是对象。"① 这对于诗歌鉴赏也是同样适用的。

二是广泛地阅读诗歌作品，此是"见异"的必要前提。刘勰指出："凡操千曲而后晓声，观千剑而后识器；故园照之象，务先博观。"② 因为看得多了，心目中就会有个标准，看出作品的高下。"千剑""千曲"的博观，这一理论的付诸实践，其优势从我国历代那些富有远见卓识的鉴赏批评家那里都可以得到证明。

三是要善于运用比较，这在前面已说过了。比较是"见异"的关键或"入门处"。诗歌的"异采"，只有从比较中见出；要具有"见异"的能力，在很大程度上就是要具有比较的能力。

# 第五节　散文鉴赏方法略讲③

如果诗歌是窗，那么散文则就是门。窗，当然不能随便出入，但是，门——大家都可以从这里进进出出……写日记、读书信、作序跋，等等，我们几乎每天不都是在和散文打交道吗？

---

① 《马克思恩格斯论艺术（一）》，曹保华译，人民文学出版社1960年版，第204页。
② 刘勰：《文心雕龙·知音》。
③ 原载高中语文实验课本《教学指导书》第三册，人民教育出版社1998年版，本著收录有改动。

散文既无诗歌的音乐节奏，也无小说的故事情节，更无戏剧激烈的性格冲突，总之，从形式到内容，散文的确好像是显得太平常了一点。然而，人们忘情地读诗、读小说，看戏剧……也一样忘情地鉴赏散文！散文的魅力究竟在何处呢？我们又该沿着怎样的路径去寻幽访胜呢？

比较而言，鉴赏散文比鉴赏诗或戏剧要容易得多。或许人们根本没有意识到，鉴赏散文难道还有什么学问？尽管散文看起来既不神秘，也不深奥；尽管人们和散文的关系要更广泛、更密切，但要真正鉴赏好散文仍然不容易。这是因为，散文"是将作者的思索体验的世界，只暗示于细心的注意深微的读者们。装着随便的涂鸦模样，其实却是用了雕心刻骨的苦心的文章。"①

## 一　散文鉴赏的一般法则

1. 感同身受，渐入佳境。

文学以形象反映生活的特质，这在我们鉴赏一切优秀的文艺作品时都能强烈地感受到。一旦真正进入鉴赏而不是匆匆地"走马观花"或一味地去寻找什么概念，那么我们在作品里所得到的首先就该是作家所塑造的生动艺术形象的复呈，伴随着这种复呈，又会自然而然地体味到作家浸透在形象里的意蕴。这时，我们就会感到一下子到了另外一个完全是自立自足的文学艺术的意境中去。

大凡成功的文艺作品均有意境，这由文艺形象特质所决定。散文也有散文的意境，虽然它不像诗歌意境那样更具特色，但它与小说、戏剧比较又显得突出一些。作为一个好的散文鉴赏者，应该善于体味散文美的意境。如何去体味呢？这里还有必要区别一下散文与诗歌意境的异同，从而才有可能运用不同的方法去探求它们的意境之美。

散文与诗歌亲如姐妹，但在意境的创造上却各不相同。这就是诗境尚

---

① 厨川白村：《出了象牙之塔·Essay 与新闻杂志》，原载高中语文实验课本《教学指导书》第三册，人民教育出版社 1998 年版。

虚，文境征实。诗境强调大胆想象与夸张，也允许虚构与概括，追求避实就虚的空灵，常给人以"水中之月，镜里之花"的美感；文境则大致相反，强调严格的真实，不允许夸张与虚构，追求避虚就实的真境界，常给人一种如闻其声、如临其境的美感。

诗境尚虚，文境征实，这是从整体上的一个把握，具体地讲也并不都是如此。正因为诗境尚虚，所以诗歌鉴赏就特别需要想象，这才可能将诗人虚拟的浓缩了的东西变成真实的丰富的生活图景，从而领略其意境之妙；也正因为文境征实，散文鉴赏就特别需要感受，这才可能将散文里真实的具体的东西准确充分地复现在我们面前，从而体味其意境之美。一个人的散文鉴赏水平如何，至少一半是取决于他对散文意境的感受力的高低。

散文不仅以形象反映生活，而且讲究客观情景的细致描写，这样对散文形象的感受力就显得更为突出了。何谓感受力呢？它即是指读者对散文艺术形象的一种领悟能力；换言之，也即是指读者对作者所描写的形形色色的生活图画可以在自己的心目中毫不费力地复现出来，能获得某种称心适意的共鸣美感。然而，真正能够设身处地、感同身受地去细细品味的人并不很多。一个人对散文形象的感受力是在长期实践中培养起来，或者说是由于反复的经验而获得的一种敏捷性。这里说的经验，它应是一个含义十分丰富的概念，包括生活经验、艺术经验和知识积累等，诸方面结合在一起，也就具体构成了我们说的对艺术形象的感受力。

创作散文需要有丰富的生活阅历，但鉴赏散文是否也要具备呢？很多青年读者对此或许不以为然，那种认为只凭一点书本知识和艺术经验就能鉴赏散文的观点必须纠正。比如说，一个没有经历过任何白色恐怖的读者，鉴赏叶圣陶的《五月卅一日急雨中》就会总觉隔了一层；一个有过流浪经历的读者品赏瑞士黑塞的《农舍》，总比一直处在正常生活中的人体会更深；一个从未坐过飞机的人，难道也能想象出刘白羽在《日出》中描绘的壮景吗？

　　一切优秀的散文，其意境总是深邃隽永的，往往很难一下子就能发现。我们在具备了相应的生活经验之外，还得凭着自己的知识水平和艺术修养去敏锐地、认真地感受对象的形象特征和细节内涵。这就好比在江南园林中寻幽访胜，进愈深而景愈奇，能给人以渐入佳境的感受。

　　在这个渐入佳境的过程中，尤其不能忽视感同身受的作用。姜夔说："《三百篇》美刺箴怨皆无迹，当以心会心。"① 也就是梅圣俞所说的"作者得于心，览者会以意。"② 他们虽然都是讲诗的鉴赏，但在这点上与散文鉴赏也相通。这种"以心会心"，感同身受的审美鉴赏，应该说是我们探索散文之美的最为基本的方式方法。

　　2. 因声求气，循声得情。

　　作家秦牧曾谈到这样一个故事：某国有一位著名女演员，拿着一张菜谱，以另一个国家的语言当众朗诵，运用的是她演悲剧时的腔调，那沉痛苍凉，凄苦激烈的音调，竟使座中有人为之泣下。一张菜谱，不可能有什么情感内容，况且还是他国语言，但它能使人泣下，这个故事生动地说明了语言的声音本身有着独立的表情作用，同时也告诉我们，鉴赏散文不能忽视了声感的要素。

　　散文，可谓是言情的艺术。我们知道，人的情感是不见之于形的抽象的东西，必须靠语言符号表现出来，但汉语符号本身包含有形、声、义三个方面，因而在表情上就有了各种复杂的关系。我们的汉语，就一个个单字来看，它们虽然不可能有什么变化，但因每个字都具有形、声、义，不同的搭配，可以表现出不同的情，而且在形、声这两个方面也可产生不同的效果。所以，作家运用语言，不仅要选"义"，同时也要选"形"与"声"。"形"，在字而言是指笔画结构，在文中是指句子的参差、整齐和语法构成等，这里取后者。"声"，在字而言指读音，这里侧重指句子的音乐感。值得注意的是，选"形"是为了选"声"，是以"形"的变化来造成

---

① 姜夔：《白石道人诗说》。
② 梅圣俞：《六一诗话》。

"声"的变化，最终达到更好的传情。"形"本身不可能有独立的意义，只有通过"声"来传情。

散文作者依靠语句的错综和声音高下的奇妙调节，就能使人读起来有了声感变化，同时还会感到有一种生气灌注。生气不可能凭空存在，语言的声音节奏正是文气存在的形迹。

作者因情而发为辞，辞生则声音与文气也便随之产生。好比平常人们讲话，有了意思才讲，要讲就必须借助于语言（辞），而运用语言的时候又少不了抑扬顿挫、轻重急徐的语气。语气在文章里便是文气。这个过程即是：

情—辞—气—声

刘熙载在《文概》中说："作者情生文，斯读者文生情。"这表明读者鉴赏作品恰好要和作者走一个迎头路，鉴赏散文的过程便是：

声—气—辞—情

这也就是说，散文鉴赏要特别注意抓住声感的突破口，从声感出发，因声求气，循声得情。

因声求气，循声得情，就是根据文章的言之短长、声之抑扬来诵读，并通过诵读来体会作者贯穿在作品里的文气，又通过对文气收放的品味来体会作者的情感。夏丏尊和叶圣陶两先生合著的《文章讲话》，其中收入夏丏尊《所谓文气》，该文明确指出："文气这东西，看是看不出的，闻也闻不到的，唯一领略的方法，似乎就在用口念诵。"[①] 鉴赏散文切忌像读科学论文一样只是着意在里头分解，而应把大部分的时间放在诵读上，由此自得文中奥妙。

散文的诵读自然不必像诗歌的吟诵那样有很多讲究，只要符合散文的自然节奏就行，这与散文行文的洒脱有很大关系；但也并不是一味毫无组织，或长或短，或排或偶，或承或转等，均有一定之妙，往往可以因声而求的。

----

① 夏丏尊、叶圣陶：《文章讲话》，中华书局 2007 年版。

散文的诵读还要求长久地熟读，一两遍不可能读出文章的声情来，只有在烂熟之后，才有可能对文章内容有深切的了解，也才会高下合度，缓急相宜。我之神气皆与作者相通融，一吞一吐，均由彼而不由我，语言之音节一并奔涌于我之喉头，浑然天成，一起从声情中溢出，由此自然铿锵发金石声。

## 二　散文鉴赏的两个重点

1. 牵住线素，沿波讨源。

散文是不易把握的一种文体。中外那些优秀的散文作家，仿佛都是一个个神奇的骑手，纵横驰骋，洒脱不羁。他们的作品，就好比风行水上，一片涣涣然，既有自然的美，也有飘逸的美。刘熙载将此谓之为"飞"，认为"文如云龙雾豹，出没隐见，变化无穷"；又云"文之神妙，莫过于能飞。庄子之言鹏曰'怒而飞'，今观其文，无端而来，无端而去，殆得'飞'之机者"。① 散文这"无端而来，无端而去"的"飞"的艺术，对于鉴赏者不得不慎。

鉴赏散文，思想倾向先可以不问，结构技巧也可以先不去管，关键在于必须窥见文章从何"飞"来，又如何"飞"去。这文章飞动的来龙去脉，人们常称之为"线索"。如果我们把作者行文的线索抓住了，然后再披文入情，沿波讨源，依源整派，就犹如按图索骥一样容易得多。此时，其文章无论怎样"出没隐见，变化无穷"地飞来飞去，但读者一样能够领会，达到循干理枝，因枝振叶，纲领昭畅，牵一线而明全篇。

线索之于散文是不可须臾离开的东西。因为越是无拘无羁的体裁，就越需要维系其艺术生命的线索，使生活的珍珠串联在一起。散文既是"飞"的艺术，散文线索因而也应是彩丽纷呈、灵活多样。归纳起来有如下三大类型——纵贯式、横贯式和纵横交贯式。懂得散文线索的这些基本类型，对于教文鉴赏很有好处。

---

① 刘熙载：《文概》。

　　所谓纵贯式，就是按事物本身发生发展的进程作为线索，纵深地组织材料。最为常见的形式是以时间的次第为线，且往往为一些叙事散文所采用。其特点是叙述事情有头有尾，来龙去脉比较清楚，也较易于读者理解。也有以空间转移为线的，这是纵贯式线索的另一种形式，写景一类的散文，多属此类。因为这类散文描写的对象是相对静止的客观事物，要求依照观察次序来结构文章。不过，这类文章的骨子里仍然离不开时间的因素。在纵贯式类型中，还有一种以情节为线的，它虽然更多地见于小说，戏剧之类，但在散文中，尤其是叙事散文中也并不少见。

　　所谓横贯式，就是以内在的思想路线或外在的某个物件来连缀各种互不关联的"画面"、"断片"，按事物的性质归类，并列地组织材料。横贯式在具体运用中又有种种不同。诸如以情感为线，以事理为线，以物件为线等，这在横贯式中运用得最普遍，也是最能表现出散文文体特征的形式。以情感为线的，多见于抒情散文。井上靖《春将至》，通篇即以盼春的心理来贯通，把天文地理，风土人情和景貌气象，统统凝聚在这一情感基调上。以隽永的情感为线，是深入作品底蕴的结果，它不仅在抒情散文中普遍采用，在一些怀人叙事散文中也常常碰到。朱自清的《给亡妇》，即是以一条至诚醇厚的怀亲颂妻的情感为线，把一些日常琐事的片断粘连在一起，杂而不越，散中见整。以事理为线，是更偏重于内在逻辑性的一种横贯式，多见于即事明理的议论散文。其行文线索，常常是作者从对事物的感受提炼出的一种观点，其他材料便据此展开。如秦牧的《象和蚁的童话》。在有些托物言志、寄情于景的抒情散文中，最爱用某一物作为行文的横贯线索，这又有两种情况。一种是"物"侧重在作为线索而出现的，如秦牧的《土地》；另一种是不仅作为线索，而且也是作者思想感情的寄托点，常常具有某种象征和寓意，如西班牙作家麦斯特勒思的《夜莺》即是。

　　比较来说，纵贯式线索尽管有种种不同，但总归是符合事物发生发展的自然顺序或进程，也符合人们循序渐进的普遍认识规律。横贯式线索则带有某种哲学的抽象，行文中时有跳脱，因为被线索连在一起的是一些各不相干的材料。这样，就从形式上拉开了创作者与鉴赏者之间的距离，给鉴赏者造成了一定的理解难度。不过，大手笔又特别善于处理与鉴赏者之间的矛盾，精于明为跳脱（断）暗为连接（续）。善断善续，能够把明断与暗续辩证地统一起来。

所谓纵横交贯式，不过是以上两种方式的综合运用。这种情况，在一些游记散文里为常见。游记如果单用一条游踪的纵线，文章就很可能像记流水账一样，写得散漫，故往往在游踪的线索之外再加一条横线索来约束。当然，这种线索方式在一般叙事散文中有时也可以碰到。如曹靖华的《小米的回忆》，既以时间次第来展开回忆，又以横线索"小米"（物）来贯通。

世界本身就是一架由无数个物件组合的庞大而复杂的机器，内部诸因素总是互为联系，这些联系必然也会表现出多种不同的生活线索。同样，一个理不出生活线索的人，对社会的认识也一定肤浅、片面。然而，线索的种类五彩缤纷，生活和人生的经纬错综复杂，反映到散文里的线索艺术又何尝不是如此？上列种种，当然还只是一个大略的概观，但无论怎样变化，都超不出纵贯、横贯和纵横交贯这三大类型。

2. 纵观全局，探索主题。

主题是作者在散文里所表现出来的对人类社会种种现象的态度和观点，它是一篇散文形成的灵魂。鉴赏散文，将散文"灵魂"——主题探索到了，也就等于抓住了散文作品的本质，它同样是散文鉴赏的一个重要的决定性的步骤。

对散文主题的探索并不十分困难，但如果想用几句话准确地说出它的主题又非易事，这是一般人常有的经验。有些人鉴赏散文，往往喜欢凭着一点直感去判断作品主题，结果使作者本人也会大吃一惊，往往失之于偏颇。

探索散文主题的途径与方法也是多种多样的，主要有如下内容。

第一，从作品的写作背景探索主题。

主题的表现不可能离开一定的写作背景和作者其人世界观的制约，想办法弄清作品是作者在怎样的心境下写出来，当时的时代背景如何，社会环境怎样等，是我们探索散文主题的重要途径。例如茅盾的《风景谈》，大多数人都认为是"极力赞美当时中国共产党领导下的陕甘宁革命根据地军民伟大而崇高的革命精神"的，但这个主题是如何体现的呢？因为全文从头至尾是赞颂属于"第二自然"的特殊的"风景"，而连像"延安"、"革命根据地"、"共产党"等字样却根本找不到，又谈何赞美当时的中国共产党？看来就非得要求助于本文的写作背景了。

第二，从作品的"文眼"领会主题。

文眼，是指那些特别精练警策的词句，是作者精心安置的"慧眼"，也即散文主题的凝聚点。这点睛之笔，正是我们探索散文主题的直接途径。刘熙载在《词曲概》中说："余谓眼乃神光所聚，故有通体之眼，有数句之眼，前前后后无不待眼光照映。"① 所谓"神光"，即散文的主题；所谓"照映"，即指主题对散文的统摄作用。如柳宗元《捕蛇者说》中的"苛政猛于虎"；杜牧《阿房宫赋》中的"后人哀之而不鉴之，亦使后人而复哀后人也"；萧伯纳《贝多芬百年祭》中的"贝多芬的音乐是使你清醒的音乐，而当你想独自一个静一会儿的时候，你就怕听他的音乐"……都是"神光"闪烁之处，透过它即可以窥探文心的奥秘。

第三，从作品的重点段落探索主题。

散文的主题，它固然得通过作品的每一个段落表现出来，但它绝非平均分布在各段里；每个段落固然也都要为表现主题服务，但它们所担负的具体任务并不完全相同。或在描写某个具体的部位，或在叙述某个事件的过程，或在结构上承上启下以表明过渡等。可以说，一篇散文的大部分段落与主题的关系并不是直接的，有的甚至完全是出于结构上的考虑，与主题全无关系。一篇散文的主题，它常常通过作品中的重点段落来表现，它

---

① 刘熙载：《艺概》，上海古籍出版社 1978 年版，第 116 页。

好像是支撑一篇散文的"着力点",它是我们探索主题时千万不能忽视的地方。

第四,从作品的内部联系中探索主题。

大部分散文,表面看来的确是"散"的,但它的内部却极有章法。循章求旨,在作品的内部联系中掌握行文的来龙去脉,分析主题,这也是一个有效的办法。

第五,从作品的总体倾向上探索主题。

探索散文主题有个最为常见的毛病,就是不从作品的全局着眼,不从全部题材的总倾向考虑,而是孤立地从某一枝节、某一部分来归纳主题,这是必须要克服的。与其他文艺样式比较,散文表现主题并不是通过完整的情节,也不是集中通过某一两个典型化的人物等,而常常是通过一些事实的断片、生动的场面、作者的感怀来表现的。所以,从总体倾向上探索主题就显得更为重要了。

### 三　散文鉴赏的两个难点

1. 剖析结构,仔细理会。

结构是散文包括一切文章的组织法则。人们常把主题比作文章的灵魂,把材料比作文章的血肉,那么结构也就是文章的骨架了。一篇散文的内容必须依靠结构固定并显示出来,结构是作品思想内容的形式体现。鉴赏散文,对其结构进行剖析,也就好比是对散文进行人体解剖一样,这对于我们了解散文的内部构成与联系,深入到散文的骨子里头仔细理会其奥妙所在有着重要意义。不过,对散文结构的剖析一直是一个难点,它需要鉴赏者有较好的散文艺术修养才行。

一般而言,对散文结构的剖析可以从如下三个方面入手。

一是剖析结构由哪几个部分组成,亦即给散文分段。

就散文的外部结构来看,包括句、自然段和部分三个方面。前两者是出于文字表达上的需要,起着停顿与间歇的作用,均属于自然的形式单位，而且也有明显的外部标志，容易掌握。"部分"则是作者出于内容表达上的需要，集中某个方面的内容为突出主题服务的意义段落。一篇散文总是由若干个意义段构成，一个意义段也就是一个"部分"，它通常是几个自然段，有时也可能是一个自然段。这里所谓的分段，就是分析一篇散文由几个意义段组成，以便于深入了解其结构在开合、断续、抑扬上的特点等。

有些散文的意义段落是通过小标题、空行或用"一、二、三……"的数字标明，这比较好办；也有一些散文是通过关联词语、承接句、过渡段等来暗示，阅读时稍作留意也不难划分；对于那些既无标志又无暗示的篇章结构，就需要我们作认真具体的分析。不管怎么说，意义上的段落，总是具有相对独立性，或同一时间，或同一地点，或同一性质等，只要把那些内容上联系紧密的自然段划分在一起就是。

二是剖析段与段之间的联系，看是如何完整、严谨和自然的。

所谓完整，是指散文结构有头有尾、有中段，部分与部分、部分与整体都有有机的联系，紧针密线，连贯一气；所谓严谨，是指散文的各部分安排得非常缜密、紧凑，以至无法作任何增删更动，任何挪动或删削都会使整体构架脱节；所谓自然，是指散文结构要像生活那样浑然天成，不见斧凿痕迹，"当行于所当行，当止于不可不止。"（苏轼语）

三是剖析结构的局部特征，深入研究开头、结尾和过渡。

剖析散文的结构，从大方面而言，不外乎两条途径：或由整体到部分，或由部分到整体。通过这样由外到内，由内到外的两个回合，又有什么样的结构不能被我们所认识呢？分段也好，分析段与段的联系也好，这是侧重在由整体到部分。这里要说的剖析结构的局部特征，则侧重在由部分到整体。这正如我们观赏一座建筑，不仅要观赏它的整体外形，同时还需要走进去，把所有过道、房间、旋梯什么的都看一看，这才知道它具有什么特色。

剖析结构的局部特征，也即是进一步要求从部分入手，并达到从整体上深入把握作品各个部分安排的方法与技巧。诸如作者在叙述方法上哪里是运用顺叙、倒叙、插叙和补叙？作者又是怎样安排波澜节奏的？是否使用了伏笔、悬念？尤其是在开头、结尾和过渡这些关键部分又有什么特征？为了弄清它们，就有必要对散文的每个细小的部分作认真的考察和研究。

2. 辨明作法，深入体察。

尽管人们对散文创作有无技法的问题曾展开论争，而且使人有点目迷五色之感，但客观地从散文创作的实践来说，一切优秀的散文作品，都应是"有技法"与"无技法"的和谐统一。说它"有技法"，是因为任何一位有作为的散文作者都不能任凭自己的情感去随意发泄，驱遣语言、驾驭材料、加工组合等都不为无法。说它"无技法"，又是因为一些优秀的散文作者都是娴熟地活用各种技法，将技法与内容融会在一起，天衣无缝，以至于好像你说不出有什么技法了。

散文的这种"以无法为有法"（徐增语）的创作境界，对于散文鉴赏者来说，确实是提出了一项非常艰巨的任务。鉴赏散文，如不辨其法，自然只能得其皮毛，始终只能停留在字面作一些浅尝辄止的欣赏。如果技法于你是门外汉，结构在你更是微妙不可把握的神秘，这样至多也是心知其好而口不能言。

由字面的欣赏到对内容与形式的鉴赏，便是衡量一位散文鉴赏者能力大小的"分水岭"。然而，要想识"门道"，辨精微，就不得不对散文的技法有一定的了解。高尔基说："必须知道创作技巧。懂得一件工作的技巧，也就是懂得这一工作本身"；"技巧是文化成长的一个基本力量，是文化全部过程的一种主导力量"。[①] 他所说的"文化成长"，自然也是包括散文鉴赏在内的。

散文的技法一时也难以胜数，它们是历代文艺理论工作者根据长期以来的散文创作实践总结出来的。有的是以成语典故命名，如"一石数鸟"、

---

① ［苏联］高尔基：《论文学》，孟昌等译，人民文学出版社 1978 年版，第 229 页。

"釜底抽薪"等；还有的是采用一些生活中的至理名言加以说明，如"彩线穿珠"、"曲径通幽"、"移步换形"等；有的则是借用军事、音乐和绘画等术语来比况，如"欲擒故纵"、"余音绕梁"、"烘云托月"、"横云断峰"等，上述种种，就其名称而言，已够人玩味了，况且它们还包括有丰富的内容。辨明做法，深入体察，就成了高层次散文鉴赏的一个不可缺少的步骤。

# 第六节　小说鉴赏方法略讲[①]

究竟怎样鉴赏小说，也许各人的情况不同，方法也会不尽一样，但我们觉得，从小说作品的构造入手来进行鉴赏是个好办法；它不仅可以帮助读者减少盲目性，同时还可引导读者如何从迷人的故事中走出来并运用审美的眼光去进行鉴赏。那么，小说又是由哪些要素构成的呢？我们同意"五要素说"，即人物、情节、环境、主题和语言。下面，我们分别从这五个方面概略讲讲小说鉴赏的方法问题，但我们不期望它成为禁锢小说读者鉴赏力的圭臬，而是开启读者通往小说艺术宫殿的一把尚未抛光的钥匙。

## 一　人物的鉴赏

1. 从作者对人物的介绍和评价来把握人物。

总体而言，文学塑造人物不外概括性表现（或称直接表现）与戏剧性表现（或称间接表现）两种类型。概括性表现就是作者对人物的思想倾向与性格特征进行直接评论，甚至明确地解释人物动机；戏剧性表现就是通过人物自身的行为过程来暗示，犹如戏剧演出一样让观众在人物自身动作的展览中获得某种启示。因此，从作者对人物的介绍与评价这种概括性的叙述去把握人物，也就成为我们鉴赏小说人物最为直接的一个步骤。

---

① 原载高中语文实验课本《教学指导书》第四册，人民教育出版社 1998 年版，本著收录有改动。

2. 从作者对人物的语言、行动和心理描写来分析人物。

小说刻画人物的主要方法，是通过描写人物的语言、行动和心理来表现人物的思想感情和性格特征。俗话说"言为心声"，即人物语言是人物思想性格的直接表白，至于作者对人物心理活动的描写，就更不待言。作品中人物的行动，也是人物思想性格的生动表现，同样不能忽视。比如阿Q 自己打自己的嘴巴；孔乙己为自己偷书所作的辩解；华威先生到处赶着开会，说起话来满口官腔，等等，都很好地表现了人物的个性特征，要仔细分析。

3. 从人物活动的社会历史背景来理解人物。

小说里的人物，都是在一定的社会历史背景下活动的。鉴赏人物，如果离开了人物活动的社会历史背景，就不可能正确地理解人物，更不能理解人物形象的社会意义。这不仅是因为人物的个性形成与他的生活环境有关，更重要的是，作者每塑造一个人物，都是把他作为一定历史时期的典型人物来塑造的。或者说，一个人物形象的成功与否，不但要看他是否有鲜明的"个性"，还要看他是否具有广泛的"共性"。而对人物"共性"的分析，就必须放在一定的社会历史背景中去考察。

前面我们谈到对人物语言、行动和心理描写的分析，这是侧重在个性方面的，但如果只分析人物的个性而忽视共性，我们也就不能从中发现更多的人，这样的鉴赏就未免失之肤浅。反过来，如果只分析共性，把活生生的人物解剖成一个空骨架，也难以说明典型的普遍性，不过是一个时代精神的"躯壳"而已。

4. 从多种不同的角度对人物作面面观。

在过去很长一段时间里，我们对小说人物的鉴赏与分析一直停留在固有的、静态的和单一的线性思维上，而且它几乎成了我们的审美鉴赏"习惯"。这主要是根植于特殊的社会环境，小说人物塑造几乎成了某种政治宣传的需要，因而人们鉴赏这类小说也不是甚至也不可能是从审美的角度去欣赏，这是不正常的。只有对一个成功的人物形象作多角度的观察，诸如心理学的、社会学的、政治学的、美学的等，我们对这个人物的理解也就不再是那么浅薄和乏味了。

5. 从神魔鬼怪形象中悟出人情。

中外小说都起始于远古的神话和传说，从而便开创了小说的神怪题材。神魔鬼怪形象在中外小说里面，均占有自己的一席地位。如何认识像志怪小说中的太乐妓、《西游记》中的孙悟空、猪八戒等这一类艺术形象，应是小说人物鉴赏的一项不可忽视的内容。

马克思曾经说过，神话是"通过人民的幻想用一种不自觉的艺术方式加工过的自然和社会形式本身。"① 这就说明了神话的虚幻性与现实的真实性的辩证统一，或者也可以说，小说中的神魔鬼怪形象均应是生活中人物的变形，其本质相通。我们鉴赏小说中的神魔鬼怪形象，应当努力从中悟出人情才对。要理解神、兽、怪与人和谐地统一在一起的审美特点，注意把它们放在一定的历史文化背景中去分析，切不能将它们排除在现实之外而孤立理解，否则就难以探求作者的真意。

## 二 情节的鉴赏

1. 找出线索，厘清情节的来龙去脉。

一般而言，故事情节从发生到结局，前后是有着某种内在联系的，这种内在联系也就是贯穿在整个作品中的情节线索。只要找到了这条贯穿整个作品的线索，情节的来龙去脉也就容易把握了。这当是我们鉴赏情节的首要任务。不过，小说情节线索并不是指我们一般所说的时间线索或空间线索，而是指作品里的基本矛盾冲突所构成的情节发展线索。例如鲁迅的《祝福》，祥林嫂与鲁四老爷的矛盾冲突，这就是构成情节的主要线索。由于作品篇幅长短的不同以及作品内容的特点，小说情节线索又有主线、副线和明线、暗线之分。鉴赏小说情节，如能抓住情节的线索，把握其来龙去脉，将有助于我们在分析作品时统观全局，全面地把握作者的意图。

---

① 《马克思恩格斯选集》第 2 卷，人民出版社 2012 年版，第 113 页。

2. 由事见人，深识情节发展与人物塑造的关系。

情节是人物性格发展的历史，是作为人物运动的形式出现的。所以，鉴赏情节应该由事见人，将人物性格与情节联系起来分析。我们仍以《孔乙己》为例。孔乙己到酒店喝酒，周围的人对他嘲笑、与他争辩的情节，正是要表现孔乙己偷窃、迂腐的坏毛病；孔乙己教"我""茴"字的四种写法和分豆给孩子们吃的情节，又是表现孔乙己自傲和善良的品性；孔乙己被丁举人打断腿后爬着到酒店喝酒，又谎称腿是跌断的情节，则表现他受欺凌的悲惨命运和讲面子的弱点。小说就是通过这一系列的情节描写来完成孔乙己复杂性格的刻画的。阅读鉴赏时，要逐一分析，挖掘情节的意义。

3. 见微知著，从场面和细节分析情节对表现主题的意义。

作品的情节是由若干个场面构成的，场面是由很多个细节组成的。分析场面和细节是鉴赏情节的进一步深入，同时也只有这样的情节鉴赏才显得具体、充分和中肯。请看老作家魏金枝对《阿Q正传》的一段情节分析："写一个犯人在最后受判时画押，通常总是迟疑地颤抖地执着笔，无可奈何地画上一笔就算，鲁迅写阿Q的画押就大大不同，他写的画押却是独一无二的阿Q式的：一面是'使尽平生的力气画圆圈'，而另一面却是'这可恶的笔不但很沉重，并且不听话，刚刚一抖一抖地几乎要合缝，却又向外一耸，画成瓜子模样了。'我看，即使没有看过《阿Q正传》全文，不知道阿Q平生为人，单就这一节画押来看，阿Q的麻木、无知以及精神胜利法，岂不是都尽情地表露出来，然而那只是一个最后判决的场面描写。"由此抓住场面和细节的情节鉴赏就不是浮光掠影地阅读了，应对我们有所启示。但有人阅读小说，只顾看热闹，单纯追求故事情节紧张曲折，而不想想作者通过一定的情节究竟提出了什么问题，这些问题有何社会意义，又是如何解决的，等等，这就不得要领了。

4. 赏析技巧，注意发现作者组织情节的艺术匠心。

小说情节的生动曲折、波澜起伏和扣人心弦，应该说是所有优秀小说

的显著特点。什么地方是伏笔，什么地方是照应，什么地方是有助于塑造
人物的精彩描写，哪些地方是游离于情节之外、荒诞不经的"噱头"，等
等，都要细细加以赏析。例如《红楼梦》刘姥姥三次进荣国府的情节，即
可看出它具有复沓回旋、含意深远的特点。这三次均是写同一个人物进荣
国府，但每次却是各不相同。一进，只让刘姥姥见了王熙凤，借此给读者
展示了荣国府这个诗礼簪缨之族、温柔富贵之乡的豪奢；二进，刘姥姥见
了贾母，又是饮宴，又是饱览，让读者见到了荣国府也有各种矛盾，由此
埋下了贾府即将败落的伏笔；三进，那位曾向刘姥姥伸出援助之手的琏二
奶奶也不得不向她呼救了，一层更深一层。鉴赏这样的情节，我们不仅要
注意情节本身的变化，还要注意发掘情节蕴含的主题意义。同时，又可看
到，作者在组织情节时所显现出的胸有全豹，高屋建瓴的艺术特点。

### 三　环境的鉴赏

1. 分析环境对主题思想的暗示。

环境描写不管它的直接作用如何，最终是为表现作品主题服务的。明
末文学家王夫之曾说："一切景语皆情语。"我们鉴赏小说，就应注意从环
境描写中揣摩作品的主旨。

在更多情况下，环境描写可能主要是为展示人物的行动和命运以及刻
画人物的性格创造必要的条件，提供生动的衬景，但同时也是以间接的形
式表现主题。在《红楼梦》中，作者写蘅芜院的环境："阴森透骨"，屋外
长着"愈冷愈苍翠"的"奇草仙藤"，屋内"一色玩器全无"，像"雪洞
一般"。这样的环境正好衬托出佩带金锁而高唱"妇德法"的薛宝钗阴冷
无情、装愚守拙的性格特征。这一性格特征的揭示，不仅透露出作者对薛
宝钗其人的思想倾向，同时也可看出封建礼教虚伪性的一面，而这正是作
品主题的内容之一。

环境描写一般是写实的，但有时也可能带有象征或隐喻的性质，这样
也就自然地对主题起着一种暗示作用。

2. 分析环境对人物形象的烘托。

小说环境，不论是社会环境还是自然环境，与小说人物的思想与行动均有着密切的联系，而且因为小说是以写人为中心，环境描写对人物形象的烘托始终是最为基本的任务。鉴赏小说的环境描写，不能不注意理解环境与人物的关系，努力发掘它深刻的思想意义。环境描写对人物的烘托可以是正面的，也可以是反面的，前者叫正衬，后者叫反衬，这里不再细述。

3. 分析环境对小说氛围的创造。

小说感染读者的一个重要因素，是作家特别注意创造一种特有的小说氛围，而创造小说氛围的主要手段就是通过环境描写的渲染而加强的。鲁迅小说《药》的开头是："秋天的后半夜，月亮下去了，太阳还没有出，只剩下一片乌蓝的天；除了夜游的东四，什么都睡着。"在华老栓为儿子买"药"走在街上时："……街上黑沉沉的一无所有，只有一条灰白的路，看得分明。"这样的自然环境给人以死气沉沉、非常压抑的感觉，使人感受不出一点生命的活动，联系小说的时代背景，我们还会进一步感受到1907 年革命者秋瑾被杀害后的那种沉寂冷肃的氛围。

4. 分析环境对小说情节的推动。

因为小说以写人物为中心，而人物与环境的紧密关系，又导致特定的环境可使人物产生某种相应的行为动机，从面推动故事情节向前发展。在反映更为广阔、复杂的社会生活的小说中，环境是人物命运形成和演变的客观条件和原因，特别是西方批判现实主义小说更是强调"这一个"环境中的人，强调环境对人物及情节的影响和决定作用，因而环境在小说中的这种推动作用会更加明显。

## 四　主题的鉴赏

1. 从作者背景看主题。

要正确理解一部作品，有必要了解作家的思想感情、思维方式，以及他所处的社会环境、作品所反映的社会生活背景。小说是社会生活在作家头脑中的反映，也是作家思想感情的表现。一部作品所反映的主题，总是与作家的身世、生活、思想感情以及他所处的时代环境分不开的。因此，我们在理解小说主题时，必须"知人论世"，这个很重要。鲁迅先生指出，《水浒传》与《施公案》《彭公案》《三侠五义》的思想内容之所以不同，是和时代有关的。"《水浒》中人物在反抗政府；而这一类书中的人物，则帮助政府，这是作者思想的大不同处，大概也因为社会背景不同之故罢。"① 如果不理解时代背景对作者的影响，从而造成对题材处理上的这一不同，也就不可能理解《水浒传》的深刻主题。

2. 从人物塑造看主题。

小说作者运用各种艺术手段，都是为了完成人物形象的塑造。人物形象是作者生活经验的结晶，也是作家的生活态度的形象体现。《钢铁是怎样炼成的》中的保尔·柯察金的形象，《红岩》中的许云峰与江竹筠的形象，等等，无不体现着作家对生活的认识和情感态度——他认为生活是这样的，人应当这样地去生活。当然，在这里，我们不难从作品对人物的刻画中，琢磨到作家打算让我们体会到的东西；这里，也正是我们理解小说主题的一个重要方面。杨沫在《谈谈林道静的形象》一文中，曾详细介绍了她塑造林道静这个人物的意图。她说："我知道在文学作品中，表现这种主题和思想可以从多方面，用种种不同的方法来进行，而我只能从我自己的比较熟稔的生活，用我自己感受最深的东西来表现。因此，我选择了林道静，写像她这样一个小资产阶级知识分子怎样改造成为无产阶级革命战士的过程。"这段话，较为明确地表明了人物与主题的紧密关系。

3. 从情节发展看主题。

小说写人不能离开人物活动的形式——情节，而情节又是通过一系列具有因果关系的故事来完成的。当然，故事的中心必须以某些矛盾为内容，矛盾怎样发展、怎样解决，无不体现作者对这些问题的看法。从这些看法中理解主题同样也是小说鉴赏中被经常运用的方法。例如赵树理的

---

① 《鲁迅全集》第 8 卷，人民文学出版社 1981 年版，第 352 页。

《小二黑结婚》，是以追求人身自由、婚姻自主的小二黑和小芹同金旺兄弟为代表的封建恶霸势力，以及二诸葛、三仙姑为代表的封建落后意识的矛盾为主要内容的，这一主体矛盾最后在党和政府的帮助下得到了解决，小二黑他们获得了胜利，这就表达了作者对封建迷信思想、包办婚姻的看法。抓住了这一点，主题也就好理解了。

4. 从语言的情感色彩看主题。

小说的主题，虽然作者极力使它不显露出来，但作者在行文中总是要对自己所揭示的矛盾，以及所描述的人物等表现出一定的褒贬倾向或情感色彩。判断作者的这种情感色彩，是理解作品主题时所不可缺少的一环。孙犁小说《荷花淀》，是歌颂白洋淀人民群众积极抗日的，但这种情感作者始终没有直接说出来，而是通过故事的叙述来暗示，在行文中也有所透露。如当敌人的大船追赶水生嫂她们时，作者写道："幸亏是这些青年妇女，白洋淀长大的，她们摇的小船飞快，小船活像离开了水波的一条打跳的梭鱼。她们从小跟这小船打交道，驶起来，就像织布穿梭，缝衣透针一股快。""她们奔着那不知道有几亩大小的荷花淀去，那一望无际的密密层层的大荷叶，迎着阳光舒展开，就像铜墙铁壁一样。粉色荷花箭高高挺出来，是监视白洋淀的哨兵吧！"在这里，作者的赞美之情溢于言表。

5. 从整体倾向看主题。

在小说主题鉴赏方面，有一个最为根本的原则我们必须记住——整个作品，包括作品中的每一个标点和作品里总的气氛在内，都是主题的体现——从这个意义上看，我们可以把整个作品看作表现主题的具体的象征物！我们应当懂得，小说的主题并不是一个孤立的现象，而是与小说诸要素紧密相关的整体体现。正因如此，理解小说主题的方式方法也不仅限于以上所谈，而应是多侧面的、多角度的，小说的方方面面无不闪耀着主题的光彩。一部优秀的小说，其含义、主题，总是全面渗透在整个作品中。

## 五　语言的鉴赏

1. 注意鉴赏人物语言的个性特色。

语言描写是人物描写的重要手法，它通过人物语言的描绘刻画人物性格。精彩的人物语言描写，可以"使读者看了对话，便好像目睹了说话的那些人"。在《阿Q正传》中，作者曾写了一系列人物的骂人，但他们的骂法却是各不一样的。赵太爷是未庄以"老一辈上等人"自居的土老财，当阿Q声称姓赵时，他骂道："阿Q，你这浑小子……"骂声中散发着这个地主的霸气、老气和土气。秀才骂阿Q则不同："王八蛋！""你反了……"这个在科举的阶梯上开始爬上去了的年轻地主，俨然以官场人自命了，骂人也是一种治人者的"官样骂法"。身块大，有力气的王胡骂阿Q说："赖皮狗，你骂谁？""你骨头痒了么？"这显然是不把对方放在话下，自信随时都有资格去敲那"痒了"的骨头的有力者的骂法。"记着吧，妈妈的……""妈妈的，记着吧……"这是自知力量上"旗鼓相当"的小D和阿Q的对骂。"这断子绝孙的阿Q！"小尼姑则这样骂。比较一下这种种不同的骂人语言，不是有助于人们对语言的鉴赏吗？

2. 注意鉴赏叙述语言的概括、简洁和传神。

最好的小说叙述语言，往往具有概括、简洁和传神的特点，值得我们仔细鉴赏。但一般人鉴赏小说的叙述语言，往往只求了解一个故事的梗概，而对叙述语言中的那些生动词句一掠而过，这是不对的。

3. 注意鉴赏作者运用语言的风格。

一个比较成熟的作家，往往有他自己的风格。每个作家都有自己的生活体验，有他观察生活的角度，并以自己特殊的方式和语言习惯来表现生活，这就形成了他们各自的风格；而语言，尤其是构成作家风格特点的要素。例如赵树理，他从小在农村长大，具有坚实深厚的生活基础，他善于把劳动人民的口头语言和规范化的普通话熔铸在一起。正如周扬在《论赵树理的创作》中说的，他的语言"具有大众化的优点，而没有地方语言偏狭的缺点，通俗而不流于庸俗，口头化而又艺术化"。因而我们读他的小说，总给人一种淳朴平易而又清新明快、简洁生动的审美享受。像他的《李有才板话》、《小二黑结婚》、《李家庄的变迁》等无不体现了这一特点，应注意赏析。

4. 注意从作品实际出发对语言进行具体分析。

作为一种感人的力量，语言真正的美，产生于言辞的准确、明晰和生动。这些言辞在很大程度上描绘出了作品中的图景、人物性格、思想感情等。只有把语言与它所表现出的思想内容结合在一起考察，才能说出它的真正好处，而那种脱离实际内容的语言分析则是毫无益处的。

## 第七节　戏剧鉴赏方法略讲[①]

现代西班牙戏剧家费特列戈·加西亚·洛尔伽说："戏剧是提高国家水平最富有表现力和最有效的工具之一，是衡量一个国家的伟大或衰落的温度计。"[②] 这里的"工具"与"温度计"之喻，无疑是表明了戏剧在人们心目中的崇高地位。

### 一　捕捉初感，由浅入深

初感在生活中是极为重要的。人们常说的"一见钟情"、"一见如故"、"一见倾心"等，也正是出于初感的效应。同样，初感在艺术鉴赏活动中也有它突出的地位，尤其是像鉴赏戏剧这类诉诸主体视觉直感的综合艺术更是如此。它不仅是我们进行戏剧鉴赏的首要契机，而且往往直接影响到我们对一出戏的审美评价。

我们大概不难发现这样一个事实：很多人一起观赏同一出戏，有的人

---

① 原载高中语文实验课本《教学指导书》第四册，人民教育出版社 1998 年版，本著收录时有改动。

② ［美］艾·威尔逊等：《论观众》，李醒等译，文化艺术出版社 1986 年版，第 85 页。

始终保持一种较强的注意，时而喟叹，时而担心，时而发笑……有的人则反应迟钝，不能迅速抓住剧中的感人之处，甚至有时对周围人们的共鸣还颇觉茫然。及至走出剧场，这种人对该剧内容的理解还很模糊，但他们听到别人对剧中人物、故事等的精辟议论，却又不禁频频点头，原来自己在观赏时也有相似之感，只是未能及时抓住它，现在一经别人提起，便豁然开朗。造成这一现象的原因固然是多方面的，但是否善于捕捉初感恐怕是主要的一个因素。

初感与鉴赏主体是否积累起大量的戏剧审美经验有直接关系。比如说，今天很多青年对中国传统戏剧了解甚少，因而对舞台上演员的一招一式往往不能很好地鉴赏；而那些戏剧"名票"们则具有十分灵敏的初感，只要锣鼓一响，即使人物未出台也会知道上场的是旦角还是生角，从舞台上一个细小的动作也能窥出其中的神韵。

我们强调初感的重要，也并不是说戏剧鉴赏完全凭此就可以了。初感有时不一定靠得住，因为它毕竟是第一个印象，是初次感受。从认识论角度看，一个正确的认识必须通过由表及里、由浅入深的过程才能完成。我们强调初感，是因为它包含舞台形象的本质认识，甚至在整个鉴赏判断中带有一定的权威性，它是审美主体真实的、原始的和质朴的感受，具有了一种不可替代的特有价值。

## 二　阅读剧本，反复体会

我们通常说的戏剧鉴赏，是指到剧场观看戏剧演出，而不是指鉴赏剧本——作为舞台演出的文学脚本。大家知道，剧作者从创作一开始就是为了演出而写作，是供导演、演员、舞台美术家、音乐家等排演而用的。正因为如此，很多东西也就无须甚至不可能像小说作者那样去细致地叙写。诸如社会背景、自然环境、人物肖像、人物心理等，这些均是靠舞台形象去直观地再现。我们从剧本里看到的，只是人物的台词和简单的"舞台提示"。所以，如果只是读读剧本，就会感到不过瘾，甚至可能还会感到有些乏味。这样，鉴赏戏剧和鉴赏小说、诗歌、散文就有了很大不同，它主要不是靠阅读文学作品来完成。

尽管如此，但我们阅读剧本仍是整个戏剧鉴赏一个不可忽视的方面。因为戏剧和电影一样均属于"一次过"艺术，不能在演出过程中停下来让我们细加品尝。要解决这一问题，当然你可以上剧场看第二次、第三次……但重要的恐怕还得借助剧本，它对进一步了解剧情、体会戏剧艺术很有好处。但是，现在绝大部分人鉴赏戏剧，只看演出，不读剧本，这样不利于鉴赏的深化，是应当改变的一个不良习惯——如果你不是把看戏仅仅当成是消遣，而是希望真正去鉴赏的话。

### 三　抓住关键，把握冲突

如果我们把一出戏比作一幢房子，那么戏剧冲突就是房子的脊梁。一般地说，有冲突才有"戏"。冲突是戏剧最重要的特征，也是戏剧的生命所在，鉴赏戏剧不能不以分析冲突为关键。

戏剧冲突是指社会生活中尖锐的矛盾冲突在戏剧中的反映，它的具体表现形式有思想冲突、性格冲突、意志冲突和人与环境的冲突（亦称为主客观冲突）等。不过，在一出戏中往往是以某种冲突为主，多种形式的冲突互为补充、交互并用。

如何在戏剧鉴赏中把握戏剧冲突呢？概括而言，有以下五点：第一，要了解戏剧冲突发生的背景；第二，要分清戏剧冲突的主次，明确构成冲突的基本内容；第三，还要善于从戏剧冲突的发展过程中去探索其思想倾向；第四，应注意分析戏剧冲突具体如何构成；第五，还须认识戏剧冲突的社会意义。

### 四　分析人物，观其言行

戏剧塑造人物形象主要是通过人物的对话和人物自身的直观行动来表现的，这也就决定了戏剧鉴赏究竟该如何去分析人物。古语说："听其言而观其行。"这恰恰道出了分析戏剧人物的两个重要方面。如何分析人物的言与行呢？实际上，人物的行动也是一种无声的语言。因而，分析人物也就是要分析好人物的语言。

我们知道，每一个成功的戏剧人物都有着鲜明的性格，而剧情如何展开，冲突如何产生，往往与人物性格有着直接关系，能不能把握人物性格，也就成了分析戏剧人物的一个焦点。优秀剧作家所写的人物语言（主要指台词）又总是同人物的性格相切合，能够表现人物的独特个性，因而，从台词去窥测人物性格就是分析戏剧人物不容忽视的途径。

老舍有句话说得好："对话是人物性格最有力的说明书。"① 优秀剧作中的精彩对话，不仅恰切地显示着人物的性格，而且往往还表现出人物复杂的内心活动。那么，从台词挖掘人物在具体戏剧情境中的心理，即发现"潜台词"，则是我们分析人物要注意的另一个方面。

在戏剧鉴赏中，听懂台词十分重要，通过人物对话我们不仅了解他们在说什么，同时又了解他们在想什么，悟出话中之话，话外之话，体味出他们的感情，他们的思想，由此对人物的赏析也就较具体深入了。

一个成功的戏剧人物形象，当然不是靠一句话或几句话就能够站立起来，因而我们还要注意从人物的全部台词与行动去分析，从台词与行动看如何推动剧情的发展，展示人物性格。

## 五　理解结构，深识堂奥

戏剧鉴赏，不仅要善于发现其动人之处，更重要的还要善于发现它为什么会那样动人。我们要求理解结构，也正是出于这一目的。结构是其形式，形式服从内容，内容又有赖于形式。理解了戏剧的结构形式，对于戏剧内容的鉴赏自然更为深入，那种只观其热闹的戏剧鉴赏，根本谈不上深识堂奥。

要理解结构，首先应当研究结构是如何组织冲突或情节的。成功的戏

---

① 《老舍论剧》，中国戏剧出版社 1981 年版，第 5 页。

剧艺术在情节安排上总是善于运用蓄势与突转的技巧，它是最能使观众发生兴趣、产生戏剧性的重要手段，我们要注意赏析。其次，还要研究结构如何展示人物性格。此外，还要注意理解结构本身的审美特点，善于识别戏剧结构经常采用的几种表现形式，即"开放式"、"锁闭式"和"展览式"。开放式的结构特点是，按照故事发生发展的先后顺序从头至尾、原原本本地表现在舞台上。越剧《梁山伯与祝英台》是其代表。锁闭式结构的特点是，从全剧最大的危机即将爆发——高潮即将临近处写起，随即就是高潮和结局，对于过去的事件和人物关系则用回顾的办法陆续交代。易卜生的《玩偶之家》是此结构的典型。展览式结构的特点是，人物多，情节少，就像一幅漫长的群像画，画上出现形形色色的人物，展示他们各式各样的生活风貌和性格特征。它没有突出的主人公，也没有一件贯串到底的中心事件，每个人都带着自己的过去，成为一条独立的故事线，如老舍的《茶馆》即是。

## 六　假戏真看，能入能出

在我国戏剧界，有一句非常流行的行话，那就是"假戏真做"。这句话的意思很清楚，舞台上演的并不是真正生活，处处都可能有假，但演员在表演的时候却要设身处地地"真做"，讲究心到、眼到、手到，即所谓"进入角色"。北昆老艺人王益友先生说得好："看戏总要替唱戏的着想，比如说唱《探庄》，石秀肩上真挑上两担柴，千里无轻担，戏怎么唱呢？可是反过来，唱戏的也不能哄看戏的，石秀挑着柴满场飞，左一个跨步，右一个飞脚，下场时还拿个朝天镫，请问那两担柴哪里去了？扁担上虽然只有两个草把子，可是假戏要真做……"①"假戏真做"这一戏剧表演的真义，相对于观众来讲就是假戏真看。如果我们在剧场看戏，时时处处都认为是在演戏，当爱不爱，当恨不恨，认为都是假的，逗不起一点点鉴赏情感来，这就不可能"入戏"了。看戏而不能"入戏"，这就犹如演员不能

---

① 转引自陈幼韩《戏曲表演美学探索》，中国戏剧出版社 1985 年版，第 242 页。

进入角色一样是要不得的。

中国古典艺术鉴赏理论中，很重视这种"以吾身入乎其中"的神与物化的美学感受；在戏剧鉴赏中，这样的事例也不少。曹雪芹在《红楼梦》中曾生动地描述过林黛玉有一次路过梨香院，被《牡丹亭》戏曲弄得"如醉如痴，站立不住"的经过。在这里，杜丽娘、柳梦梅的爱情故事与林黛玉的个人生活已经完全叠在一起，实际是借《牡丹亭》戏文的钥匙，开启了多情善感的林黛玉自身情感的世界。这种"入乎其中"，假戏真看的戏剧鉴赏，实在是我们能否探索戏剧之美的"点金石"。

## 七　由实到虚，体察想象

戏剧是由实在而直观的舞台形象来造成生活幻觉，直接作用于观众的理解和感情。戏剧的表现方法主要是通过演员的直接行动，一切都以舞台上的可见性、可闻性为准则。然而，戏剧的这一特点，从鉴赏而言，却始终只能处于一种被动状态——剧作者的感情一切都只能通过舞台形象来暗示，对人物的审美评价也只能由人物自己的可见的一举一动和音容笑貌来完成，再加上舞台时空的限制，人物行动也不得不有所节制地进行，以有限的舞台形象来暗示剧作者的情感。因而，鉴赏戏剧也得通过有限舞台形象（实）去探索剧作者要表达的情感（虚）。这里，由实到虚，须经过一个中间环节，那就是审美主体的鉴赏想象。

诚然，任何一种艺术鉴赏都离不开想象。鉴赏小说、散文等需要通过想象把语言文字转化为形象，而鉴赏戏剧又得凭借想象去丰富或充实直观的形象，从而发掘其深邃的意蕴。比较而言，戏剧鉴赏中的想象有如下三个明显的特点。

1. 它是直接由直观的舞台形象引起的由实到虚的想象，而不同于小说、散文鉴赏中的想象，总是由虚到虚。

2. 舞台形象对戏剧鉴赏中的想象给予了明确的规定，因而像小说鉴赏中一百个读者就有一百个林黛玉的情形，而在戏剧鉴赏中就不可能如此严重与分明。

3. 戏剧鉴赏中的想象，不在于再现鉴赏客体的艺术形象，而在于充分调动自己的鉴赏经验去丰富和补充直观形象并体察直观形象的意蕴。这种想象，或可称之为体察想象。

体察想象对直观形象意蕴的发掘并非易事。直观形象中的意蕴总是带有一定隐蔽性，总是通过种种不同的戏剧化的方式含蓄地传达出来。这也就告诉我们，要运用好体察想象并能够较为顺利地探索到形象中的意蕴，就应该掌握一些戏剧形象传情的特点与规律。

## 八　统观得全，由点到面

我们谈到文艺的创作时，还常常提到所谓"意在笔先"、"胸有成竹"之类的话，这都是强调作者对其作品的整体把握，推重气象浑成，反对拼凑堆砌。然而，当作者具体行文或演员表演的时候是不可能囫囵地去表现，而只能通过一个一个具体的部分来构成整体。整体依存于部分，并呈现于部分间的和谐关系中。离开了部分，也就无所谓整体。所以，从部分与整体的关系看，创作者的表达过程是：整体——部分——整体。与创作者不同，鉴赏者在戏剧未开演之前对戏剧整体的理解是陌生的或肤浅的；又只能是从对部分的鉴赏开始，然后理解整体，最后再回过头来细细赏玩部分，最后达到更深入地体会整体。这个过程即是：部分——整体——部分——整体。这里，着重强调了戏剧鉴赏须从部分开始，但又是以整体的理解为宗旨。所以，不论在什么时候我们的心里都应装着整体。须知，只有理解了整体也才能真正理解部分。越是复杂的戏剧艺术精品，越需要采用局部拆析，由部分到整体或由点到面地去鉴赏。

## 九　明察体制，分类鉴赏

没有一种艺术有像戏剧这样多的种类，而且这种类型的差别在形式上又是那样的明显。光我们中国的戏曲，它究竟有多少种，有人说是360多种，但这个数字还只是一个约数。俗话说"隔行如隔山"。本来，在戏剧这同一行业里面不应存在"隔行"问题，但就我们经常讲到的歌剧、舞剧、话剧和戏曲这四种大的戏剧类别来讲，它们的表现手段与方式却有极大差别。能鉴赏歌剧的人，不一定就能鉴赏戏曲。只凭戏剧鉴赏的一般修养与方法，显然难以去很好地鉴赏不同种类的戏剧。可见，要成为一名好的戏剧鉴赏者，能对戏剧进行深入的类型鉴赏，就得不断提高对不同类型戏剧艺术的认识水平。

# 第八节　"人类命运共同体"与文艺担当①
## ——中国梦文艺正能量系列思考之二

### 一　中国梦、美国梦是"同一个梦想"？

2008 年北京奥运会口号是"同一个世界，同一个梦想"。这个"梦想"是什么？即如《奥林匹克宪章》所述："每一个人都应享有从事体育运动的可能性，而不受任何形式的歧视，并体现相互理解、友谊、团结和公平竞争的奥林匹克精神。"通过竞争使每个人达到"更快、更高、更强"。自然，这应是人类共同的梦想。

近几年来，"中国梦"的提法已为世界所关注。英国最大广告和公关集团 WWP 在英国议会下议院就曾发布《中国梦的力量与潜力》调查报告，并与"美国梦"、"英国梦"之类加以比较，且对"中国梦"肯定有嘉。② 试问：这与"同一个世界，同一个梦想"有何关系？它们是各不相同的"梦"吗？

有人说："'中国梦'是对'同一个世界'的超越，可以说我们有新的梦想，跟'同一个梦想'不一样的另外的梦想。"③ 是这样吗？不论是哪一个国家、哪一个民族，在这个世界上人类的终极目标应当一致吧？习近

---

① 本文原载《湖南社会科学》2014 年第 5 期，收录本著有改动。
② 参见新华网伦敦 2014 年 3 月 22 日电，记者张建华。
③ 中国艺术研究院马克思主义理论研究所：《"中国梦"与当代文艺前沿问题》，《青年文艺论坛》2014 年第 32 期。

平总书记说"中国梦"就是中华民族的伟大复兴梦,但我们不能理解这个复兴就只是民族经济的再腾飞,重要的是,中国发展了、强大了,对全人类文明的担当必然更多,这才是"中国梦"的根本,不然它很可能就会成为"中国威胁论"的又一口实。① 其实,"中国梦"的提出,它的基本内涵就在国家富强、民族振兴、人民幸福。而这里的"人民",我们也不能理解就只指中国人民。

早在春秋时期,管子在《霸言第二十三》说:"夫霸王之所始也,以人为本,本理则国固,本乱则国危。"老子《道德经》第二十一章更是拓展了管子"以人为本"观点:"故天大、地大、道大、人亦大。域中有四大,而人处于一焉。"历史发展至今,"以人为本"已成为我们国家的一条基本国策。

应该说,"中国梦"包含着中华民族一种根深蒂固的大同精神。正如习近平总书记所说:实现中国梦,"不仅造福中国人民,而且造福世界人民。"② 大同精神是一种着眼于全球的勇气和创新发展的精神,它是超地域和超民族的,是为了人的发展的,是一种将外物和异己纳入自身的品格和信心。所以,我们说"同一个世界,同一个梦想"。从这个意义上讲,"中国梦"、"美国梦"或者"英国梦"等,其基本指向大同;不过"美国梦"等外国梦的境界可能有偏差。

近十年以来,我们一直都在呼吁创作中国话语、中国风格、中国特色的文艺作品,这当然也是中国梦的一部分;③ 但我们并不能将这里的中国特色理解过头,甚至一味强调中国特殊论,因其终极目标却是殊途同归,过去我们在这方面的惨痛教训不能忘记。

美国始终认为他们的文化是西方文明源头或普世文明的汇聚地,而中国更认为自己不仅仅是文明的集结地,更是文明的源头,"中国梦"必须走中

---

① 参见中共中央宣传部《习近平总书记系列重要讲话读本》,学习出版社、人民出版社 2016 年版,第 5—17 页。

② 同上书,第 16 页。

③ 参见魏饴《上品文艺鉴贯如何可能?——中国梦文艺正能量系列思考之一》,《武陵学刊》2014 年第 1 期。

国道路等，但都不能忽视"同一个世界，同一个梦想"的基本走向。各国的发展路径选择可以不尽相同，没有统一的模式，当然也可能存在优劣。国外有人认为"中国梦"提出的时间虽短，但在中国已经妇孺皆知，中国民众对"中国梦"的认知程度远超美国人对美国梦、英国人对英国梦的认知程度。① 我们预期，"中国梦"的理念和实现方式将会被世界更多人所接受。

## 二　"韩流"强势入境与中国文艺自觉

中国马年春晚，27 岁的李敏镐凭着他在我国的超高人气，成为韩国艺人登上中国春晚舞台的第一人。此前，他主演的电视剧《继承者们》在中国最大视频网站"优酷网"的点击量超过 1.6 亿，成为他主演《城市猎人》在中国热播后，两年间他作为韩流明星在中国占得一席之地的惊人壮举。同时，《来自星星的你》主演金秀贤和《听见你的声音》主演李钟硕，以及《继承者们》的主演李敏镐、金宇彬，2013 年前后又被韩国传媒封为新韩流四大天王，金秀贤、金宇彬更各自带挈所属事务所的股价飙升 11.89% 和 16.71%。

为什么悠悠 5000 年偌大一个中国，却被一个小小岛——韩国文化"韩流"强势左右？王岐山在 2014 年全国人大会上参加北京代表团讨论时正好谈到此一话题，他说："韩剧为什么占领了中国？为什么漂洋过海，影响了美国，甚至欧洲？前几年他们就出了一个《江南 Style》"；"有时候我也有一段没一段看看韩剧，看半天我发现我明白了，韩剧走在咱们前头。韩剧内核和灵魂，恰恰是传统文化的升华。"② 这倒的确值得我们文艺人深刻反省。

不惧千军万马，最怕自己低头。你们看看近年我国的电影电视都在播映些什么呢？不是后宫太监的美人故事，就是天天看国共窝里斗，看神勇的八路军一脚踢死好几个日本鬼子；重大革命历史题材模式化、现实题材

---

① 参见 WWP 发布《中国梦的力量与潜力》调查报告。
② 《新京报》2014 年 3 月 5 日讯（记者温蒌）。

低俗化、战争题材游戏化……在这个中国主体文化缺失的背景下，源自中国儒家文化的"韩流"正好可在皇皇中国汹涌澎湃。不是么？王岐山所讲的"传统文化"，比如被万千观众追捧的《来自星星的你》男主角都敏俊，他那低调含蓄，钟情温暖，崇真尚爱等，与儒家文化的价值观无不吻合；还有数年前红极一时的韩剧《大长今》，女主角身上的那种博大精深的传统医术与温良恭俭让的膳食追求，在中国更是培养了一批"大长今迷"。

　　实现文艺"中国梦"，需要我们坚守文化立场，尊重具有开放性的普世价值体系，扎根本土文化，广大文艺工作者的这种文艺自觉才是中国文艺作品走向东西方相互理解、相互认同的基础。莫言获奖，就在于他的作品呈现了本土文化与西方文化积极融合的努力，就是中国积极建构"人类命运共同体"价值取向的一个成功。

## 三　栽树的人愈多，这个世界就会充满绿的希望

　　文艺中国梦在当下似乎有一种流于形式的倾向。表面上，围绕"我的中国梦"主题的文艺创作比赛、展演、征文等此起彼伏，轰轰烈烈，但事实上却是"主题先行"、"概念图解"等沉渣泛起，或是紧盯市场亦步亦趋，甚至于不管什么正能量负能量。

　　中宣部文艺局、人民网、新华网、光明网联合从 2013 年 12 月开始的"'我们的中国梦——讲述中国故事'文艺作品征集活动"，据组织者说响应者非常热烈，但我们从部分展示出的作品看，诸如文艺作品《山里人的"北京梦"》、《外祖母的中国梦》、《一个留守老人的中国梦》，影视作品《中国梦，基层的梦》、《有国有家才有梦》、《一名援非医生的中国梦》，音频作品《美丽的中国美丽的梦》、《中国风中国梦》，遗憾的是，这些作品往往是将中国梦的理思简单化、庸俗化，部分作品的艺术水准并不高。

　　更令人警醒的是，现在不少人还在奉行"印数第一"、"票房第一"。湖南卫视 2013 年前播出的从韩国 MBC 电视台引进并再创作的亲子户外真人秀电视综艺《爸爸去哪儿》，获得了电视的高收视率、网络视频的高点

击率和社会的高关注度。站在电视版的高度再冲击大银幕，《爸爸去哪儿》电影版凭着拥有电视版的巨大人气优势，同样获得市场轰动效应。听说电影版《爸爸去哪儿了》只用一个星期就拍摄完成，我们再对比过去那些"五个一工程"项目十年磨一剑，那些不少立足于主旋律的文艺作家不免忧心忡忡。

台湾著名导演李安倒是说出了其中一些秘密："坦白讲，大陆的片子不如市场好，这几年都没有太好的电影，甚至可以说很多都很烂。可能是因为市场太好了，很多电影投放到市场里就会有很好的回报，所以大家都变得比较虚浮。"① 诚然，《爸爸去哪儿》就是凭着林志颖、郭涛、张亮等明星真人秀迎合了当前中国人思想空虚的猎奇心理，但它却与文艺中国梦相去甚远，尽管它也会给父辈们一些启示，但它的艺术生命必定脆弱！有人感叹，同期上映的多部国产大片竟然都被一个称不上电影的真人秀给搞趴下，这是中国电影艺术的倒退啊！

中国改革开放 40 余年，我们这片古老的土地的确发生了巨大变化，可谓翻天覆地、沧海桑田，但文艺家们的史诗性的文艺作品又有多少？

文艺中国梦，一定要力戒浮躁，票房、印数和优质并不一定能画等号。② 长此下去，我们的文艺必然会陷入恶性循环。类似的情况，还如《致我们终将逝去的青春》、《小时代》这些根据热门网络文学作品改编的电影，也是凭着导演的"粉丝效应"获得不菲的市场效果，这也就是李安所说的"虚浮"吧？年轻的接受者只晓得一味跟风跑，跟明星跑；文艺创作者呢？也是见风使舵，投机取巧，根本没有"文章千古事，得失寸心知"的担当。文艺中国梦，取决于我们大多数文艺人的梦想能形成"合力"；这就好比栽树，你多种一棵树，雾霾不会消失，少种一棵树，地球也不会毁灭，但栽树的人多了，这个世界才会充满绿的希望。

---

① 时光网 2013 年 11 月 26 日讯：《李安：台湾电影很穷，大陆片子不如市场好》。
② 参见赵炎秋《写出真实而复杂的历史：关于历史剧创作的反思》，《武陵学刊》2014 年第 3 期。

# 附　录

## 诗歌园林的导游①

### 李元洛②

诗，是美文学，是文学的精华，是读者高尚的精神伴侣。"腹有诗书气自华"，和诗（我这里所说的是真正的诗，而非形形色色的诗的赝品）相近相亲的人，他的精神必然富甲王侯。相反，连一首李白的诗都不能背诵的人，他的精神大约可以说贫无立锥之地。中外古今的优秀诗歌作品，构成了一座美不胜收的园林。法国作家法朗士说："文学批评是灵魂在杰作中的寻幽访胜。"文学鉴赏包括诗歌鉴赏何尝不是如此？因此，魏饴的《诗歌鉴赏入门》就是诗歌园林的导游，它引领游人特别是年轻的朋友们去寻幽访胜，帮助他们获得精神上的丰收。

从接受美学的观点看来，读者对文学作品的鉴赏是文学活动的一个重要组成部分，其意义并不亚于作者的创作。一部作品，只有当读者主动接受并积极参与创造之时，才算最后的真正意义上的完成。今天，"文艺鉴赏学"越来越成了理论工作者注意的焦点之一，它之作为一门独立的内涵

---

① 本文系作者为魏饴《诗歌鉴赏入门》所撰写序言，湖南文艺出版社 1988 年版。
② 李元洛，著名诗评家、散文家，湖南省作家协会研究员。

丰富的学科或学问，已经是水到渠成的了。山西北岳出版社《名作欣赏》杂志开辟"欣赏探奥"专栏，其中的文章就是迎接它的诞生而燃放的鞭炮。就我的见闻所及，谈文艺鉴赏的文章不少，但专门性的著作目前似乎还未曾得见；谈诗的著作汗牛充栋，但论诗的鉴赏的专门著作目前似乎还未"投放市场"（套用一个商业术语），因此，魏饴的《诗歌鉴赏入门》就是此类著作的第一部，空谷足音，不禁令人欣然色喜。

魏饴指的是《诗歌鉴赏入门》并非本著《举凡》。《入门》是"七章"。自成系统，成一家言。全书共分七章，作者从"诗歌鉴赏的本质"入手，进而论述"诗歌鉴赏的特征"、"诗歌艺术魅力的分析"，再以三章的篇幅，重点探讨了"诗歌鉴赏的一般方法与途径"，最后归结到"诗歌鉴赏趣味的衡量标准及趣味培养"。他精心营造自己的理论架构，纲举目张，条分缕析，自成一家之言。你可以说它还不是一座金碧辉煌的大殿堂，却不能否认它是一个别有天地的小庙宇。

魏饴这部著作征引丰富，时出己见。作者潜心研读了中外古今许多诗论和诗作，纵横比较，融会贯通，行文时旁征博引而不乏经过自己独立思考而得出的见解，趣味性、知识性、学术性兼而有之。例如谈到杜甫晚年作品《小寒食舟中作》时，不仅对前贤论说多有引述，而且将其译为现代散文以作艺术上的比较分析，最后提出自己对"诗的意脉"的重要性的看法。总之，《诗歌鉴赏入门》一卷在手，且不说其他，仅就丰富你的诗歌知识而言，你也会觉得不虚此"投"（投资买这本书），更会觉得不虚此"读"了。

若说到此书之不足，当然也可以列举一二，例如引例时古典诗歌过多，新诗与外国诗歌较少，因为既名"诗歌鉴赏入门"，则时间无论古今，族别无分中外，应更好地注意兼顾与包容；此外，作者对中国古代诗论颇为熟悉，如能适当"引进"现代诗歌理论，当会使全书更加生色。但是，这本书虽然雅俗共赏，但毕竟是偏于普及性的读物，我的这些意见也许近于苛求吧。

　　魏饴从学生时代起就在报刊上发表有关诗的文章，近些年来更是锲而不舍，乐"诗"而不疲，其情可感，其志可嘉。今年是他的"而立之年"，年纪轻轻就写出篇幅厚厚的近20万言的著作，更是可喜可贺。在担任诗歌园林的导游员之后，他还准备陆续撰写《小说鉴赏入门》、《散文鉴赏入门》、《戏剧鉴赏入门》等专书，引导读者到那些文学天地里去览胜观奇。文学的天地是五彩缤纷而道路漫长的，他乐于导游，我相信他对于艺术的热诚和长途跋涉的坚实的脚力。

# 文艺鉴赏研究的原创性收获
## ——简评《文艺鉴赏学》①

钟友循②

　　初读魏饴教授独撰的一套四卷本《文艺鉴赏方法丛书》，说实话，一则欣喜，钦羡；一则羞愧，"忌妒"。因为至少在数年以前，我也曾萌生过有其人其事类似的想法，却因种种原因，流于空幻。现在看到实干家的鲜活的实绩，快乐之余，深深感受到一种激励与鞭策。令人再次惊异的是，紧接着魏饴教授又主编了这套上、下两册的《文艺鉴赏学》，从策划、立项、组织编写到正式出书，仅约一年时间。且不说该书对前书的深化、拓展与提升，这种"有心"与"能干"，我以为首先就尤为难能可贵。而且魏饴教授作为学术界人士，能有由这两套书本身所体现出来的并不多见的当今学人可贵的综合素质，我以为首先就值得高度肯定。

　　知识分子是社会精英，学术研究是高层次的文化建设，这是毋庸讳言的。但是，有两种学术：一种是只为自己，所谓名山事业；一种是先为他人的，旨在益于世道人心。这说的是主观动机，自然若从客观效果上言，这两种学术，都将造福于世界，只要很严肃、路子正，确有所为的话。但

---

① 本文原载《湖南社会科学》2000 年第 5 期。
② 钟友循，中南大学外国语学院教授。

也不妨直说，在肯定前者的同时，我心里还是更倾心于和赞赏于后者。我觉得人们常说的那种将"文化关怀"与"社会关怀"完满地统一起来，真正比较彻底地做到"铁肩担道义，妙手著文章"，也许更值得尊敬和景仰一些。尤其是今天的中国，百业兴旺，前路光明，而又泥沙俱下：一方面是充满了挑战与机遇，有志者、有能者成就功业的景兆，广阔而丰赡；另一方面是潜存着危机与忧患，民族文化素质不高，不少问题积重难返。当此之际，"精彩"充满诱惑，"尴尬"教人无奈，知识分子作为社会良心，面临两难，瞻前顾后，手足无措，举步维艰，是事实，也是考验；只要不甘沉沦，勇于进取，怎么做都是可以理解和值得同情的。而若选择后者，不用说对于个人"前途"，自家"光辉"，多多少少，都是要付出代价，做出牺牲的，不免有点悲壮色彩。魏饴教授的学术工作之可贵，第一在这里。

据我所知，魏饴教授其实并非一贯的"学有专攻"，他起先是搞写作教学与研究的，后来才转到文艺鉴赏学的主攻方向上来。为何如此，我不得而知。但我们看到，文艺鉴赏学于他，虽属"新宠"，且为时不长，却宠得颇有光艳；写作学于他，虽系"旧好"，似少有眷顾，却"好"得耐人寻味。他虽然转变了主攻方向，却并非只有"专攻"，我以为其"转向"本身中就有较为深沉的意味，可以说是"转"得有理、有益、有成，体现了他的独到的学术思考、学术眼光和学术理路。照我看，我国现有的写作学研究，不能说没有明显的进步、发展和成绩，但亟待改进和提升的理由也很充分。主要问题是学术上的封闭性和狭窄性。总是孤立地就事论事，说具体不具体，说抽象不抽象，说实用不实用，积习是很明显的。文艺鉴赏学研究呢，一是实际上才刚刚起步，二是少有人下切实功夫，三是根本没有专业思路。这些问题，魏饴教授肯定是看到了的。而且据我所知，相关学术界中的很多学人，也都是心中有数的。但问题是，敢为人先，勇于突破者，却寥寥无几。魏饴教授可以算是这"无几"中的一个，而且还比较出色。比如说，至少其文学鉴赏，首先就反映出这样一种可贵的见识：

写作学（尤其是文艺写作学），与现在我们所说的文艺鉴赏学，是有机联系，内在统一的，它们共同构成一个相对完整的、"独立"的学科体系。以前总是作为两种东西来看待，来操作，其实真是荒唐。所以我说魏饴教授的这一"转"，确乎"转"得有理；并未喜"新"弃"旧"。因为这中间有一个逻辑上的学术延展、拓新、深化和升华过程。

以《文艺鉴赏学》本身来看，我以为大致有如下三个方面的优良品质。

一是开拓创新，切合实需。它分别表现为三个方面，即：（1）不因袭旧路。此书对文艺鉴赏学的研究工作，有些优点是一看便知的，如有笔者自己的独到心得；体系性强，结构完整，逻辑缜密；想法好，见解新，品味正，等等。这都不自待言。但我以为其着眼点好，在于将学科建设目标中的开拓创新追求，与在察知时弊后的切合时需效益，很好地在严肃的学术操作中统一起来。改革开放，现代化目标，说一千道一万，人的现代化，包括（而且特别是）人文素质的提高，是前提，也是关键。然而真正重视并采取有力措施来解决这一问题的做法，我们能够看到的实在不多。已经在做的，如"鉴赏辞典"之类，实效堪忧。这就是时弊。反过来，在开拓创新中，积极努力去做，并力求把它做好，这就是时需。此中，我以为还带有某种在学术上、文化上"拨乱反正"的性质，值得珍视。（2）不虚应故事。这首先是说，它不是打着文化建设的旗号，顶着学术工作假名的商业化操作，是诚心诚意地做实事。所以脚踏实地，一步一个脚印，交出来的确是"干货"。（3）不故作高深。与"辞典"现象相呼应的，前些年我们也看到过某种"学术建构"热，这个"学"那个"学"名目的所谓专著，出版过不少。一时间，"体系"、"独创"、"新"成果、"新"科学、"新"巨匠，雨后春笋，层出不穷，叫人目眩神迷。然而，曾几何时，这些囫囵吞枣的，盲目移栽的，或得其边缘的，或闭门造车的高深学问，竟仿佛如过往烟云，存时不长。究其原因，大致脱离实际，迷失自我，喜好表面为突出通病；而其中少量确有一些学术含量和科学价值的，又大多架子十足，故弄玄虚，术语生涩，概念模糊，存心与当今时代、社会、现实生活、群众渴求，拉开一个吓人的距离。而《文艺鉴赏学》却较好地克服了这样的毛病，它旨在进行有益于当今文化建设的学术创构，但又老老实实地为不同层次读者的实际需求而写，故能将提高与普及的任务担当融于一体。

二是特点鲜明，品格不俗。首先，"文艺鉴赏学"这一名称，或许并不是从现在才开始出现，但是它到底是什么，我们实在不得而知，因为既无翔实可靠的理论说明，更无令人信服的实体成果，而《文艺鉴赏学》，却清清楚楚地为我们端出了一个有鲜明独立性的理论框架，以及在这个框架下血肉充实的学术展开过程。不能说此中所有东西都是全新的。但是，我们至少从中可以看到笔者学术思考新的获得，也就是说，在吸收、借鉴、利用国内外既有研究成果的基础上，初步实现了把文艺鉴赏学从一般文艺学大范畴中有效剥离，使之具有明显的独立分支学科的性质，能够相对自足地提出、分析、解答相关学术问题，尤其是，其上册，分为两大部分，除"绪论"作为简要的引语外，第一篇总论"文艺鉴赏的基本原理"，因为带有个性特色的建构不多（这很正常），所以表述得很简约，从第二篇到第九篇分论诗歌、散文、小说、戏剧、美术、书法、音乐、影视等各主要文艺部类的鉴赏规律，均从其各自的审美特性（书中一般表示为"审美特征"或"审美要求"）出发，引出其"表现手段"的简要介绍，和审美鉴赏"基本方法"的论列与传授，均以理论阐述和现象实例相结合，且各部类之间，展开的程序大体一致，而又不做机械的划一处理，这些均表明了笔者对于各文艺部类的鉴赏规律与实践要求的特殊性的充分尊重和强调的学术理路。我以为，此即《文艺鉴赏学》重要个性特色之所在，恰为针对时弊，切合时需的最佳体现。这样的体例、结构、篇幅亦即内容安排，我以为是正确的。即如下册的"鉴赏示例"，从选目到"鉴赏提示"，虽然还存在不少值得商榷的地方，但这一设计本身，却是很可取的。

三是内容丰富，深入浅出。此点无须多论。但应当肯定，该书在整体上，具有新理念、新构架、新方法的学术特质。因为是初创，又因为是集体成果，不能说它已经很成熟，很完美——实际上有些很好的想法，因上述两个原因，尚未得到很尽人意的落实。但是，我认为，它的确可以说是文艺鉴赏学学科建设的较为扎实的开拓性成果，并且是难能可贵的原始性收获。

在浮躁的时代氛围中，魏饴教授及其合作者的辛勤劳动，从探索精神、工作态度到实践成果，我以为都是非常难得的。学术工作者，不管在什么时候，都能坚定站在自己的文化岗位上，关心现实，关注社会，关爱广大劳动群众并矢志于民族素质的提高，我认为就是高尚的，就是合于时代的。

# 诗学津梁　开卷有益①

## 艾　岩②

魏饴同志的《诗歌鉴赏入门》我有幸拜读。他自己说是入门，对读者来说，客观上是自修诗学的津梁。对我这个一瓶子不满，半瓶子晃荡的爱好者说来，也是开卷有益的好书。其详读者自知。我只能就我目之所见，心之所悟，约举数端，以告读者就是了。

第一，赏评分路，切中时弊。鉴赏之于批评并非全等（数学上的≌），批评之于鉴赏也非全等。古昔有文章运会之说（如"小楼一夜听春雨，深巷明朝卖杏花"，唐人虽李、杜不能为此句，盖创业守成，各当其运）。当今也有"古诗是生出来的，唐诗是喊出来的，宋诗是做出来的，明清是仿出来的"（启功先生卓见，大意如此）之言。文艺心理学上，则出现了群众性的潜意识的学说。但灵感只能出于个体，也只能施于个体。自家的灵感再高明，不能代替社会；再锋芒，不能左右文运。领袖风雅不等于驾驭潮流也。衮衮诸公倘以驾驭潮流自负，闻魏君之议，可以休矣。

---

① 本文原载《名作欣赏》1990 年第 2 期。
② 艾岩，原名徐家昌，天津社会科学院研究员。

第二，下笔便突出了鉴赏的创造性。其始就闻一多之说轻轻一拈，迅即探骊得珠——补充改造之义即其珠也。"把诗人浓缩了的东西完全泡开"，泡也者还原也，故作者着重指出"泡开来，还原到它原先的状态中去"。且夫泡也者创造也，泡开而致其原，岂效颦者所能为哉。作者如此，岂有盘马弯弓之意乎？这样一说，便是寓创造于追溯，不动声色地把"接受美学"的新枝，嫁接到传统美学的宿干上了。

再如作者引陆机《文赋》以明创造在鉴赏中的由静而动。在此断然挑明"诗歌鉴赏不能就诗论诗"。斯大林说过，"关键不在谁来抢先说出，而在及时说出"，愚以为作者在此，正是及时说出。盖读通《文选》者甚多，未闻就此谈到鉴赏者之半独立性者也。又如董子《春秋繁露》，"诗无达诂"之言，持论虽正，今天读来，已经索然乏味。作者独具只眼，指出"读者新解可以不同于原意而同样得当，甚至更好，因原诗存在不为作者自知的更多的意义"。此义一出，而"诗无达诂"四字，铿然若新发于铏。可谓化腐朽为神奇矣。推魏君之言，此义亦可行于诗人自己，想来李义山的无题诗，以及虽有题仍似无题的诗，叫他垂老之年再作解释，恐怕和他少壮时的解释不会全然一样，望读者详之。

第三，尚有古人，排闼直入王国维的门户。作者一方面举出追溯文心的重要，一方面紧跟着换笔，借王氏三例，回到鉴赏的方寸。此三例盖诗如兵法，岳武穆所谓运用之妙存乎一心者也。愚以为行云流水中的密紧衔接，是本书运笔之一大特色。在紧密中又能言简意赅，片言足以解疑。对会心的读者说来，又是片言足以解颐。如作者曰"那些以直接议论取胜的抒情诗，仍然有含蓄美"。下面又探骊得珠地一语道破"广义的含蓄"。行文到此，提出了"火热的情感燃烧着读者的心"。不禁对此十分折服。接言随意尽（不是意随言尽）者如项羽的"垓下之歌"，全盘敞露者如传说中尧民的"击壤之歌"，它们就字句说是言随意尽，而且誓不多言。可是那个"尽"实际上是"不尽"的"变形"，宛如德国哲人尼采在其《启示艺术家与文学者的灵魂》（译文见生活书店《世界文库》第一辑）中所说的"极端的严冷是变形的狂热"。原因在于核子的凝练所能放出的能量是难以计数的，机械能变为电能，形变矣，其量依然。狂热之变严冷，亦犹是也。垓下之歌的核子，凝聚了亿万人心对英雄末路的浩叹，击壤之歌的核子，凝聚了千百年代对身边自由的捕捉。它们所蓄有的，超过了王渔洋式的含蓄（如"行人系缆月初堕，门外野风开白莲"等）不知多少倍？说得近些，在汤临川的笔下，柳梦梅唱给杜丽娘听的"如花美眷，似水流年"岂不是中学生都写得出来吗？岂不是毫无捉摸不着的弦外之音的吗？然而少男少女，神魂颠倒，甚至丧生的事件，君将何以量之？盖全人类的生命无一不来自氧化的内燃。魏饴同志拈出"燃心"二字，非片言解疑（颐）而何也？准此，则陶渊明的作品，若但知其欲辨忘言"采菊东篱下，悠然见南山"的意味深长，不知其斩钉截铁的"不学狂驰子，直在百年中"的立意深远，岂足以为知音？魏饴同志拓展了广义的含蓄美，使我们对诗中有焰和无焰的燃烧，有了更进一步的认识。

第四，作者的论述，有如惜墨如金，但轻轻一点，却很足以启发读者。例如他驳许顗《彦周诗话》诬杜牧为"措大"时，他指出：许顗说杜牧不问孙权的事业只问美人的下落，只能表明许顗的过腐，杜牧则是运用一种谐谑语调，读来轻松活泼。这就促使读者深思，庄和谐在艺术中的辩证法；也促使读者注意，像许顗这样自居于卫道士的人，对他所卫的道，实际上帮了个倒忙，反而使人发笑。把"东风不与周郎便，铜雀春深锁二乔"改成"东风不与周郎便，王气金陵付草寮"（我姑且替许顗捉刀），行吗？倒也合辙押韵，诗味哪里去了？魏饴同志提出的广义是大有益于诗学的。

因此我建议读诗要细心，读魏饴同志的《诗歌鉴赏入门》也不要粗心。如作者引征汉译英诗有句云，"我敢于遮住东方的太阳，让他永远不能发光，如果我的爱人，要露出她洁白的胸膛。"作者在此着重指出诗中人需要幽静的环境。我们怎样理解呢？能说诗中人的意图是那女人的胸脯只给他享受吗？切切不可这样。讲人体艺术的人都知道，其所以要塑造美的人体，而且要天然形态，其实质和现实的教育目标，是要高尚的欣赏情操，不要低劣的占有欲。这几行诗是诗中人，也就是诗人对他爱人的赞美。爱人的胸脯，美到了天上人间无与伦比的地步，连太阳也几乎有点配她不上，只有退避三舍才是。因此作者着重指出"联系上下文仔细分析，……把握诗中的内在情调，不要刻舟求剑"。这是意味深长的话，我们不可失之交臂。

总之，诗是艺术，谈诗也是艺术。谈诗若不是艺术，艺林的谈锋必然大大减色，诗圣与诗仙的"何时一樽酒，重与细论文"也会无人羡仰。李元洛同志称本书为"诗歌园林的导游"，诚哉是言也。导游岂不是一门艺术吗？神州诗歌的园林之美，举世无双。谁是这里的徐霞客呢？我相信魏饴同志必能肩此重任。且此书既行，必有见猎心喜之士，但愿霞客有朋，海内贤达，共襄盛事。

# 开导先河　独辟蹊径[①]

黄绍清[②]

我认识魏饴君，是 1994 年 4 月下旬在珠海召开的中国写作学会第八届学术年会上。谈吐间，他深沉的思考和睿智的目光给我留下深刻的印象。

我决定写他，不在于他这些年来获得的众多荣誉，以及他在海内外产生的影响，而在于他在文学鉴赏学这一崭新学术领域里所取得的令人瞩目的丰硕成果。在中国，文学鉴赏虽然古已有之，但真正把它当作一门专门学问进行系统研究，应该说是从魏饴开始的。

他才 37 岁，风华正茂，已有 7 部著作问世，其中的文学鉴赏系列专著就有《诗歌鉴赏入门》、《散文鉴赏入门》、《小说鉴赏入门》和《戏剧鉴赏入门》4 种。对这种独树一帜的文学鉴赏专著，《人民日报》（海外版）、

---

① 本文原载《湖南教育报》1995 年 5 月 27 日。

② 黄绍清，广西师范大学中文系教授。

《中国教育报》、台湾《中国时报》、山西《名作欣赏》等报刊都竞相发表专文给予评介，无不认为它们开创了文学鉴赏的先河。著名文学评论家李元洛先生称他的《诗歌鉴赏入门》"就是此类著作的第一部"，是"诗歌园林的导游"，发出了"空谷的足音"（见该专著序）。天津社会科学院研究员徐家昌先生撰文称道《名作欣赏》"最近几期所见魏饴同志论散文欣赏的文章，可谓典型的雅俗共赏"，"他以深入浅出之笔，嘉惠后学"（见《名作欣赏》1990 年第 2 期）。这些权威性的评论，并非廉价的溢美之词，而是对一个青年学者的肯定、鼓励和鞭策。

魏饴近十年来一直专注于他的鉴赏学研究，即使在当今经济大潮的冲击下和物欲横流的诱惑下，他仍不改自己的初衷，这对很多人来说都是一个奥秘。我曾问他对文学鉴赏何以如此"情有独钟"、"我行我素"，他的回答令人为之一振："我以为鉴赏美的文学可以纯洁人的心灵，而现今一般民众的审美水平令人担忧。同时，我国作为一个文明古国，有各种各样的研究文学写作的书，也有各种各样的文学鉴赏辞典之类，却没有系统地从方法论上指示人们如何鉴赏文学的著作。这正常吗？"

原来，魏饴在事业上有着崇高的目标。正因为他视点高，出手就自然不凡，追求也就异常执着。的确，他所从事的研究，跟时下的某些鉴赏热大不相同。他不是去赏析具体的作品，也不单纯研究主体的审美心理，而是在两者之间寻找一个恰当的契合点，架起一座桥梁，重在探求不同文学种类鉴赏的方法和途径，引导读者步入文学的殿堂。他的研究完全称得上是独辟蹊径、别开生面的了。

文学鉴赏学，从广义而言，也属于接受美学的范畴。接受美学，是 20 世纪 60 年代最初在德国诞生的重要成果。但它的贡献只是从纯理论的角度阐述了读者在整个文学活动中的重要性，而对于读者在接受不同文学作品时所采取的不同的方式方法却尚未论及。因此，魏饴的文学分类鉴赏研究与接受美学理论可谓互为补充，相得益彰。

古人云：有第一等胸襟，乃有第一等诗歌。我觉得，要做第一流学问又何尝不需要第一流的胸襟呢？这些年来，魏饴甘坐冷板凳，不为名，不为利，凭着一颗赤心，刻苦钻研，发奋写作，实在难能可贵。

# 从伦理学看文艺鉴赏[①]

唐凯麟[②]

魏饴君把他主编的《文艺鉴赏学》的书稿寄给我，并嘱我为该教材的出版写几句话。我告诉他，文艺鉴赏与我搞的伦理学毕竟有距离，我写恐怕不合适。他却说，作为美学的文艺鉴赏与伦理学同属哲学范畴，何况鉴赏还带有鲜明的道德因素，怎么不合适呢？他认真的论证与满腔热情使我无法推却，我只好努力为之了。

的确，魏饴君的话是对的，只是因为这些年来我国高校受苏联高校办学模式的影响，文理工分家，专业设置很窄，学术研究分类也越来越细，学生只能在相当狭小的空间里面"跳舞"。学生的知识面不宽，社会适应性差，这是显而易见的。特别是，随着当今知识经济时代的到来，这一弊病就显得更加突出。如果说，学哲学的仅沉迷在抽象思辨之中，不去分析各种具体的人文社会现象；搞文艺的就大讲特讲快感、娱乐、消遣等，从不思考像我们为什么需要文艺这样的哲学命题；而学理工科的不懂文史哲似乎就更是理所当然……这行得通吗？

魏饴君主编的这部《文艺鉴赏学》，是湖南省普通高校"九五"规划教材，我以为它的出版正切合当前我国高等教育大力推行人文素质教育的需要。它不仅仅可以增强学生对文学艺术的修养，提高文化品位与审美情趣，同时从伦理学的角度来看也是十分有意义的。通俗地讲，伦理学就是道德哲学，它是从道德意义上研究、区分善恶是非，阐述、评价人类行为

---

[①]　本文系作者为"湖南省普通高校'九五'规划教材"《文艺鉴赏学》所撰写序言，辽宁师范大学出版社1999年版。

[②]　唐凯麟，国务院学位委员会哲学学科评审组成员，中国伦理学会副会长，湖南师范大学教授。

规范的道德标准。道德问题是伦理学研究的对象，伦理学的任务就是让人们懂得和接受理想的道德标准，并自觉地用以调整人与社会、人与自然的关系，使人类不断走向进步、走向和谐。

那么，文艺鉴赏学又是干什么的呢？我同意这部教材中的观点："它的最终目的是帮助人们掌握文艺审美活动的规律，确立健康的文艺审美情趣和崇高的文艺审美理想，从而铸造人们具有丰富的、完美的个性，以期使得整个社会走向稳定、协调和进步。"① 可见，两者的任务基本一致，它们都是关于人的科学，在一定意义上说，它们也都是关于人如何按照美的规律去行动的学科。所不同者，伦理学是用抽象的概括和严密的论证来阐明道德上的善恶是非，文艺鉴赏学则是引导人们如何通过文艺的中介来完善自我、塑造自我，二者殊途同归。所以说，文艺鉴赏学也包含着深刻的伦理学内容，透过这个视野，我们还会更深入地理解文艺鉴赏活动的某些本质属性。

尽管伦理学与文艺鉴赏学在道德意义上有着紧密的关系，但因文艺这个中介的特殊性却使人们更容易接受它的教导。从另一方面来说，青年的理想道德观念的形成，也不能仅仅靠伦理学去实现，还必须要在经常的文艺鉴赏活动中得到熏陶、得到验证和得到强化。文艺鉴赏应是伦理学极好的补充，这一点，也早为古今中外的学者们所认同。不过，随着文艺的发展，特别是随着文艺与非文艺界限的日益明朗化之后，也曾滋生出文艺的唯美主义观点，即忽视乃至否定文艺与道德关系的思想。应该说，从伦理学的角度看文艺，强调文艺鉴赏的道德价值，这无疑是正确的。问题在于，我们既不能把文艺看成是单纯的道德说教的工具，也不能视文艺只是一种使人感性愉悦的纯粹化了的游戏。文艺就是文艺，文艺鉴赏也不是一般意义的道德教育，它是伦理学在艺术领域的印证，它是人们通往理想道德的准备，同时它也为道德教育提供富于意味的形象化的教材。正如法国哲学家费希特所指出的那样："美的艺术不像学者那样只培育理智，也不

---

① 魏怡主编：《文艺鉴赏学》上册，辽宁师范大学出版社1999年版，第5页。

像道德人民教师那样只培育心灵，而是要培育完整统一的人。它所追求的不是理智，也不是心灵，而是把人的各种能力统一起来的整个心态，这是一个第三者，是前两者的结合。"① 从这里可以见出，文艺鉴赏对于人们完整统一的美的人格的培养有着不可替代的重要作用。

既然文艺鉴赏联系着人们的道德教育，那么，它就应成为大学生乃至所有国民人文素质教育的共同内容，所以，我也赞同首先要在大学普遍开设《文艺鉴赏学》这门公共课程，文艺的那种"润物细无声"的潜移默化的功效的确是伦理学或其他思想政治课程所无法比拟的。

当然，文艺作为一种特殊的道德教育中介，就必然有它的特殊性。一方面它就像生活那样逼真，容易被人们感受，而另一方面它的道德寓意又始终不露痕迹，需要接受者自己去理解，去评价。因此，如果我们的艺术修养较差，就很可能不能正确理解文艺作品，从中得不到有益的东西，甚至可能适得其反。在中外文艺鉴赏史上，这样的事例并不鲜见。譬如《红楼梦》，这本是一部非常严肃的小说，却有人一味迷恋作品中的性爱描写，深陷其中，难以自拔，甚至抑郁而死。文艺虽为普通大众喜闻乐见，但必须加以引导，使青年人懂得文艺鉴赏学的基本理论与鉴赏的方式方法，这就是编写《文艺鉴赏学》的又一重要意义。

从学科建设而言，我认为这部《文艺鉴赏学》还带有填补空白的性质。就我所知，这些年国内有关文艺鉴赏辞典之类的书出了很多，但系统地指导人们如何鉴赏的书却很少。有些书，虽名为"××鉴赏"，但实际上是关于某一文艺样式体裁知识的介绍，基本上没有形成"鉴赏学"的特色与体系。魏饴君多年来一直从事文艺鉴赏学的研究，他曾经独著过一套四卷本的《文学鉴赏方法丛书》，其出版者在《出版说明》中有这样的评价："从方法论的角度，系统地探讨文学鉴赏的方法，魏饴教授的这一成果在我国可谓是开导先河的，曾受到大陆和台湾学界的高

---

① 《十九世纪西方美学名著选·法国卷》，复旦大学出版社 1990 年版，第 173 页。

度肯定。"① 在我看来,他所主编的《文艺鉴赏学》同样体现了这一特色,是特别值得肯定的。

我衷心希望魏饴君及其同人在这部教材发行后,还能够不断听取意见,不断修改完善,使之更上一层楼,受到越来越多的青年读者欢迎。

---

① 见魏饴《文学鉴赏方法丛书》扉页《出版说明》,辽宁师范大学出版社 1998 年版。